青青子衿

胡马依 —— 著

QINGQING
ZIJIN

漓江出版社

· 桂林 ·

图书在版编目(CIP)数据

青青子衿／胡马依 著. —桂林：漓江出版社,2015.11
ISBN 978-7-5407-7197-3

Ⅰ.①青… Ⅱ.①胡… Ⅲ.①长篇小说－中国－当代 Ⅳ.①I247.5

中国版本图书馆 CIP 数据核字(2015)第 243026 号

组　　稿：三　多
责任编辑：许　莉
责任营销：刘　鑫　任停菁
封面设计：嫁衣工舍
封面插画：RealXu

漓江出版社有限公司出版发行

广西桂林市南环路 22 号　邮政编码：541002
网址：http://www.lijiangbook.com
全国新华书店经销
销售热线：021-55087201-833

山东德州新华印务有限责任公司印刷
(山东省德州市经济开发区晶华大道 2306 号　邮政编码：253000)
开本：880mm×1 230mm　1/32
印张：13　字数：300 千字
2015 年 11 月第 1 版　2015 年 11 月第 1 次印刷
定价：36.80 元

如发现印装质量问题,影响阅读,请与承印单位联系调换。
(电话：0534-2671218)

题　记

　　追求幸福的人们，也许就像一群倒挂在悬崖上的蝙蝠，荡来荡去。他们浑身的欲望如草长莺飞。由此而来的各种是非成败、甜酸苦辣、悲欢离合，都与这时代、这社会、这人间密切相连，你怎么可能擦肩而过滴水不沾？感受来源于自身，哪怕一平方英寸的寂寞，都不会是火星人的馈赠。人人踉跄如醉，蹀躞在生活舞台上，南腔北调，东邪西毒，赤面素颜，或静如处子，或动若脱兔，创造大于借鉴，个性多于共性，生活高于艺术，评论家的鸿篇要么似醉汉呓语、毛猴捞月，要么如国足前锋的飞腿，常把传来的球踢得又偏又远。倒是邻人的观察乃至生发同情，因为切近，或如赏雪，或如烤火，一冷一暖，点点滴滴，都入心间。但雪还是雪，火还是火。以"海南"等为叙事的地点，看上去俨然是真的，其实都是虚构，只是我实在不想虚情假意地杜撰几个地名徒增大家记忆的艰巨，现在很多人连自己的账号密码都记不住，我还能再多此一举吗？更何况只是一部纸上文字，一部芸芸众生生存与渴望的长篇，断不是中产阶级的180平方米大平层或城市中心的别墅，完全没有必要制造新的记忆任务。如有雷同或近似，读者诸君切不可指为实，富于联想的成功人士更不必对号入座。作品既然写完了，评判的工作只能留给读者，作者说什么都是多余的，但我还要饶舌的是，在大家竞追上流的时候，我这部断断续续写成的文字，显然没有这方面的野心，不过可以保证的是绝不下流。这也算是我写字的底线。

二〇一五年八月三十一日

1

二〇一二年一月二十三日这天正是春节。忙碌了一年，幸福的人们都躺在被窝里睡懒觉，只有海南航空公司的顾客毛利民天没亮就出了家门，拎包拖箱打的飙到机场直飞海口，精神焕发宛如清晨出门觅食的公狼。北国南疆，两千四百公里的直线距离，也就三四个钟点一杯咖啡几圈小麻将的时间。上了飞机，毛利民嵌进自己的座位，就开始打盹，一觉醒来，飞机已经结束了滑行，平稳地停在海口美兰机场。刚出机舱，乌蒙蒙的天上忽然飘下几滴湿漉漉的雨，好像天花板上抖落下陈年的老鼠尿，受惊的乘客们大惊失色，如遭空袭，一窝蜂地挤入摆渡车。车子开动的时候，毛利民才挤进来，也才发现西装的左下摆夹在车缝里。他看上去轻轻但实际很是用力地拽了一下，可是衣服黏住似的纹丝不动，看来这摆渡车质量过关，并非山东德州的假冒伪劣产品。毛利民怕弄坏了这身第一次穿的阿玛尼西装，没敢再狠劲拽，反正就几步路，忍一忍，一路仿佛被便衣警察押解的罪犯紧贴车门站着。他若无其事地眼望前方，不意瞥见右侧站着的一位年轻貌美的女士，眼角飘来一丝妩媚而暧昧的微笑：她显然看见了他的尴尬。毛利民只好自作轻松地回以无奈的一笑。

"没法帮你！"美女轻轻地说，一缕雅诗兰黛的清香飘了过来，又飘了过去。

"谢谢！到站就好了！"毛利民很喜欢这股来自法兰西的香味。

这个插曲恰好透露了毛利民对于女性的奇特魅力。他有着北方男人的高大身坯，肩膀宽阔，国字脸轮廓分明，方口，唇线分明，双眼皮，浓眉，头发黑而亮泽，肤色白中带红，声音浑厚富有磁性。像这样标准威猛的中国式型男，比小白脸更能征服少女少奶的心。毛利民大半的幸运正来源于父母遗传的恩赐。然而今天的毛利民心思纯洁宛若处子，没有半点邪意杂念——这次海南之行，就是来会女友。他回答完热心的女士之后，又转望前方，目不斜视，一副毫不掺假的正人君子模样坚持到底，摆渡车三弯四拐也就到了机场大楼。

如今的海南早不是边远蛮荒放逐之地，到海南的人也多不是第一次到海南。毛利民自然也不是第一次来海南。他大概也算得上春节外出度假大军中的一员。今世中国变化之快，超过了人们的想象。三十年教训，三十年生聚，全世界人民都看到中国的经济竹笋拔节般猛长，高铁飞南串北，高楼鳞次栉比，有钱的人多如过江之鲫，出来旅行购物的大款小款摩肩接踵。依靠诚实劳动或者不诚实折腾或者灰色收入或者中了彩票而先富裕起来的人们开始讲究生活的质量。质量，什么是今日中国人心目中的生活质量？衣锦食肥，那早已过时了，今天的人们开始注意节制，注重保养，注重休闲，注重体会与发现生活之轻与慢。古时候游牧民族逐水草而居，那是为了生存，今天的富人们为了提高生命的质量，为了让时令适应宝贵的身体，也像候鸟一般地迁徙，夏天飞到气候凉爽的大连哈尔滨海参崴，冬天呢，飞到温暖的南方，远的有澳大利亚、南美和印尼，近的是泰国、越南。当然澳大利亚、印尼、泰国、越南是别人的国家，去那里钱花得更多，手续很烦，只能是大富大贵们的日常消费，小富小贵们只能首选深圳、从化、北海、海南岛，最好是海南岛。从化的温泉远近闻名，但要排队，若不是提前半年，那连个面汤都没的泡；北海的银滩与美国南卡罗来纳州的莫脱海滩有得一比，只是偶尔有点烂尾楼冷不丁冒出来，仿佛瘦骨嶙峋的老年乞丐，让人看了不舒服，再说北风吹的时候海水还有点冷，不是哪个季节都可以下海；深圳呢，那个曾经如此美丽的海滨新城，现在却成了高楼的行脚，疯狂追求暴利的地产商把这个美丽的城市变成了密不透风的楼房的森林，仿佛群众集会一般。你想呼吸清新的空气吗？你想绕开 PM 2.5 吗？你想实现人与自然的水乳交融吗？那么请勾别的选项。海南呢，山是青山，海是碧海，城市是小巧玲珑的城市，海南还没有被恶劣的资本与愚蠢的城建搞坏，是个理想的去处。海南也不亚于万人迷的澳大利亚，虽然那里没有廉价的海鲜，也没有棕色的美女，但地理气候物产和服务设施条件一点不差。春节前后，整个北国冰天雪地、水瘦山寒，海南却是艳阳高照晴空万里，海口、文山、博鳌、三亚，水润山青，蓝天白云，绿影婆娑，到处都是度假的胜地，到处都是穿着清凉的女孩，那片短裙短得不能再短，恨天高的鞋跟高得不能再高，有钱有闲的人们从各地飞来，盘桓竟月，络绎不绝，带来了财富，也带来了万种风情。海口、三亚、博鳌，这些昔年腥臭的小渔村已经昂头崛起，雄视粤港，当然也是遍地坑爹的地方。随便一个没有星级的小宾馆，标间都开出九百元到一千五百元一天的实价，随你订不订，不抢早还没有。一碗面，浮着两三薄片白肉四五段葱，也要二三十块，随你吃不吃，不吃有别人吃。看块大石头和一个新造的古庙，收你两百块门票，随你看不看，不看让个道，有的是人排着队要进来。一些光顾过高大上神秘会所的人，也愤愤批评这里的收费与服务不成正比，女子既不倾国倾城，服务更嫌冷僻生硬，远不如那些一线城市的专业规范卫生还柔情脉脉。憋了一肚子怨气的人们把对海南的种种不满都发泄到网上，网上也便成了茅坑，到处都有人泄愤。但坑爹也好，坑奶也好，泄愤也好，人们还是潮水一般地涌向海（口）、博（鳌）、三（亚）。毛利民本来盘算今年直接到三亚，但李亚男没同意，说还是海口好，要是他想去三亚，她陪他去一天，当天返回，次日返回也可以。这算哪门子事？毛利民知道海口有李亚男买的公寓，四房两厅三卫一百八十平，不仅不需要付费，而且豪华舒适小高层，顶楼有露台视野极好。再说，李亚男全家都在海口，亲戚朋友也多在海口，大年初一的，好意思把人家拽到三亚去？毛利民当然要有绅士风度孝子心，要继续迁就，除此之外，还能说什么呢？

毛利民和李亚男是在一次银行系统的会议上认识的。那次会议办在西安。本来处长决定派副处长鲁克去，但鲁克这次拿出了少见的领导风度和弟兄情谊，慷慨地把机会让给很少去外地出差的毛利民。那段时间，天津行在改建办公楼，毛利民和鲁克挪到一个办公室，不知是上面哪位领导又塞了个女研究生来实习，也挤在这间办公室，一变三，不拥挤也显得拥挤，微妙的是这位女生带来的心理平衡冲淡了空间的拥挤。这女研究生大概是方鸿渐的再传弟子，求知的心得全无，拈花惹草的兴趣十足，对着同居一室的两位英俊男生眉眼软语，运用得恰到好处，可见其吸引男人关注的本领远在专业之上。毛利民本也是好色之徒，看见靓丽女生，眼睛里也是放了磁的，可是鲁克是副处长，他只能甘拜下风。副处长！处长！这是时下最有实权的官，连铁腕宰相都要刮目相看的角色，你懂吗？仅仅凭这一点，毛利民就只能是一个色厉内荏空有其表的毛壳。看着女生跟鲁克眉来眼去，毛利民斗胆想方设法多次暗示"这家伙是有妇之人，蛇蝎心肠，俺才是纯洁未婚的都教授！"可是女生不在乎他这个都教授，也不在乎被他常常提及的鲁太太。毛利民望洋兴叹，明白再好的青春也常有挫败，虽败犹荣只不过是自我安慰。这下又被抓派出差，心下知道是鲁克希望他这个讨厌的灯泡蒸发几天留点空间让他生米煮成熟饭。

行业年会都是联谊性质的，没有什么特别任务，西安也从未去过，听说最近几年那里的政府钱多了，把明代的古城墙修复得比天安门还要高大巍峨，势追汉唐，如果匈奴再起，恐怕也只能望而却步；大雁塔也修葺一新，看不出隋唐旧制；兵马俑又挖出一个新坑，杨贵妃家的系马桩也考证凿实，碑林的拓片还在源源不断地贱卖，长恨歌还在华清池袅袅不停地歌唱……毛利民捡了几件衣服丢在行李箱中，买了票飞到西安。会议照例安排在一个星级大酒店，各地代表都住单间。会议第一天照例开得非常隆重非常热烈非常无聊，主席台上一字排开坐了十五个人物，中央到地方，行里行外，男女老少，风度各不相同，表情甚是一致：应付。正式的讲话从正中间开始，第三个人物开始致辞的时候，坐在毛利民身边的年轻女士碰了碰他："喂，还要听吗?"毛利民就随她猫着腰溜出了大厅，来到外面摆好的茶水糕点前，悠闲地品尝起咖啡和点心。像今日所有的商务人士、公务人士或者公汽上的邻人、教室里的校友、小区里的邻居一样，毛利民和该女士一开始就没有相识、交谈、试探或者保存戒心等等显示庄重理性成熟的过程，他们好像熟识多年或者交往多年的老朋友，打了个招呼，互道了名姓，知道对方的名字叫李亚男、毛利民，就开始了漫无边际也毫无意义的聊天，这些聊天不是雅尔塔会商，早已随风飘散，当事人谁也不记得了。不久到了休会的时间，疲惫不堪的听众们涌出来放风，大家也迅速占领了走廊四周的空地，熟识不熟识的人们开始攀谈起来，毛利民和李亚男互相交换了名片，然后各与自己的相识搭讪。接着是继续开会，毛利民和李亚男回到报告厅继续履行听会的义务。中午会议主办方提供了囊括各式海鲜河鲜的快餐式工作餐，李亚男用肩头轻轻碰了毛利民一下，毛利民会意地邀请李亚男坐在对面，不巧的是李亚男刚坐下，一个来自东北的哥们儿也坐到了李亚男身边。你不能不佩服苍蝇不论东西南北春夏秋冬到处都在。李亚男无奈地冲着毛利民笑了笑，埋头吃饭了。饭后各自回到宿舍，通过短信交换了房间号码。下午大家都去听会了，毛利民未卜先知地在房间里等到了来访的李亚男。

事情就是这样的简洁平淡无奇。使君未娶，罗敷未嫁，两个隔山隔水的同行一转眼就成了最亲密的战友，不需要爬雪山过草地万里长征，也不要花前月下小桥流水海誓山盟。二〇〇九年的古城西安，从此不再是与他们毫无关联的古都。

今年的这个春节，是毛利民第三次到海口。他们在认识的那天，在房门关起的那刻，就恍惚意识到两人此生此世既已结合，便难以分离。他们本是不会轻易把自己交给别人的人，却遇到了各自的最佳选择，现实就是现实，西瓜哈密瓜一般的现实，品貌如此对口，性事如此融洽，仿佛前世做了协商，只恨佳期仓促，很快会议结束就要各奔东西。两情缱绻，分离未始，已充满难抑的欲望和新奇的期待。于是约好每年除夕陪各自的家人过，春节呢则属于他们自己，相聚的地方自然是李亚男所在的气候温暖的海南。

海南的机场肯定比足球场要大得多，毛利民出了机场，打了个的士，直奔海瑞路，李亚男买的公寓就在那条以海南唯一土产的古代名人名字命名的路上。他口袋里有一把这套房子的钥匙，那是李亚男交给他的。你随便什么时候来，都可以住在这里，亚男说。实际上他每年只有这一天才会使用。"亚男会不会在路边等我？"飞机着陆的时候，毛利民就给李亚男发了一条短信，告知航班准点到达，李亚男回复说家中恭候，但他内心还是希望看到亚男在路边焦急张望的模样，宛如演绎青涩年代的爱情故事。没有限速的出租车飞一般地奔驰在海边的大道上，一转眼就到了海瑞路小区门口，毛利民看到两个衣冠楚楚的保安来回走动，并没有其他人影。过春节嘛，人们都在家里会客嗑瓜子打牌看节目上网聊天，没有几个人出来溜达。亚男呢？毛利民还是有点失落的感觉，千里迢迢来相会，可惜未见意中人，一种陈旧凄怆的落寞潮水一般泛起来，毛利民不禁苦笑了一下，抬头一一查看楼栋号码，看到第三排的时候，忽然望见一个阳台上的笑脸，高高在上的充满喜悦，宛如向日葵一般开在夏天，伴随着轻轻的挥手，一个欢快哆气的"嗨！"飞了下来，准确地降落在毛利民的眼眶上。没错，那正是亚男。还真是在等候我啦。毛利民失落的情绪又高涨起来，也向上挥了挥手，步子迈得更快。

熟男熟女久别之后的相会语言纯粹是多余的，不需要眉目传情，不需要耳鬓厮磨，不需要甜言蜜语，甚至亲吻都可以省去，两人几乎没有任何语言就进入了完整的水乳交融。三年前在西安相识的那天，他们在性事上就配合得天衣无缝，彼此给了对方最高分数。三年后的今天他们还是确信斯世可不同怀视之但人生得一知己足矣。傍晚时分，亚男起床开始准备晚餐，她把上午就炖好的八珍肉汁汤重新热好，又炒了一碟四角豆和一碟虾仁，然后把小桌子移到沙发前，摆了上好的醴陵瓷碗和台南竹筷。然后进了房间，揭开窗帘，像哄孩子一样，把毛利民哄起来。夕阳穿过窗子照在床头一角，火一般地燎着，毛利民这才意识到海南的冬天也是炽热的。毛利民去浴室冲了个澡，换了素净的T恤和宽大的西装短裤，风度翩然地坐在亚男身边。两口儿一边吃着晚餐，一边说着体己话儿，各道这一年的情况，还有那稀少的几个双方都熟悉的同行。饭后，亚男换了件膨体衫，带着毛利民下楼出了小区，到对面的马路上散步。两人手拉着手，宛如一对一九八〇年代的西雅图情侣，点缀着海口的新春之夜，引得过往的行人频频回首。如你此刻在海南，看到这番景象，能不因此觉得这天南海角也是天上人间一般？

你在桥上看风景，
看风景的人在楼上看你

明月装饰了你的窗子，
你装饰了别人的梦

沉浸在幸福之中的李亚男也想到这首名诗，其意境与他们此刻何其相似。夜里，两人照例还是要温存一番，毫不浪费青春年华，然后一觉睡到大年初二的上午十点，客厅里的电话急促地响起——卧室的电话他们头天晚上就拔掉了电线。李亚男先醒过来，裸着身子，趿着拖鞋去接电话。亚男走到房门口的时候，毛利民也醒了过来，睁开眼正好看到亚男粉白的裸体，柔软的腰，圆满突出的臀，修长的双腿，随着步履的挪动，那凹凸有致的曲线像水一般流动，再仔细看去，发现亚男的皮肤较往年好像粗糙了一点，有些微颗粒，也不似过去那么圆润，腰间的脂肪也开始有点突出，不如初相识时的紧致，毕竟岁月不饶人啊，才是两三年，日子就开始点点滴滴地累积起来。亚男弯下腰，翘起健硕的臀，拿起茶几上的电话。原来是亚男的妈妈从家里打来的，亚男姑姑一家来拜年了，妈妈叫亚男中午回去陪姑姑一家吃饭，亚男说好，等会儿就回。亚男回到房间的时候，毛利民正睁着大眼看着她，丰满坚挺的乳房，乳头正渐渐昂起，粉嫩的脖子上斜搭着一缕飘下的长发。

"你很色啊！"李亚男被毛利民看得不好意思起来。

"秀色可餐，我现在吃饱了，不吃早餐了！"毛利民一骨碌从被窝里翻身起来，坐在床上。

"姑姑一家来了，妈妈要我回去吃午饭。"李亚男说。

"我都听到了，你那个电话太漏音了，是单位发的福利吧。"毛利民说。

"一个人住，漏不漏音没关系。"亚男说。

"这两天我买个好的回来换上。"毛利民说。

"那你就没办法偷听了。"亚男打趣着说，"你要不要我回家？"

"回！回！别叫你爸妈等候。"毛利民很开朗。去年的春节也是这样。毛利民理解中国式人情，看重的是你来我往，喜气盈门。他叫亚男梳洗一下再回去，不用给他准备早餐，他还想睡会儿，到时早饭午饭一起吃。亚男说也好。

亚男出门前，把毛利民的手机开了机，搁在床头柜上。毛利民看着亚男拿着小手包出了门，就倒下继续睡觉。中午，也不知是几点几分，手机响了，是亚男打来的，毛利民按下接听，李亚男在那边说："姑姑要我下午去陪她看件首饰，她看了 n 次还没有拿定主意。下午给你放假。"毛利民说："好的。"李亚男在那边问："睡好了吗？"毛利民说："差不多。"李亚男说："冰箱里什么都有，老干妈在食品柜里。"她知道毛利民喜欢口味重。毛利民说："晓得了。"两人便挂了机。

毛利民决定起床补看春晚后面的节目。这些年的春晚，越办越没意思，好像摘下多时的黄瓜，蔫不拉叽的难看极了。几个自我感觉好极了的主持人占着那块地，没完没了。几个拼拼凑凑的节目简直就是小学堂的差生作文。方方面面都不满意，左翼的精英说，春晚是富人嘲弄穷人，一股子铜臭熏坏了一个春节，立场问题需要批评检讨；右翼的精英说，春晚是在嘲弄国人的欣赏力和创造力，是最需要知识扶贫思想扶贫的地方。毛利民是个十足的当代白领，既没有强烈的社会主体意识，更没有左中右的政治观念，甚至连兴趣都没有。大学时代念的是上海财大，那大概是中国最早最纯粹的一个管理学院，简直就是按照企业来管理运行的，所以学生的专业是出奇地优秀，能力是出奇地强，证书是出奇地多，但除此之外所获的东西就不多了，工作之后，每天碰到的都是数字、外语和钱币，精明，算计，对于钱币的数量愈加敏感，高雅的趣味与深远的追求也就愈加稀薄，就好比泡在酱缸里的经年老菜根。关怀既缺，人生也就没有什么规划，沧浪之水清兮可以濯我缨，沧浪之水浊兮可以濯我足，随缘着过，随缘着看，日出日落，云起云飞。在家中，毛利民是独子——当然他们这代城市人和下一代人99%都是独子。除夕那晚他陪父母一起看央视的春晚，两个小时过去了，也没有等到一个开心的节目，老帅哥朱军还在耍贫嘴，董卿还在卖俏，水均益还在扮深沉，陈佩斯的节目仍然不可期待，周立波也没影子，没办法看下去，何况明天一大早又要赶飞机，干脆和父母打了个招呼，回房间早早睡了。但他同样是个喜欢好节目的人，在节目不给力的时候，次一点的节目也能将就，候机的时候他就从大厅的屏幕上看到有两个他漏掉的节目好像有点意思，决定到了海南再补看。冰箱里塞得满满的，看来李亚男像善于储藏的土拨鼠，为他们这次幽会做了充分准备。他心中有些小小的喜悦，取了一盒烧好的蹄圈，一听韩国的鲱鱼罐头，打开倒在盘子里，放在微波炉里加热，又开了瓶法国的罗氏华榭。把这些东西处理进肚皮之后，他开始收拾房间。这是很多单身男士不具备的优点，毛利民对整洁具有超越极限的要求，从厨房的器皿到客厅的拖鞋皮包到房间里的衣物椅子杯子都要各就各位。忙完这些之后是整理床铺，毛利民先把被子叠好后放到椅子上，再用毛刷一下一下地刷平床单。这时他看到洁白的床单上有几小块新鲜的瘢痕。他用右手的食指轻轻摸了摸，感觉到似乎还有些潮湿，便决定扯下床单赶紧洗了。床单的另一端压在床垫里，他就使劲拉扯，床单扯起的时候，一个细小的蓝色塑料袋跳入眼帘。他心里咯噔了一下，他看见那是一个已经用过的避孕套包装袋。他像下围棋时那样用右手的食指和中指夹起了这个天蓝色避孕套包装袋，拿到眼前端详了许久，"激情浮点"四个字很清晰地映入眼帘。他知道这不是他们昨天晚上、昨天下午使用的那种——他随身带的避孕套是意大利制造粉红色袋装温柔浪漫螺纹型的。

他没有考虑，甚至没有揣想是哪个男人来过这里，何时来过，就抓起烫衣板上的剪刀，把这只突然出现的小小塑胶袋子一下一下地剪碎，剪碎，然后拐进卫生间，丢进马桶，按下冲水按钮，"哗——"的一声嘶叫，蓝色碎片飞快地打着旋没了踪影。他愣愣地盯着马桶，看着水自动注满半截，然后停止，水面一圈圈地平静起来，他这才转回身，把拢起的床单重新拉开，找到那几个斑点，用食指尖按了按，感觉还是有些潮湿，确信是他们的产物，就卷成一团，丢进洗衣机。又从柜子里找出新的床单铺上。他非常娴熟地做着，仿佛是在自己家里。做完这一切，他拧开电视，春晚的节目依旧在好几个台反反复复地播出，然而他却没有了兴致，也没有了看的欲望。他来到阳台，看到一盆开得正艳的绒球花，跟他父母家的居然一模一样。他有点惶惑这天南地北的绒球花怎么开得一模一样呢？毛家住的是一套老公房，父亲是"三类人"，母亲是从云南西双版纳返城的知青，在街道小厂做工，五十一露头就退休了。那套老公房是一九八〇年代工厂最兴旺发达时建的，面积不大，但都有一个宽敞的不算在房子面积之内的阳台，老人们整日没事，就把这阳台精心地规划，除了种上几盆可以食用的葱和青菜之外，还种了一株枝叶欣荣的茶花和一盆冬天开的绒球花。茶花还没有开放，但绒球花开得早，花期长，在单调的北国冬天里，这盆绒球花仿佛一位活泼的小天使，给他们家带来了许多的温馨和春意。

毛利民忽然觉得把老父母丢在家里自己跑到千里之外与情人幽会，是种罪过，父母把自己抚养成人，很不容易，特别是在九十年代末街道工厂一天不如一天的时候，父母起早摸黑，省吃俭用，供自己衣食无忧地念完上海财大，心下的歉疚如炊烟一般袅袅升起。正当这袅袅升起的感觉还没有弥漫屋子的时候，手机又响了，短信的声音，自然还是李亚男的："走路有点疼，今晚你要轻点。"呵呵，这是他俩之间常有的挑逗短信，他知道李亚男陪得无聊，开始心不在焉了，但他这次竟然没有以往的激动，也没有回应的灵感，他眼前晃动的还是自家阳台上的那盆红色绒球花。过了好一会儿，才想起该回复一下，就点开屏幕，写了两个字发过去："好的。"

毛利民决定给父母拨个电话，号码一拨完，那边就有声音了，是妈妈的："我和你爸都在等你电话呢！一切都顺利吗?"什么一切? 妈妈只知道他是到海口，这几年的春节他都要到海口，妈妈心里的猜测也一定是他在海口有个女友，但她不会知道儿子的这个女友会不会成为她的儿媳妇，也不知道这个女友长得是否标致，是否健壮，从事什么职业，几点上班，几点下半，每月薪水多少，儿子也没有告诉她，但她还是高兴，儿子有地方去，就是好事，唉，都三十出头了，虽然现在三十也只能算个大孩子，但毕竟大院里很多比毛利民小的孩子都结婚成家生儿育女了。

有地方去就好，现在的父母就这点要求。

"妈，昨天我手机没电了，这边挺顺利的，你也跟爸说一声，我过几天就回来。"

"能多玩几天就玩几天，反正放假了。"做妈妈的心里还是暗暗地希望儿子多待在女友那边，这样女友变成儿媳妇就多了几分可能。

"玩不了几天，初七就要上班，我总得提前赶回来。"毛利民忽然想提前几天回去。有了这个念头，就觉得这皮箱根本就不必打开，前两年过来，他都要把行李箱的东西拿出来放在亚男的家里，衣服放在亚男的衣柜里，刮胡刀放在亚男的梳妆台上，袜子晾在阳台上，杂志放在亚男的书架上，电脑放在亚男的书桌上——他理所当然地把这里视为自己的家。但现在他提不起兴致打开皮箱，他感到浑身松软无力，像泄了气的皮球。

但他还是打开了，还是把今天就要换的衬衣拿了出来。他想起返程的机票也很紧张，改签未必容易，便给携程网打了个电话，联系改签，电话那边说这张票是特价票，不改签，也不退票。只有重新订一张，那就不着急了，反正海口返天津这个时节都是全价的机票，到机场买都来得及。盘算这些事的时候，手机又有短信来，还是李亚男的："毛毛我半小时后回家。"他回了个"好"，就放下手机，心情好像是梅雨季节一样，湿漉漉的，没有特别地高兴也没有特别地不快。

半小时后亚男回来，毛利民在翻看着《周末画报》，那是李亚男喜欢看的一份报纸，比那些日报晚报好看多了，据说还是家民营公司办的。毛利民没有起身，只是说："忙完了？"亚男换了鞋，放下小包，一转身就坐到了毛利民的大腿上。"不高兴了？"话是极轻柔，"以后我不出门。"

"没有啊。"毛利民有点心不在焉，但他还是注意到李亚男的外套不是早上出门穿的那件，大开的 V 领两边是高耸的货真价实的乳房，因为靠得近，他看到乳沟两边突围而出的部分，紧绷着形成一条深刻的沟壑，把女子的健康和狐媚渲染到极致，吸引了他的全部视线，他不能不感到有些快意："这是我的女人！"如此想着，抬眼再看亚男，亚男正暧昧地盯着他微笑，温润的手臂从他的脖子后面缠绕而来。他忽然感到下部坚硬起来,硬撑着裤裆。亚男会意,飞快褪下超短牛仔裙,连同里面的蕾丝内裤,抬过腿跨坐在他的两条腿上。

晚上他们一起做晚餐,说是一起做,但亚男几乎没让他做什么事,只是让他站在身边陪着说些话儿,女人很娴熟地洗菜切菜炒菜。这时候毛利民心中忽然升起一个念头:这个女人,是适合结婚的,也是需要结婚的。他对心头忽然冒出的"结婚"的概念感到非常惊奇。这是他这么多年来第一次有了"结婚"的想法。他不由得盯着亚男看,唇线明晰富有性感,轻盈的鼻翼是如此匀称,弯长的睫毛自然上翘,圆润的耳垂下挂着一粒绿翡翠耳坠,一条高档的珍珠项链体贴地垂在柔软的胸脯上方。亚男被他瞧得有些不好意思,但并不抬头看他,只轻轻地说:"想吃了我呀!"

"是的。"这次毛利民说得非常认真。

2

柳眉到海口的时候,只是想做一个公司文员。卑之不甚高,如同她的父老乡亲,只想每日到古浪镇上卖出一百个香喷喷的馍馍,每个价钱八角,除去成本,一趟可以净赚三十七元四角二分,当然来回的脚力钱、一天的工夫钱都不上算,乡下人不缺这些个。古浪地属武威,南枕祁连山,北与戈壁相接。汉唐时代那里是物阜民丰草长马肥的好地方,官佐商贾王公贵族在这里安居,然而人口日多,垦殖日繁,水土流失,荒漠与戈壁日渐严重,现今的武威市区繁荣锦绣，远离市区向北，一大半是荒无人烟的戈壁，早已不见当年家家杨柳户户炊烟的影迹。西部大开发，是当代富有远见的国策，喊了好些年头，可是年年只见孔雀东南飞，很少才俊西北望，怀想改革开放之初，全国到处一样穷得响当当，为何今天有中西部之别？南北之别？沿海与内地之别？前些年有好事者说是地域人群的差别，以为北方人好义不好利，但南方不一样，南方人喜欢财富，不怕探险，不怕漂洋过海，南方的地产丰富，南方气候适宜万物生长，包括太爱面子的政客与太爱钱帛的商人。好像有点道理，其实毫无道理，因为几千年的历史就是一个绵长的反例，汉唐时期，汉中陇西的富商把生意做到了地中海，形成了今天上上下下津津乐道的丝绸之路；到了明清两朝，山西的商号数百年兴旺发达富可敌国，连皇家都倚重。在各种资源那么集中的今天，地方滞后发展，经济缺乏劲头，不能怪地性打摆子，主要还是治理没有完全跟上。套用古人的一句话，典守者与有责焉。几十年过去了，若还是拿"底子""人才""环境"做借口，那是说不过去的。面对那些欠发达的地区，确实要有一批有雄才大略的人来经营地方，沉潜基层，打持久战，否则，全国那几百个贫困县三十年之后还是滞后，还是欠发达，还是挂在扶贫对象的名册上。这个问题更深入更中规中矩的研究，就留给社科院、研究室、国情研究中心、行政学院与党校这些高级智库去忙乎吧。这两年海南这个拳头大小的岛屿，当年四十军、四十三军几天就荡平的地方，都叫嚷着要建成国际旅游明珠，口号宣传震天价响，俨然当年东风吹战鼓擂，海岛顷刻就要从小九变成幺三。土地开发一块接一块，房价一涨再涨，听说三亚那边的大板房随便哪个旮旯单价都要一万好几了。当代中国老百姓积累的经验就是国家开发哪里，哪里就会暴富。不信？你看看当年深圳、浦东的垦荒者，现在哪个不是腰缠千贯万贯，最不济的也有好几套房子。房子就是钱，就是目前中国最能保值增值的东西，最为安全最没有毒素和塑胶剂的东西。这种不需要努力，只需要跟进的思想早已随着一堂堂的管理课案例深深地植入了管理系学生柳眉的心中，她希望自己成为海南大开发的第一批创业者，希望自己能坐在窗明几净的办公室里，处理来自四面八方的商业信息或者下属公司的报表，把她学得最好的统计分析知识用上，每天为主管提供一份商业价值无比的分析报告，然后在主管赞赏的目光中下班，离开办公室，走进1.6T的锐腾，一溜烟地驶进繁华大街，左拐右拐在一处高档小区中泊下，然后神情闲逸地进入自己的两居室小清新风格装修的住所……她知道现在的毕业生起薪都不高，她希望通过自己的勤奋、努力、精明加上优异的管理专业知识，争取在两到三年内实现那薪水翻番，这样她就有能力交个首付，买到自己心仪的房子，装修成布尔乔亚的小清新风格，然后每年把爸妈接到这南方都市里小住十天半月，逛几回商超，看几次小剧场，让一辈子面朝黄土背朝天从土疙瘩里刨食的他们分享女儿的成功，分享改革开放的红利，体验体验这大城市的现代幸福生活。

怀揣着对幸福生活的期望和卑微的野心，柳眉没有任何犹豫，毕业了就像欢快的燕子一样翻跹飞到海南。二○一一年七月她同最后一批同学离开了学校，一张硬座车票坐了二十九个小时到了海口。此前她没有来过海口，只因要到海南发展，心眼里千百次寻思，一个南方的省会城市，恐怕都是电视中的香港纽约，摩天大楼，宽街大道，豪宅名车，红男绿女，珠光宝气，到了海口才知道理想很丰满，现实很骨感。发展中的海口市，老街连旧巷，新楼杂旧楼，既没有帝国大厦，也没有皇后小区，城区也不大，一泡尿就从市中心流到郊区流到乡村或者大海里去了，整个都不如兰州气派，反倒有点像她念书的大学所在地洛阳。人们的衣着也谈不上光鲜华贵，与那年暑假在上海滩目睹的富贵奢华风光旖旎相差不啻千万里。这开发也只是一个概念，一个媒体发酵的口号，新楼虽在不断地耸起，但没有多少新的公司在冒泡，说穿了还是土地财政房地产兴荣，科技与商业还没多大的影子呢。找了个极便宜极阴暗的小旅店住下，四人间的凉席床，每天房费三十六元，开始了漫无边际的求职旅程。在网上她几乎给所有大一点的公司都投上了简历——尽管它们大多数并没有招人的消息，但她总不能守株待兔，她需要尽快找到工作，不过收到的回复寥寥无几。第一个给她发来面试通知的是一家烟酒批发公司，柳眉去面试时才知道那根本不是什么公司，就是一个塞在小巷子里的批销店，那天男生由老板面试，女生归老板娘面试。那老板娘三十开外，长得倒不丑陋，就是身材肥硕，似乎要把所有的财富都储藏在身上，两眼透着老生意人的精明。她拖着两根皮的拖鞋来到楼下，见柳眉长得高挑清秀，就一口回绝了："我们这里要干体力活的，整箱的酒，搬上搬下，你长得细皮嫩肉的，手臂像麻秆，哪里搬得动，还是算了吧。"第二个通知是一个电话，约她晚上去富佳丽永会所二楼面试，她兴冲冲地跑过去。那家会所倒是一个很气派的建筑，大理石贴面的高楼，乳白的灯光从地上直射到楼顶，映衬着楼宇巍峨挺拔，她站在楼下，显得十分渺小，心里有些忐忑，这样高级的会所需要她这样的二本生吗？她没有信心，这身很不适宜的陈旧衣裙分明写着她的低微和贫困，但她还是抱着一丝憧憬上了二楼。她怯怯地迈出电梯，像只贸然闯进城市的小鹿，四处都是那样的陌生，宏大的楼厅，昏暗的灯光，低回的音乐，穿着高档而暴露的女生，一位色迷迷的西装男士端着一个酒杯向她晃荡着走来……她突然意识到这是一个是非之地，赶紧回身下楼，逃逸一般地跑了回来。此后一个多星期，没有任何面试的通知。在海南她举目无亲，连同学都没有一个，她揣着口袋里越来越少的毛票，徘徊着不敢去吃那最便宜的十元一碗的米粉，她感到神经在膨胀，差不多就要崩溃了。第八天，她在富民路上看到一个招聘的广告，想都没想，直接奔过去面试。这是一家有七十多间房的酒店，年轻的女老板好像也是一个离开校门不久的女生，大概家里有点钱，父母给她来创业，刚把它盘下来，想办成一个有点档次的商务酒店，要招聘一个前台大班，特别要求具有大学管理专业文凭，柳眉正好符合条件，一面试，就录取了。可是整整一个夏天，这家装饰一新的酒店竟然没有几个客人入住，看着年轻的女老板愁眉苦脸的样子，柳眉就辞掉了这份每月有一千二百元工资的工作。后来谋到一个培训学校的代课，但是没有教学经验的她根本就无法组织课堂教学，也不知道学生们懂了还是没懂，有些数学题她自己也不知道怎么解，有些题目连答案也不大搞得清楚，总之丢人丢大了，很快被那些挑剔的家长轰走了。幸好哥哥在江苏的高铁工地上打工，收入有保障，给她汇了两千元来救急，要不然真的就要流落街头了。奔走在寻找工作的道路上，她常常想起中学时读过的黄仲则的诗，"全家都在秋风里，九月衣裳未剪裁"，好歹她没有成家，好歹海南没有秋天。到了十月份，海南的游客开始多了起来，一些旅游公司的生意日日见好，柳眉被一家小小的旅游公司录用，负责市场推广，通俗说就是招揽顾客。她的工作其实很简单，就是印制大量的小小的旅游卡片，这张卡片上有她们公司的组团信息和景点信息，然后交给临时雇用的农民工、实习生到各处散发。需要参团的旅客可打他们的电话，由他们跟大型的旅游公司联系拼车成行。十二月份的时候，经理郭东（也就是公司老板，一个长得有点像唱歌的刘欢但比刘欢更矮更黑且更肥满的男人，他不要伙计们喊他老板，而是称呼他经理，或者郭总）给柳眉发了五百块钱的提成，他用肥嘟嘟的手并不灵便地点着钱，交给柳眉。柳眉伸手去接，经理郭东忽地快速地伸出手掌，把柳眉的钱带手一起攥住：

"跟我，我有钱。"

柳眉一愣，猛地抽回手，眼泪夺眶而出，连钱都不要，一转身就跑出去了。

那时是下午三点，海口的幸福市民才刚刚睡好美美的午觉，伸着慵懒的腰身，准备着去单位上班。南国的鸣蝉，个个盘驻在街边高大的树木上，声嘶力竭地捍卫着发声的权利。柳眉上午赶着去工厂加印了两万张新的招贴，为了省钱，她把这两万张招贴捆成三大包，请工厂的师傅帮忙码在自行车的载物架上，再用尼龙绳束得结结实实，然后她一步一步推回来。她知道她所在的这个旅游公司其实不过是一个鸡毛公司，没有自己的旅行线路，也没有自己的旅游巴士，只是给别的大公司和景点招揽顾客，卖门票，卖座位，然后得点介绍费和抽头，根本就没有什么钱，所谓的老板原来开的是个快餐店，因为卫生不达标，也是因为顾客少赚不到钱送大礼给那些管理部门的大爷们，就关了门。后来看到旅游有些旺，又不需要什么成本，借了点钱注册了一个旅游公司。柳眉到了公司没几天，几个早些来的同事就把这点底细告诉了她。她没嫌公司小，只觉得现在工作难找，自己要好好干事，能帮公司省的就尽量省，能帮公司做的就尽量做。这不，一个女大学生，推着百多斤重的大纸包，冒着毒辣的太阳，一身臭汗，颤巍巍地从城西的海岸印刷厂推到城东的好山好水公司，五六公里的路程，现在有几个年轻的大学生做得到呢？

然而这就是她的处境，她的生活，她的工作，她的希望所在。一肚子屈辱的柳眉跑到东环大道上，那边刚刚整修好，宽阔笔直的双向十车道的南北大街，证明这是一个富有的省会城市，将来媲美曼哈顿东京香港巴黎维也纳圣彼得堡都毫不逊色。东环大道的东边还没有什么建筑，自然也没有什么机关，行人稀少，零散的砖头石块散落在杂草之中，一副散漫无心的场面。柳眉心里不畅快的时候，喜欢来这里走一走。路边只有移种不久的棕榈树，稀稀拉拉，太阳火辣辣地从头顶照射下来，就像把热火泼在人的身上，柳眉一无所觉，她的痛苦，她的屈辱，她的忧虑，随着泪水流得满面都是。难道生活就真的是这么艰难吗？我怎么没有看到那金光大道呢？我的快乐双桨呢？我的玫瑰色梦想呢？她想起哥哥，一个没念完高中的西北小伙子，也早早离开了故土，离开了年轻的妻子和女儿，常年在华东的高铁工地上，披星戴月，冬夏相继，他们干的是辛苦活儿，没有"繁重，最脏，最累，最危险"的标记，他们穿粗布，戴安全帽，住工棚，睡木板，每顿吃下六到八个馒头，另加一碗白菜烩粉条。他们已经不被称作进城搞副业的，更不被称作盲流，他们拥有一个新鲜体面的名字——"农民工"或者"进城务工农民"，但他们还是他们，前年如此，去年如此，今年还是如此，还是不分寒暑不分晴雨劳动在各个工地上。然而，现在居然还是这个农民工在接济着她这个大学毕业的亲妹妹，好使她免于流浪街头。

"长安米贵，居大不易"，怎么海南也是这样呢？"不能走，不能！"柳眉还需要这份工作。尝够了待岗滋味的柳眉，不能再次待岗。

"我要坚韧地活下去！"柳眉捏紧拳头，暗暗地鼓励自己。

"不愿意就算了嘛，我又没勉强你。"经理郭东看到柳眉回来，就过来大咧咧地说。好在其他人都去散发招贴了，办公室里没有别的人。郭东说完，还是把那五百块钱丢在柳眉面前那张从旧货市场上拉来的黄色油漆的老式办公桌上，然后挪动他那低矮肥满的身体，腿脚轻松地出了门。过了一会儿，老板娘陶红卫气汹汹地跑过来，拿着一根废旧的皮带，噼啪噼啪狠狠敲打着地上的纸包，没好声气地说："怎么这么多灰尘？"

"这是刚搬回来的，怎么会有灰呢？"柳眉回答她。

"怎么还没有发走？"

"今天才印好的。"

"旧的没发完怎么就印新的？"老板娘陶红卫的脸黑了一大半。

"旧的快没了，经理说年底印刷厂的活儿多，要早点印备用。"

"印了多少？"

"两万张。"

"用得了那么多吗？谁叫印那么多的！就知道出不知道进。"陶红卫的声调提高了八度。

"你问你老公吧。"柳眉有点忍不住，丢下这句话，就出了办公室。

"骚货！臭逼！死不要脸！"

柳眉还没有走开五米远，就听到老板娘陶红卫一句句脏兮兮的话噼里啪啦像砖块一般地投掷过来，重重地落在身后，在水泥地面上砸出一个个碗口大小的坑，就连四周的楼房也被震动了。

小老板郭东的好山好水旅游公司最人性化的方面是为职工提供免费的住处。这个临街的四层简易小楼是郭东自家的产业，早年建的，当时听说这地段要拆迁，为了获得那两到三倍的补偿，那些精明透顶的居民们几乎一夜之间都把自己的两层小楼加高两至三层，成为颇为可观又参差不齐的高楼。后来城建没往这边发展，这些一夜建成的高楼不能出口只好自家消化。郭东家的四层楼面积不小，把潮湿的一楼腾了两大间给职员住，男女各一间。和柳眉同住的是两位从四川来的农民工，小汪和春梅。小汪是绵阳人，属兔的，本命年，中等身材，又有点黑，看上去就很皮实耐劳，不怕你工作多辛苦，也不怕你生活多艰难，她永远是那颗只要有一滴水就能生长发芽的种子；春梅长着个孩儿脸，看起来有点稚嫩，两个小酒窝，浑身绷得紧紧的，真是裹不住的青春年华。她们一年多前就到了这里。柳眉来了之后，就和她们住在一起，反正每人一张折叠床，房间也不见得多拥挤。这天晚上，她们忙完了工作，挤在一块儿看电视，不久就听到楼上在吵架，是老板郭东和老板娘陶红卫两个又开始了文攻武卫。这对夫妻真是天生的一对，长相、肤色都差不多，战斗力也旗鼓相当，每次都是势均力敌，最后不分胜负。但是这次吵架的内容却和柳眉相关，柳眉听得出是为了她才吵起来，大概是陶红卫不同意给柳眉多加五百块，说郭东是看上了这个骚货。郭东骂陶红卫不懂事，这个月柳眉过来，业务都提高了一大半，有三万多的进项，分五百块给人家怎么就不行。陶红卫说，你怎么不分给其他几个人？他们难道没做事？郭东说，做的事有大有小，有难有易，过去这些设计都要请人做的，都要付钱，现在都是柳眉做的，一分钱都不用付，怎么不能有点区别？听到这里，柳眉心想，这个猪头丑是丑，心里还是个明白人。再一听，就是陶红卫的骂声：什么大作用小作用，我看就是你看上个那狐狸精，要不然你怎么老是待在办公室打转，你怎么不像以往一样出去找生意？什么东西，骚货！陶红卫狠狠地骂着，声音提高了八度，生怕楼下的听不见。

"那你也骚货看看，你也骚货看看！"郭东一言不让，说着就狠狠地甩上门下楼去了。

"你也骚货看看！"柳眉和小汪听到这句话，不由笑了起来。笑完之后，柳眉伤心得要哭，春梅安慰她："柳眉姐，你别介意，这种小老板都是这个德性，先天没教养，后天没学好，书没读几页，坏水一肚子，你先将就着做，能忍的就忍，不能忍的也忍忍，等找到好工作就不用受这样的气了。"

一边做着这卑微的活计，一边寻觅着好的工作，然而好工作还是像星星月亮一样可望而不可即。所有的简历投出去都如石沉大海，这不，快到春节了，哥哥来电话邀妹妹回家过年。哥说，妹妹回来吧，一年一家人才能聚一次，爹妈都想看看你，你要是没有钱买火车票，我给你汇。柳眉说，哥，这一个塞北，一个海南，来回路上六七天，花费两三千，一年你能赚几个两三千啊，还不知道买不买得到票。哥哥那边就没再吭声。由于到海南来度假过冬的人多了，柳眉又把公司的信息通过网络发到全国各地，不明底细的外地人，哪里知道好山好水旅游公司的底细，纷纷联系这家公司，生意火得不能再火，电话从早到晚就没有停过，电子邮件接二连三，老板为了不让这几个员工回家过年，耽误生意，就答应春节期间每人给六百元的加班费。多了六百元，大家心里高兴，只有柳眉知道，按照法律规定，节假日加班费要拿双倍，就远远不止这么多的。然而她没有说出来，她在乎这份工作。

大年三十晚上，柳眉和小汪、春梅她们几个一起去吃大排档过年。这个事情她们议论了好几天，兴奋了好几天，小孩子盼望过年也不过如此。地点是小汪选的，说是周边最便宜的一家，而且啤酒饮料半价。他们到那里的时候发现有两个陌生小伙子，一个是小汪的男友马林，小汪喊他大马。另外一个是大马的同事兼头儿刘克，听介绍知道他是湖南湘西凤凰人，大学毕业，来海南快两年了，现在和大马一起在一家公司看库房，掌管库房的钥匙，人黑而矮瘦，站起来，还不到柳眉的眉心，有点像个猴精，但眼睛贼亮，话不多，表意很准确，看上去受过很好的教育。柳眉有点疑惑，刚到好山好水公司的时候，就听说小汪是结了婚生了孩子的，她的丈夫前些年在工地上出了事，从脚手架掉下来，右腿粉碎性骨折，一直没有得到好的治疗，到现在走路都一跛一跛的，不能下苦力，也就不能再出门打工了，只好在家里种种田地，照看孩子，换了小汪出来打工。但小汪怎么又有一个男友呢？柳眉有点懵了。春梅见她疑惑的样子，底下捅了捅她，她也就明白了。

大马看上去就是爽快人，待大家都落了座，就说："今年过年多了几个朋友，我来请客。"

众人都说不可，既然是朋友相聚，还是 AA 制。大马说，我年纪最大，又是大过年的，还是我来请客。春梅说，你有几个钱我不知小汪姐还不知道？还是 AA 制吧。大家都说春梅讲的有道理，刘克也说 AA 制吧。大马见众人坚持，只好同意。柳眉这才发现在农民工群体中，AA 制的观念早就流行起来了。大家合计着点了一桌丰盛的菜肴，川菜的鸳鸯火锅，粤菜的白切鸡，杭帮菜的滚油猪肘，鲁菜的大葱煎饼，京菜的片皮鸭，湘菜的泡椒鱼头，虽然不敢担保正宗，但菜谱上有，都点上，过年嘛，总要圆圆满满的。大家谈着各人的经历、故事、见闻，甚至抛出黄色的段子，大笑、碰杯、猜码、拼酒，快快乐乐，日间所有的烦躁、不堪、惊惶、贫困、疾病、担忧、屈辱、悲伤，都抛在了一边，好似与他们毫无关系。他们兴奋地讲着生意，货物，客户，收入，奖金，压岁钱，早餐，菜肴，鞋子，牛仔裤，背心，D 号罩杯，车票，三等座，二锅头，当然，话题从未涉及到股票，期货，年薪，度假，话剧，房价，贪官，洗钱，茅台，国窖，大 V，跑车，北戴河，红二代，富二代，丹麦奶粉，经济学家，萨义德，乔布斯，地方大员，世界银行，这些高大上的问题。这就是我们最最朴素的青年一代，他们同样是共和国的公民、建设者和接班人。他们过着简单的生活，有着简单的欢乐和期待，却不知道世界正与他们渐行渐远。吃完饭，夜幕已经深沉，薄醉的小汪就被大马搂着走了，柳眉和春梅正要往回走，忽见小汪又小跑回来，喊住柳眉，在她耳边低语了一阵，只见柳眉拼命地摇头，她这才又折转跑回大马那边。

原来小汪问柳眉看没看上刘克。"刘克对你挺有意思的，你们都是大学生嘛！看上了，今晚就到他那边过夜。"小汪说。

柳眉拼命地摇头。

"他是自己租房住的！"小汪低声强调。在农民工眼里，能自己租房住，是一件很了不起的事。

这是什么话？这就是他们的爱情？或者生活方式？或者生存方式？柳眉坚决地摇了摇头，她虽然也喝了好几杯啤酒，但没醉，她知道哪些底线不能跨越。她和春梅一起回到了那间塞满衣服、鞋子、包装袋、行李箱、快餐面箱和像游击战士一样时出时没的蟑螂的宿舍。

那夜的星星布满天空，四处的蛙声和喜庆的爆竹响成一片。

3

三亚的亚龙湾是游泳戏水冲浪的胜地，很多富豪大亨名媛淑女在这里都拥有自己的赛艇游船，自然每年少不了各种风流韵事，比如某冰冰在这里闹了姐弟恋，李大侠牵手小龙女，小超人与第十七位女友拍拖，诸如此类，虽然大海阻隔，云天千里，那缕缕香风还是藕断丝连飘到了广袤的内陆，在高档社交圈与中产阶级之间广为流传，变成海南若有若无的独特魅力之一。高伟邂逅骆丹正是在亚龙湾的沙滩上。大学毕业三年，高伟都在一棵树上吊着，勤勤恳恳地做着自己的那份职事，到了第四个年头，他就业的这个世界五百强企业终于给了他到海南度假七天的奖励。在西北长大，在西北念大学，在西北工作，一米八的西北汉子高伟要不是这次到海南度假，还不知道大海是什么样子，不知道沙滩是个什么颜色，自然也不知道遍地穿泳装的男女是何等风情。人有时候就这么落伍，落得不知不觉，落得离题万里。和他同时进公司的校友徐婕娜旁若无人自告奋勇地提出自掏腰包，陪他到海南一游，他想都没想就一口拒绝了。他可不想带个毫无关系的女生东游西逛，早些日子他就听同事说过这个女生太喜欢劈腿了。劈腿是什么意思，起初他并不明白，还以为是舞蹈演员劈一字马，为此专门问过徐婕娜为何专爱劈腿是否小时候练过舞蹈。徐婕娜为此瞪了他一周的白眼。百思不得其解之际他登陆百度检索，这才恍然大悟，自知失口铸成大错，好在徐婕娜不是小心眼的人，白眼之后还是青眼。他从网上没有订到亚龙湾附近的酒店，太贵了，真是他妈的坑爹呀，一个四星级酒店的标准间居然要三千元一晚，他只好选在大东海附近的简易酒店住，但也要九百元一晚。他不能超标，公司给他的度假费就只有一万元，限额实报实销，来回都是全价的机票，他订了五天，也就预付了五天的房费。大年初二这天他一早飞到三亚，乘了公汽到大东海，住下来后就到门前上了公汽，走走停停，赶到亚龙湾时已经是下午两点半了，正是海水变暖可以下海游泳的好时间。他远远就望见了蓝色的大海，水晶一般地柔润，一望无际地辽阔，点点银白色的鳞片在欢快地跳跃，湛蓝的天空没有云朵，左边的一线山痕起伏了几个小小的曲线就消失在海里，仿佛饮水一般。海鸟偶尔从海面上掠起，扑腾着翅膀飞向更辽远的地方。那还是海。拉回视线，近处是一弯白色沙滩，被洗刷过千遍百遍，细若粉尘的沙粒，好似精心筛出的。在沙滩中部地带，汇聚了形形色色的男女老少，脱去了冬日厚重的衣装，穿着各式各样花花绿绿的紧身泳衣，露出白森森的或者白里泛红的或者黑红的大腿、胳膊、胸脯、颈脖，各种肥硕的身躯、尖瘦的身躯、凸起的臀部、扁平的臀部、高耸的胸部、平板的胸部展览一般地晃来晃去，还做出各种造型，绝不雷同。人们毫不犹豫地暴露着自己的身体，暴露平日里紧密包裹的身体，这时的自信力都在急剧地膨胀，像鼓荡的船帆，直入云间。那轻快的步履，呼朋引伴，何其惬意至极。"呵呵，跟电视里一样的。"第一次看见了辽阔的大海和遍地屁股的高伟欢喜无比，他快步走下了台阶，走向沙滩，走向海边。只是第一次走沙滩，不习惯这脚下沙地的不稳与沉陷，深一脚，浅一脚，摇摇晃晃，没法快起来，他干脆脱了鞋袜，这才觉得轻松些。他一边环顾四周赤裸的男男女女，一边仰望湛蓝的天空，忽然踩上一个肉乎乎的东西，随即一声尖叫——"哎哟——"，他立即低下头，这才发现自己踩上了一个埋在沙堆里的人。

而且是个女人。

一个娇小的女人。

"眼睛！眼睛！"

却不是被踩上的女子咋呼，而是被踩的女子旁边的一个女子尖叫了起来。被踩的女子已经坐起来，身子向前倾下，双手捂住被高伟踩了的左腹部。高伟看出对方疼痛的表情，知道被自己踩伤了，赶紧蹲下来，赔礼道歉，关切地问："伤着了？"

对方没有理睬。

"到医院去看看好吗？"

对方还是没有理睬他，只顾弯着腰按着腹部，好像只有那样才能减轻痛楚。高伟这才注意到女子身上的沙子退落之后，穿着比基尼的身体全部近距离地暴露在他面前。然而女子并无羞怯回避的意思，还只是按着腹部，嘴里发出轻微的"哎哟"声。

"没长眼睛啦？这么大个人！"旁边的女子凶狠狠地批评小伙子的冒失，现在的女子普遍就是这么凶，也不懂讲话。

"真的不是故意的，没看到。"高伟一脸愧疚，"我哪里知道这沙里还有人呢！"

确实，身材高大足足一百八十斤的高伟第一次到海边，哪里还会想得到这沙里还埋着一个个的人呢，而且还埋得那么密实，整个身体都埋在温热的沙里，只露出鼻孔和眼睛。毫无海边生活经验的高伟不知道日光浴，热沙浴，自然也就不会霸道地想到"谁叫你埋得那么深，你埋在沙里是咋回事"。他来自边远的西北乡村，只知道乡村的黄土榆树、炊烟沟壑、生老病死、六畜五谷，他又来自研究所，只知道研究所的仪器设备、操作流程、演示与讲习，他哪里知道这么多富人的消遣和生活？不过，他是个善良的小伙子，知道自己踩伤了人，就得负责任，看到对方疼痛难忍的样子，颇能感同身受，还是坚持要送医院。旁边有几个人围观了过来，那个惊叫的女子也跟着说，还是到医院检查一下好，看看是不是踩断了肋骨。大家都说检查一下好，有伤及时治疗，免得耽误了。被踩的女子就点了点头。高伟不怨天不怨地，只怨自己运气太菜，度假才开始，就惹事了，而且惹上大事了。这下恐怕还得赔上年终奖。他轻轻地扶起被踩的女子，发现女子身材娇小，瘦而匀停，惹人怜惜。

惊叫的女子问："有同伴吗？"

被踩的女子摇了摇头。

"要不要我陪你去？"惊叫的女子显然是个热心肠，根本不在乎耽误自己的休假。

"不用，谢谢你。"被踩的女子说。

"我送她去医院。"高伟说，一副一人做事一人当的诚恳。

大家都点了点头，表示同意。大家看得出高伟是个憨厚的小伙子，不像个奸猾之徒。

　　被踩的女子刚挪动一步，就发出一声更大一些的"哎哟！"高伟感到她伤得不轻，只好提出："要不我抱着你走？"其实，老实的高伟到现在为止都没有碰过女生的身体，怎么抱呢？然而不抱又怎么办？只好抱，没有办法的办法，人家都伤成这个样子，还能怎么办？还能讲究什么？

　　"不用，我自己走。"被踩的女子瞟了一眼高伟，眼睛里已没有反感和烦躁，她坚毅地说，"你帮我拿一下衣服，还有鞋。"

　　高伟习惯了被吩咐，把被踩女子的衣物收拾一起，右手拎着，左手搀着女子，像搀着伤员，到了更衣室，女子坚持自己进去冲掉身上的沙子，更换衣服。高伟就待在更衣室外面，把自己脱掉的鞋袜重新穿上。什么都没想，什么都来不及想。事情就这样发生了，损失造成了，他得负责任。过了一会儿女子出来了，高伟一下子没有认出来，倒是女子走到他的面前主动地说："走啊！"他才确定这个长相姣好一头秀发瀑布般流泻而下的女子就是被他踩伤的女子。高伟跟着她到了街道上，叫了辆出租车，直奔人民医院。

　　正月初二的三亚市人民医院没有几个人，两只鸽子闲逸地在大门口踱着步，像个大夫似的。好像过年了，生病的人就少了，但是值班医生护士都还是勤勤恳恳地守在岗位上。挂号，门诊，拍片，高伟护着自己的小妹妹一般，排队，付费，等候。一个小时后，片子出来了，外科急诊的医生看了看说，没伤到骨头，休息两天，不要下海。女子说，谢谢医生。高伟说，谢谢大夫。

　　女子的手已经不再按在腹部，何时放下来，高伟倒没有留意。出了门诊大楼，女子回过头来对高伟喜悦地说："谢谢你陪我看医生。看病的费用我会付给你。"

"不用，"高伟一脸不安，"真是不好意思，是我闯的祸，踩伤了你。"

"你又不是故意的。"

"可毕竟你痛苦难受，又是大过年的。"

"不要紧，休息休息就好了。"女子说，"认识一下吧，我叫骆丹，骆驼的骆，丹心的丹。"

"我叫高伟，高大的高，伟大的伟。"

"你的名字挺气派的。"

"哪里话，重名率特别高，百度上有几十万个。"

"你是来度假的吧。"

"是啊，今天中午才到的。"

"哪里来的？"

"西北。"

"那挺远的，来一趟不容易。"

"第一次来三亚。"

"让你浪费一下午了。"

"不，不，是我害你受痛。"

"也不能全怪你，谁叫我把自己埋在沙里呢。"

"是我没当心，眼睛没有往下看。"

这时天色已近黄昏，夕霞飞满西边的天际，高大的棕榈树被晚风轻轻吹拂，满地的红花绿草沃若滋荣，车如流，人如蚁，欢快的汽笛，轻快的脚步，多么清爽舒畅的傍晚。高伟提议，一起吃个晚餐，算是他赔礼道歉。骆丹接受了这个建议。但是到哪里去吃呢？高伟想，人家宽宏大量，还不要他出看病的钱，一定要选一个好一点的餐厅，可是他是第一次来三亚，哪里有好一点的餐厅，他一无所知。骆丹看出高伟的难处，主动说："要不就去我住的酒店，那里的口味不错，你也就算把我送到家了。"

"好啊!"高伟没想到疑难问题解决得那么顺利。他们再次打的，骆丹跟司机说了个酒店的名字，高伟心里咯噔了一下，哇，是遐想假日酒店，这个酒店名字他在网上碰到了很多次，是个超五星级的豪华酒店，名冠海南。然而，他心里同时也惴惴起来，在那个坑爹的地方，他能买得起晚餐的单吗?

有卡! 卡上有年终奖一万元!他想，这一定足够了，实在不够的话，还有几千块度假用的现钞呢。无论如何，是他踩伤了人家，他得赔个人情，他绝不能在女人面前露窘，男人嘛，总得大度一些。

三亚的出租车开得比深圳的还快，车子贴着路面飞，飞了半个多小时，来到一座气宇轩昂的酒店前，宽阔的车道两边都是绿草如茵的草地，开过足足一百米的直进道，停泊在酒店大楼前。豪奢气派的三亚遐想假日酒店就坐落在亚龙湾的边缘。背后是高起的山岭，蓊郁的森林，前面是宽阔的海边平地，那里离游客们戏水的沙滩并不远，一段细长的海岸沙地把两处连接在一起。高伟扶着骆丹出了出租车，进了酒店，侍应生、大堂经理都对他们点头弯腰，殷勤问候，显得非常有素养。还是高级酒店的管理好、氛围好。高伟自言自语。进了电梯，骆丹拿出一个门卡，刷了一下，然后按了十八楼。

这一层是遐想酒店独有的高级行政套房层，每个套房是一般五星级酒店高级套房的两倍大小，几乎是按照住家设计的。其实高伟不知道，十八、十九层是限制通达层，没有专门的房卡，电梯不能到达这两层，即便安全通道，也需要专门的房卡。这种安保设计，确保了入住客人的绝对安全。高伟跟着骆丹走到过道的尽端，看到房门上没有任何号码或者门牌，也没有侍应生。骆丹把那卡，对着门把手照了一下，门就打开了。高伟看到的是满眼金碧辉煌、雍容华贵。"哇塞，这么有钱！少说也得八千元一晚的标准！"高伟差不多脱口而出，他还从来没有踏进过这么豪华奢侈的房间。骆丹把衣服丢在门厅的沙发上，说："到家了，我住在这里，今晚我在这里请你，谢谢你陪我去医院。"

"该我请你，是我踩伤了你，让我表个心意吧。"高伟觉得挺不好意思，自己踩伤了人家，还要人家请客，怎么说得过去？不过他马上意识到，他们之间的经济地位非常不对等，一个天上，一个地下，不是用十八级二十八级台阶可以计算的。他无法拒绝骆丹的安排，但是人穷志不短，原则问题不能不坚持。

"你就别客气了，吃顿饭，有那么严重么？"骆丹说。

话说到这个地步，高伟只好放弃自己的主张："行吧，听你安排。"

"其实我什么也吃不下，要不你将就在这里吃个简单的晚餐吧，你看这里挺宽敞的，平时就我一个人。"骆丹说完就按了一下办公台上的电话，说了一句："请送两份晚餐。"然后挂了。

"你随便看看，我换件衣服。"骆丹说着，便去衣帽间换衣服。高伟没有住过高级酒店，更没有进过高级酒店的行政套房，他里外巡视了一遍，满眼都是珠光宝气。枣红色的家具他看不懂质地年代，器皿他也是外行，会客厅外墙上有个书架，放满了各种很时尚的书，一本前总理的谈话录，塑封了，还没拆开，旁边是山东作家莫言的《蛙》。他前些天才看完这本小说，够洪水猛兽的，难怪能得诺贝尔文学奖。他拿起来翻了一下，看见一张印有比亚茨莱的裸体人像画的书签夹在里面，不禁一笑，"莫言的书也读！"这时骆丹换好衣服走了出来，高伟看去，只见骆丹衣饰一新，薄施粉黛，瓜子脸绯云初染，皓齿红唇，明眸流光颇显几分艳丽，高高的发髻挽起，一袭浅红的高领柔纱内衣，衬托得又年轻又华贵又热烈。她狡黠地问高伟："感觉怎么样？"

高伟不知她问的是对房子的感觉还是对个人的感觉，估摸是问前者，就说："蛮奢华的。"

"是吗？"骆丹有点意外，但很快就理解了，如有所悟地说，"是有点。"

说话间，门铃响了，骆丹打开门，一个漂亮的女侍送来了她要的餐点，女侍把餐点放在餐桌上，就轻轻地转身离开，轻轻地拉上门，一切都显得专业娴熟。骆丹说："我不喜欢去餐厅，太吵闹，简单一点，好吗？"

确实比较简单，高伟看到餐桌上只有两份牛排，一份蔬菜色拉，外加一小篮刚刚烤好的面包，一支波尔多白葡萄酒。高伟心想："我一个人都还不够吃呢！"但毕竟是人家请客，他得客随主便，再说也是该自己赔礼的，怎么能计较呢？骆丹似乎看出了他的心思，一边斟上酒，一边说："不够吃的话，我再请你吃别的。"

"够啊！这么多东西，面包都是一篮子！"高伟说得有点夸张。他坐在骆丹的对面，感到有点不自在，这是他第一次一个人面对一个女生，一个漂亮华贵让他有点不安、有点拘谨、有点不自在的女生。

"看来阁下应酬不多。"骆丹看到高伟不知怎么使用刀叉，浅浅地笑着说。

"我是做电机设计的，平时都待在研究室。"

"哦，科学家！敬佩！Cheers！我读书时最怕的就是数学，一考数学就吐血。"

"Cheers！"高伟说，"你已经不需要害怕数学了。"

"高考时数学只考了八十九分，要不然可能是你校友。"

"我校友？你知道我是哪里毕业的？"

"交大啊！西安交大是不是？"

"是啊，你怎么知道的？"高伟有点不解，这女子也太精了。

"看你那么年轻，就能进研究室，起点低了做不到。又是做电机设计，又是从西安来的，一定是西安交大毕业的才对。"

"恐怖！你是 FBI 的吧？"

"FBI 会要我这样的人？一脚就可以踩到医院？"

"哈哈！那是！现在连城管都要找些五大三粗的蒋门神，何况保卫国家安全的。"

"不过要看什么岗位，就像美国那个国家安全助理赖斯，德国、瑞典、捷克的防长，也都是小女子呢。"

"那是！你挺见多识广啊！连外国的政治家都如数家珍呢。"

"我只是好奇，喜欢涉猎，读点闲书杂志什么的。"

他们聊得很愉快，从文科到理科，从校园到社会，从南沙到钓鱼岛，从食品安全到环境保护，从沙尘暴到哈密瓜，从南水北调到西气东输，后来，骆丹又打开了一支同样的白葡萄酒。这点葡萄酒对于西北汉子高伟来说不算什么，对于生意人骆丹来说，也不算什么。但酒精多了一点，神经元便像雨点一样活蹦乱跳，谈话就更自由洒脱，不经意间，两人仿佛久别经年的同窗，原来的矜持都不见了踪影，胡吹海侃，也许溅了几颗唾沫星子在人家脸蛋上，一概都不在意。吃完晚餐，骆丹又煮了咖啡，两人还是坐在餐桌边上，喝着聊着。最后，水尽壶空，月色阑珊，高伟觉得该回去了，说："有些晚了，我该回去了。"

骆丹看了一下手表，时针已转过十一点。谈得如此投契，对方如此阳光，宛如尘霾中突然出现的一道亮光，耀得终日沉沦恶俗商海的骆丹有些眩晕，睁不开眼睛；又像远方奔来的一匹宝驹，喷嘶扬蹄，健壮而青春。她仿佛重回了大学时代，那些不言甘苦的日子，那些意气飞扬的理想，那些握手而过的青春，依稀就在眼前。高伟站起来要告辞，她很有些不舍，但萍水相逢，相识才半天，有什么理由挽留人家呢？再说男女授受不亲，大深夜里好意思留人家过夜？她找出自己的名片，递给高伟，说："有空给我打电话。"声音轻而温柔，就像吩咐自己的弟弟，又有点不容置疑，如同上级向下级交代任务。

高伟这才注意到名片上的信息：

　　骆丹　三亚遐想假日酒店　董事长

"呵，原来是酒店的老板啊！"高伟有点吃惊，"你升得好快啊！"他以为董事长这个职务也是一步步升上来的。

骆丹笑了笑，说："自己的企业，都是做事。"

高伟也把自己的手机号码和邮箱留给了骆丹。因为要离去，他心里也希望他们还能有联系。他进门的时候就意识到两人的距离，不敢想象也许哪一天这个不期而遇的女子会成为他的女友，将来与他谈婚论嫁，但他知道自己已经喜欢上了她，这个聪明宽容而又善解人意的女子。

酒店的司机把高伟送回大东海。高伟冲了个凉，心情愉快，很快就进入了甜蜜的梦乡。年轻就是这么好，再大的欢喜忧愁都不会影响睡眠，只要给个枕头，随便就是一场好睡。第二天一大早高伟就起床了，赶上一个旅行团去了呀诺达热带雨林。上车前，他给骆丹发了个短信，告诉她自己去了呀诺达。骆丹很快就回了短信，祝他旅行愉快。呀诺达在五指山脉的南端，离三亚不过四五十里的路程，说是热带雨林，其实就是一个平平常常的小山林，千万不要想象有亚马逊热带雨林那样的原始浩渺，也不会像大兴安岭那样古木参天，阴翳蔽日，一望无边。车子弯弯扭扭绕进深山十余里，就看到山林的全部模样。但高伟还是第一次实地看到那么繁多的树木花草，简直大开眼界。在西北，除了白杨，松柏，枣树，榆树，还有多少可以看的树木？到了秋天，寒风扫过，无边落木萧萧下，到处都是光秃秃的树干。海南四季草木欣荣，北方人初到此地，自然目不暇接。傍晚旅游车回到酒店门口，高伟下了车，准备去前面的一个面馆吃碗面再回房间，这时却发现一个熟悉的身影，正向他迎面走来。来人正是骆丹，从她的眼神看得出她的欢喜和期待——显然，她已经在这里等候多时了。他心里很感动，多少年了，没有人——没有女生这样惦记着他，等候过他。他赶忙迎上去，如同久别重逢，远远地伸过手去，骆丹呢，欣喜地拉住高伟的手，说："去了很久啊！"

"是啊！漫长的一天！"

"好看吗？"

"好看！"

"中午吃的啥？"

"面包。"

"还是那么节俭啊！"

"北方人嘛，喜欢面食。"

手拉着手，这种小儿科的对白没完没了。高伟好些年没有碰过异姓的手。唯一的一次恋爱，对方是他高中的同班同学，后来都考到西安读大学，女生在师大，周末跨校串门，两人便拉了手，一起散步，从东区到西区，从南边到北边，像哥哥领着小妹妹一样，偌大校园转了三圈，然而还是没有进展，连个吻都没有交换。第二个学期那个和他拉手的女生把手交给了同校的另一个男生，并让那个男生把自己拉进了宿舍。高伟知道后伤心了好一阵子，后来也就释然了。不过他再也没有心仪过其他女生，他用功读书，早起晚睡，除了教室，就是图书馆、实验室，他希望留在这个城市，找到一份薪水好的工作，能在城里立足，也好接济家里。他不是官二代，也不是富二代，更不是红二代，他甚至也没有学会做一个高智商的利己主义者寡廉鲜耻到处钻营，他只会像他的父辈他的老师们那样，相信皇天后土，相信天道酬勤，相信知识和技术能改变命运和人生。他的日子过得如此单调，以致工作后有些喜欢他的女子都以为他性情乖僻，不敢靠近，也不想靠近。只有花枝招展的徐婕娜有一双慧眼，发现他是个潜力股，不断地送来火辣辣的爱情，但他却不敢接受。

"过来陪你吃晚餐！今天你请我！"骆丹欢快地说。

"好啊！你看去哪里？"

"不过这一块好像没有什么特别好的地方。"

"是的。"高伟说，虽然也是初到大东海，但他从这四面望去，都是极市民化的区域，没有仙山楼阁、世外桃源，甚至连九头鸟、小南国这样的地方都没有。

"我喜欢小炒，要不找个小餐馆，点几个家常菜？"骆丹建议。

"好，你看前面有家东北菜馆，要不我们去那里？"

"好！我童年是在大庆长大的呢。"

两人拉着手去了东北人家。果然是一家好菜馆，就餐的人已经在外面排起队来，高伟以为在这样百姓人家的地方排队会委屈了骆丹，提议说："要不我们换一家？"骆丹说："吃饭就要找人多的地方啊，人多说明菜做得好，我们排队去吧。"高伟说好。

吃完晚饭，他们步行到海边。大东海的沙滩长约两公里，晚上有不少行人游客还在这里漫步。星星一颗颗地镶嵌在碧蓝的天幕上，晶莹闪亮，一弯浅月悬挂在天海之间，柔软的海水一波一波地漾上岸，又隐隐地退去。这最是情人幽会的时光，他们不知道来回走了多少遍，诉不完的前尘旧事。海滩上的人渐渐都散去了，晚风开始飘来微微寒意，高伟见骆丹衣衫单薄，建议回去。骆丹有些不舍，看看四周已经没有了人影，知道夜已深沉，便说好。两人登上岸边的台阶，骆丹的车就停在附近。高伟舍不得就这样让女子离去，静默地望着骆丹，似有千言万语，右手不自觉地伸开，想把女子揽入怀中，骆丹顺从地倾倒在高伟的怀抱里，闭上了眼睛，高伟深情地俯下身去。晚风轻轻地吹拂着海面，海水轻轻地漾上沙滩，又悄悄地退去，不敢惊动这美好的时刻。人世间最美好的画面依然莫过如此。

次日清晨高伟按照原来的计划，自行去南山，那里有举世闻名的天涯海角，还有香火旺盛的南山名刹。初到海南的人没有不去那里的。照例给骆丹发了短信，告知自己的行踪。只是到了之后，才发现景致非常名不副实，简直有点搞笑，居然还有那么多游人纷纷摄影留念，失望之际，心里又想念骆丹，想早点回酒店，今晚骆丹要来接他去看演出。但是旅行团的车子规定在五点半才开，他和导游打了个招呼，自己脱团行动，提前返回。好在三亚的公交发达，回来的车费也便宜得很，并不坑爹。

凡有新到的高级团来住店，骆丹照例要去迎接安排，之后还要单独拜访各位旅客，这是她特别重视的事情。这种工作帮助了她的人脉与业务的拓展。她的司机接到高伟后，她只和高伟在房间里简单拥抱了一下，就去忙她的事情。高伟用过晚餐，看看电视，8点的时候，就下到演出厅，观看演出。住店的旅客是免费的，不住店的观众却要买票，票价不菲，高伟进场的时候发现偌大的演出厅座无虚席，不得不佩服中国人民的文化水准和消费能力的迅速提升。遐想假日酒店的夜场演出，真正是专业水准，单是那主持人，曾在央视睥睨群星，只是后来犯了大多数成功男人都要犯的错误，粘了个小蜜，被跟踪的狗仔队尾随拍了花絮，闹得沸沸扬扬，只好辞职出来，周游列国，人气却倍增；小提琴的演奏请的是那个最近几年在国际上屡屡获得大奖的年轻大师 K；那个据说拒绝送礼也就没上春晚的相声演员也在这里登台献技，吐露英华，精彩的表演赢得阵阵掌声；德高望重的歌唱家蒋老先生也出台演唱了两首海南名歌。谁说天涯无芳草！遐想假日的演出就是三亚的文化高度，就是海南的高度，就是全国的高度。演出快结束时，高伟收到骆丹的短信，邀请他在演出结束后到房间等她，她安排好明天的事务之后就回来。

骆丹的房间有不少时新书刊。高伟拣了一本余秋雨的《何谓文化》，翻了几页，觉得余老师还是像当年一样热情地普及文化，诲人不倦，信心满满，雄视古往今来人间草木，满眼都是文化，都是知识，都是思想，都是品味，而且还普及到了海岛台湾，令人望而却步，敬意油然而生。又拿起朱光潜先生的《谈修养》，装帧简洁，清新大气，便打开来看。虽然是七十年前的旧作，但处处充满智慧的灵光与道德的滋养，居然把书看完了。再转眼看看手机，已经十二点半了，骆丹还没有回来。他迟疑着是否要先行离去，否则太晚了，打车也不方便。就在犹疑的时候，骆丹推门而进。高伟见骆丹一脸倦意，赶紧起身扶了她坐下。骆丹一下子倚靠在他的怀中，身子有点发冷。高伟顿生怜惜之情，难怪媒体上说世界上压力最大的职业是企业高管啦！做生意也真不容易，企业要生存要发展，职工要薪酬要福利，投资人要回报，某些分管的官员雁过拔毛索要各种名目的好处费，所有这一切都要面对，都落在企业负责人身上。高伟轻轻地抚拍着倦意深重的骆丹，骆丹居然睡着了。为了让骆丹睡得更舒适一点，高伟将她的全身搂在自己的怀中，宛如怀抱一个婴儿。在昏黄的台灯下，他清晰地看到女人眼角淡淡的皱纹和满面的憔悴。他有些心疼，生活同样是如此的不易，每一个层次的人都有每一层次的艰难，他还不知道这个女子如何年纪轻轻就掌管了偌大一份产业，这该要付出多大的辛劳！想想网上说的那些啃老一族，骆丹简直就是超级女汉子！高伟不由得把女子更紧地搂在怀中，仿佛害怕失去她。如此过了许久，女子越睡越熟，高伟就把女子抱到床上，脱了她的鞋子，盖上被子，让她安稳舒服地睡去。自己琢磨着早就没有出租车了，只好在骆丹的房间里将就一夜，找了条毛毯盖在身上，倒在沙发上睡了。

骆丹醒来的时候，天色已经大亮。她看到高伟和衣睡在沙发上，自己和衣睡在床上，不禁心中大动：多淳朴的孩子！她想到的居然是"孩子"这个概念。她不忍惊醒这个"孩子"，轻手轻脚地洗漱完，上了妆，写了个纸条，放在茶几上，开了门出去。她今天要亲自陪同那批高贵的旅客去蜈支洲岛，她吩咐女侍在她的"弟弟"醒来后送去早餐。刚刚说完，那个高级团的秘书就打了电话过来，说首长说今天不去蜈支洲岛，想在酒店看看大海，晒晒太阳，游游泳。骆丹接待这样的首长太多了，随时改变行程的多的是，这种情况完全按照首长的意思办就行了。她同时也庆幸自己有了时间可以去照顾一下自己的"男人"。

高伟还在熟睡，气息粗重，骆丹开门进来也没有醒。骆丹蹲下来，轻轻地拍了拍他的脸颊，说："高伟，到床上睡吧。"高伟这才醒过来，看到女子正关切地看着自己，说："没事，这里挺好。"骆丹心中又是一动：这么多年怎么现在才碰到这样淳朴的男生呢！她见惯的全是色迷迷的臭男人，要么一见面就动手动脚，要么道貌岸然之后动手动脚，没有一个不偷腥吃荤的。只有真正爱她的人，才会珍惜他们之间的感情，不会轻薄乱来。她把脸紧紧地贴在男人的脸上。她决定陪自己的"男人"去蜈支洲岛。

二〇一二年的一月二十七日，大西北的淳朴青年高伟在海南的艳遇发展到巅峰，爱情就像夏天的暴雨迅速地涨满了兴安江，一派汪洋恣肆。蜈支洲岛是整个三亚的明珠，不仅风光旖旎，而且可以潜水，可以垂钓，可以乘帆船，可以漫步海边的林荫大道。高伟和骆丹度过了我心飞翔般的一天，这一天对于高伟来说，是没有经历的经历，对于骆丹来说却是爱情之花重新绽放，过去的日子不堪回首，真正的爱情却是如此美好。晚上他们在索菲娅鱼味馆吃过喷香的海鲜面，开着车，听着席琳·迪翁的歌回到了亚龙湾。

　　一切进展都顺理成章，爱情的攀升省略了许多的言词。两人进了房间，不由自主地全丢了衣物，互拥着狂吻起来。在相互脱掉最后一件衣服时，高伟意识到自己真正迈出了第一步，多少年来他没有这样的胆量去想象自己与女友的交往，虽然他渴望这样的深入，然而他欠缺胆量和技术，不知道如何进行，他害怕这种举动会被对方视为粗鄙下流，好像他是精于此道的老手。但这次，在自己爱慕的人面前，他如此轻易地突破了内心的障碍。骆丹呢，难道她不希望真实地拥有这个让她心动的爱她的年轻的男人？不，她需要，她期待，她那春天的原野已经姹紫嫣红，黄蜂飞舞，在内心的渴望终于可以实现时，她毫不犹豫地抓住了这个机会。

　　骆丹引导高伟完成了一个男人的全部动作。她的娴熟与他的健康配合得天衣无缝。她温柔的手指为他找到准确的位置，他坚硬有力的插入，挺进，攻击，使得她惊叫不已，如此粗大有力的占有，如此不容异议的抽动，惊喜了她全身的每一个细胞，她从来没有体会到这样的健康和力量。她狠命地抱住这个年轻的男人，要让他的一分一寸一生一世都进入自己体内。无师自通的高伟感到一种征服后的狂喜，他强劲的动作有恃无恐，更深入，更粗暴，更肆意妄为。恍惚之中的骆丹，忽然感到自己全身的激情像山泉一样奔泻，无边的风情洋溢奋发。湿透了，真正地湿透了。她把双臂绕上来，紧紧地挽住高伟的脖子。

"你真好!"她说，发自内心地说。

现在他们躺在床上，高伟望着满屋子银光闪亮的高档用品，觉得有些陌生，他过去的生活中没有这里的任何东西。在他的家乡，粗糙的瓷碗盛得下一升的水，有时水里漂着一根松针或者一小片碎叶，那也不影响水的使用，喝下或者煮饭。他参加过几次业务会议，但也没有看到过这些奢侈品。他侧过头来看看身边这个魅力无限的女子，修长的睫毛，笔挺的鼻梁，还有深刻的乳沟，也都是过去不曾见过的奢侈品。骆丹在他的端详下，早已把右腿压到了他的腿上，一转身就压在他的身上，下身恰好就压住他的根部，他忽然感到一股强烈的冲动，抱着女人狂吻起来。

"骆丹，我爱你!"他说。在他这个理科背景、不谙风月的男生看来，唯有这句话如同黄土地上的参天榆树，真实准确，没有瑕疵。

"我也是。"

"我要娶你!"

"想娶我呀，好啊! 你拿什么来娶我?"骆丹笑着说，"我家要收彩礼的。"

"我会努力。"高伟知道骆丹是在逗他，但他得回应这个中国式问题，他忽然想起该问问骆丹的家庭，"你家在哪里?"

"就开始登记户口啦?"骆丹狡黠地笑着，"可以不说吗?"

"不行，我该知道吧。"高伟很固执地说，"我的前天就告诉你了。"

"呃，就开始上户口! 片警，你觉得这真的很重要?"

"是的!"

女人感觉到男人的东西已经深深地进入了身体，开始拥有她的全部隐私。他需要了解她，了解她的家庭，她的过去。

　　"既然你坚持，我就告诉你，我也说不上是哪里人，好像是一个叫蕲州的地方，不过我从来没有去过那个地方，我父母是77级的，一毕业就分到石油系统，我小时候跟着父母走，父母跟着企业走，企业跟着石油走，不知道哪里是家乡，后来父母在克拉玛依出车祸过世了，这世上就没有亲人了，大学毕业后天南海北跑业务，不知道家在何处，现在就知道这个酒店是我的。"

　　高伟没有想到会触动骆丹的伤心事，看到骆丹黯然神伤，赶忙抱紧她，说："我不是故意的。不过你现在有了我，就有亲人了。"

　　骆丹接着说："我从助理做起，到主管，主任，销售总监，离开公司的时候老板没有给我遣散费，就把这个酒店放在我的名下，百分之五十一的股份。"

　　"哦，你还真行！"高伟条件反射地想到秘书，小蜜，二奶，小n，等等流行词汇，但他觉得眼前这个娇美庄重的女子不会经历过这样的角色，"你发展得很快，真不容易，说明你能干。"

　　"是吗？我为此奋斗了整整十年！"

　　"有人奋斗一辈子也一无所获。"

　　"你真会安慰人。"

　　"我明天要回西安。"

　　"能晚一天再走吗？"

　　"恐怕不好，初七是全研究室大会，到时还要点名。"

　　"能请个假吗？"

　　"这次本来是单位奖励度假的，不好请假呢。"

　　"那好吧，你按时归队。"骆丹说的时候，眼睛都湿润了。

4

正月初四是迎财神的日子，人们三四点钟就爬起来穿了衣服跑到楼下放鞭炮，争先恐后欢天喜地迎接财神到家，希望给自家带来金玉满堂。到了五点钟，赶早的鞭炮都放完了，天还没有亮，四处渐渐安静起来。毛利民被震耳欲聋的鞭炮声吵醒，就再也睡不着，摁亮床灯，瞅瞅身边的李亚男，睡得正香，便起来蹑手蹑脚地走到客厅，拉开窗帘，窗外一片漆黑。"这黑灯瞎火的，怎么迎呢？财神都不知道门在哪里！"毛利民想到还是天津人精明，放鞭炮也要挨到天亮，要不然财神走错了门，不是白放的吗？性急的南方人习惯于抢先，老谋深算的北方人习惯于抓准。好比上级领导来视察，南方的现在都跑到国道上迎接，为的是早，北方的却习惯单独拜访主要领导，尤其是夜间拜访，想的是准。如此一想，不免觉得各地习俗不同，埋伏着非常细微的观念与手段的区别。爆竹声渐渐消停下去，毛利民的睡意又上来了，回到卧室重新钻进被子，亚男依然孩子般地熟睡，毛利民在亚男的粉腮上轻轻吻了一下，摁灭床灯，又很快进入了梦乡。朝霞升起的时候，青麻色的小鸟第一个醒来，一转眼就在树林间、草地上、围墙上欢快地叫着，跳跃着，就像到校早早的小学生到处大声地叫嚷，生怕老师不知道他到得早。阳光很快就洒进窗子，落得满地碎金碎银。毛利民习惯了早起，洗漱之后把房子里里外外打扫了个遍，又侍弄了早餐，这才去叫醒李亚男。用早餐的时候，毛利民突然提出去看看李亚男的父母，李亚男只抬头乜了一眼，并不吃惊，富有耐心的女人善于捕获，总是时机恰当顺其自然瓜熟蒂落，她只是简单地说了一句："好啊，我们一起回家。"

回家，一起回家，多好的感觉！毛利民眼睛里顿然有些湿润。

"你爸妈知道我在你这里吗？"毛利民觉得去之前得有点心理准备。

"怎么说呢？应该猜得出吧，要不大过年的，怎不守在家里陪他们？"亚男说。

"你跟他们讲过我们的事吗？"毛利民变得有点婆婆妈妈。

"我们的事？我们的什么事？"李亚男倒是冷静，"告诉他们说有一个男人和我同居？"

"我不是这个意思。"毛利民有点口齿不清。

"那是鬼混？"李亚男盯着毛利民。

"更不是！你别瞎扯。"毛利民缓过劲来。

"那你的意思是？"

"我是说你介绍过我吗？"

"说过，那次西安开会回来就告诉他们了，碰到一个有点意思的男士。"

"有点意思？仅仅是有点意思？"

"那你要我说很有意思？怎么个很有意思法儿？"

毛利民知道亚男逗得起劲了，没有接话题，便问："那我要带点什么，这次来倒是没有给二老准备什么。"

"好像以往来就准备过什么似的。"亚男抢白了一句，她今天觉得有些开心，她现在可以捉弄一下毛利民，予以小小的不声不响的针刺，以示对他耽误经年的惩戒，看见毛利民露出窘态，就又转寰起来，"好了，我说着玩的，你什么都不要带，现在早就不兴带这带那了，老人嘛，就图有人去看望他们，也就满足了。"

"话是这么说，但新女婿总得要表示表示。"

"你爬得太快了点吧，就以新女婿自居?"

"总不是新男友吧?"

"就你嘴贱!"见毛利民讨便宜，亚男顺手捡了个杂志拍在毛利民的肩上，毛利民赶紧躲开，一边躲，一边说："所以还是新女婿好!"

两人打闹了一番，最后商量去东亚大厦买一份礼物，既要拿得出手，又要实用。

东亚大厦是海口高档奢侈品商家汇聚之地，有点像曼哈顿的洛森大厦，上海的港汇，北京的王府井，台北的101，巴黎的老佛爷，三十九层金碧辉煌的主楼拔地而起，两边是十五层高的辅楼，一律装潢着典雅的乳白色大理石墙面，显出雍容华贵的罗马气派。从主楼的高层向四周望去，只觉这一枝独秀，倾国倾城，四围并无同样气派的楼宇，难免有些突兀。东亚大厦，汇聚了天南海北的奇珍，五湖四海的名牌，到海口，没有不到东亚大厦的，那是海口的地标，海口的心脏，海口的象征。不到东亚大厦，你怎么能算到了海口呢?就像到了北京，没去天安门王府井，你怎么算到过北京?地上地下的车位都泊满了车，两人只好把车停到附近一家酒店的地下车库，然后步行到东亚大厦。来自天津的毛利民自然见惯了高档购物场所，两人赶着时间，没有左逛右顾，没有东挑西选，仿佛早有目标、早有默契似的，给亚男爸爸选了一件来自法兰克福的BOSS的深蓝羊绒外套，给亚男妈妈选了一款LV女包，然后直奔亚男家。

李亚男有一个幸福美满的家庭，父亲是青岛人，典型的魁梧的山东大汉，原来在军队工作，早年参加过对越自卫反击战，因战功升至团长，海南建省后转业到地方，安置在某局，最后在副局长的位子上退下来。母亲呢，海口本地人，慰劳部队的时候以婉转动听的"一条大河波浪宽"震惊了战斗英雄李连长，竟以为是银幕上的郭兰英，两人很快就坠入情网鱼雁传书，劳军歌手变成了军嫂，双拥的时候安排进银行工作，前些年逢上金融系统改革，五十五岁到点就退休了，但人头熟，靠着几个还没有退居二线的老领导的帮助，才把亚男从一家国企调到银行。幸亏抢救得及时，没过两年亚男原来工作的那家五金公司就破产解散了。亚男到了新单位，补课读了个财会专业的专升本，工作上多学多问，很快就成了业务能手，也就在单位站稳了脚跟，剩下只是结婚成家。因是独生女，亚男的父母对女儿的婚事操碎了心，可是女儿无动于衷，只管享受快乐的单身生活，根本不在意成家。

穿针引线说亲做媒的自然不计其数，只是缘分没到，次次都没有良缘缔结马到成功。眼看亚男要成剩女，父母的心就揸得更紧巴了。一天父亲的一个老下级全家来海南旅游，登门拜访老领导。那老战友对越自卫反击战的时候，是亚男爸爸手下的一个排长。战争结束后立了军功的排长被送到军校，军校毕业后没有回到原来的部队，分去兰州军区做参谋，后来驻军陕西，转业后到了地方检察院，现在做了领导。忙着革命工作，结婚晚，儿子才二十出头。大概没有基因突变，这小子颇有乃父攻城克坚的本领，大学毕业没几年，就拾掇出个公司，业务越做越大，经过几轮融资，开始排队上市。这是个奇迹天天在诞生的年代，大事好事都是这样三下五除二一气呵成的，你不相信都不行。小伙子见了亚男，居然腼腆得像个姑娘，居然很有些一见钟情，没过几天就央求老父亲做媒。军人嘛，总是爽快的，再说郎才女貌，门当户对，掂量着应该不成问题，便乘老上级给他们一家饯行的机会，当着老上级一家人的面，在餐桌上摊开了。哪知李亚男当场就给回了，说："叔，我比弟弟大五六岁呢。"那个弟弟赶紧表明态度："女大三，赛金砖。"李亚男说："你现在可以这样说，要是再过两年你就会觉得嫩手牵老手，一点感觉都没有。"话说到这地步，大家只好打住。老战友一家走了，父母抱怨亚男不给长辈面子，要拒绝也要委婉有分寸些才好。李亚男说："你们都不了解一下，那小子什么德性，到海口的第一天就去酒吧找女人，贱得很。"父母急切地问："你怎么知道？"亚男说："看见！看见！他没看见我，我却看见他了，看见！"原来那个酒吧就在亚男单位所在的那条街上，亚男晚上加班骑车回家，碰到这个才到过家里的年轻客人醉醺醺搂着个小妞从酒吧里出来。亚男还以为看错了人，就跟近仔细瞧了瞧，不错，正是爸爸老战友的公子！他搂着一个穿着短皮裙的女子，拐进泊在路边的的士，一溜烟地开走了。亚男估摸着他们准是去开房销魂，有些恶心。这年头尽是些什么东西啊！亚男爸爸是个有作风观念的老干部，听得此话，沉默不语。事情如此，大家就搁下不提。此后又相过几次亲，还是红萝卜白萝卜各是各。一晃年过三十，亚男还是一只无牵无挂的快乐小鸟，两老干脆什么都不说。能说什么呢？

　　毛利民初次进李家门，就受到热烈的欢迎。特别是亚男妈妈，接到亚男的电话得知女儿那个天津的朋友要来家里看望他们，心下既欢喜又紧张，欢喜的是女儿这么大了，从来没有带过男生来到家里，现在终于带了男生回来，紧张的是这个男生不知长得如何、人品如何、工作如何、家境如何，现在一下子就要到家里来了，合适倒好说，不合适该咋办呢？老一辈的意见不能不重要，也不能太重要。老太太告诉老伴，老伴说，亚男是个冷静的孩子，放心好了。老太太开始收拾屋子，但心还是挂在天花板上，荡来荡去。屋子本来就很整洁，但还是要拾掇，直到桌子归桌子，椅子归椅子，茶壶归茶壶，没有一处不洁净，没有一处不妥帖。十一点的时候，老太太看见一个比丈夫还魁梧的北方大小伙跟女儿来到家中，衣着光鲜，语言得体，出手挺有品味，就觉得原先那万般无奈的操心事转眼间烟消云散，悬挂在天花板上的心放回了身体，这才明白女儿不是傻，也不是贪玩，只是心思深，时候没到，稳着呢。招呼坐，沏茶，端上糖果瓜子，老辈的待客礼节，几乎全数用上。寒暄间，亚男的爸爸也从房间出来了，老人还不能说老，连头发都没有白几根，身板如此硬朗，丝毫看不出退休老人衰老之态。毛利民握着他的手，感到温暖而有力量。

"伯父好！"

"欢迎你！"亚男爸爸说，"亚男介绍过你，是在天津工作吧。"

"是的，在市行，和亚男一个系统。"

"这里坐。"亚男爸爸特地邀请毛利民坐到窗边的一对沙发上。两人坐了下来，亚男爸爸开始很娴熟地削起苹果。

"和亚男同年的吧？"

"是的。"看来李亚男已经把他的情况给父母讲得足够多了。

"同龄人有共同语言，"亚男爸爸说，"我和她妈妈也是同龄人。"

"是啊，我们认识有三年了。"毛利民说。

"三年？不短，交往长一些时间好啊，大家多一些了解。"亚男爸爸把削好的苹果递给毛利民。毛利民谦让，亚男爸爸说不客气，苹果就准确地落在毛利民的手上。

毛利民有些感动，多好的长辈啊！他咬了一口苹果，香甜香甜的。

"一直说来看望你们，就怕唐突。"

"现在来也不晚，年轻人多联络联络，圈子就大了，我们都老了，世界是你们的。"

"伯父伯母身体都很好，看不出退休的样子。"

"都退了七八年了，不过没什么大毛病。"

"我爸妈也退了七八年，身体也还行。"

"噢，北方冬天寒冷，以后接你爸妈到海南来过冬，这里不寒不潮，适合老年人。"

两人就这样亲热地聊着，好像已经是一家人了。十二点的时候，亚男妈妈说，今天我们就不在家里吃了，我们去鼎泰丰。亚男爸爸说：好，鼎泰丰。

这就算是新女婿上门吧，持重的家长把孩子们的婚恋大事操办得像各地党委政府的工作一样稳健妥当牢靠，没有丁点瑕疵纰漏。毛利民到这时才明白过来，李亚男是在等候着他来提出这个事情，而且等了三年之久，而他却浑然不知。既然生活需要男女结成婚配，要生儿育女，要养老送终，他们有什么理由拒绝呢？既然两情相悦，彼此欣赏，他们有什么必要天各一方徒生牵挂呢？现在的问题是，如果真要办理结婚，那么就面临着谁动谁不动的问题。晚上，亚男和毛利民开始商议婚姻大事。最后，他们觉得婚礼不办，五一节领证，然后两人一起去趟北欧，婚后毛利民办理调动，争取从银行系统内部调到海南，保证原来的工作关系不变。海南这边就由亚男办。

然而这跨省的调动是那么好办的吗？

5

虽然是春节长假，但生意来了谁都休息不了。小老板郭东庆幸自己时来运转，一开年就福星高照，联系安排旅行、住店的电话和网络邮件订单络绎不绝，与往年相比，业务量不知增长多少。他自己也开始上街发单子，陶红卫呢，也不知是吃一堑长一智，还是钱多了脾气也就好了，这些天自己专司大厨，给没日没夜地工作的雇员们做饭、烧水，保障后勤供应。正月初三那天晚上，小汪就顶不住了，一头晕倒在桌子上，柳眉没见过这情状，喊来老板娘陶红卫，陶红卫是底层人出身，见惯了这种劳累昏倒的情形，就去厨房冲了一碗温热的红糖水，叫柳眉扶起小汪，自己一勺一勺地喂了下去，喂完了大半碗，小汪慢慢苏醒过来，看见大家都围着她，有点惊诧，问："我怎么了？"陶红卫说："你晕过去了，回房间歇着去吧。"大家扶着小汪去了隔壁的房间。春梅留在房间陪着小汪，其他人都回去继续加班。过了十点，陶红卫和郭东夫妇都上楼睡觉去了，柳眉和几个小伙计开始统计这一天的业务量，统计完了，他们也可以收摊了。这时，门口有人进来了，柳眉一看，原来是大马与刘克。

大马提着一大袋香蕉苹果，脸色很焦急，说，听说小汪生病了，就赶过来了。柳眉说，你咋知道的？大马说，春梅发了短信给我。柳眉说，在房间里，你自己过去。大马就奔房间去了。春梅见状就退出来了，出门时又撞见刘克，问："你怎么也来了？"春梅一脸喜悦。"是啊，我也来看看小汪姐。"刘克进去和小汪打了个招呼，然后就出来了，看着柳眉在统计一大堆单子，就说：

"我帮你吧。"

"柳眉这边的事复杂得很，你又不熟悉。"春梅说。

"不要紧，就是几个数字嘛。"刘克说。

柳眉一笑："行，你报数，我来录入。"

两人合作，不到十分钟就干完了。几个小伙计也收拾完地上的杂物，各自回去睡了。只有春梅和柳眉没有地方去，因为她们俩和小汪是一个房间的，现在大马把门都关上了。两人便和刘克在办公室里闲聊起来，一聊开，刘克就和春梅斗上嘴了。

春梅："要是生意天天像这样就好。"

刘克："那你也会累趴下。"

春梅："趴下就趴下，总比没事做好，事情多了，奖金就多了。"

刘克："被剥削也快乐！"

春梅："说什么剥削！是劳动挣钱，老板挣老板的，我挣我的，各挣各的，谁也不欠谁的。"

刘克："你挣多少？老板挣多少？"

春梅："我自然比老板挣得少，但老板有投资啊。"

刘克："看来你很心安理得！"

春梅："说不上什么心安理得，只是打工就是打工，心里掂得清。"

刘克："要是给你一个公司呢？"

春梅："我是没本钱，要不然我也开个公司。"

刘克："公司越多，倒得越快！"

春梅："就你嘴臭，不吉利。"就拿着小拳头去捶刘克，刘克躲到柳眉后面，求援：

"过几天你就知道什么叫淡季。"

"你以为我是今天才来海南的啊？就你聪明！就你老到！"春梅反驳说。

"好了，你们别闹了，要不然楼上的就要叫起来。"

果然，陶红卫在楼上喊起来了：

"春梅春梅，怎么还不睡？明天要早起！"

"周扒皮！"春梅低声嘟囔了一句。

"你们别斗嘴了，说点别的吧。"柳眉说。

可是别的说点什么呢？大家一时语塞，自感无话可说，还是柳眉谈起这几年流行的凤凰传奇演唱的《荷塘月色》，说演唱者挺有夫妻相，可是不是一对儿。

"两个人唱的？我怎么没有听出来，我还以为是一个人唱的呢，对了，怎么没听到男声？"春梅很吃惊。

"你耳朵有问题。"刘克笑着说。

"别这么说，人家没用心听，不像有点闲心的呢。"柳眉怕他们俩又吵起来。

"就是，你这个老夫子！就知道损人！"春梅娇声说。

"在娱乐圈，这两位歌手私德不错，少见。"刘克说。

"难怪大家都喜欢这首歌。我们毕业晚会上，有对情侣上台演唱了这首歌呢。"柳眉说。

"那场面一定很感人。"刘克说。

"是啊，很多同学都流了眼泪。"柳眉说。

"怎么会流眼泪呢？这首歌挺好的，不感伤啊！"春梅有些不解。

"本来凤凰和鸣，毕业了劳燕分飞，各奔东西，怎么不感伤！"

刘克说。

柳眉喜悦地看了刘克一眼，发现这个理科生说起话来，居然蛮有文采的。

"你刚才说什么分飞？"春梅还是有些不懂。

"就是两只鸟儿各自飞走了，不在一棵树上了。"刘克用最通俗的话解释。

"两只什么鸟儿？"春梅还是不解。

"两只相思鸟！"刘克笑着说。

"两只同学鸟。"柳眉笑着纠正道。

"哦，那倒是的，毕业了，大家四面八方地走了，是有些伤感。"春梅说，"我没念大学，但我们初中毕业时，大家也是哭成一团的。"

这时大马从房间里出来了，对着柳眉和春梅说："很晚了，我们回去，麻烦你们照顾小汪。"

"那是不是过两天要请客啊？"春梅说。

"好！到时我请客。我们走了。"大马转身就出了门。刘克瞧了瞧柳眉，说："你们也要悠着点儿，别累坏了身体。"

"晓得啦！老夫子！"柳眉正准备说谢谢，春梅在桌子那边已经回答了，就没说什么，起身和春梅一起送了大马和刘克到马路上。

忙碌的日子过得飞快，一晃就到了二月九日。这天柳眉正在处理一大堆旅游订单，忽然手机响了，是条短信：

"柳眉小姐好！请于二月十五日上午十点三十分到敝公司一〇六会议室参加招聘面试。地址：三亚市海光路一六六六号。收到请回复短信。谢谢您对我们工作的关注和支持！三亚遐想假日酒店行政部"

遐想假日！海南家喻户晓的酒店，柳眉抑制不住内心的激动，眼泪沁满眼眶。这是她到海南八个月来接到的唯一体面的面试通知。她记不起自己什么时间给这家公司投递过简历，回想过千遍万遍，还是记不起怎么给遐想假日酒店发过简历，但她接到了面试通知，接到了这份彬彬有礼的面试通知，这就足够了。不管是否能录用，哪怕只有千分之一的希望，万分之一的希望，她也要去争取。中午吃饭的时候，她就跑到火车东站买到了十五日早晨五点半开出的海口到三亚的高铁票。这样能确保她在十点半准时参加面试。

6

徐婕娜是陕西米脂人，那儿自古以来就是出美女的地方。民间这么传说着，但实际出了多少个皇妃贵妇名媛佳丽截至今日还没有人考证过；是有十万进士那么多，还是三千越甲那么少，米脂的方志从隋唐编纂到现在，都没有相关记载，也许保存在其他文献或者地下文物之中？这个课题就留给戏剧家余秋雨教授来做一篇敦煌那样的文章，或者留给陕西本地的作家贾平凹教授来做一篇山海经式的长篇，或者性学专家李银河来申请一个国家级重大社科课题，带领三五研究生努力攻关，说不定三年两载之后就有大成果问世，再召开一个新闻发布会，邀请一两位博学鸿儒或者政协副主席出场，那一定惊天动地，闻所未闻，米脂的旅游业就会星火燎原、如火如荼，到米脂赴玫瑰之约或者寻花问柳的富家贵家公子哥儿络绎于途，带来的聘礼车载斗量，米脂人民的好日子就来了。但现在还是现在，擅长穿越的人们既不能奔回过去，也不能飞到未来，日子还在脚下铆着，柴米油盐还需要一张张的钞票去兑换。仅此而已。徐婕娜算不算美女，不是谁的意见能左右的。圆圆的脸蛋，透出青春的红润，嫩得可以掐出水来；长长的睫毛下是一双水灵灵的大眼睛，顾盼生姿，温柔多情；挺拔的鼻梁（可以担保没有做过韩式整容），修长的腿，高翘的臀，丰满的胸，即使不施粉黛，不着华衣，也魅力四射。就这么一副人才，徐婕娜自然是高等雄性动物不遗余力竞相追逐的对象，何况在这样一个开放的时代，何况本色的美女那么稀缺的时代。也许是身边的臭男人多了，时间久了，徐婕娜久经沙场，已不怎么相信友情相信爱情甚至婚姻了，很多时候，她只相信快乐与搞定。所以，她怎么能相信一个定力如此坚强的男人四天就能被人搞定，而且还是一个大他七八岁的老女人！

　　"喂，高伟，你清醒一点好不好，那个女人是什么样的残花败柳你知道吗？你怎么跑到三亚去捡破烂？你发什么神经啊！"徐婕娜的尖刻，简直是披沙拣金，剥皮剔骨，干脆利索，可以超越"毒舌"金星直接进入央视或者吉尼斯世界记录。自从高伟发明了电机线组的二次配型法后，研究室把他这个本科毕业生当成博士一样重用。当然这种不论资排辈唯才是用的做法，也只有科学界才有，如果你是在中国公务员大军里，你现在还是别做克林顿、卡梅伦四十出头就当总统当首相的美梦了。精明的徐婕娜意识到高伟的前途不可限量，她要近水楼台先得月，把这个高大的白面书生紧紧攥在手里。她对自己的这份能力有充分的自信。高伟虽然是个实心人，但眼睛贼亮，由于和徐婕娜同在一个研究室，见惯了（准确地说，应该是听惯了）徐婕娜的腿劈得比天高，内心很是不以为然，不想被徐婕娜继续纠缠，从三亚回到西安的第二天，就碰到徐婕娜喜滋滋地来卖萌索要礼物，便直截了当地告诉她自己在三亚遇到了一个女生，两人已经正式谈上了。徐婕娜一听，诧异无比，便追问那女子的年龄、家庭、职业、相貌、性格等等等等，实心眼的高伟一一如实道来。这也就有了徐婕娜的这场恶毒菲薄。高伟不能容忍徐婕娜对骆丹的侮辱，一下子生了气，只差点说出你自己是个什么东西，三下两下把徐婕娜轰出自己的宿舍，劈的一声把门关得紧紧的，然后掏出手机，点开屏幕，给骆丹发了一个短信：

"我想你!"

现在的高伟每天要和骆丹发数十条甚至上百条短信，内容无非儿女私情，大同小异，这种随时随地都可以完成的交流，大大缩短了空间距离，使得天各一方的情人如在身边，也使得中国移动的业务几何级数一般地持续攀升，成为中国的电信巨头，每天赢利若干亿，印钞厂都印不了那么快。骆丹当然没有意识到此刻的这条短信与其他同样文字的短信有何差别，更不知道这个颇有几分姿色的徐婕娜已经向她的心上人发起了猛攻，如同当年东北野战军围长春打锦州，很快就要夺城掠地、安营扎寨了。她只是键了两个英文字：

" me too"

这是一个在今天如此难见却又如此正常的爱情故事。如果我在这里继续絮叨他们的相思情状，读者一定会鄙弃我的想象能力，以为我师从琼瑶老太；如果我不再叙说他们的情缘人生，他们也会拧着我的耳朵，怪我无理剥夺他们的兴趣与关心。在这个人人喜欢八卦的时代，那还是接着八卦吧。在此之前，骆丹几乎没有想过更没有经历过山口百惠演绎过的纯情阶段。中学时候，她是那种名牌中学随处可见的勤奋好学的好学生之中的一个，只知道读书做习题备考考出好成绩迎接祖国和人民的挑选，可是高考时掉链子了，优等生的她只考了个名为一本实则二流的学校，她不甘心，一入校就如饥似渴地扑在学习上，准备考研的时候反败为胜，再入名校。大三结束的时候，在新疆油田工作的父母出了交通事故，她在这世界上忽然成为孤儿。什么叫孤儿，就是没有家可回没有爸妈可叫的人，就是节假日没有电话打过来也没有电话打出去的人。由于她的爸妈也是独生子女，所以在失去爸妈的时候，骆丹几乎失去了这个世界的全部亲情。唯一算得上亲人的是她的外婆，但那是一个寄养在郑州市一家养老院里的患了痴呆症的老太太，早几年前就认不出她了。她的失去之重，她的孤独之重，她的悲伤之重，她的忧郁之重，几乎没有谁能了解。紧接着到来的大四，大家都忙着到各地实习，忙着争取在这个就业胜过高考胜过考研胜过出国的年月获得一份哪怕是掏粪工的工作，宿舍常为空巢，没有人能够顾及到她的痛苦，没有人来安慰她，没有人来陪伴她，大家都在为了生存挣扎。亲情和友情，都忽然变得既淡漠又陌生，而爱情更是那样遥远。

并非名校毕业的骆丹决定放弃读研，走向社会，在经历过建筑工地、山区测绘、市政通信安装等等脑体结合的磨炼之后，她依靠自己的聪明和沉稳，在华东一家大型的民营奶业公司得到了一份市场分析助理的工作。虽然薪水菲薄，但这份工作是轻松的，坐在高雅的办公室里，清静、恒温，有定点的下午茶，不需要奔波外地，按时上班下班，不用担心完不成指标，不用忧虑质量出了问题，更不用担心那些骚动的色情的眼睛盯视。然而没有多久，她就发现无法胜任工作。毫无实际市场操作经验的骆丹，发现自己除了汇集数据之外，没有分析的能力，看不出问题的所在，面对那些浩茫的数据，她更无法提出自己的见解，只能做一棵地地道道的小白菜。当然作为一个分析助理，她的主要工作就是汇集数据和整理数据，其他的助理也都是干同样的活，没有人觉得不适，但她不行，三个月后提出希望调到销售部，她需要工作，更需要能力，她不能就这样混日子，耽误自己。她所在的市场部总监是长江商学院出来的MBA，也是从销售部过来的，理解她，支持她去闯一闯，就帮了她的忙。这样骆丹就到了销售部，分在业务六部，那是负责东北地区业务的部门，最小的一个部门。报到的第二天，六部主任黄劲就带着她飞到哈尔滨。这次出差，主任带着她拜访了所有的大客户，看望了所有的经销商和大型商超，她知道这在她的职业人生中是非常重要的助力，她很感激一开始就碰到这么好的上司，毫无保留地带她做业务，介绍客户给她。人总是有感情的，感激很容易变成付出，在他们结束行程的头一天晚上，主任请她做一份出差总结，以备回到公司后及时汇报，为了使得汇报更精彩，她敲开主任的门，请主任先过目。然而在过目的时候，主任黄劲情不自禁地把她拉到了自己的怀中。

她没有拒绝。她需要爱，需要保护，需要帮助，甚至需要男人。而黄劲，正是一个精明干练的上司，一路上她领教了黄劲的干练和良好的人脉，她甚至对他产生了特别的好感。他三十多岁，中等身材，毕业于上海交大，本硕连读，结实，话不多，沉稳，经验老到，有分寸，善于把握事情的要害，有着特别的魄力。他对客户介绍骆丹的时候，从不说这是我的下属，或者小骆，以显示自己的地位，他总是说，这是我的新同事。从这以后，她成了黄劲的得力助手，也是人不知鬼不觉的地下情人。他们在公司，在任何集体场合，毫无亲密的举动，一切都合乎我们这个喜欢窥探个人隐私国度的原则。两年后，最小的六部变成业务最大的销售部门，黄劲升任销售总监，在他的推荐下，骆丹接任六部主任。再到后来，黄劲担任了总裁，她升任销售总监。她已经完全谙熟行业的规则潜规则，她舍得，她敢做，对公对私，她如鱼得水，再加上总裁的支持，整个销售业绩年年大幅度增长，在整个奶业她已成为一个如雷贯耳势追董明珠的人物，董事长朱孟雄和他的太太把她当成自己的女儿，每次出国回来总要给她送些昂贵的首饰、化妆品或者衣服皮具。要不是后来发生的牛奶质量大风波，董事局不得不挥泪斩马谡，把黄劲、骆丹等高管免职辞退，她现在还是这家大公司的销售总监，说不定总裁的位子也坐上了。董事长朱孟雄是个极其精明又有厚道慷慨口碑的人，在骆丹离职的那天，他送给她一份产业，这便是刚刚建成的三亚遐想假日酒店百分之五十一的股份。

骆丹与黄劲之间发生的关系，其实算不上爱情，黄劲有自己很稳定的家庭，太太是他的交大同学，明媒正娶，女儿正在拔节儿地长高，还是市少儿合唱团的台柱子，给予她乘虚而入取而代之的机会微乎其微，而且骆丹也发现在她之后，黄劲还有两三个很密切的女友，与她一样潜水很深，一般人根本看不出痕迹。不过这些逃不过她的眼睛，她有一种很强烈的第六感，她知道了，伤心过，但很快就醒转过来，她知道这是他们之间的宿命，他不能也没想完全占有她，她也不能完全占有他，他们都有各自的自由，他们需要保留自己的空间并尊重对方的空间。这种醒悟，其实也非常残酷，不亚于父母出事。然而她挺过来了，她开始习惯没有温言软语的夜晚，习惯一个人背着背包去天南海北过春节，习惯在男人离开之后把男人迅速地忘掉。有时候她也像那个法兰西的欧也妮一样，无望地等候着那可能出现的爱情与家庭，可是那爱情和家庭好像并不属于她们这个群体，日子久了，她的情感生活慢慢地埋在冻土的深层，冬眠起来。牛奶风波之后，黄劲得到一大笔遣散费，带着他的妻子女儿移民澳大利亚，据说在墨尔本开了一家培训学校，专门培训汉语。骆丹则到了三亚，时间久了他们之间的联系渐渐就少了。

高伟的出现，对于骆丹来说是唤醒了长期遗忘在心底的爱情。她回忆起来，此前也有几缕情感的微光，似乎都是一闪而过，毫无惊心动魄的体验。第一次是在大一，在新生军训的时候认识了一位邻班的男生，那男生有一米八九的高挑个儿，尚未成型的络腮胡子，穿着宽大的军服，颇有一种成熟的气派，她那时好生羡慕，两人来往了一段时间也一起出去度过周末，但很快就发现这个有点切·格瓦拉风度的男生居然像个小女人，不仅没有拿得出手的抱负，甚至连读好书出人头地的想法都没有，越来越迷恋周末开房而不是同窗共读。三个月后她很理智地提出分手，没有痛苦，也没有失落，他们的生活很快就掀开新的一页。后来也有男生求交往的，但往往不到一个星期，对方就提出去开房，她不想成为过剩体液的容器，不再随便地答应人家。她特别遗憾这个时代的男生，怎么都是蝇营狗苟的，很少有驰骋疆场创业打江山为人民服务的男子汉气魄。小时候爸爸特别希望她有出息，给她读的书几乎清一色的是英雄传奇，《三国演义》《说岳》《杨家将》甚至《林海雪原》《李自成》《七剑下天山》一类，与别的同龄人读日本漫画多啦A梦完全不一样。到了初中，她居然迷恋建功立业，喜欢"欲将轻骑逐，大雪满弓刀"的壮美意境；高中的时候她就特别欣赏汉高祖的《大风歌》，"大风起兮云飞扬"，那是何等的英雄气魄，那才是男人的歌。她羡慕指点江山激扬文字的人物，希望与这样的男生牵手人间，笑傲江湖，然而江山千古，英雄无觅，往事千端都只是过眼云烟，眼前飞来飞去的都是微不足道的牛虻。大学一晃就毕业了，广阔天地，浮尘嚣嚣，黄劲是她在校园里没有见过的有气魄的男人，就心甘情愿地做了他的情人，用时人不屑的话来说，是小n。小n就小n吧，今天的女人，怀才不遇的，遇人不淑的，有几个不是小n呢？后来也和几个男人发生过关系，多是因为业务上的需要和彼此的好感，好在都是场面上的人，他们的暧昧都像打了蜡的机密，严实地封了起来，没有人会去渲染这样的经历或者际遇，也没有人能发现他们的蛛丝马迹，只有精明的董事长朱孟雄，那个深藏不露的老狐狸从业务的不断攀升中感觉到她的伟大付出，所以最后有了父亲一样的慷慨。

这座超五星的酒店，管理全是按照美国希尔顿酒店公司的模式，连管理软件都是用希尔顿的。它的营销是在全国范围运营，所以业务好得不能再好。对于骆丹来说，除非特殊的客人来到，她通常有大量的时间，可以好好恢复身心的创伤，她需要这样的平复。所以她常常一个人到海边，像那些从四面八方来的游客一样，享受着这日光、海风、沙滩。所以才有与高伟的邂逅。如果将来骆丹成为一代商业巨子，那么在她的人生传记中，二○一二年的一月二十七日是不能不写的，这个日子揭开了她人生新的一页，仿佛山间的桃花在四月盛开，或者系统清理，三十岁以前归零，一切重新规划，事业的风帆正满，纯洁的爱情开始萌芽，无边的牵挂开始像常青藤一样绕着山墙疯长。

徐婕娜意识到自己的危机，不甘心自己被轰出来的结局，她相信，凭着她的姿色和手腕，对付高伟这样的情场菜鸟绰绰有余。元宵节那天上午，襄阳分公司那边要求总部派人去解决一套电机的配装问题，主任陈明德决定派高伟去，徐婕娜赶紧提出自己陪同一起去，顺便跟才子学习学习。高伟恼得牙痒痒，可是主任陈不知道是真糊涂还是假糊涂，竟然一口答应，还教导说："你是该好好钻研钻研业务，你看看高伟进步多快！"

"男人嘛，本来就是要做业务的。女人嘛是照顾男人的。"徐婕娜在公共场所撒娇已经是家常便饭。她的泼辣大胆，有时可以臊红一大群老少爷们的老脸，不管你的老脸多厚。大家心照不宣的是，这个徐婕娜和主任陈早就有一腿子，要不是这些微妙隐秘的关系，她这个连检验报告都看不懂的人，怎么能在这个专家云集的研究室里吃香喝辣呢！这也是当代的特色，西北双电研究室的室情。

西北双电研究室不仅是西北双电集团的研究室，也是国家一级科研基地，有两院院士在这里工作，主任陈既是行政负责人，又是院士预备队中的一员，有十几项专利在应用，自然是个业务实力派。更为突出的是他有一副好脑袋，善于管理，也擅长表达，所以他在这里当家，一个人说了算，其他班子成员不过是助手参谋配角而已。主任陈想都没想，就批准高伟同徐婕娜去襄阳。晚上就有一趟直飞襄阳的航班。高伟接到任务就跑到过道上给骆丹打了个电话，说那个"烦死人"要跟他到襄阳出差。骆丹打趣说："男女搭配干活不累，你出门有个伴总比没有好。"

"你还有心思开玩笑，你不知道她多烦人呢。"

"她总不能把你吃了吧。"

"那你不担心了？"

"我相信你。"这句话说得极平静又极温柔。

"好！"高伟像孩子一般地宽心了。

"你订好酒店后，发个短信给我。"骆丹在电话中叮嘱。

"要查岗呀？"高伟感到骆丹有点警惕了，"你放心吧，啥事都不会有！"

"发给我。"对方不容置疑。

"好吧！"高伟还是很高兴骆丹的在乎，这也是一种感受得到的爱。下午两点高伟拿到办公室送来的机票和酒店地址，编了个短信发给骆丹，回家收拾行李，准备出差。

徐婕娜这天打扮得招展迷人。她很少这样精心打扮，虽然她喜欢打扮，但她的应酬太多，乃至于没有时间精心打扮。但现在不同，她要集中精力俘获这个即将失去的好男人。她像一个资深的专业猎户，很熟悉各类野兽的性格和行踪。她制订的狩猎方案，严密精当。比如现在，她必须发挥自己的外貌优势，让这个实诚的青年专家拜倒在自己的石榴裙下，再也无法逃跑。她的身材和脸蛋不可谓不好，其实要不是那么频繁的性生活的影响，二十六岁的徐婕娜还真是一个淑女模样：修长的腿，臀部圆满后翘，腰际柔和，只有胸脯有点松软下垂的势头，脖子细腻柔滑，染黄的发丝像瀑布一样倾泻而下，带有几分异域情调，眉毛生得又弯又细，气韵飞动，唇线明晰性感十足，特别是白玉一般的牙齿，细密而好看。从面上看，徐婕娜的美无可挑剔，那种天生丽质虽经蹂躏但不失光华。高伟呢，现在穿的正是骆丹亲自给他挑选的一套休闲西服，大方而潇洒。有气派的男人一经修饰魅力陡升。这倒印证了那句古话：人靠衣裳马靠鞍。公司的车先接到高伟，然后到了徐婕娜家，两人一照面都大吃一惊，大概从来没有发现对方如此富有青春魅力。高伟对徐婕娜的反感已经消失了一半。

"呵呵，很淑女啊！"他向徐婕娜打个招呼。

"本来就是嘛！有人还不在乎呢！"徐婕娜一边说一边坐到高伟身边。高伟只好向边上挪了挪，徐婕娜又朝高伟这边挪了一下，两人的身体已经贴在一块儿了。徐婕娜就喜欢这个暧昧。

一路无语，最后是司机来打破这沉闷。西北双电研究室的小车司机有七个，四个室领导和两位院士一人一个，一个年轻的属于公用，今天来送机的就是公用的那个，高伟平时对这些人事毫不关心，用车的次数更是稀少，也就没有什么来往，但这个小伙子很健谈，说自己早晨跑步时碰到张院士，张院士正对着一棵树小解，看到他，说老年人憋不住尿，就像你们年轻人憋不住寂寞。大家一听，心里嘴上都乐开了，沉闷的气氛很快就转过去，三位同事说说笑笑直奔机场而去。

在飞机上，两人的位置紧挨着，徐婕娜这天喷了什么香水，高伟觉得味道特别好，不由得问起来："你喷啥香水？蛮好闻的。"

"是吗？我喷了吗？我怎么不记得了？"徐婕娜有点精神质，"我什么都没喷呢。不过，我想起是什么原因了。"

"什么原因？"高伟问。

"你真的不知道？"徐婕娜卖关子。

"真的不知道，怎么说？"天真的高伟这时的求知欲旺盛起来了。

"这个嘛，叫体味，又叫体香，每个人身上都有一种特殊的香味，叫体香，只有极少数人能闻得出来。"

"真有这回事？"高伟有点不信。

"闻得出来的，说明两个人有缘分。"徐婕娜已经把上身靠了过来。

高伟回想起过去好像听说过这样的说法，但他没有想到他能闻到徐婕娜的体香，这是一种让嗅到的人心情非常愉悦的香味，他不能不在心里承认，他喜欢这种香味。他甚至喜欢眼前这个明眸善睐的女子，但他理智上不能接受这种香味的来源。他想起主任陈那张暧昧的笑脸，想起徐婕娜一毕业就和一个同事同居又分手的旧事，想到远在海南的骆丹此刻也许正在给他发送短信，他不能不马上阻止自己的意念分叉，然而他不能在公共场合让徐婕娜下不来台，便轻轻地说："你该找个朋友啦。"

"不找，就赖着你。"徐婕娜又恢复了娇声嗲气，她不装含蓄，也不会装含蓄。

"我已经有女朋友了。"高伟轻轻地说。

"你说的是三亚那个吗？那能说是女朋友吗！才睡了几天就好意思说是女朋友，你也要求太低了，高伟，你看看，恐怕连了解都说不上吧。"徐婕娜毫不含蓄，也似乎不会小声说话。"比得过我吗？"

"萝卜白菜各有所爱，你怎么老损人不利己？"高伟嘟哝着。

"怎么损人不利己？我是在拯救你的婚姻我的爱情，老夫子，你能现实一点吗？"

高伟无语，一路任着徐婕娜把头枕靠在自己的肩膀上睡到襄阳。

襄阳是楚地名城，华夏腹地，南北要冲，历代兵家必争之地，虽然屡经战火，但江南的襄阳，江北的樊城，依然代代如新，如今经过现代化的洗礼，残破的老城墙，陈旧的砖瓦民居，昔日飘荡的旌旗，早已销声匿迹了，一九九〇年代以来，随着中国经济步入快车道，襄阳的江南江北依山傍水大兴建筑，高楼大厦耸峙云霄，宽街敞道，车水马龙，林木参天，绿荫如盖，灯火市声，好一派盛世繁荣都邑景象。前几年好事者说风沙逼近北京，雾霾四季不断，建议迁都，襄阳居然跃进人们的视野，成为首选，一时间沸沸扬扬，这不能说一厢情愿毫无理据。飞机到达的时候，已是深夜十一点，襄阳分公司接待的人和车早已等候在机场。好在机场离市区很近，一会儿就到了下榻的酒店。高伟和徐婕娜进了大堂，这时高伟发现有一个女子从旁边的沙发上站了起来。

7

兵败襄阳，且是从来没有过的挫败，像狗尾巴刺一样刺痛了美女徐婕娜。很久以来都不相信这世界上还有美其名曰"爱情"这样物件的她，居然从高伟和骆丹的眉眼之间，看到了那种由衷的爱恋和愉悦，那一颦一蹙，一言一语，一举手一投足，无不默契合辙谐调。她感到自己离他们是何其遥远，再繁复的规划再美丽的装饰都变成无谓的徒劳。人生竟然如此复杂诡谲，在她以为自己全部参透了人生真谛之后，忽然发现生活的另一面突然敞开，山重水复，峰回路转，云树参天，飞流急湍，让她措手不及，那被人们怀疑、排斥甚至嘲弄的真情、友谊、纯爱竟然兀自生长开花，如同深谷幽兰，毫不在乎世务纷嚣尘埋雾罩。种什么籽，开什么花，结什么果，大千世界如此清爽，一沙一境，一因一果，分厘不差。她忽然感觉自己极度空虚，又变得很轻很轻，薄如蝉翼，轻如水雾，时而跌落地面，时而飘入云间。她一连几天都很自觉地远离两位情侣的视野，自己单独去了景区，看看风景，散散心，也懒得去掺和工作上的事。高伟白天投入工作，夜晚与骆丹漫步江边，耳鬓厮磨，日子过得充实甜美。他们的快乐甜蜜穿云破雾，仿佛论证了世界太平，人心复古，一切完美如初。

　　一转眼七天过去了，工作任务完成了，他们可以按照预定计划返回西安，骆丹呢，要直接飞回三亚。高伟和徐婕娜返西安的航班在晚上八点，骆丹飞三亚的航班要早两个多小时，他们先送骆丹登机，然后两人找了个地方坐下，等候航班。徐婕娜来时热情似火，现在变成了个冷美人，从候机到出机场两人一直没言语，虽非寇仇，但也极为别扭。高伟让司机先把徐婕娜送回家，他把徐婕娜那宽大的旅行箱扛上四楼，徐婕娜也没道一句谢谢，自己开了门又砰地关了门。高伟相信几天之后徐婕娜会调整过来。可怜的姑娘，愿上帝保佑她，阿门。

　　骆丹回到三亚，第二天上午出席与海牛集团的合作洽谈，中午就赶回来参加招聘人员的面试。这次遐想假日行政部收到的简历有两千多份，他们精挑细选，选定三十一人参加面试。主管组从三十一人里进行初选，核实身份、学历、工作经历、口才、经验，甚至身材、长相都不自觉地进入选拔的标准，如此筛选下来，通过了十人，最后由骆丹从这十人中选出三人。骆丹浏览了一遍这初选的十人的简历，大同小异，无非名校毕业，专业对口，经验在一至三年之间，这样的人都是主管们喜欢的对象，有一定的工作能力，有努力的愿望，又还没有完全变成人精，而且身体好，没有成家，三两年内都不会结婚生子，没有拖累，好用好管。骆丹要了初试场面的录像来看，大概不到半小时，忽然叫住候在一旁的助理顾芊芊，指着屏幕上的一个高挑的女生，说："通知这个姑娘参加下午的面试。"

顾芊芊毫不奇怪骆董这种坚定的主见，他们的董事长多次从被初试主管们刷掉的候选人中拨出一两个直接参加她的面试，顾芊芊自己就是这种从海底捞出的人，所以她一点都没有犹豫，拿出手机给这个叫柳眉的女生拨通电话。

"柳眉小姐吗？这里是遐想假日酒店，经过复议，公司决定你可以参加下午的复试。"

"真的吗？"柳眉正在从亚龙湾去火车站的公汽上，一身绯红色的薄衫已经湿透了一半。三亚就是三亚，北国还是早春二月嫩寒如水的时候，这里已经是烈日炎炎。挤在拥挤的公汽中，沉浸在又一轮被淘汰的恶劣心绪中，柳眉坚韧地拉紧塑料拉手，她还没有吃过午饭，早餐是否吃过她浑然记不起了，她没有饥饿的感觉，她必须坚强，必须面对这样的挫败（她已经习惯这样的挫败），必须继续在这样的人生洼地里跋涉。既然不是天之骄子，就得像蚂蚁一样生活。她不记得是在哪个杂志或哪本书上看到过这句话或者类似这样的话，不知不觉地印刻在脑海里，像活字一样，横折竖撇，清清楚楚。公汽在人车稀少的马路上飞快地奔驰，窗外的楼群飞快地后撒，太阳步步紧跟，热浪一簇簇地涌着，她希望早点回到海口，那里她好不容易请到一天的假，超过了，又要看陶红卫的眼色挨那个婆娘的谩骂，打工打出寄人篱下的日子，只能忍着，忍着。然而就在这时，不经意听到了一个意外的声音，她不敢相信这是真的，以至于不自觉地又反问了一句："真的吗？"

"是真的！你还在三亚吗？喂，听得见吗？"

"听得见。我听得见。"柳眉双手把握住手机，生怕声音会从里面漏掉，又怕自己的声音传不进手机，她几乎是大声喊了起来："我听得见，我听到了。"

"哦，现在听到了。"公汽上手机信号不好，顾芊芊这才听到柳眉的声音，急促地问，"你还在三亚吗？"

顾芊芊知道这些渴求工作的应聘人员几乎都没有在三亚逗留的闲情雅兴，这里清洁的海水，温软的沙滩，凉爽的海风，挺拔的棕榈树，更有那淳美可口的海鲜，高雅的楼堂宾馆，精彩的演艺，与他们都毫无关系，即使近在咫尺，他们都视而不见，毫不关心，他们是麻木不仁的过客，形色淡漠，步履匆匆，心境张皇。工作机会的得与不得，早已不是那么重要，面试场上的反复陈述与应答盘诘，他们早就无心分辨其中的尊严缺失和礼仪苍白；千锤百炼，他们已经心坚如铁。面试，录用，只能算作他们人生的一个节点，命运可能就此改写，也可能继续原来的轨道，好似旅途中的一个界碑，长篇中的一个逗号，暴雨中的一个雨点，变得如此模糊，毫不突出，他们甚至无法好好来掂量一下这其间的是非成败，匆匆忙忙地来，匆匆忙忙地去，被刷掉的坏心情来不及平复马上被匆忙的奔波取代，他们需要回到原来的地方，或者继续寻找新的地方。从来不去思量这求职场上的每一次货物般的周转迁移，也不需要分析原因总结得失，也没有人会给你一个真实的答案，更没有人给你一个精确的指点。社会不是学堂，工作不存在操练，大家需要的只是结果，结果就是一切。对于他们而言，除了结果之外，别的还有什么意义呢？

"在的，我还在三亚。"柳眉的声音有点颤抖，"我在三亚！"

"你赶紧回来，参加下午的复试。"

"好的，我马上赶过来。"柳眉说完，已经泪花盈盈。

骆丹看到面前的这个女生，感觉就是十年前的自己，一样的瘦高瘦高，那不是自觉的减肥保养体型的结果，而是由于长期的营养不良和忧思过度；发丝细而泛黄，用橡皮筋束成两个小朵，没有任何修饰；眼神疲惫而迷茫，显示出人生的孤独无助；甚至也没有年轻女孩常见的丰满胸脯，缺乏足够的女人味。她坐在面试人员的位置上，两腿并紧内收，双手相握在上腹部，显示了她的矜持和修养；一身朴素的工作西装，绯红的内衫洗得泛白，看得出经济的窘迫与勉强的修饰。骆丹仿佛回到了十年前自己的青春时代。她微笑着说：

"你是最后一个复试的，没有时间限制，我们随便聊点什么。"她把顾芊芊递来的一杯咖啡，转放在柳眉的面前。柳眉心中一暖。她从来没有在面试中喝过咖啡。她这时才清晰地意识到，早晨到现在，她还没有吃过任何东西，她强忍着肚中的饥饿，坐在应聘人员坐的位子上。她接过骆丹递来的咖啡，轻轻抿了一口，一股牛奶咖啡的清香甘润从喉咙到食道到胃到十二指肠到小肠，感觉如此清晰地通过，一股暖流直入心间。

"我不是很了解贵公司招聘的岗位要求，上午发挥得不好。"柳眉想解释一下自己上午的面试，就岗位需要的素质做自我陈述时，言不及义。

"是的，我看过录像，你的回答确实比较零散。"骆丹说，"不过，你讲得很朴实，也很清楚。"

"谢谢您的理解。"柳眉感到面前这位女老板严厉而温和，还能发现自己的优点。

"你怎么想到来海南？"骆丹忽然话题一转。

"我以为海南大开发，会像当年深圳、浦东一样有很多机会，只要勤奋努力，总有一份工作。"柳眉说。

"那你来了之后的感觉呢？"

"其实不是这样，海南的机会并不多。"

"是的，海南地方不大，才刚刚起步，经济文化资源都很有限，机会并不多。"骆丹了解海南，也了解这个时代，有很多地方如火如荼，但也有很多地方经济十分窘迫，科长股长都只发半薪，很多公司入不敷出全靠借贷运行，很多人找不到工作，睡在商场、机场、火车站，甚至公共汽车亭里。她希望每个员工都能了解我们这个国家这个社会并没有全部跨进小康，还存在着大量的欠发达甚至完全不发达的地区，还有数千万人还在贫困线上，数千万人还在等待工作的机会。也许生活的本相就是这样，不能没有理想，但不能全部都是理想，大家需要的是珍惜工作的机会，珍惜这个来之不易的时代。

"你第一份工作是做什么呢？"

"在一家小经济型酒店负责前台，去年八月开始做的，酒店装修没多久，那时没什么客人住店，有时还不到十来个客人，酒店也没什么收入，九月底我就离开了。"

"你为什么离开呢？是不是老板辞退了你？"

"不是，是我自己选择走的。住店的太少，老板很有品位，坚持不设钟点房，也就没有多少销售收入，还要给员工发工资，还要买广告位，我看着酒店天天在亏损，觉得再待下去，良心上说不过去。"

"你没有想过如何以自己的工作来改变公司的状况？比如你帮你的老板出出主意，就像自己的公司一样。"

"我想过，但我实在无能为力，经验也不足，还没有想到那么多。我只是觉得自己不能再待下去了，我做不了什么。"

"第二份呢？"

"第二份其实不算正式的工作，是在一家私立培训学校，合同也没有签，那里缺一个教四年级奥数的老师，我想我数学还可以，就去教了几次，发现不是那么回事，奥数也不是常规的数学，思路挺特别的，自己感觉不满意，有些误人子弟，就没教下去了。"柳眉很平静地说。

骆丹听到这里笑了起来："你挺有自知之明的。"

"第三份工作现在还在做，是在一家小旅游公司，实际上做旅游中介，我们那里人手少，什么都做。"柳眉主动地谈了第三份工作。

"你觉得现在工作中最难做的是什么？"

"其实没有什么特别难做的，都是些简单操作，只要肯上心就行。这个工作季节性很强，淡季的时候客源少，恐怕最难做了。"

"那你们公司有什么计划保证淡季时也有一定的业务吗？"

"我是十一月去的，还不知道老板怎么考虑的，那里才几个员工，都是从外地来的，比我要早些进去。"

"那你考虑过这事情吗？"

"我想过，也尝试过，有一定的效果。入职之后，我利用网络把我们公司的信息挂在各地相关的网站上，这样找公司联系旅行观光和住店的人也多了不少。听我们经理说，收入比去年同期增长了两倍多。"

"有别的员工这样想过吗?"

"我们公司是一家小公司,就我一个人懂网络。"

"哦,那你知道遐想假日的工作要求吗?"

"我从网上看了,每个岗位都报了,我不能挑选工作,我什么都愿意干,我需要一份工作。"

后面这句话深深刺痛了骆丹心中最柔软的部分。"我需要一份工作!"正是今日多少大学毕业生的心声!骆丹似乎听到这天宇之内充满了这样的心跳,怦怦怦怦,如鼙鼓擂击着大地。走出校园,南流,北漂,四顾无望,像一片片孤立的浮萍,没有航船可以承载,没有大树可以攀援,纤瘦的身影被卷入茫茫红尘,没有恢弘的愿景,更没有主义的追求,甚至连"事业"都不曾沾上边,他们唯一期望的只是一份工作,一个上班的地方,可以养活自己,可以有一间栖身之室,哪怕数人共居如同中学宿舍都无不可。骆丹想起自己求职的时候曾在建筑工棚寄居三个多月的经历,那是何等的仓皇与沮丧,日夜与轰鸣的机器、简陋偏远的工地、粗重的砖瓦水泥、小便的臊臭、盘旋的麻蚊、色情饥渴的眼睛、粗鲁的笑骂、凶狠的训斥为伍,生命的存在见证的不是镀金的辉煌,而是意志的极限与盛世里的卑微。自从在乳业集团独立招聘销售业务人员,到独掌了遐想假日酒店,她每年都要接受这样的情感压力,都要想起住在工棚的日子,想起四处奔走无告的凄惶。她习惯性地用右手食指点了点桌面,顾芊芊便示意柳眉,复试结束了。

8

　　人的处境决定想象力的尺度。毛利民调动的事，李亚男首先想到的是人事处长张曙光。前些年银行改制为企业，很多地方的人事处早就改名为人力资源部了，但在机关里，人们还是喜欢沿用老称呼，叫人事处，海南呢，新建的省，自然没有那么严格，李亚男所在的那个行就是继续使用人事处这个老而不朽的名称。国企嘛，无论央企省企市企，都是组织管理的，考察任免领导的大权还都是在组织人事部门那里，跟过去还是一回事。张曙光本来不在人事处，是李亚男他们信贷一处（信贷处这个部门现在很多地方改名叫公司业务部，但李亚男待的那个行仍然固执地使用信贷处）的副处长，按照两年一换的内部控制制度，已经换了三个处室的张曙光，去年届满实在没有合适的地方可以轮了，只好到了人事处做副处长。银行系统重要的是业务处室，那里不仅灰色收入丰厚，奖金多，而且关系紧要，又容易做出成绩，升迁的机会多，人事处呢，虽然管着人事干部考核，但都是奉旨行事，没有什么钱帛过手，也没有什么单子可签，发财赚大钱这样的好事轮不到他们。张曙光去那里坐了半年，老资格的处长忽然查出肝癌晚期，三个月后便走了，分管人事的李凯副行长本来就是张曙光的高年级校友，张曙光这些年利用这点渊源，交往得瓷实。经了李凯的鼎力推荐，张曙光意外地得到了这个晋升的机会，做了处长。在信贷一处时，张曙光就想跟李亚男玩暧昧，李亚男不是讨厌张曙光，他这人长得一副娃娃脸，有点白面书生的斯文，做事低调不张扬，不会太令人反感。李亚男主要是讨厌他那张嘴，里面总喷出一股食物沤烂的气息，三米之外都闻得见，李亚男每次见了他都保持三米之外的距离，所以张曙光没有得手过，但是李亚男的男友换过几轮，每轮都处了多长时间，质量如何，张曙光还是略有所闻，略有知晓，这说明李亚男也不是圣女贞德。只要有了缝隙，苍蝇，特别是腿脚比较劲健口器比较锐利的苍蝇，总是想叮过去，吮吸一口美味。张曙光自视才貌双全，埋没机关经年，有点对不起苍天大地张氏列祖列宗，玩点风花雪月并不过分，一心琢磨着近水楼台多得月，只是明月常常照沟渠。这次他觉得机会来了。

"不是我不帮忙，只是现在整个行都是人满为患，年底行里的领导都招呼过，今年不进人。"张曙光仰在靠背上，望着李亚男说，显示出一副非常为难的样子。他的眼睛眯得很小，不过从生理学的角度来说，眼睛眯起来的时候，看东西是最清晰的，又便于掩藏自己的心思。

"你是不愿意帮忙。"李亚男说，很坦率，很凶。

"别人的忙我可能不帮，但李亚男你的事我一定要帮的，一定会帮的。你看我们都是一个处的老同事，是不？那么熟，什么话都可以说，你看，我都给你送过多少次电影票，都是小剧场，你还记得不？还有周立波到海口的那次，一票千金，可是你还是不去。虽然你害羞，不敢去看，好像怕我吃了你，但这至少还说明我一直蛮看重你嘛！愿意交你这个朋友嘛！这不是假话吧？只是现在确实没有岗位空着，这你也应该知道。"

"三四百人的单位，就安排不下一个人？"亚男也不是菜鸟，她不相信，她直视张曙光，很想看清他真实的思路，她补充了一句，"我男友业务很好，不是来吃闲饭的，你们连新毕业生都要，为什么不可以安排一个业务能手呢?"

"现在大家的业务都很好,专业不好的进不来,进来的不好好干好好学,也待不住,你看你的业务在行里就是首屈一指的。"张曙光一点口气都没有松动。

"事业总是要有新陈代谢,干工作总要几个能干的,我不很明白你干吗拒绝一个能干职员呢?"

"我哪里是拒绝呢!哪里是我拒绝呢!关键是要看有没有代谢的,没有代谢的,怎么好安排新的呢?海南不是大地方,经济总量小得可怜,我们行现在已经很有些人浮于事了,企业要讲效率,不讲效率的企业是没有生命的,是要死掉的,魏行长不是天天讲吗!"

"不是内部有照顾名额吗?我在行里也服务多年了。"

"以往有这样的情况,但现在改制了,都是聘用制,大家都是雇员,以岗定人,早就没有照顾安排家属的条文了。"

"这个我都知道,只是你想想,我父母都在海南,我不可能去天津的,你就不能帮我想点办法?你还说你怎么看重我,都是假话!"亚男有些来气又有些伤心,她感到张曙光话中有话,暗示自己当年是照顾家属安排的,但现在有求于人,不能不服软。

"这个当然,你是我们的骨干嘛!能照顾还是要照顾,问题是没有岗位啊!要不我再逐个部门了解一下,做做工作?"张曙光看到亚男有点哀求了,觉得可以松点口气,话头便转了个弯。

"那就拜托了,实在不行,也可以下到支行,但要在海口。"李亚男起身,挪了一步到张曙光的桌前,低声说,"张处,这个忙你一定要帮。要不然……"

"要不然?咋的?"张曙光坐直了身体。

"我就彻底不理你。"李亚男俯下身子,凑近张曙光的脸,用着几乎听不见的声音说。

一股娇兰的清香飘入张曙光的鼻子，眼前这位美人坯子依然富有不可抵御的魅力，当初他轮到信贷一处，就对这个女子魂牵梦绕了三个月，甚至想过只要她愿意，他离婚再娶的心思都有，只是那时这个女人不知怎的，总是远远地躲着他，他无从下手。现在，呵呵，机会终于来了，她需要他了，她求他了，哈哈，栽好梧桐树，自有凤凰来，美好的日子一定会来到，九九那个艳阳天来哟！张曙光心旌摇荡，满眼都是才子佳人四个金黄色的宋体大字。

他趁机一把攥了亚男的粉手，同样低声地说："一骑红尘妃子笑，帝王尚且如此荒唐，何况我辈凡夫俗子？为了你李亚男，我张曙光赴汤蹈火，万死不辞！"

"谁要你赴汤蹈火啦？"亚男听到张曙光的这种夸张性表白，不禁莞尔一笑，"你尽力尽力办就得了，办不了我也不怪你。"

"你放心！"张曙光像向首长一样保证，话音铿锵有力。

"那我走了。"亚男准备转身出门，这时张曙光像影子一样贴了过来，低声地说："晚上，我请你去高阳？"

李亚男这次居然没有嗅到那沤烂的气息，她回头瞧了瞧张曙光那双胀满欲望的眼睛，点了点头。

海口的高阳有点像北京的大隆兴，吃喝玩乐购物一应俱全，常有豪商巨贾乃至某些公务人员带着情人在此寻欢作乐，年初网上流传的某部级长官的小n自述就记叙了他们在这里的男欢女爱。不知哪位狗肉朋友把这篇热文传给张曙光，张曙光拜读之后，大叹："可惜！可惜！"为何？原来此女子不仅浅薄，而且文笔太劣，花前月下男权女貌，如此待月西厢一般的当代传奇，却记述得味同嚼蜡，一下子就搞掉了才女崔莺莺；不能铺张情节，渲染气氛，描绘细节，自爆灵魂，大好题材竟给她浪费了，美名未播臭名远扬。可惜之余，张曙光又把全文一一分拆，居然发现一个天大的秘密，原来在这女子的身后还有一双看不见的眼睛，而那双眼睛在紧紧盯着那副部级。张曙光为此大吃一惊，如堕冰雪极地，数日之后才恢复原神。晚上张曙光提前到了，开了一间面朝大海的高级房。当李亚男应约前来的时候，他夸张地张开双臂迎接，像十九世纪英格兰乡下的绅士一般，把和他一般高的李亚男揽在怀中。"面朝大海，春暖花开！"他搂着亚男走到窗前，掀开精致的落地窗帘，面前是平静的海湾，夹岸万家灯火阑珊投映在海里，星星点点，如金似银，映照着繁华盛世，他觉得诗意盎然，脱口而出一句海子的诗。

"很精彩啊，你写的？"李亚男知道张曙光有点文艺青年的爱好，在信贷一处的时候常常酸溜溜地背点古诗文，偶尔也在当地的晚报上发表一点豆腐块，以显示他的真才实学、与众不同。

"很精彩？你觉得很精彩，我是情不自禁，脱口而出啊！"

"出口成章啊！你好有才啊！"李亚男有点夸张地称赞。

"这话我爱听，别说是在海南，就在全国我们系统里，我的口才文才可以说数一数二的，可惜当年少不更事，没有去北京发展，要不现在也会在政研室或者某部某委参知政事。"

"可是花呢？我怎么没有见到花呢？"李亚男有意挑剔。

"这就是花啊，"张曙光紧紧地抚住李亚男丰满而柔软的胸部，色色地说，"这就是我的鲜花！盛开的鲜花！"

其实张曙光只是好色，真正干起活来并不怎么样，在李亚男这样的专业人士看来只能算个次品，每次冲锋陷阵大都是浅尝辄止半途而废，三次之后，李亚男感觉就像被折磨一般，他已沉睡得像条死狗，落得李亚男拥着枕头好好睡了一觉。第二天上班的时候，李亚男给毛利民发了个短信，说这边关系已开始跑了，估计需要先办证，才能提交正式的报告，行里才会处理。

毛利民回到天津，和家人说起调往海南的事，没有一个人赞同。毛利民先前并没有和父母明确谈过有个海口的女友，只是近几年春节年年跑海口，父母隐约感到海口那边有个姑娘拴住了儿子的心，但他们仍然没有儿子离开身边的心理准备，现在听说儿子要调去海南，心里还是很吃惊，很惶然，左右一想，觉得不妥，天津是三大老牌直辖市之一，书记都是要进政治局的，级别比一般省份高一格，与首都北京比邻而居，现在又碰上渤海湾大开发，京津冀一体化，新区建设如火如荼，房子一年比一年新，马路一年比一年宽，地铁一年比一年长，津贴也一年比一年多，这是看得见摸得着的好处和前景，怎么能说走就走呢？首先是毛利民的母亲就旗帜鲜明地反对，她没有进过大学，但人情练达，说：

"我是回城之后才生的你，因为要生你，我没有时间准备课程参加高考，一辈子只能是女工，我们那些一起下乡的三两年复习复习，都考到大学了，那时读大学特别吃香，大学毕业了，当官的当官，经商的经商，都不是小百姓。你爸比我还大八岁，大学考上不能上，就因为文革时太积极，斗过走资派，篡过权，三结合时进过班子，清查时是三类人，清理出来重新做机工，人家五类分子改革开放了获得新生，你爸爸却内部控制，见人低一等，原来的老婆也跟他离了。这个你都知道。我们把你抚养大，念完上海财大，不容易，当初为了积攒你的学费、生活费，你老爸每夜都去守摊，十一二点才能收摊，不管刮风打雷、下雪下雨，你爸都没有歇个空，也没个帮手，我那几年还要照顾你瘫在床上的姥爷。那些年没有一天省心，没有一天不累。不看看你爸爸今年多大岁数，头上多少白发，你还想离家出走，往天涯海角去，古人说，父母在，不远游，人家父母老了，都是往回调，你却往远的地方跑，而且是那么远，都听说是天涯海角的，好几千公里外，火车都要跑三四天，中间还隔着大海，听说海船经常被台风吹翻掉。"老母亲说得动容的时候，眼睛都湿漉漉的。

"我去海南后，也可以把你们接过去，海南现在房价还不算高，而且李亚男已经买了一套大房子，海景房，一百八十多平方米，那里气候暖和，空气好，适合养老。"毛利民虽然有些玩世不恭，但是个孝子，从小就听父母的话。

"接我们到海南？你媳妇会同意？能保证处得好？我可不想受气，也不想变成你们的累赘，讨人家嫌弃，再说，在海口人生地不熟言语不通，找个人说个话都不容易，饮食也未必习惯。"母亲还是不情愿。

"李亚男不错，人还是很忠厚的，有孝心，你们会处得来的。"毛利民说，"我和她认识三年，觉得还是她最合适，人也很聪明勤快，识事体，明道理，你不用担心她会把你当老妈子。"

其实，毛利民最想说的是，在他交往的女生中，比较来比较去，还是李亚男最为出色，最懂得男人。他早年在读大学时看到一篇叫林什么堂的名家写的文章，说最好的女人就是"堂上是贵妇，床上是荡妇"，他奉为圭臬，更何况李亚男姿色出众，聪明过人，又不娇气，甚合他的心思。这次去海南，他也看到了危机，李亚男身边不是只有他这一个男人，那天那个天蓝色激情浮点的避孕套不仅深深地刺疼了他，而且及时地提醒了他，要赶紧抓住这个再合适不过的女人，否则来年就有可能孔雀翩翩飞、罗敷自有夫了，到时失之东隅，后悔莫及。

"我看你这次谈婚事是有点上心了，老爸我很高兴。我和你妈妈的看法不一样，儿女大了，有自己的生活，不一定要围在父母的身边，那个行孝的事，都是过去的传统，现在不能指望了，能有这份心思就可以了，硬是拉在身边，未必是好事。再说我和你妈都有养老金，身体还不错，不出意外的话，再活个二三十年不成问题，广西巴马那个地方，百把岁的人还要下田干农活上山砍柴禾呢，我们自己照顾自己不成问题，将来的事将来再说，现在不要想得那么远。所以你不用考虑父母的事，但是你和那个李，什么，亚男，对，李亚男，要考虑一下，是调到天津好，还是调到海南好。这个要权衡一下，好好比较一下，现在虽然说职业自由流动，但要找个好单位好工作不容易，你们自己分析分析，权衡权衡，不要急着下结论。"毛利民的父亲思想很开明，又很老到。

"我们考虑过了，天津和海南都是正在开发的地区，都差不多，但亚男在海南的基础要好一些。"毛利民没有说的话是，李家毕竟是干部家庭出身，有些社会资源，不像他们毛家，整个都是草根，亲朋好友都是底层的人，没有一毛钱的权力，算来算去，还只有毛利民自己算是一个有拿得出手的单位的人。只是他虽然毕业于名牌大学，业务干得好，但家传不足，不谙钻营之道，在行里连个带长的都没有挂上，到现在还是一个主任科员，鲁克呢，小他两岁，新高职毕业，后来在党校混了张本科文凭，成天就想着喝酒采花搞钱，系统软件基本不懂，业务能力烂得一塌糊涂。就因为他爸在市委机关工作，也不是什么要员，但刚好联系金融口，所以鲁克三十岁不到就升了副处，竟然做了毛利民的领导。李亚男呢，也只是一个专升本，不同的是比较上进，也弄到了正科职主管，离副处只有一步之遥。想想这些，让人怎不呼唤深化改革呢？改革了，才有小人物出人头地的时机。

"这事情不要贸然作出决定，凡事都要调查研究，有调查研究才有实际材料，有比较才有鉴别，不要固执一个人的理，我建议你把李亚男请到天津来看一看，是不是她会有新的看法。"毛利民的父亲虽然是个工人大老粗，但毕竟熟读毛选，当过家，管过人，自然有主见，行事稳重。

"也好。"毛利民觉得父亲的话不在理外，同意了父亲的建议。家里开始做起迎接李亚男的准备。

毛利民这天收到李亚男的短信，回复要亚男来一趟天津看看，见见父母，走走亲戚，顺便在天津这边领证。亚男也觉得该去看看未来的公公婆婆，就约定三月底四月初到天津。

9

二月是运转之月，地气动雨水至万物萌生。海口的二月虽然没有明显的冬去春来的感觉，但是一元复始万物更新的景象还是看得见摸得着。听说柳眉被三亚遐想假日酒店录用了，小老板郭东黑了一天的脸，嘟哝着嘴，仿佛时运不济，大家又欠了他一笔债。倒是老板娘陶红卫晴转多云，喜笑颜开，简直是大清早捡了一块狗头金，乐滋滋地说："我这小公司也能培养出人才，够得上五星级酒店的标准，骄傲啊！"小汪说："人家柳眉是大学生，在这里干是一时的。"陶红卫不屑："现在还谈什么大学生？大学生满街走，教授不如狗，还不是照样在我这里打工，过几天说不定来个研究生，来个博士，还是个海归，不信你等着瞧，什么年代。"小汪就闭嘴不说话了。陶红卫兴致勃勃地查了查账本，把柳眉的工钱奖金一分一厘地算好发给她，从来没有这样爽气，然后哼着大家都不知名的老歌"万泉河水"去买菜。柳眉把该交接的事都一一列出来，然后打印好，免得接办的人搞混了。晚上，小汪、春梅、大马、刘克他们都聚在一起给柳眉送行。刘克还专门带来了一盘李健的专辑《似水流年》送给柳眉，柳眉明白刘克的心意，但她现在没有心思谈情说爱，再说她对刘克也没有那种一见钟情的感觉，内心里更没有那种拿得出手的期待。她知道刘克是一个诚实而有自尊的男生，然而她对他最多只能算有好感，没有牵肠带肺的爱情，不能因为同情而勉强自己，更不能含糊着应付耽误了人家。她礼貌地接下了这份菲薄但情谊深长的礼物，不动声色地把它装进背包中。他们在一家大排档吃过饭后，便说说笑笑地去北国之春卡拉 OK。

北国之春在东环路和建南路交界的一个老居民区边角，一个装修有点老旧的歌厅，如果你是在北京或者上海或者杭州或者天津甚至重庆，根本觅不到这样的歌厅，而今那些大城市的歌厅外表无不金碧辉煌，里面明明暗暗，充满神秘的遐想，楼下泊的是奔驰宝马奥迪保时捷。只有海口，或者其他三线四线城市，你在不经意间就能看到这样一栋虽旧不老的楼宇要高不高，墙体上有几块补漏留下的疤痕，宛如小孩尿床的渍迹，在楼的临街一侧一块醒目的招牌"北国之春"从楼顶悬挂而下，那手书的字体，铁线金钩，看得出有点老私塾或者写大批判出身的根底，招牌之下是一排排混放在一起的单车、摩托车和电单车，显示着光临此处的顾客嘉宾的身份、收入与趣味。一个穿着灰色短袖衫的中年汉子，头发蓬乱，面孔模糊，拿着一个票本走来走去，大概是在看管着这些停泊的车子。

北国之春开的年月长了，又是在破破烂烂的老居民区，设备又没有什么更新，来消费的人也不多，所以它的收费不高，一个包间一个晚上只要一百五十元。在这里 K 歌几次，刘克一直遗憾这么优美的店名和这么低劣的装修很不对称，很有些落魄王公贵族的感觉。

"为何叫北国之春?"刘克第一次来这里的时候，就问过那位柜台里管收钱的少妇。

少妇从账本和钞票上抬起头，露出很好看的脸盘，洁白整齐的牙齿，一看就知道不是本地人。她瞧了瞧刘克，好像望着从南非过来的黑人，一脸的茫然，又摸不清是不是钓鱼的警察，疑惑中又夹杂着谨慎："一直就叫北国之春，我公公开店时就叫北国之春。"

"北国之春是一首很好听的日本歌曲的名字。"刘克有点失望。

"怎么会是首歌的名字？这是我们的店名！我们一直就叫北国之春的。"好像发现有人要争夺财产似的，少妇要捍卫他们的专利。

刘克有点失望，这少妇看来空有其表，读书不多，见闻不广，连《北国之春》也没有听过。

"是歌名也不要紧，只是你们这个歌厅为啥叫这个名字呢？"刘克开导女老板，又有点想探个究竟，一脸好学生喜欢思考喜欢寻根究底的模样。

"头几年大概从北方来的姑娘比较多吧。"少妇发现来人面善，话语没有恶意，就一边说着，一边继续低头点她的票子。

"前些年生意很红火是吧。"

"大概是吧。"

"都是唱歌的吗？"

"歌厅不唱歌还做什么！"少妇的警惕性忽地又飙高了。

"是不是也有歌唱家来这里唱歌呢？"刘克想起欧美的电视剧中常有在歌厅唱歌的艺人。

"以往这里是有北京、武汉来的歌手坐台唱，每晚都是按照钟点付费的，现在不流行了，那些歌手都跑到广东深圳那里去，听说也有去三亚的，其实三亚哪里比得了海口呢。"

这是刘克知道的关于这个歌厅的全部历史。柳眉这是第一次和他们去卡拉 OK，以往小汪他们邀请，她总是找借口不去，留在办公室上网或者看书什么的，也好省几块钱，现在也许是最后一次

（也是第一次）和这拨苦难的兄弟姐妹一起乐一乐，何况他们还是专门来为她送行的，所以她一定要去，而且一定要唱。

她的歌声很甜美。在武威高中的时候，每次期考结束，班级总要举行歌咏晚会，她那时还不怎么会唱，还不知道怎么表演，只是在宿舍里跟着碟子哼哼，但她天生的对旋律的敏感和甜美圆润的嗓子，使她歌压群芳，成为武威高中的十大歌手之一，留在上下三届武威好学青年的心中。到了大学，她也是学院的头牌，一二年级的时候每场晚会上都大出风头，收获多少女生的羡慕男生的倾倒，那时节她的回头率和短信频率大概是年级的前三，到了三年级开始感受到毕业就业的恐惧，知道唱歌不能当饭吃，唱得再好也只能当个兴趣，贫民家庭又哪里有体面的老爹，恍然大悟，一下子从同学眼中消失，亡羊补牢，全心搞学习去了。今天她需要尽情地歌唱，答谢在这些难熬的日子里相濡以沫的兄弟姐妹。

柳眉说："和大家在一起的日子，是我人生中最宝贵的一部分，谢谢大家这段时间对我的照顾和帮助，真的很感谢你们，很感谢你们，我唱一首《岸芷汀兰》献给大家：

　　那一年

　　雨雪绵绵

　　我漂泊在江南水边

　　故乡，那样遥远

　　亲人还在田间

　　一声声啼雁

　　不知是归去还是南迁

　　那一天

雨雪霏霏

我徘徊在水乡江南

城郭，一样地冰寒

巷陌不见炊烟

想起儿时的家园

思念飘满心间

我看见

我寻觅的眼睛

我发现

我的身影孤单

雨雪霏霏

情思绵绵

盼望的日子如行船

何时春草遍江南

我挥手

我看见

岸芷汀兰在那边

　　大家谁都没有想到柳眉的歌声是如此优美动听，缠绵悱恻，如此一往情深。一曲既罢，大家鼓掌，长久地鼓掌。

　　平时话不多的刘克，站起来要接着表演。他接过柳眉递过来的话筒，说："你的歌叫我好感动，真的，我好久没听到这么好的歌声了，也没有这样被感动过，现在你要去三亚了，从我们这里离开，今天是我们送别你，我献上一首歌，送给你，希望你前程美好，一路平安！"

刘克唱的正是李健的《传奇》：

只因为在人群中多看了你一眼
再也没能忘掉你的容颜
梦想着偶然能有一天再相见
从此我开始孤单地思念
想你时你在天边
想你时你在眼前
想你时你在脑海
想你时你在心田
宁愿相信我们前世有约
今生的爱情故事不会再改变
宁愿用这一生等你发现
我一直在你身旁
从未走远

只因为在人群中多看了你一眼
再也没能忘掉你的容颜
梦想着偶然能有一天再相见
从此我开始孤单地思念
想你时你在天边
想你时你在眼前
想你时你在脑海
想你时你在心田
宁愿相信我们前世有约
今生的爱情故事不会再改变

宁愿用这一生等你发现

我一直在你身旁

从未走远

宁愿相信我们前世有约

今生的爱情故事不会再改变

宁愿用这一生等你发现

我一直在你身旁

从未走远

只是因为在人群中多看了你一眼

　　这首歌的作词刘兵、作曲李健都是清华才子，他们相约写了这首歌，复出的王菲用来在春晚演唱，后来作者李健自己唱，都唱得超凡绝代，现在轮到我们的年轻人、库房保管刘克演唱，唱得婉转低回，如此富有深情，仿佛是用生命在演唱，仿佛要将一生一世的情意全部灌输进去，送给一个特殊的人。大家听着，看着，都不禁感动起来，有人泪光盈盈，有人低头沉思。掌声响了许久，春梅拿了话筒，说：

　　"别那么感伤了，柳眉姐是去好地方，我们应该高兴高兴才对，你看你们咋都这个样子！我唱个《读书郎》，送给柳眉姐。"

　　大家一听唱《读书郎》，都喝彩，说："好！"气氛又高涨起来。春梅唱完，小汪接着唱了很喜庆的"女驸马"，我做状元不为把名显，我做状元不为做高官之类。闹到过了十二点，大家一齐唱了首《祝你平安》送给柳眉。这首歌不知道被孙悦唱了多少年多少遍，只要她露面，都是在唱这首歌，已经显不出特别的真挚特别的深沉，现在经这一拨患难相依的兄弟姐妹的倾情合唱，竟然字字句句都宛然是从他们心间流淌出来的，如此真切，炽热，深沉，柳眉终于抑制不住，泪水漫过两腮，一颗颗地滚落在潮暗的地板上。

"祝你平安！"

"祝你平安！"

第二天一早小汪和春梅用单车帮柳眉拉着简单的行李，去了海口火车东站。太阳升起的时候，洁白的云朵都飘到了半空中，一点微风都没有，柳眉乘坐的高铁开出了海口，仿佛一匹宝马，呼啸一声，直奔三亚而去。

10

女人的变化有时上帝也难把握。粗糙的唯物论者持内外二因解说世间一切，自以为不二法门，实则纰漏甚多，徐婕娜的变化，前非而后是，后是而前非，如何按说？恐怕最见多识广的京城名记、最循循善诱的妇女主任、最学富五车的哲学教授、最巧舌如簧的人事经理，都无从窥得门径，其实这就是今日青年常态，尤其是某些女生的常态。徐婕娜回到西安，想了数日，还是觉得不能轻易退出。骆丹确实也有几分姿色，但看得出年纪不小，比她徐婕娜恐怕要大七八岁，女人的眼睛有时就是这么毒，尤其是对于同类的年龄，具有百步穿杨、一针见血的天赋。三十而色衰，这是不可抗拒的生理规律，就凭这一点她就能战胜骆丹。她为什么要退出！为什么要她退出？到襄阳的头两天，她每晚都把耳朵贴在墙上听隔壁房间的动静，好像《潜伏》里的特务，结果让她大吃一惊：厉害！没想到这文质彬彬的高伟居然床上表现不俗，持久，刚猛，激烈，她简直感觉到墙的震动，呵呵，嫁了他，这床第之乐是有保障的。然而越是偷听，精神越是遭受折磨，差点就崩溃了。第三天她到前台要求换到另外一个楼层，耳不听为净。可是，她徐婕娜必须有一个完美的丈夫！痛定思痛，徐婕娜越来越明晰地认定，这个人非高伟莫属。

她必须使出自己的手腕赢回这场争夺战。

然而高伟对她不冷不热，他每日进进出出，总是那样忙碌，有干不完的活，傍晚下班，目不斜视，径直回宿舍，从不多滞留一分钟。有两次她想主动地打个招呼，高伟只是礼貌性地回答了一个："嗨，你好！"转眼间已经大步流星地走远了，让徐婕娜待在那里不知所措。

徐婕娜的坏心情影响了主任陈的性福享受。徐婕娜几乎不再那么积极地响应他的呼唤，他的不满也就日渐一日地像离离原上草一样滋长起来。他知道这一切都是因为那个叫高伟的小家伙开始俘虏了徐婕娜的心，让徐婕娜不再满足于他们的地面下的欢愉，开始追求地面上的爱情。爱情，徐婕娜怎么会相信爱情？怎么会是这样呢？在他看来，徐婕娜是一个天生的享乐派，要的就是快乐，他虽然早已年过知天命，头顶微秃，四肢略显富态，但身体好，没三高，更没有肾虚，手上有权，袋里有钱，脑袋里有智慧，养尊处优，衣鲜食美，身体里有膨胀的荷尔蒙，他需要她，需要她来弥补自己一闪而过的青春，她的存在击败了时间，让他忘记了年龄增长带来的衰老和应有的尊严，他感到源源不断的向上的力量、奋斗的希望和创造的喜悦。然而他不是脱缰的野马，他时刻记得他的太太的存在，那个与他结缡三十载的女人，一家百货集团的总裁，但她和他一样早出晚归，她的生命属于她的企业她的数千号职工，两人仿佛是在不同界面旋转的陀螺，永不相交，也永不碰撞。他记不清他们多久没有同枕共眠，时间的隔膜带来了身体的隔膜，他几乎忘记了那个女人的身体，那个女人的思想，那个女人的衣裳，任何与她相关的符号。这不是说他走向了冷漠的歧途，相反，他充满激情，他发现饱暖思淫欲，古人早就发现的这条颠扑不破的真理仍然颠扑不破，千百年以来，人类什么都在进步，海里能钻进去，天上能升上去，火星也很快就要被占领了，就是在自身器官与思维的管控方面，毫无长进，要不那么多达官显贵怎会都在这方面出尽了洋相呢？正人君子看不惯欲望与本能，讥之为病，其实这些人才有病呢！主任陈如是想，年轻的时候他在钻研电机之余钻研过弗洛伊德、霭理士、弗罗姆，知道生命深处的激情不可遏制，因此他听从身体与心灵的不加约制的召唤，把纪律和伦理悄悄搁置一边。在他把这一切安排得井井有条的时候，高伟这穷小子出现了，冲击了他的生活秩序，他怎么也难以想通，这么个一无所有的小子，况且新交了女友，还能兜住徐婕娜这种人的心？他觉得需要搞清楚。搞清楚这个事不难，他是一把手，一把手有的是管人的经验。不过他的事情太多，这么一个一百多人的研究室，大的研发项目堆积如山，新的问题层出不穷，特别是申请各级各类科研经费，让他分身无术，应接不暇。他有心无力，无法展开他有效的思想工作，甚至也没有太多时间来安排他们的幽会，每次他都是提前在电话里密商，精确计划，及时安排，哪怕差错、耽误一个小时都不行。

挨不过主任陈的软磨硬请，三月十五日那天晚上徐婕娜来到主任陈的办公室。主任陈的办公室里有一间休息室，这间休息室设备简约精致，在床对面的墙上挂着一幅梵高的名画《浴女》，据说是花了三百美金从纽约买回来的高仿珂罗版，青春女性的胴体暴露着丰沛的生命力，恰到好处地激发着男性的本能欲望。在休息室的里侧配有一个卫生间，里面有完整的洗浴设施。这里便成了他们幽会的地方，安全而又卫生，既不用担心警察光临、交叉感染，又不需身份证登记支付开房费用，留下隐患。用主任陈的说法："素朴的高质量享受，省钱不掉份，安全又富有情调，提前跨越了小康阶段！"

"小娜，我发现你最近沉默了，这可不好，有啥不快乐不开心的说来听听？"主任陈装作不懂，关切地问。

"高伟不要我了！"徐婕娜说着，忽然大哭起来。

"别哭，别哭，小娜！我的好娜娜！"主任陈把徐婕娜搂在怀里，抚摸着她飘逸的黑发，温柔地说，"还有我嘛，我要你嘛！"

"谁在乎你！你那么老，头顶都秃了，你有老婆，有孩子，有自己的家，我要一个男人，一个只属于我的男人，年轻英俊的男人，呜呜……"徐婕娜越哭越伤心。

"哦，我的乖乖，我的娜娜，别哭，别哭！"主任陈这下有主意了。

在又一次享受了极度的欢愉之后，主任陈搂着徐婕娜滚烫的肉身说："高伟和海南女老板的那事不长久，你想想看，一个在三亚，一个在西安，三亚只有旅游，没有什么高精尖的文化机构，高伟到那里干不了什么，说不定还只能是一个吃软饭的，那女的有酒店在那边，也来不了西安，现在是热恋的时候，等着这股热乎劲过去，他们就会各奔东西啦。你好好黏着高伟，要不即不离。"

"什么叫不即不离？那还叫谈恋爱吗？"徐婕娜有时也很低智商。

"现在他不理你，你也不要太在意，还是要和他保持交往，但也别太黏乎，否则他会感到不耐烦，而你会感到痛苦。等到他们断了或者快要断了，你就乘虚而入，好事就成了。"

"你说的有准头吗？我怎么看他们都是真的谈着。"徐婕娜没有把握，"他们已经住到一起了。"

"当然是真的，然而是真的又怎样？高伟是陕北的穷人家读书出来的，他们那儿破窑土灶，五百里土疙瘩，祖宗八辈面朝黄土背朝天，出一个大学生很不容易，出一个名牌大学生更是凤毛麟角，不仅是一家一族的荣誉，而且是一村一乡一县的荣耀，听说有的地方还开大会庆祝，县委书记县长亲自颁发奖状奖金，还要真的戴花骑马夸街呢！他一定不会抛了专业，抛了科研，抛了前途，跑去三亚吃软饭，他会乖乖地待在西安，待在西北双电，待在这里研究他的电机科学，一个项目接着一个项目地做，不管风吹雨打，不管地动山摇，他会成年累月地三点一线，这一点我看得准，只要是真的知识分子，就这一股子愣劲，只要钻进去了，那科学就是他的命，他的根，他的一切，管他什么荣华富贵，管他什么金山银山，都不在眼里，一辈子都脱不了这犟脾气，嘿嘿，他离不开西北双电，离不开这研究室，你尽管放心好了，不过这还要看我怎么帮你。"

"你一定要帮我，我都跟了你这么多年，被你糟蹋，名声也坏了，你一定要成全我这事，要不然我不理你，你就不是男人。"

"别说得那么难听。有那么严重吗？"主任陈不喜欢徐婕娜的话。

"怎么就难听了？这么深更半夜的，跟你在这里鬼混，我图啥啦！"

"好好好，不说这些，我来帮你。"主任陈不想听徐婕娜搅和下去，还是顺着她说，"不过这可有条件。"

"什么条件？"

"那你一定要听从领导召唤，不得像这些天，老是放我鸽子。你要知道，我喜欢你也是真的。"

"还领导召唤！那何书记、赵副主任的召唤要不要应承？"徐婕娜呛了主任陈一句。

"好了好了，别斗嘴了，是我的召唤，主任陈的召唤。"

"晓得了！转弯抹角干吗！你说说你怎么帮我吧，别成天老是惦记你那几秒钟的事。"

主任陈有点尴尬，不过，他有的是度量，从不放在心上，他陈述自己的高见："这个嘛，我得让高伟进入一个很重要但又不能在三两年内脱身的科研项目之中，凭着高伟的责任感、荣誉感、上进心和对科研的热爱，只要他进了这个项目，保证他在科研上越陷越深，三年之内留在西安绝不动摇。你呢，就要抓紧机会，投人所好，首先让人家不反感你，愿意接受你，建立好感，在此基础上发生点什么……"

"发生点什么？"徐婕娜明知故问。

"这个还用我说吗？你挺擅长的。"主任陈有点酸溜溜地说。

"好啦！我懂了。你接着说吧，还要注意什么？"

"有些毛病你要改掉，比如何副书记那种人，常常逛窑子的，他管实验器材采购，每年数百万的经费，不知黑了多少，喝了多少，出差到哪里就嫖到哪里，什么病毒都有，前段时间治尖锐湿疣花掉一万多块，跑来找我签字报销，HPV！他还以为我看不懂，多危险！我给他签字，也不问他，要是说穿了，我怎么能签这个字！我不签，他就跟我对着干，我签了，帮了他一把，他就得乖乖听我的，反正这钱也不是我掏。赵副是'气管炎'，他那老婆是西安出了名的悍妇，惹不起，见不得女人和她老公搭讪走路，老赵本来在组织部门工作，调来前，听说她把老赵办公室对面的一个女人的嘴唇都剪了个豁口，要不是老赵拿钱摆平，恐怕也得犯个人身伤害罪蹲几年号子，老赵自己哑巴吃黄连，在原来单位待不下去了，只好申请调动。我看老赵似乎对你有点意思，不是经常找你帮他办这个那个吗？你最好离他远点，越远越好，免得哪天破了相。那女人我见过，一身横肉，国家田径队出来的，估计两三个男人都不是她的对手。你千万别让她注意到你。现在她看着老赵，比纪检的看着咱们都勤。还有那几个厂部的愣头青也要离远点，他们到处传与你的关系，床上怎么怎么的，太难听了，这样下去，会坏了你的名声，高伟就更不敢接近你了。"

"最好就只有你一个?!"徐婕娜有点尴尬，她不耐烦地打断主任陈的话。

"是的，人多不密，事多易泄，男人嘛，玩一玩，不在乎，但要接受你做老婆，谈婚论嫁，他心里可认真得要命，一点都不含糊。"主任陈宛如忠心耿耿的老臣，披肝沥胆，恳切陈词。

"好！就这么办！"徐婕娜破涕为笑，"你这秃脑袋还挺管用的呢！赶上赫鲁晓夫了。"

"那当然，领导嘛！脑袋不管用哪成！"

与此同时，高伟正在宿舍里与他的心肝宝贝骆丹视频呢。虽然分开才几天，但对于热恋的情人来说，度日如年，仿佛分开了很久很久。两人总有诉不完的悄悄话，每天晚上都要聊到十一二点才算完。听说美国的硅谷那里正有一批计算机专家和两性问题专家联手合作研究情人间的话语，探索编制一套无所不能的模板，使得情人们既不需说这么多重重复复的话，又能够保证两情缱绻，排遣生活的压力。这个产品如能顺利问世，那一定市场广大，还能由此提高人类的生产效率，会受到各类机构公司尤其是富士康这样的企业百倍欢迎，一定会集体购买，安装到每一间职工宿舍，如此下来，人人心情快畅，既没有压力，又没有烦恼，哪里还会有人跳楼呢！至于维和难度大的地区，也可以用这个模板来解决族群冲突，消除各种潜在的暴力事件。

其实，高伟参加这个项目，研究室里面早就议过，首席科学家从人才梯队建设的角度提出高伟等三名优秀的青年科研人员参与这个项目，得到了包括主任陈在内的领导成员的一致赞同。主任陈拿这个既定事实的东西在徐婕娜面前卖了个乖，徐婕娜哪里明白呢？次日上班，主任让秘书通知高伟过去谈话。主任陈打量了一下这个大小伙子，确实长得帅气，又朴实又懂礼貌，要是自家养的是女儿，一定会选他做女婿。他泡了杯茶，给高伟端过来，开始了正式的谈话。

"小高，你到西北双电三年多了吧？"

"是的，当初还是主任您到学校亲自面试我们这批人的。"

"你看我都忘记了，当初你们进来的这批人就你进步最快，年轻人还是努力好。"主任陈对高伟记得是自己选拔了他心里很满意，这孩子懂得感恩。

"主任找我有事要说吗？"高伟是第一次到主任陈这里谈话，他估计主任陈有事要找他谈。

主任陈说："当然。考虑到你的努力和表现，我决定让你中途加入无相电机的研发小组。"无相电机的研发，是他们公司承担的国家重大攻关课题，这个课题一旦完成，不仅将直接改变全球的电机生产格局，而且对太空探索、核武发展、航母开发都有重大意义，所以国家在这个项目上拨了巨款，当然，参加这个项目的研究人员，都是优中选优，而且还要作出承诺："全力以赴，努力攻关，保守机密，服从安排。"

"太好了！谢谢主任！谢谢组织！"高伟高兴得几乎跳了起来，喜从天降，好运接二连三。他再三感谢组织，感谢领导，感谢主任陈对他的信任和栽培，他表示一定努力工作，全力攻关，不负众望。

主任陈提醒说："年轻人你很努力，这很不错，但无相电机项目，是国家重大课题，你一定要全力以赴，可不能太分心，恋爱的事要掌握适度，不要耽误国家大事。"

高伟没想到他恋爱的事也被领导知道了，脸色潮红，说："明白，我一定全力以赴搞科研。"

"这是一个萝卜一个坑，每一个环节都不能耽误，不许中途撤退，更不许中途掉队！最好保证你的项目研究走在前面。"主任陈严肃起来。

"请领导放心，我保证按时完成任务，决不掉队！"高伟庄严地表态。

"听说你跟办公室的小徐也有那么点意思？"主任陈忽然转变话题，神秘地问道。

高伟一听脸上涨红，马上断然否定："没，没有。"

"有，没有，都没关系，现在领导不管这个。"

"真的没有！"高伟不知道怎么主任陈会相信这个无中生有的事。

"单位不管这个。"主任陈起了身，算是结束这次谈话，不过，他还是望着高伟，意味深长地说，"小徐人不错。"

"是的。"

"抓紧项目上的事吧。"主任陈再次提醒年轻人。

"您放心！"

高伟出了主任陈的办公室，恰与迎面而来的徐婕娜撞了个正着，徐婕娜笑容可掬，这是她从襄阳回来后第一次对高伟露出如此亲切自然的微笑，就像他们之间什么都没有发生一样。

"高伟，什么好事？"徐婕娜笑眯眯地问。

"哦，是你啊！领导决定让我参加无相电机项目！"高伟胸无城府，愿意把自己的喜悦与大家分享。

"不得了啊，祝贺你!"徐婕娜恰到好处地伸出手。

"谢谢! 谢谢!"高伟礼貌地与徐婕娜握手，他感到徐婕娜的祝贺是由衷的，他心里充满感激。

"你要请客哦!"徐婕娜笑意盈盈。

"好的，改天我请客!"高伟急着要走。

"我等着!"徐婕娜这次却没有缠着高伟，很爽快地让到一边，看着高伟兴冲冲地走远，心下不禁一笑。

11

做生意，最讲究赶早。三年前，遐想假日酒店公司在海南大开发刚刚开始的时候，以旅游文化项目的名义，在三亚深水港海龙洲那边以总价一千万出头的价格拿到了一块二百零五亩的地，交了款，过了户。现在这块地价格翻了三番，前些日子专门做海上煤炭铁矿运输的海牛集团看中了这块风水宝地，前来洽谈合作开发，海牛集团承担购地的全部费用，拿到了其中的一百五十亩做他们的物流园区，另外负责在那五十五亩的地块上建好一个四星级的度假休闲酒店和十栋度假别墅，无偿提供给遐想假日酒店公司。这样骆丹一分钱不花，就拿到了一座占地五十五亩的度假酒店园区。这是高端商务型的度假酒店，骆丹看中这种度假酒店甚至比超级豪华的遐想假日更适合中国新崛起的土豪群体和中产阶级。这种利用政策快速发展的事在遐想假日的整个发展历程中将不胜枚举，大家可以拭目以待。当代的聪明人都懂得啃爹啃娘不如啃政策,靠洋人靠大款不如靠政府,骆丹也不例外,有点不同的是她还清醒,知道吃政策饭都是暂时的,不能永远,实业还得从点点滴滴抓起,那是看得见摸得着把握得住的。要做海南旅游业的龙头老大,必须抓这一手实的。

为了发挥公司的资金资产优势,骆丹在春节前就开始部署组建观光业务二部,专门负责在全海南岛内的旅游观光业务。调配给这个部门的豪华大巴就有十辆之多。这么多的旅游车,当然远远超过住店客人的需求,所以需要组合零星业务。她现在就把这个事情交给顾芊芊和柳眉。柳眉做梦都没有想到,一到遐想假日,竟然能担任部门副主任,手下业务员、导游加上司机三十多人。她没有管理的经验,也没有心理准备,然而骆丹毫不犹豫地把这个部门交给了她和顾芊芊。

顾芊芊本来是骆董身边的秘书,俗话说宰相门人七品官,职场上的人既现实又势利,对顾芊芊敬畏三分,对柳眉这个刚刚报到的黄毛丫头却明摆着不屑一顾,瞧人的眼角都没正过:你凭什么一来就当了头?你有几把刷子?这种情态在部门成立的当天就表现出来了。那天,分管销售业务的副总裁蔡义雄主持部门成立会议,他是个精明实际的人,他的智慧明明白白地写在他那发亮的额头和标准的鹰钩鼻上,如果你相信麻衣相法,那么蔡义雄既非达官显贵,也无满腹经纶,而是标准的贾人面相。他扫视全场之后,静默了一分钟,才开口介绍公司组建业务二部的意图和工作要求,然后宣布部门负责人。他介绍说:"芊芊(他同样很亲热地称顾芊芊为芊芊,口气好比自家的妹子,再亲切不过了)负责业务二部的全部工作,大家要听从芊芊主任的安排,谁不听芊芊的话,我就开了他,这海南嘛,山多水多但好工作不多,河里海里的鱼不多但钓鱼的多,大家好自为之。"他说完，又重新严厉地扫视一遍坐在对面的员工，忽然记起什么忘记的东西来似的，接着说："柳眉是部门副主任，协助芊芊主任工作，柳眉你刚来，要多向芊芊主任学习、请示。"柳眉感激地点了点头，觉得她新来乍到，岗位和薪水都超过她的预期，蔡总在大庭广众之下专门介绍她，给她面子，她心里很感激这位英俊严厉的副总。芊芊很平静地坐在蔡总的左边，神情恬淡，大家看不出她高兴或者不高兴。

见面会结束之后，蔡总和芊芊握了握手，柳眉想也该与蔡总握手道别，便也把手伸出，然而蔡义雄没有转过身来的打算，他已起身离开了席位，柳眉感觉讪讪的，赶紧把手缩了回来，她有点懊恼自己的热情过头，人家工作忙，哪里顾得上那么多礼节呢！她依然起身和顾芊芊把蔡总送出会议室，然后回到会场。

现在是轮到芊芊主持会议，她的声音像台布一样平静，没有任何波纹，但还是讲得很有条理："我和在座的各位都是老熟人，就不用自我介绍了，我首先感谢大家在公司的工作；其次希望大家继续努力，发挥更大的积极性；第三是公司成立业务二部，目的很简单，用两个字概括就是创收；第四要说明业务二部必须是做加法，业务要全新开拓，因此要注意三条，一不得挖业务一部的业务，二不得做亏本的买卖，三彼此之间不得互相挖业务，大家要加强沟通。柳眉副主任新来，大家还不熟悉，我先给大家介绍一下，然后再请柳副主任给大家讲讲业务上的事。"

芊芊的话讲得条理清楚，句句分明，该说的都说到了，柳眉很佩服芊芊，这么柔弱的一个女生，居然讲话那么老到成熟，自己何时能修炼到她这个水平还不知道呢。现在芊芊要她来讲业务上的事，是很抬举自己的，心里虽然没有任何准备，但还是把话筒接了过来。

"大家好！我本来是来应聘的，想找一份工作，并没有想到要做主管，我初来，不熟悉公司，也不熟悉我们原来的业务，怎么能当头儿呢？承蒙芊芊主任的好意，让我协助她工作，其实我也没有把握能把工作做好。我过去做了一些相似的业务，但那是家很小的公司，与这里的工作方式和工作要求一定完全不一样，所以我要从头学起，也要请各位多多帮助，做得不好的地方请大家多包涵，多指正。"柳眉想到哪里说到哪里，都是她的心里话。然而没有人鼓掌，大家开始看着她这个瘦削的小女生。

柳眉接着说："我们部门虽然才成立，业务要走在前面，如何走在前面，我想一个是要快，不能等，俗话说时间就是金钱，搞业务的就讲究一个效益，做慢了效益搞不好，人也变得没信心；二是要有数量，现在人也多，车也多，都不能闲着，如何拉起业务，大家都要想办法。只有业务上来了，才算得上真正的英雄好汉。"

顾芊芊没想到柳眉初次面对员工，竟然讲得不卑不亢，入情入理，思路清晰，重点突出，心里非常喜悦，她相信她们的合作会非常愉快，一定能把骆董的事办好，办出成绩。然而，柳眉讲完，鼓掌声稀稀拉拉的，看来大家并不信任这个新来乍到的黄毛丫头。

繁忙的工作开始了。柳眉首先整理了原来的业务关系网，发现与遐想假日酒店往来的都是一些大型旅游公司和星级酒店，而大型旅游公司和星级酒店往往都有自己的旅游部，有自己的车队，并不能分流多少客源过来。即便分流一些过来，那往往是他们安排不下的业务，而大量的小型旅游公司、中介公司和小型酒店，像她原来工作的海口好山好水旅游公司，与这边基本上没有什么业务联系，这些公司、酒店虽然规模不大，但数量众多，分布全岛，有着大量的旅游客源。她觉得把这些小公司联系起来，把它们变成自己的合作下线，利用遐想假日的声誉和优良的车队、标准的服务，同时确保让利不低于同行水准，顾客愿意选择，小公司乐于促成，大规模合作的可能性是存在的，这样遐想假日的业务二部就会大大提高业务流量。她把这个想法向顾芊芊汇报了，芊芊一听，觉得极好，就带柳眉去向骆董亲自汇报一次，再说开展这样的联系，需要大量出差不谈，还需要与下线的分红标准，这本来就是要请示的。骆丹仔细听完芊芊和柳眉的汇报，觉得可行，叮嘱她们尽快落实。

这项工作兼顾了各方的利益，推进起来非常顺利。凭着遐想假日的名气和优惠的合作条件，几乎所有的屌丝旅游公司、鸡毛酒店都毫不犹豫加入了业务联合。业务量像潮水一般升涨起来，司机们每日欢快地开着大巴驶向各地，服务生接不完的电话，忙不完的登记，一切显得如此兴旺繁荣。骆丹多次来到业务二部，看到这两个小丫头把偌大的一个部门管理得风生水起，心下十分欢喜。

海口是柳眉自己亲自跑的，她在遐想假日海口办事处的帮助下，很快签好三十七份合同，最后她给小汪拨了个电话，但那边电话占线，转拨春梅的手机，告诉她自己到海口出差了。

"哎呀，是柳眉姐啊！你好吗？可想死我了！你到海口了？你住哪里？我好想你啊，我们过来看你！"同患难的小姐妹感情深厚，说起来就没完没了。柳眉说："春梅妹妹，我会到好山好水公司来，刚好有些业务要与郭经理谈一下。"这时小汪也打完电话了，抢过春梅的手机，和柳眉聊了个不亦乐乎。

小老板郭东，还是昔日那种肥厚油腻的模样，见了柳眉有点讪讪的。那天柳眉穿的只是遐想假日管理层的工作服，深蓝色齐膝呢裙，金利来女性短袖白上衣，浅跟黑色皮鞋，这副职场例行装扮在好山好水旅游公司却无疑有些鹤立鸡群。不过郭东还是很快就调整了过来，他讨好地说："山鸡就是山鸡，凤凰就是凤凰，出去了才几天就认不出来了。"

柳眉没有介意当初郭东的轻浮，她说明来意，小老板眼睛闪亮，说："柳眉，柳主任，我们能挂逗想假日酒店海口办事处的牌子吗？"柳眉有点吃惊小老板的贼精，一照面就打起了算盘，她一笑："我们的海口办事处早就有了，在建南路上。"

"那你跟你们老板问问，我把这个公司卖给他，或者他来控股，我帮他办个分公司，做总经理？"

"郭经理，你说的都是大事，需要很长时间交流呢。"柳眉笑了起来，小老板就是小老板，不放弃任何一个机会。

"那倒是，你在那边，可要帮我留心着。"仿佛柳眉是他派过去的卧底，仿佛柳眉受过他多少恩惠，郭东心里美滋滋地飘起了攀上高枝的喜悦。

业务合作协议很快就签好，晚上小老板坚持要请客，陶红卫也回来了，一个劲地附和着，还用那只肥手不停地抚摸柳眉的身子，好像抚摸她的闺女一般。柳眉婉谢了，她说："郭经理，你们事情多，不能打扰了，再说办事处那边还有些事情，要抓紧处理，明天我就要回三亚了。"

实际上柳眉想晚上和小汪、春梅、大马、刘克他们一起聚聚，春梅他们会意地说："柳眉姐，你忙你的去吧，有空再回来看我们。"

郭东、陶红卫一前一后地把柳眉送出好山好水公司的大门，看着她钻进一辆泊在门外的豪华奥迪 A8，羡慕得眼珠子都快掉下来了，目送奥迪噗地一声轻快地飙走，他们还伫立在那里，久久地挥着手。

柳眉选了一个清爽雅致的小酒店邀请兄弟姐妹们聚聚。她提前预订了一个包间，她估计她的这些兄弟姐妹恐怕都没有到过这样的酒店这样的包间，她甚至提前点好菜，尽可能丰盛，符合他们的口味。晚上六点半,她赶到聚会的地方,大家几乎不约而同地同时到了,看来大家都很守约,一点都不拖拉。尽管离开才一个多月,但大家还是如同久别重逢,年轻的心没有太多太厚重的阴霾,沧桑也许只是一种想象的感觉,生活中的波澜起伏,都会像水一样淌过,流过,青春是生命的沃土,只要有阳光,再潮湿的洼地都会干爽,再干瘪的种子也能发芽生长。他们喝了不少啤酒,柳眉也不知喝了多少杯。话入中途,刘克倒了一大杯啤酒,端着站到柳眉的面前:

"柳眉,到今天为止,你去三亚一共四十一天。"

"算得好仔细哦,我都记不得了。"柳眉听出了刘克的弦外之音,她从一开始就感到这个黑瘦男生对她的压抑不住的好感,但她不能做出什么反应。

"今天我先敬你,一是重逢,一是祝贺你高升!"刘克一边说着,一边要给柳眉斟酒。

"兄弟,你咋记得那么清楚?你是不是对柳眉小姐有什么意思?"大马在旁边起哄。大马毕竟没有读多少书,他不明白什么叫含蓄。但小汪明白了一个悲剧正在酝酿,女人的直觉胜过 B 超和 CT,女人对女人要比男人看得更清,无论身材长相还是能力运气,刘克都配不上柳眉,柳眉肯定也没看上刘克,她不能让悲剧发展下去,她赶紧起来灭火,她推了大马一把:

"你是不是也想对柳眉妹妹有什么意思?我可要警告你,你敢有的话,瞧我不剁了你的三寸根!"

"哈哈哈哈哈哈!"大家瞧着小汪的一脸嗔怒,乐不可支。

"扈三娘!真正的扈三娘!"大马赶紧躲到一边去。

"这样吧,刘克,春梅,今天柳眉妹妹回来大家都高兴,我们一起喝一个好不好!"小汪提议,她要转移话题。

"好!"大家都附议,各自满上一大杯,一饮而尽。

然而喝完了这杯，刘克忽然大声嚷道：

"我想和柳眉妹妹单独谈谈！"

大家面面相觑。

"刘克，你喝多了！"春梅冷冷地说。

"不多，不多，我才喝了四杯酒，我可以喝八大杯，不信你问大马。八大杯！"

"兄弟，你醉了，我们早点回去休息吧。"大马这才意识到事情不妙，这才记起小汪先前跟他说过的，柳眉相不中刘克，现在可不能把场面搞糟。大家见一面不容易，欢天喜地地，绝不能不欢而散。他站起来要扶刘克离开。

"马兄，你多虑了！我没醉，我只是想说三句话。"

"什么话那么重要？让我们一起听听也好。"春梅说，脸上却飞起一片潮红。

"让他说说吧！"柳眉倒了一杯可乐，递给刘克。刘克喝了一大口可乐，一挥手，像领袖演讲一般：

"第一句话，柳眉出息了，说明我们这些人终究会有出息的，天意怜幽草，人间重晚晴，天生我才必有用，吾辈岂是蓬蒿人！这是第一句话！"

"说得好！"大马带头鼓掌。大家鼓掌，一起高吼："天生我才必有用，吾辈岂是蓬蒿人！"

刘克又喝了一大口可乐，可能喝得猛了，噎了一下，他接着说：

"第二句话，柳眉出息了还来看我们，说明柳眉不势利，说明君子之交淡如水，真金不怕火炼，我们之间的情谊是真的，是纯洁的，是经得起生活考验的！"

"好！"大家喝彩，热烈地鼓掌。春梅忽地高喊起来："柳眉柳眉我爱你，就像老鼠爱大米！"

"柳眉柳眉我爱你，就像老鼠爱大米!"小汪也高喊起来。大伙儿也跟着高喊起来。柳眉忍不住眼泪奔涌而出，赶紧掏了餐巾纸擦了。

大家高呼停下，刘克继续发表他的演讲：

"第三句话，在圆周上终点也就是起点，我们要向柳眉看齐，向柳眉学习，永不气馁，奋斗上进开创人生新局面。"

"原来是这么好的话！我刚才还瞎操心！鼓掌!"大马一个劲儿地鼓起掌来，像东北的二人转演员赵本山那般，手掌对手掌，手指对手指。大家又都跟着热烈地鼓掌。柳眉眼眶再次湿润了，嗓子里有点堵，她想站起来说点什么，但是她没有站起来，她一个劲儿压抑着内心的波涛，是的，这就是刘克，这就是她的兄弟姐妹，这就是她人生的宝贵财富！辉煌的灯光照在这群年轻人的脸上，他们从来没有机会光顾这样体面的地方，但他们今天却像这里的常客，这里的主人，他们为相聚而欢乐，为真情而自豪，他们相信他们富有，因为他们懂得生活，他们相信明天，因为他们历尽艰难，他们拥有人世间最纯真的友情，兄弟姐妹一般的情意，温暖着他们，使他们忘却了艰难，忘却了压力，燃起了期望和梦想。那忘情，那欢欣，那感动，那无声的期待，都化作长久的毫无顾虑的掌声，大家的眼睛都湿润了。

12

张曙光盘点了好几番省行机关的情况，找不到可能空出或者增加的位置，他把职工信息总表点出来看了又看，最可能腾出的位置是信贷二处的一个副处长和国际业务处的一个科员，都是半年内就要退休。张曙光知道信贷二处的副处长位置，行长老魏早就打了招呼，要安排一个人，再说毛利民级别不够，无法做这样的安排。只有国际处的那个科员位置，或者还可以考虑。他那天刚好得了文山支行捎来的两瓶三十年的五粮液，下班后给分管副行长李凯拿过去，顺便提这个事。

李凯比张曙光高三个年级，但做省行副行长却有好些年头了，他本是一位省委老领导的秘书，不算没来源，但他跟着那位好领导，学到了很多好品质，不搞歪门邪道，行事低调，以谦逊谨慎著称。他没有别的嗜好，只喜读书，外加几口小酒。几十年下来，古今中外无所不窥，腹有诗书气自华，但他谦称自己好读书不求甚解，除了金融学本专业之外，稍稍懂得经济学、行政管理以及政治哲学、社会学而已。他在单位沉默寡言，好比万历朝的宰相徐阶，但他绝不是没有口才，只要场合合适，他喜欢发表若干意见，有时滔滔不绝，语言条理清楚，绝不重复。尤其是在高峰论坛上，他最喜与名家如张维迎、胡鞍钢之流论剑，口若悬河，滔滔不绝，以反应敏捷、词锋犀利著称，是本系统远近闻名的专家型领导。至于饮酒，听说那是他们老李家的家传，不是他的恶习，他曾经说过家谱所载，他乃明末农民军领袖李岩的后嗣，李岩在闯王军中就是一个豪饮的儒将，所以李家历代以诗酒相尚。李凯还是不折不扣的爱国者，即便在喝酒这件事上，也足够印证爱国也是家传。李凯只喝国产白酒，比如老牌的五粮液、茅台，新牌子的水井坊、楚狂、梦之蓝，都无分别，捡到篮子都是菜，再往前走，做处长的时候，他也喝酒鬼、红花郎，但后来不知怎么地就不喝了，没这些酒的时候，他也喝一点档次低点的稻花香、老白干、四特精酿或者牛栏山二锅头、红星二锅头，但绝不喝洋酒，比如人头马、伏特加、拉菲、日本的清酒之类。"力所能及地不让外国人在中国的消费品市场上获得暴利","全民扶助民族品牌产业是中华复兴的关键措施",是他作为金融专家、经济学家在酒场上最出名的口头禅,可见其爱国心之一斑。从这点简历也可以看出,李凯不是书呆子,不是一根筋,他的从政技巧全在这出处行藏言谈举止之中。这次他照例要张曙光坐下来喝一杯。他家的家政阿姨出了名的好厨艺,三下两下就捣出了四个碟子的下酒菜,喝了一杯之后,张曙光问起国际处的空缺,如何安排。李凯又拿杯和张曙光碰了一个,轻描淡写地说,海大那边有个应届毕业生投了简历,我看不错,正好你来了,你拿去看看,该怎么办手续。张曙光明白李凯定了人,就不再多说,继续喝酒。

"你有什么事可以跟我说。"李凯把一块香煎鸭脯夹到张曙光的碟子里。

"没什么事。有事也只有找您。"张曙光觉得还是暂时不提。

"那个海大学生的简历老魏已经看过了,他递给我的。"李凯自己给自己夹了一块香煎鸭脯,若无其事地补充了一句。

"明白!"张曙光给李凯又酌满一杯。

美人之命有时胜过皇命。昔时周幽王尚且为博褒姒一笑,烽火戏诸侯,唐明皇千骑载荔枝,为的也是杨贵妃欢颜盛开,何况张曙光这样混迹于官场做点人事六根不净的凡夫俗子!为李亚男夫君调动的事张曙光正闹心的时候,海口市支行的行长高隽来省行汇报工作,张曙光在走廊碰到了高隽,打了个招呼,心中顿时有了主意。

张曙光和高隽是同年到省行的,也就成了相交多年的密友,又是同一年提拔的副处级干部,只是后来高隽成了行长老魏的小兄弟,步子也就迈得飞快,从副处到正处,又平调到海口市支行任行长,乃是海南行封疆大吏中的首选。张曙光知道市行管了那么多的片行，安排一两个人不显山不露水轻而易举，晚上就给高隽打了个电话，开门见山说信贷一处的老大难李亚男要结婚了，要照顾一下安排她的丈夫毛利民，也是本系统的，天津行的业务尖子，调过来，要个位子。高隽想了想，说："我来解决。"第二天，高隽就回了话，说是东区片行有个位置。张曙光一听是东区，那可是首善之区，眼睛贼亮，连声说，好，可以，就这样，谢谢老兄。但高隽那边没有挂电话，高隽接着说，咱们支行这边要提拔一个副行长，我想把东区片行的陈秀梅提上来，你到时要帮助一把，办成了，她的位置就给你那个李亚男的什么人。张曙光隐约听说过陈秀梅和高隽的关系暧昧，但仅闻其声，未见其实，能以这样一个互换，各得其所，未尝不可，便应声说，没问题，全力配合。

第二天还是在高阳，张曙光约了李亚男来，把联系的情况告诉她。李亚男一听说陈秀梅要提拔，不禁哑然，她和陈秀梅是一个院子长大的，从小学到初中都在一块。陈秀梅从小就不爱读书，小学四年级时加减法还常常出错，鸡兔同笼问题更是天书，进了初中，进入青春期，身体提前发育，出落得有点美不胜收，自我感觉当然更胜一筹，自以为是个宝物花瓶，成天臭美嘚瑟，就知道穿得花枝招展，不能错过大好时光，东混西逛，晚上泡吧，白天睡觉，考试大半科目都不及格，后来连新高职都没有进，只好由内部安排进了系统办的财校，拿到的是中专文凭。在大学学历都一文不值的今天，这财校的学历又算什么呢？固然英雄不问出身，但在大学门敞开的今天，还只能拿到中专文凭的陈秀梅又算哪根葱？然而在职场上的陈秀梅却如鱼得水，从营业点的营业员到主管到经理到片行的副行长、行长，一路顺风顺水，如今还要升到副处级岗位，真不知奥秘何在？李亚男轻蔑地说："她读书时没有一科及格过。"

"说不定在工作中提高得快呢！"张曙光笑着说，"社会是个大熔炉！"

"提高？她底子就那样，从来就讨厌读书，也没有好好干过活，整个的一个草包！提高，能提高什么？我估计恐怕她连 Excel 表都做不了，还提高！提高的恐怕也只是床上功夫。"李亚男说着，她继续掩饰不住的轻蔑，在她看来，陈秀梅这样的草包垃圾货怎么能变成处级干部呢！这不是滑天下之大稽吗？这不是在破坏我们的组织形象干部队伍形象吗？

"好了，好了，别损人家，更不要在外边讲这些话，损人不利己。你们多年不往来，世界变化很快，说不定人家有进步了你不知道呢。再说，她后来读了电大，还拿了行政学院的研究生文凭。这次高隽帮了我们的忙，毛利民又要在他手下，以后还要靠老高提拔毛利民呢。"

"我才不稀罕。居然陈秀梅也能做领导！"李亚男气愤地说，好像那个处级干部是她家的东西。

"别赌气，哪天你也能上来。"张曙光说，"你现在也不小了，也要多到领导那里走动，有机会我帮你盯着。"

这段时间，李亚男发现了张曙光并不是那么讨人厌，他办理毛利民的事尽心尽力，可谓有情有义。李亚男建议在毛利民到海口之前，他们可以去她的海瑞路公寓幽会，省点钱嘛，再说，也安全一些，现在好像风声紧了些，网上动不动就有人晒艳照。张曙光感觉到女人开始为他着想，心想这样下去，两人的关系可就稳固多了，稳固了就长久且安全了。

为什么人到中年竟然都搞起了婚外情？难道中国的婚姻就是这样地不牢靠？不是爱情的结晶？这些年婚外情简直像野草一样疯长在中国人的婚姻家庭生活之中，不是时尚，却是流行，据说，南方某城离婚率居然高达百分之四十。张曙光参加工作时也曾洁身自好了好多年，但发现这洁身自好并没有带来多大的好运，就像喜欢抽烟喝酒与烟酒不沾都不成为晋升的要素一样，拈花惹草早就不成为提拔的障碍，关键就看有没有人提拔你。有些年月，随着工作重心的转移，品德修养渐渐讲得少了，纪律渐渐提得不多了，一些这长那长明里暗里早把这国家企业这政府机构看成自家的小天地，大搞兄弟伙，站到一条线，什么都正确，什么都出色，什么好处机会也都来了。那几个名噪天下的美女主持人，更是绯闻不断，让那些意志薄弱的人歆羡不已，偷偷模仿，这后面的话就不说。张曙光一朝想通了，一身轻松，所以也有几个相好，有时也收点小礼，有时也循点小私，一切顺其自然，不动声色。就像现在与李亚男的关系，也是平静得无声无息，没有人知道他们在高阳这边面朝大海春暖花开。

李亚男把找位子的进展告诉了毛利民。毛利民还是很开心，虽然只是一个片行的职务，但毕竟是一个正式的职务，不算降价掉格。毛利民与父母正式谈了一次，把决定调海南的事说了，父母还能说什么呢？还能眼睁睁地看着儿子三十好几了都还打着光棍？既然海南那边也有发展的空间，那就去海南吧。海阔凭鱼跃，天高任鸟飞！老人开始洒扫庭除，准备儿媳的到来。四月二十六日李亚男从海口飞天津，那几天天气晴和，云淡风轻，整个北国进入盛春时节，蓓蕾新绽，草色青翠，柳丝拂水，燕子归来，毛利民老早就开了车到机场迎接。

见了亚男，毛利民的父母彻底地明白了儿子为什么要去海南。这媳妇不错，人长得漂亮，落落大方，知书识礼，做家务，不赖床，不生分，未进门就像一家人。亚男带来的礼物，有给婆婆的黑色水光的貂皮袄，外加一串珍珠项链；有给公公的缎子面鸭绒薄夹克，羊绒毛裤，外加步步高的随身听——她听毛利民说老头子喜欢散步听新闻，就买了这个。毛利民的呢，更是他平时艳羡但决不会买的一线国际品牌货：一件 BOSS 的浅灰夹克，一条 JEEP 的皮带，外加一块天梭牌的手表。毛利民都不好意思起来，说我都没有给你买过这么贵重的。亚男说，以后有的是机会。丝毫没有在意的样子。

未过门的媳妇考虑得样样周全，哪里能找到这么好的儿媳妇呢？毛利民的母亲喜上眉梢，每天都围着亚男身边，不离左右，好像贾宝玉的随身姨娘。出了门，怕迷了路，后面跟着指路；回家鞋没脱，凳子已经搬过来了，"坐着脱"，老人候着一边拿鞋到阳台晾；手脏了，毛巾递上来；吃饭还没半个时辰，就问肚子饿不饿。亚男虽感不便，但领会婆婆的好意，也无不快。四月二十八日那天上午，毛利民和亚男去街道领了结婚证，晚上全家去天津卫的百年老店云香楼。毛家在津的亲朋好友也都去了，算是一个家庭聚会，介绍这位毛家新媳妇。

喜事的聚会总是很热闹。现在交通方便，但亲朋好友的聚会却不见比过去密切，大家各有各的圈子、生活，即便没有圈子，也有网络，网上有游戏、影视甚至菜园、农场，有 QQ 群，微信群，各种社交群，人们的交流几乎可以足不出户，只因为有了这样的大事，大家才簇拥过来，见证着血浓于水是真谛而不是传言。聚会搞了很久，亚男和公公婆婆先自回到家中，有几个亲戚住得远，毛利民开车送他们回去。李亚男进了家门，忽然觉得有要呕吐的感觉，还以为是筵席上喝了点酒，被风吹了，伤了胃，便到卫生间呕吐。出来时，却发现婆婆笑盈盈地站在门口，递上一杯温水：

"亚男，几个月了？"

"几个月了？"亚男大吃一惊，难道是有了身孕？不，不会，她想都没想，就说："妈，不是那个事，是胃口不好，刚才又吹风了。"

毛利民母亲不信，但也不好多问，心中以为是新媳妇害羞呢。

李亚男回到房间，心里不禁纳闷起来。刚才婆婆的疑问，不能不让她心中一紧，按情形确实不像是吹风伤胃，她就是想呕，难道这就是怀孕的反应？她想到毛利民离开海口后，她还来过例假，难道是？她不敢想下去，赶紧中止了自己的思绪。她需要保持镇定。

毛利民回到家中已是深夜，远道亲戚住在塘沽那边，来回跑了差不多两个小时。毛利民的母亲还坐在客厅里等候儿子。见儿子回来，就轻轻开了门，吩咐儿子动静小点，说："轻点！轻点！亚男才睡着呢。"

"你咋了？妈。"毛利民觉得母亲蹑手蹑脚的，有点怪怪的。

"亚男有了！"母亲喜悦地说，额头上的皱纹全都舒展开了，油亮发光。

"什么有了？"毛利民有点摸不着头脑。

"有喜了！"

"瞎说！"毛利民不相信。他想起他在海南时都是戴着套的，再说这些天也从来没有听亚男说起这事。

"她回家就吐了！"母亲告诉儿子。

"那可能是胃不舒服。"儿子还是不上心，年龄大的人总是喜欢捕风捉影。

"这个吐和那个吐不一样。"母亲说。

"别瞎想啦，妈妈！"毛利民嘴里说着，但心里却想起了那个天蓝色的激情浮点来。他忽然想到自己就这样登记结婚是不是太匆忙太草率了？他真的很了解李亚男吗？他们在一起总共有多长时间？想到这里，心里不禁有些发怵。进到房间，看见亚男睡着了，长长的睫毛覆在眼睑上，娇好的面容清润而光洁，如此娴静的女子，为了爱情，从天涯海角来到天津，他不忍想起那些令人不快的念头，脱了衣服在亚男身边睡下。

天津的早晨天亮得特早，五点多的时候，初阳开始照在窗子上，一片嫩黄，各样的小鸟跳跃在窗前，毛利民醒来感到阳光有点刺眼，才发现昨晚没有拉严窗帘，起身去拉窗帘，回到床上，亚男伸了胳膊过来，挽住毛利民的脖子，说：

"利民，咱们如果不举办婚礼，那将来哪天算我们的结婚纪念日呢？"

毛利民一愣，觉得也是呀，将来哪天是他们结婚的日期呢？

"昨天吧，应该是昨天，法定日子！"

"如果是昨天，那我们的洞房花烛夜呢？"李亚男问得很认真。

"是啊，真是对不起，昨晚我去送客人了，回来见你睡了，就没喊醒你。"

"我也没有责怪你的意思，只是这个问题我昨晚想了一宿呢，是不是我们还是要举行一个婚礼，将来也好对孩子们说啊！"

"是这样，要不，我们还是办一个。"毛利民说。

"在海南办吧，我爸妈就我一个女儿，你爸妈也就你一个儿子，该办一个婚礼。"李亚男说。

"好，就在海南办。"

"那我今天就赶回海南筹备一下。"李亚男说。

"今天？你不是请了一周的假期？下面是五一节呢，还有好几天的假。"

"要办婚礼，就要另外请假，我现在赶回去，还可以上两天班，下次请假就可以多请几天。"

"你才刚刚来，我舍不得你走。"毛利民把亚男搂在怀中，顺便把手伸进亚男的内衣，抚摸其柔软的乳房，两人亲吻起来。

正要进入的时候，毛利民忽然想起母亲昨晚的话，便问：

"妈说你有了？是真的吗？"

"有啥了？"

"怀了，真的吗？"

"哪里事！你妈太心急了。"

"妈说你昨晚回来吐了。"

"昨晚喝了那么多的酒，回来路上又吹了风，不吐才怪呢。"李亚男若无其事地说，又在毛利民的臀部用手指压了一下，毛利民会意地挺入了亚男的身体。

"你要轻点儿，我胃里还是有点不舒服。"亚男叮嘱毛利民。

"以后别喝了，女人喝酒不好。"毛利民说。

"男人喝酒就好啦？"李亚男反问，"你不喝，我就不喝。"

"好，我们都戒酒，都不喝，封山育林。"

两人一边聊着，一边爱爱。忽然李亚男觉得一阵强烈的反胃，一翻身把毛利民掀在一边，一口吐到床下。

毛利民伺候着亚男洗漱了，拖净地板，一边愣愣地想："是不是真的有了？"

13

西北电机电器工业集团是大型国有企业，市上简称西北双电，这些年凭着资产优势、技术优势、人才优势和那只有中国才有的政策优势，迅速发展成为世界排名前三的电机电器工业集团。水涨船高，西北双电职工的待遇不错，老职工都有福利分房，两居室或者三居室，青工宿舍也不赖，有点像高校的博士研究生宿舍，新员工一律是双人间，满了三年，或者结婚成了家的，就可以有单独的一个套间：一个不大不小的卧室，外加一个十来平方米的厨卫间，这在房子成为大城市生活首要问题的今天，不能不说是一个好福利。所以西北双电一直是工科大学毕业生的首选之地，就连清华的高材生也常把简历投到这里。高伟没有成家，但是满了三年，可以享受单间的待遇。租金本来是象征性地收八十元（每月），后来审计部门检查提出意见，认为既然别的企业职工都是租房子住，为什么西北双电的职工不能按照市场价格租房子住呢？集团只好把房租提了上来，不过还是比外面的要便宜很多。高伟住的这个套间，建筑面积是二十八平方米，租金是每月一百二十二元，不含水电费、网络费、有线电视费。

自从进入无相电机项目组后，高伟更加忙碌了，首席科学家交给他的任务是壳面影响研究，这不是个很新鲜的课题，难度也不大，国外在这方面的成果很多，高伟需要做的是无相条件下的壳面影响研究，重点是计算。高伟过去没有涉及过壳面，因此需要阅读大量的材料。他把自己参加重大课题的事情告诉了骆丹，骆丹也很高兴："夫君有出息，臣妾自然是高兴的。"时下正流行甄嬛体，女人的时尚细胞数目与活跃性总是高于男性。当然，这也不能是定律，浙大有位男性文科教授在甄嬛体的运用发挥上搞出国内领先水平，至今还无人超越——他居然把甄嬛体用到隆重的大学毕业典礼上，结果群议沸腾，众人认为有失庄重，实在不如骆丹用在儿女私情之地，恰到好处："夫君要以国事为重，空闲少了，我们就少聊一会，也是没有妨碍的。"

无相电机项目有着庞大的资金支持。高伟加入这个项目后，每个月的工资单上就多了一块项目补贴一千元。研究室的行政人员徐婕娜同时被安排兼任这个项目的资料员，每个月的工资单上也就多了一千二百元的项目补贴。当时班子决议时，大家都没有什么话说，都觉得应该，都欣然同意，经费充足嘛，什么矛盾也没有，再说也不是第一次，当然更不是第一个，但凡研究室里有好处的项目，大概都少不了徐婕娜的名字，所以虽为一个普通文员，但她的工资单上却比高伟要多出两千元。无相电机项目的资料费开支也不是个小数字，首席科学家要求徐婕娜办了个美元账户，以便从网上购买电子版的研究资料。这天，高伟把壳面资料缺乏的情况告诉了徐婕娜，徐婕娜跟首席科学家汇报了，首席同意她从网上订购，至于买什么、花多少经费，以满足需要为准，钱不是问题。钱不是问题，这是国力强大以后到处可以听到的一句最中国式的表述，比起一九八〇年代、一九九〇年代领导们再三叮嘱国家目前还很困难要省着点花省着点花，简直不可同日而语。我们的科研人员终于可以随心所欲地购买一切自己需要的科研资料。不用担心没有经费或者经费不足。在大学或科研机构里，现在大家也不怎么用"钱"这个字了，而是用"经费"这个词，"经费"就是大笔大笔的钱，而且是机构的钱，是国家的钱，不用担心花完了就没有后续的钱，这个词正式、端庄、气派，代表了组织、国家、级别、身份、资历和权威，简直就是当代中国的专有名词。

"高老头，告诉你一个好消息，首席说你要的资料可以从网上买了，以满足需要为准。"徐婕娜及时地把这个消息告诉了高伟。

"太好了！谢谢你！"

"你怎么谢我？"徐婕娜绝不放过任何贴近的时机，她的贴身摔打功夫练得出神入化。

"喂，你能不能把工作与私事区别开？"高伟觉得徐婕娜太喜欢搞暧昧了，明明是一项业务工作，她就喜欢把它转化成一桩私人之间的事情。

"这怎么能区分呢？你说喜欢一个人，你是喜欢他的鼻子呢、眼睛呢，还是眉毛呢、嘴巴呢？"徐婕娜狡辩说。

"能有这样类比的吗？"高伟说，"婕娜，你给我买资料是你的工作呢！"

"呆子！不跟你说了！小气鬼！"徐婕娜讨了个没趣。

"我等会儿把我需要的资料目录发给你。"高伟说。

徐婕娜收到高伟发来的资料目录，居然有十余页。她知道高伟急着要用，就想当天给他买好，再说晚上的网路也通畅一些，下载容易成功。下午下了班，她就猫在办公室里买资料。她的英文本来就没学好，很多单词都是看着字母打，还要一份份地查找，一份份地购买，一份份地打印，忙完这些，已经到了晚上十点钟。五月的西安，有时阴雨连绵，那天刚好天气变了，下午就开始下雨，到了晚上，外面的风雨已经连天连地，徐婕娜给高伟打了个电话，但是没有人接听。徐婕娜心想这家伙一定又是在跟那个骆丹搞视频了。心下有些气，就将资料装进塑料袋，撑了一把雨伞，赶往高伟的宿舍。

这世界的事情就是这样，说无事什么事都没有，说有事就有事连二连三地来。徐婕娜身体好，视力也好，走路连个 PM 2.5 都避得开，可不知怎么地这天竟然没有看到迎面驶来的一辆出租车，也许是出租车司机的视线被雨水模糊了，也许是刹车来不及，总之，她一出科研楼便被迎面而来的出租车碰了个正着，那把粉红的花边雨伞滚落在花坛的护栏边上。

高伟在医院里才看到徐婕娜。那天早晨，集团保安给他挂了电话，叫他到门卫室那里取他的资料，他才知徐婕娜昨夜被车撞了，询问之下，才知道徐婕娜是为了连夜给他送资料，才发生了车祸。想起平日对徐婕娜不理不睬，甚至嘲讽挖苦教训，而人家一如既往地喜欢自己，帮助自己，甚至为了他的缘故被车撞了住到医院，也不来一个短信打扰，心下的歉疚和悔恨如青烟般袅袅升起，当下就带着资料打了车赶往医院。

幸好天雨，又在住宅区，司机开的速度不快，徐婕娜被撞倒，身体除了重度擦伤和一些软组织的严重挫伤之外，没有骨折之类的大问题。高伟看到躺在病床上的徐婕娜，一脸惭愧之色。

"让你受疼了，心里不安。"高伟说，像做了亏心事一般。

"是吗？是真话？"徐婕娜看到高伟不安的样子，心里还是很快慰的，她要的就是这个。

"你该通知我过来拿，那么晚了，今天送也来得及。"

"我想早点让你得个诺贝尔物理学奖，张爱玲不是说出名要趁早吗？你现在都跟爱因斯坦发表量子论时的年龄一般大了。"

"你还有心开玩笑！你瞧，脸上也擦伤了。"

"你心疼吗？"

"谁看了都心疼。"

"大不了变个丑八怪，从此赖着你。"

"不过是扭伤擦伤，似乎没那么要紧吧。"

"要是碾断骨头最好，最好变成拐子。"

"骨头折了也能接起来，现代科技发达。你看美容手术都动了刀子，都没有痕迹。对了，韩国的整容技术最好，那个什么冰冰最近也整了。"

"你还懂美容？高老头，你说点别的吧，要不说说你家骆丹？"

"你喜欢听吗？"

"乐意！"

"毛病!"

"没毛病你能来?瞧你那纯洁的模样,几乎可以进青春实验室做爱情标本。"

"我来看你,你干吗埋汰我?"

"我哪里敢啦!你那么年轻有为,多少美女都排着队等着你呢。"

"你看看,你好损人啦!"

"我哪里损你,我说的都是实情。"

"你能不能平和一点?"

"好啦,不说啦!高老头,你吃了早餐吗?"

"没呢!这不一早就赶来了吗?"

两人就这样聊着的时候,主任陈带着办公室主任急匆匆地来了,带了一大袋各式食品,主任陈亲自一一放到徐婕娜的床头柜里,还特别告诉高伟,人家可是为了你才受伤的,你要好好照顾小徐。这么好的同志,尽心尽职,任劳任怨,可是咱们单位的宝贝。主任陈说完,正在查体温的护士小姐错把高伟当成徐婕娜的男友,有点批评他:你们单位这个领导真是个好人啊,昨晚第一时间就赶到了,一直陪到今天凌晨,难怪说科研单位素质高,领导没有官架子不说,而且把职工当成家人一样。你看你现在才来,还不知道人家吃了早餐没有。

高伟知道护士小姐搞错了,脸上有点烧灼,也才明白主任陈昨晚已经陪伴了徐婕娜一晚,转头看徐婕娜,她很受用似的听着护士对主任陈的夸奖和对高伟的埋怨。主任陈坐在徐婕娜的床沿上,说,小事情,小事情,是我们的职工太优秀了,太敬业了,小高啊,你看小徐,恐怕得在这里住上十天半个月的,一切都要以康复为准,你要多来照顾照顾小徐,陪陪她,帮她做点什么,她可没有亲人在西安呢。办公室呢，你们也要多关心关心小徐。

高伟就这样似乎被派定照顾住院的徐婕娜。他心里也知道要来照顾，毕竟人家是为了自己才受的伤。高伟把这事告诉了骆丹，骆丹很大方地说，"本来就该你照顾她，人家是为你的事受了伤，又没有亲人在身边，生活也不方便，你不好好照顾一下，说得过去吗？"

"那你介意吗？"高伟试探着问。

"我介意什么呢？高伟，好好照顾好徐婕娜，做人是要讲良心的。我要是有空，我也要来看望徐婕娜。"骆丹说。

咋办？高伟心里茫然起来。

14

业务二部的开拓工作，很快就取得了立竿见影的效果，第二季度销售收入突破了八百万元，接近业务一部的水平，这让骆丹特别开心。往年随着夏季接近，业务开始减少，旅游嘛，季节性很强，客流量线性下滑，但今年由于业务二部的组建，拉起业务总量，遐想假日的整体业务大幅度上升。一个刚刚毕业的新人，居然也蕴藏着如此巨大的创造力，有着这么强大的执行力，这不仅是骆丹，也是很多企业家都难以想到的。按照惯例，骆丹要给业务二部发一笔季度奖金，但奖金怎么发，按照什么标准，没有相关的规定。她把顾芊芊和柳眉喊到办公室，商量这个事。

顾芊芊说："季度奖由您定吧，发多发少，我们都没有意见的。"

"你呢?"骆丹请柳眉也说说自己的意见。

"具体我也说不上来,但我建议公司如果有现成的规定,就按照现成的规定办,如果缺乏相关的规定,建议尽快出台一个,可以把这次奖励做一个开端。"柳眉说。

骆丹眼前一亮,她感到这个新来的女生,沉着冷静,有着稚嫩但坚定的规范管理的思维,她正是需要这样的人才。

"那你们来起草一个初稿?"骆丹试探着问。

这下可让顾芊芊和柳眉面面相觑,顾芊芊还以为是骆董有点不满,赶紧说,"还是公司定吧,我们真的是无所谓,能跟着您做业务,我们就很满足了。"

柳眉也表示赞成顾芊芊的意见。

"这是两码事嘛!奖金还是要有的,还不能少,要不然你们也无法激励下属的。"骆丹看到芊芊柳眉误解了她的意思,就明白说出这是她真实的想法,希望她们二位回去,结合部门情况,也了解一下同行的做法,了解业务人员的意见,尽快提出一个草案。

这次谈话,顾芊芊有点小小的不快,敏感的她感到柳眉显得比自己有主见,有管理思路,而且骆董还蛮欣赏她的思路。但这点小小的不快,很快就消失了,顾芊芊明白作为管理专业科班毕业生,柳眉对规范化管理知道得多一点,她这样考虑,对推进工作还是有好处的,看来自己也要加紧学习企业管理,要不然就会掉在人家的后面。

这天傍晚,柳眉核完下属客户发来的订单和车辆安排的情况,准备到食堂就餐,这时收到刘克发来的短信:

"我周末到三亚,你在三亚吗?"

这只殷勤探路的小鸟!柳眉看了短信心里一喜,可是喜过之后她意识到要好好考虑这个问题。她知道刘克是个自尊的男生，知道他正暗恋自己，但从他们认识的第一天起，她就没有对这个黑瘦的男生产生超越普通朋友之外的想法，原因很简单，就是没有那个感觉。男女间的事就这么奇怪，如果连点感觉都没有，那什么都说不上。她也不能像小汪们那样生活得随意率真自由自在，她更不是一个喜欢追求简单快乐与肉体享受的女生，她希望有一份源自内心深处的爱，指向那个让她怦然心动的白马王子，与之携手，白头偕老。她知道刘克是个腼腆的男生，能够表达对女生的爱慕已经很不容易，她不能轻薄这份情意，但她也不能一开始就暧昧不清，她不是一个玩弄感情的人，也不想给人家增添无谓的痛苦，在她的内心深处有着强烈的同情心，就如同在社会上她期待着友谊期待帮助但不期望歧视、欺骗甚至侮辱。她撒了一个善意的谎："很抱歉，我这周末要出差。"

"那下个周末呢？"那边竟然锲而不舍。

她不禁莞尔一笑，发出一行字："还不知道呢！"

"下周你确定后告诉我好吗？"

"好吧！"看来不答应不行。

"谢谢！"那边一定心情很好。

有人喜欢自己总是好事。最骄傲的女生也都是希望有人喜欢自己的。

有了自己喜欢的人也总是好事。刘克得了柳眉的回信，心中仿佛照进了一线亮光，所有的角落顿然明亮起来，温暖起来。来到海南的这三年，他像一只独木舟远离了大陆，飘进了大海，越来越远，没有灯塔，没有岛礁，不知道何处是岸。一个海产品加工与贸易公司的库房主管，消费着这位南中国最好的高等学府——中大路桥专业高材生的青葱年华。与搬运工大马他们比，他收入要多一些，还可以少做甚至不做体力活，除非忙得不得了，他才要去帮帮忙，他平时做的工作是货物进出登记、库房安全检查、搬运安排、整理报表、联系物流公司、审核运费结算等等智力层面的事情。公司的仓库是租用附近乡村的一个红砖黑瓦的大礼堂，那大概是人民公社的遗留物，前前后后都长满了蓬勃的蒿草，只有一条常有车辆进出的石子路蜿蜒延伸到一公里之外，与南北方向的大马路连接。仓库里面显然经过了全面的整修，货架俨然，箱包齐整，在大礼堂的前头有一高起的部分，正是昔年的主席台，现在已用箱板隔成办公区，俨然自成一体，还有点居高临下的气势，但满库鱼腥的气味却不分彼此，串进办公区，好比北京人戏称的雾霾，不因你身份贵贱，住的是红墙还是陋巷、海内还是海外，都呼吸着同一种空气。在大礼堂的南端左侧还有一溜平房，现在也改为库房，订单少的时候，这里也堆积得满满的。

公司在仓库的东边坡地上，用组合板搭了两大间棚户房，给仓库的搬运工做集体宿舍，不收钱。这棚户房的好处是两三天就可以盖起来，花不了几块钱，坏处是一年四季热得像锅炉。海口是热带城市，全年气温都很高，这铁皮棚户房吸热不散，晚上就像蒸笼。大马他们就住在里面，上班方便，而且免费不收钱。为了便于生活，特别是有女友或家眷来了，大家不太尴尬，他们又从建筑工地上捡来各式各样的废弃木板纸板，把这些大房子隔成一个个小小的单间，隔墙大概也就两米高，上方没有顶，空气、声音还是相通的。这些来自五湖四海的农民工们，有的是解决生活难题的智慧，他们用三合板做成房门，安在墙沿，钉上门栓，拉上门，转过门栓，别人就进不来了，也就无法打扰了。有的还在门外边贴上尉迟恭、秦琼，驱鬼避邪，门里贴上美艳的范冰冰李冰冰杨钰莹苍井空的艳照之类，春光无限。他们白天上班，晚上下班带着自己相好的，回到这里，烧水煮饭，缝缝洗洗，各有归属，形成了一对对临时夫妻，组成了稳固而温馨的临时家庭。他们相互需要，相互帮助，不是亲人胜过亲人，当然，他们都没有在这里生下孩子，如果怀孕了，就偷偷刮掉，这里根本用不上计划生育专员，也没有人讨论双独二胎抑或单独二胎。他们坚守着那远在故乡的家庭，有时也会担忧也会思念家里的丈夫（妻子）、孩子、老人，但担忧归担忧，思念归思念，他们此刻过得充实没有任何亏欠。

大马和小汪就常常在这里过夜。

刘克本来也是住在这里的。三年前他几乎走投无路，精神将近崩溃之际，被这家公司录用，放到仓库做搬运工，每月一千七百元，工作十二小时开外。真是天无绝人之路，他和大马他们一样住在这集体宿舍里，然而他不能像他们那样生活，他甚至也没有自己的所谓的单间。他是住在单间区之外的一块空间，那里放置着三张没有人住的单人床，他用了其中一张。夜间，这里充斥着各种各样的声音：苟合男女的喊叫声、撞击声、拍打床板的声音，或者私语声、嬉笑声、责骂声、吼叫声、撕扯声、低泣声、嚎哭声——他就这样开始了他的社会人生。这里没有窗明几净的教室，没有书香四溢的图书馆，没有准时开饭的食堂，没有可以调节水温的公共浴室，没有可以奔跑雀跃的绿茵场，没有花朵一般的学姐学妹，更没有满腹经纶的专家教授和严肃的党团书记。闷热，干燥，肮脏的箱包，遍地的脏水，四溢的腥臭，满手的盐碱，粗鄙的喊叫，朝去夜来，不离不弃；五颜六色的红短裤、花短裤、胸罩、裙子、汗衫、丝袜、棉袜、被单、床单、枕巾，到处悬挂；扔得到处都是的避孕套、口香糖、烟屁股、啤酒盖、饮料罐，无人打扫。就这么一个人间！就在这样的地方，刘克重温了政治经济学的第一课：经济基础决定上层建筑。一年后，老板让他做了库房的主管。工资增加了一些，他就在三里路外的一个老居民区里找到了一间带卫生间和餐厅的房子，房子外面的墙体早就开始脱落，没有人来修葺，风雨侵蚀的斑痕如同岁月的刻刀，拙劣地镂刻在这不知建于何年何月的墙上。大概是前一个租户在卫生间安装的煤气灶，还可以继续使用，几个灰白的瓷碗，积满了灰尘，其他就没什么家具。租金不算贵，每月只要付五百元，刘克住进来两个月后，又自己掏钱安装了网线和有线电视线，从二手市场淘回一个很老的东芝 21 英寸彩电，色彩和音响效果还是非常的好，竟如新货一般。再后来，刘克又自己掏钱买了些石灰涂料，自己把墙壁墙顶重新粉刷了一遍，把原来的白炽灯泡换为节能的日光灯，这样，房子焕然一新，刘克的小日子宛然有了质的提升，大马他们有时也过来玩，聊天，打扑克牌，一起做饭，甚至从他的电脑上看些黄片，大伙儿对他能有这样一个蛮像家的住处羡慕极了。特别是女子，就说小汪吧，多想能租得上这样的房子，洗漱起来多方便，多卫生，不像住在棚户里，要尿还得拎着裤子奔到棚户房外的厕所里，碰上有人蹲着，还得等在外面，做了爱爱，也没法洗洗，只能将就着睡去，简直是猪狗一般。有一次她下了班，一个人跑到刘克这里，一起做饭吃。吃完饭，两个人坐在饭桌对面聊天，聊着聊着，小汪就起身走到刘克的身后，把胸脯贴到刘克的身上，一边把那一对健硕的奶子在刘克的背上来回摩擦，一边附在刘克的耳边低声说："我跟你好吧。"刘克赶紧站起身，走到小汪原来坐的那一边，臊红了脸，说："不行啊，小汪姐！朋友妻，不可欺！"

"我不是他妻子！"小汪说。

"那你也是他朋友！"

"我也是你朋友。"

"此朋友非彼朋友！"

"那我不做他的朋友，我来做你的朋友。"

"那也不行，大马是我兄弟。"

"兼职行不？"

"别别，小汪姐，求求你，你别搅浑水！"刘克觉得有点搞笑了。

虽然没有转户，也没有做成兼职，但捅破了这层纸，男女之间就没啥了，此后小汪还是蛮帮刘克的，嘘寒问暖，缝个衣服，钉个扣子之类的女人活都帮着刘克做了，春梅想插手都不成。柳眉到了好山好水公司，小汪就觉得一对大学生，男才女貌，彼此彼此，琢磨着要促成刘克和柳眉成一对，后来看出柳眉似乎没有感觉，而且能力魄力高出一头，估摸看不上刘克，再后来柳眉就去了三亚，飞到了遐想假日这样的大公司，山鸡变凤凰，这样刘克就没什么指望了。

谁都这样认为，就刘克从不这样想。

好不容易挨过两个长长的星期，刘克总算到了去三亚的时候，这次出行，他谁都没有告诉，自己抽空去买了一件芮蓓丽牌的高级短袖衬衣，一件正宗耐克T恤衫，裤子是李维斯的蓝色全棉休闲裤，皮鞋是花花公子的毛面黄牛皮旅行鞋，随身带的旅行包是货真价实的崭新的阿迪达斯双肩包，总共花费了两千四百五十元。人靠衣装马靠鞍不是假话，刘克混迹在农民工之中，几年都没有添置新衣，这次从头到脚，焕然一新，人的精气神一下子全都有了，简直有点土鳖变海龟、乌鸡变凤凰的感觉。星期六早晨，他破天荒地打了个的，直奔火车东站，赶上六点二十分开出的海口到三亚的高铁，一路上阳光明媚，绿树参差，云影婆娑，凤尾花次第开放，令人赏心悦目。好儿男刘克潇洒走一回三亚，期待的是柳眉小姐芳心大悦，垂青于他，然而结果会如何，他心中一点底都没有。

15

在天津的呕吐，吓坏了李亚男。毛利民是个心细如发的人，眼睛虽小，却非常聚光，常能见人之未见，何况怀孕这样的大事。即便现在借口风寒瞒得了一时，以后生了孩子怎么办？就会出现日期的差异，长相的差别，到时来个亲子鉴定，真相大白，必然是颜面尽破，斯文扫地，人生彻底完蛋。想到这里，她心里十五个吊桶打水，七上八下。第二天她坚持说，还是要办个婚礼，将来还要请婚假，这次还是要提前回去上班。毛利民拗不过她，只好任她提前返回海口。

回到海口，平静了两天，李亚男还是感觉不舒服，到医院做了孕检，果然是阳性，她叹了一口气，真是熟地啦，随便一颗种子掉在这里就可以孕育发芽！没有思前想后，立马决定去做人流。海口城市小，到处都是熟人，她从网上查到文山市新区有个很好的妇科医院，收费也不贵，就化名预约在那里做人流。那天早晨她跟处长打了个招呼，说是身体不舒服，请两天假。处长说，要结婚的女人，事情总是多着，请就请吧，我帮你掩着，也别跟办公室说，免得扣工资，这两年奖金少点，经不得多扣。她就谢了处长，搭了车去文山。做人流是当今女性的很普遍经历，前几年亚男年纪更轻，更热衷刺激，不仅喜欢感受男人的真实存在，而且特别在意那激情奔放的时刻酣畅淋漓，很少有避孕的意识，常常珠胎暗结，落到事后只好跑医院，后来一个年长的大夫很严厉地警告她，人流不能做多，要不然搞成习惯性流产，想要孩子时就很麻烦了，还举例说，明星某某某就是人流做多了，才怀不上孩子的。李亚男没有过丁客家庭的决心，所以医生的话她很上心，后来但凡爱爱的时候都坚持要戴套的。但不知这次是怎么怀上了，这期间她只和张曙光睡过几次，所以那天回海口她一下飞机就给张曙光拨了手机，劈头盖脸一顿臭骂。张曙光没想到这个女人竟然还是高产的熟地，一下子就上了种，全不像那些日夜劳作也不发芽的不毛之地，只好赔不是，千错万错，只怪地方找错，准备立功赎罪。

　　做人流的那天，李亚男心情忐忑，生怕在这里碰到熟人，随身带了一本乔布斯的传记，排队等候的时候，一个人坐在冰冷的排椅上埋头看书，几乎不抬头起来，看样子若不是勤奋的大学生便是惜时如金的科研人员。可是这两种人中勤奋的分子在今天都是珍稀动物，因此医院里人来人往，反倒都要转眼看看这个如此专心致志读书的奇葩。这种奇葩也该是洁身自爱的人，怎么也会来这里做人流呢？怎么也没有个男人陪同？没有男人陪的女生做人流，那都是乱搞的结果。人们的心思很复杂，然而做人流的顾不了那么多。这一天李亚男排的是三十九号，有四台手术同时进行，一切都很正常，没有任何事故，只是因为人多，亚男还是挨到下午四点才从医院出来。没有人陪伴，没有人护送，拖着疼痛的下身，高一脚低一脚走进了妇产科大楼电梯，电梯关上的时候，嘶哑叫了一声，好似要出事故似的，到了楼下，又突然发神经似的嘭的一声打开，李亚男看到地面出现了就挪动脚步，走出了电梯，下了台阶，缓缓走到院子门口，那里人来车往，拥挤不堪，好不容易叫了一辆的士，却被一个年轻的绿头发一闪腰就抢先钻进去了，亚男来不及生气，就碰到了另一辆的士也开了过来，叫住车，不管停没停稳，拉开车门一屁股坐了进去，然后关上车门，吩咐司机送到她提前订好的凯悦酒店。下身的剧疼不断地袭上来，亚男不知道怎么到的酒店，又怎么办的入住，只知道进了房间，连着鞋子，躺在床上，这才意识到肚子饥饿，午餐没有吃。夜晚已经来临，她感到万分疲倦，麻醉完全消失后，下身的疼痛更是猛烈地一阵一阵潮水般地袭上来，仿佛被一只魔手拿着尖锐的锥子，粗鲁地毫不怜惜地伸进那个平日快乐生姿的管道，一点一点地锥刺着那穹庐边的肉体，然后一小片一小片地撕扯下来。她踢掉皮鞋，小心地挪到床边，缓缓地揭开被子，给自己盖上。不知过了多久，她才醒来，窗帘本来就没有拉上，她看到窗外满街灯火，如此清醒的感觉，好似从天上又回到了人间，却不知此日何日此夕何夕此年何年，便打开手机，上面一下子挤满了毛利民的未接来电。看来毛利民没有打通她的电话，大概非常着急，她就回拨了过去。

"怎么关机了？我都担心你呢。"毛利民说。

"手机没电了，没有带充电器。"李亚男有气无力地说，她现在是有人牵挂的人了。

"你好了些吗？是不是要做胃镜检查一下？"

"不要紧，现在好多了。"

"怎么还不回家？"

李亚男意识到毛利民给家里打电话了，就说："今天到文山这边看个项目，明天还要继续谈，领导安排都住文山，办完事再返回海口。"李亚男只有扯谎到底。

"身体不好，换别人去吧，别那么硬撑着。"

"小事，处里就那么几个人，再说也没别人可以换的。"

"这阿公的事，哪有必要这么在意？"

"例行的工作，总是要做的，你别担心。"

两人就这样聊着，宛然一对恩爱夫妻。李亚男没有胃口，晚上就没有吃什么，起床之后洗漱一番，又回到床上睡了。到了深夜，一个短短的手机响声，接着就停了，过了一会儿是短信的声音，李亚男已经醒了，把手机打开一看，原来是张曙光发来的：

"有罪之人请求您的处罚。"

这条刚看完，又闪出一条新的：

"您务必赐予我一个立功赎罪的机会。"

想都没想李亚男就把手机关了。

睡了整整18个小时，李亚男醒来的时候已经第二天中午十二点。从来没有睡得这么扎实，也没有睡过这么长时间，她感觉到精神好了很多，但下腹部还是有些隐隐作痛。毕竟是一块肉啊！她想起第一次人流的时候，是她自己一个人去做的，做完还是骑着自行车回到单位，竟没事一般。后来有一次做人流，大概就是三年前的一次吧，她是打的去的，流了不少血，医生换了很多棉球，术后开了一大包药给她，叮嘱她要坚持服药，防止感染或后遗症。她回到家里，仿佛病了一场，躺了几天才起床。这次虽然手术台上进展顺利，但毕竟不再是青春年少，手术后她几乎没有力气走出医院。她已经一天多粒米未进，她现在需要进食，她想到楼下的餐厅，那里应该还可以点餐。

她想起小时候生病，爸妈总守候在身边，如临大敌，想吃什么，爸妈会马上端来。甚至上厕所，妈妈也会跟在身后，以防她摔倒。现在她要自己去洗漱去找吃的。她像一只丧家犬，带着经久不停的伤痛，带着不能言说的苦楚落泊在一个举目无亲的城市。

没有人知道她在文山。

没有人知道她的伤痛。

然而食物还是索然寡味，她从网上多次查看到，做了人流之后，不宜进食生冷酸硬食品，于是只点了一碗清汤面条，外加她平素爱吃的虾饺，然而还是没有胃口。她夹起虾饺，想起的却是那从水中蹦跳而出的河虾，每次她买菜的时候，都喜欢买些河虾，河虾比海虾要鲜嫩，味道也甜脆。她吃河虾吃得出甜脆的味道，这是很多人都没有的经历。她思忖着，这些可爱的河虾如何都变成了饺子馅了呢？或者这根本就不是河虾，可能是冰冻的海虾做的，甚至是过期的冰冻虾，从澳大利亚运来的。现在的食品太多的假冒伪劣，她想起假牛肉，假羊肉，假蟹肉，假酒，假药，假话，假证，假文凭，假警察，假厅官，假记者，假夫妻……这时代真是无处不假，除了劈腿，除了贪污腐化，除了徇私舞弊，除了这下身的疼痛，李亚男觉得生活，包括自己正在经历的生活，正在发生的婚姻和爱情，都是如此虚假，经不起推敲，她也算不上什么高雅纯洁，事实上，时代就是她，她就是时代，她并不在河的那一边。浮想到这里，她不禁黯然一笑，就给张曙光发了个短信，叫他开车到文山。

机关的制度规章纪律思想，其实主要是针对新人、针对老实人的。对于领导，对于大职员，他们熟悉这个体制的规律，掌握了制度规章最脆弱的部分，大人物如刘志军，小人物如阿猫阿狗，他们通过自己的修为，比如权力，比如关系，比如资历，比如嘴巴，比如业绩，建立起不怎么经受制度规章约束的灵活性。张曙光也就是这样的人，做到处长了，也基本上是媳妇熬成婆了，攀到了中国庞大的官僚阶层的一个中间地界，他们拥有看不见的权威，他们的自由是自己创造自己确定的，很少人能打破这个无形的秩序。这次接到短信，他大体猜测出什么事情，便去和分管的李凯副行长打了个招呼，说请个假出去办点事。李凯看也不看他，说，你什么时候学会请假了。张曙光想起也是真的，这次是不是有点紧张，居然还跑去请假，太破例了，太不正常了，就打了个哈哈出来，开车直奔文山。

"我真不是有心的，我只是不喜欢戴着套子。"张曙光见了李亚男脸色苍白，躺在床上，白色的酒店被子仿佛医院的病床被子一样，亚男的眼神充满了哀怨、谴责和冷漠。他心里有些愧疚，他必须检讨自己的乖戾给亚男带来的损害。

李亚男说："你和你老婆干的时候也是不戴套套的吧。"

"是的，不戴，她上环了。"张曙光一边说着，一边给亚男冲着他带来的参茸滋补精，"不过，我们基本上是无性婚姻。"

"还基本上！还不戴套儿呢！"亚男挖苦道。

"我有罪，我认罪，以后我不会这样了。"张曙光把一杯充好的饮料端给李亚男，顺便坐在床上。

"没有以后了。"李亚男没有理睬他，但是接过了热饮。

"你大人不记小人过。"张曙光涎着脸说。

"毛利民到了海南之后，咱们就不要来往了。"李亚男说，把热饮放在床头柜上，太烫。

"亚男，我是真心喜欢你，爱慕你很多年的，你记得我在你们处的时候吗？每次有油水的差事，我都派给你，你应该记得吧，你现在可不能过河拆桥，我现在离婚的心思都有，如果你愿意，我马上办。"

"那你的乌纱帽呢？你还往哪里爬？"

这句话点到了张曙光的命门，他只好沉默不语，过了半晌，他说："我只要求候补，行不行？"

"候补？候补知县？候补丈夫？还是候补道台？"李亚男笑了起来，"乐意做候补，你也算个男人？你以为我这里是公汽？"

"在你面前，我女人都做不成！"

"我有这样欺负过你吗？你是那么好欺负的吗？你张曙光什么时间低三下四过？"李亚男心绪好了些，话语也温柔起来。

张曙光见亚男脸上有些笑色，就一边说着话儿，一边脱了衣服，也钻进被子。

"陈年豆子，谁还记着！"李亚男往里面挪了一下，说，"反正以后也不方便，还是不往来的好。"

"不行，我要！"

"要你娘个头，看你害得我这模样。"李亚男又生气起来，"你也是结过婚生过孩子的人。"

"我以后一定做模范夫君，知冷知热，太太第一。"

"没有以后！"

"还是要有嘛！你看看我新任了处长，将来说不定可以做个厅官，也不辱没你吧。"

"谁说你辱没我了？"李亚男毕竟是尘世的女子，还是希望男人出人头地，这男人如是自己最亲的人，老爸啊，丈夫啊，兄弟啊，那当然最好不过，如果不是，就算初恋的情人，暗恋或者被暗恋的对象，张曙光这样只是劈腿的情人，如能混得有头有脸有模有样，总是与自己相关，总算得称心称意的一部分，总能安慰自己内心最隐秘的期望。夫贵妻荣，永远是这些职场女子最最隐秘无法说出的私心。

"你这样缠着我，不怕被查出来了？"

"这种事，组织不管。"

"不管？你看看那个红得发紫的某大人，最近不也被查了？通知上写着某大人还长期与多名女性保持或发生不正当性关系。"

"这个措辞确实很新鲜很严密。"

"是啊，怎么以往没有发明出来呢？这会儿网上传得可疯了。"

"其实，我也在琢磨，上面是不是开始要管束纪律了。"

"是啊，这某大人毕竟是革命世家的后代。"

"不过这家庭的名誉也被他败坏了。"

"这恐怕各是各，一码管一码。"

"是的。"

"可是什么叫正当性关系呢？"李亚男有点疑惑。

"夫妻之间的，才是正当性关系。"张曙光说。

"那未婚男女之间呢？"

"应该不算，不过，不确定。"

"一个已婚一个未婚呢？"

"这要看怎么说。"张曙光感觉到问题向自己逼近。

"还怎么说！这个问题好简单，就像我们之间现在就是不正当性关系。"

"如果没有人知道，那就没有什么性关系，还有什么正当不正当的？"

"天知地知你知我知，都四知了。"

"天地是不会说话的，所以这种事的关键有两个，一是别被人家捉奸在床，二是双方别露了马脚。"

"我就要泄露你，看你今后听不听话。"

"我听话，唯夫人之命是从。"

"想得美！还夫人的。你想长期霸占我吗？"

"不！只是想长期保持这种关系！"

"瞧你这德性，还想向上爬！"李亚男忽然感觉有点鄙夷。

16

中大的路桥专业被一些校友们坚称到国内第一世界前三，是否真的如此，这需要浙大的校友们来研究评估。目前还没有哪个学校的校友像浙大人这样喜欢搞梁山好汉排座次，一定要通过大数据的排名工作把声势做大把浙大从小九小七推进到小五小四再到小三小二，当然目标是小一，但目前他们还没有盲目膨胀到自称小二，而是谨慎地自我定位是个小三，不过这也能到处吹吹了，反正也没有谁来过问，也没有谁当作是真的，其实到底是小几，真的还说不准，谁说的也算不了，但谁心里都有数。中大路桥专业师资力量强大确是没话说的，要院士有院士，要海归有海归，要土鳖有土鳖。除了哈尔滨阳明滩大桥这类声名显赫易于垮塌的拱形建筑物之外，全国各地有名的路桥，不少出自中大人之手。所以盛名之下，入门不易。入校时大家都是高分进来，以为将来能像茅以升那样建个钱塘江大桥，可以用上一百年不垮，刷新中华纪录，给国人长脸，给民族添彩，可是进校后才发现学习路桥的学生多如牛毛，什么学校都可以开出路桥专业，连那种新高职的地方都不例外，最后毕业生多了，没有地方可去。这些年，一方面是国家经济腾飞，一方面是就业艰难。刚入大四时，辅导员就提醒大家，没有就业把握的尽量准备考研，好在现在考研，几乎百分百地录取，目标学校考不上，还可以调剂到西部学校，现在那边二百七十分就可以录取，几乎是扯进去的，还是公费名额。刘克他们知道这只是延缓就业。研究生扩招，有人说其实就是为了减轻就业的压力，有人说是为了创收，有人说是为了提高国民素质，众口千词，实则说明一举三得，难怪推进得如此顺畅，毫无阻力。刘克不愿意浪费光阴，也没有资本再读三年，他家里为了他读这四年本科，父亲在汕头打工，没有回过一次家。所以刘克下定决心就业，然而，毕业那年就业的形势比辅导员讲的还要恶劣，刘克毕业时联系了n家路桥公司、公路投资公司、城投公司、建筑安装公司、建材贸易公司、城市环境部门、园林部门、规划部门、国土资源部门、库区管理部门，甚至殡仪馆火葬场，都没有一个回音，连面试的机会都不给。他们那一届班上三十三位同学，只有十一个同学在毕业前拿到三方协议，十个考研全部录取，其他十二名同学都茫茫然地走上了社会。刘克的故乡在湘西凤凰，那里的人才据说都像老早的凤凰沈从文一样，飞出不飞回。刘克来到海口，主要是因为海口比较近，车费不贵，又看新闻知道国家要大举开发海南，所以他就得风气之先来到了海口，他经历过柳眉一样的艰难的求职经历，最后在这家海产品加工贸易公司的仓库里找到容身之地，至于路桥知识、建模、岩层、流沙、函数、测量，都他妈的见鬼去了。

当初的徘徊和怨言也早就消失干净了，经过三年无望的期待，刘克已经深深地爱上了他的这份库房主管工作，他现在关心的是每天产品出库多少，这也意味着公司的经营总额是否下降，如果没有减少，就说明公司的经营是正常的，他的这份工作就可能是稳定的。为了不出差错，他强行执行三检制度，这是他自己搞的，不是老板要求的，就是一件订货单，出库之前，必须由配货员、验货员和主管三次检查，三次签字，方可出库。配货员、验货员有很多人，但主管只有他一个，所以他变成了最忙的人，但也练成了飞速清点的本事。因为这份努力，这份严谨，公司的库房工作效率和质量成为老板常常夸奖的对象。老板挂在嘴边的话就是："还是中大的学生好！""还是985的好！""名校就是名校！"有时候老板也和刘克开开玩笑："喂！小刘！中大产不产美女？"中大校友刘克在一个小小的海产品加工贸易公司库房，为中大赢得了尊严和荣誉。

好心情中的刘克当然没有随着火车的节奏回想这些奋斗的经历。现在的高铁除了速度大幅度提升之外，平稳性的提高远远快于速度的变化，过去闷罐车那种咣当咣当的节奏，早已不见踪影了，为我们这些需要寻找节奏寻找春之声的人留下了无尽的遗憾。库房主管刘克其实什么也没有集中心思去想象，他偶尔想起的是柳眉的身材，应该是169，对，脱鞋后的身高，比刘克高两个cm，体重98，是偏瘦型的，鹅蛋脸，比较有型，鼻梁最好看，小巧而直，不像有的女子，鼻子要么像偷偷摸摸的伪军，畏葸不前，有的又似营养过剩，鼻头汇聚了巨大的财富，好比南霸天。想起南霸天，刘克就忍不住好笑，他最早知道海南，就是因为知道解放前海南有个恶霸地主南霸天，因为鱼肉百姓，被一群女子打死（？）。刘克心里直乐，南霸天，南霸天，怎么就没有个真正的名字呢？怎么一看这个名字就知道他是个恶霸地主呢！作家太有创造力了，太有思想觉悟了，莫怀仁是古代的地主，杨白劳是解放前的穷人，一个名字就可以冠名一个群体，一种斗争，乃至一个时代。刘克想起当年在中大读书时，有个研究党史的名家来做讲座，他还专门提问：什么是恶霸地主？教授说，恶霸地主就是恶霸+地主。有的人是地主，但品德不错，他有可能是靠勤劳节俭致富，就是今天讲的靠勤劳先富起来的那些人，他们不是恶霸，但他们有田有地，是地主（这是他第一次听说有品德不错的地主！）；有的是恶霸，却没有土地，但坏事做尽，鱼肉乡里，就像今天的一些车匪路霸，天津大邱庄的禹作敏之流，这是恶霸；既是地主又是恶霸，就是恶霸地主！刘克这才茅塞顿开。南霸天式的鼻子自然很丑陋，但短小悬在半空的也很难看，仓库里有个点货员就是这样的鼻子，和整个身材一样属于发育不良，她还成天自觉美得不能再美，不时装出勤奋好学积极上进的样子找刘克借些专业书看，这小姑娘不懂，这路桥专业的书是随便能看懂的吗？连装假都不会。只有柳眉的是恰到好处。柳眉的眼睛很近视，她的那个眼镜估摸也就是在街边小摊上花五六十块买的劣质货，不仅痕迹斑斑，而且有碎裂伤眼的危险，刘克想这次要是有机会，他要给柳眉配个好的水晶眼镜。

这么想着，火车就到了三亚。三亚火车站，有点像解放前的火车站重新装修了一下，小，没有高度，没有进深，拥挤，杂乱，完全没有今日大江南北那处处矗立的高铁车站的恢弘气派。在车站外等候的柳眉穿的是一件皱褶的白色上衣，一袭短裙，有带的平跟凉鞋，手上撑着遮阳伞，看来三亚的太阳远远比海口厉害。

刘克远远就望见了柳眉，顿觉太阳晴和，明亮而不毒辣，他飞快地跑了过来，对柳眉说："你其实不用过来的，我找得到。"

"今天是周末，也没什么事。我们公司离火车站有好几十公里呢。"柳眉说。两人走到公汽站牌下，有三十三路公汽从火车站开往亚龙湾。

上车的人很多，柳眉和刘克没有座位，就一路站着。刘克如此近距离地看着柳眉，这是第一次，他不仅发现柳眉确实比自己高出两公分，而且还发现柳眉比在海口时要白嫩多了，宛然一个刚入校的大学新生模样。他有点嫉妒有点羡慕地说："柳眉，你比在海口时好看多了。"话未说完，又自觉失口，偷偷瞧着柳眉，看她反应。

"人都是一样的，有什么好看不好看。"柳眉淡淡地说。这次她来迎接刘克，纯粹出于礼节，她不希望伤害一个喜欢她的男生，但她没有谈情说爱的准备，也没有这样的期待，她现在需要的是做好工作，她不能再踟蹰街头，等待就业，她受不了那样的命运。但她从刘克的眼光中看出了热情和希望，她需要让对方的这种热情和希望能回归到恰当的位置。

"我是感觉嘛！你现在工作开心多了，我们也很开心。"刘克很聪明。

"是的，现在的事情要对口一些。"

"我老家有句古话，树挪死人挪活，这话确实不假。"

"动一动总是好的，不动怎么会有新机会呢。"

"这一点我要向你学习。"

"你现在比较安稳。"

"但没有出息，不是你出现，我快连想法都没有了。"

"你太客气了，你不是一直都很努力吗？"

"太惭愧了，混日子而已。"

"机会总是有的，就是要尽力争取。"

"是的，我也是这样想。对了，你们公司附近有酒店吗？"

"你就住我们的探亲宿舍吧，那里有两间房这几天没有人住。"

"那合适吗？"

"我和公司的行政总监说好了，我表哥从海口过来看我，要住两天。"

"呵呵，你表哥？"

"是的，你现在是我表哥了。呵呵！要不然，不能申请的，能省一点就省一点。"

"好的，就听你安排。"

两人说着些闲事，很快就到了遐想假日酒店。

遐想假日酒店的气派，前面已经介绍过了。三十三路公汽站就在遐想假日对面的马路上。刘克跨出车门时，被迎面这栋辉煌的建筑惊愕得说不出话来。住惯了铁皮房，住惯了穷巷陋室的刘克，没有想到柳眉是在这样气派的建筑里上班下班。他的自信心一下子被这幢建筑撞得粉碎，满腹的期望也好像被针刺的气球，一点点地泄漏着。柳眉看到刘克有些惊愕，神情不似车上那样自然，不知他想了什么，就带着他穿过步道，进入大厅，门口的侍应生有点像英国皇家的仪仗队，着装整齐，见了柳眉，就弯腰行礼，道："柳小姐好！"柳眉微笑着点头回礼。进了大厅，铮亮的大理石水磨地板纤尘不染，高大的廊柱支持着空旷的大厅，垂直而下的水晶吊灯依然奢侈地亮着，刘克的步履不自觉地缓慢了起来，他看见来往的人员衣着光鲜，办理登记入住或者退房的旅客举止优雅，轻言细语，毫无嘈杂喧嚣，可见富贵之地，没有布衣寒士，上流社会真的就这么毫不留情地存在，坚硬地存在，像块巨大的石头，矗立在天地之间。相形之下，身着李维斯和花花公子的刘克只如衣着不入时的乡村教师，夹在硕学鸿儒之间，黯然失色，不伦不类。他的步子也不如别人的沉实有力，他的头发更是毫无修饰，既无气韵，也没有形态，而他的眼睛也似乎过多张望，泄露了太多的陌生和不安。他扎扎实实地意识到自己与这一世界的差别不在咫尺，而在天壤。一种不祥的预感鬼影一般忽地闪进了他的心头。他看着已经走在前面的柳眉，只顾领着他向侧门走去，便赶紧追了上去。

到了酒店后门的大院，有一栋辅楼，职工亲属探亲房就设在那里。刘克在后院的门卫室作了登记，保安看到是柳眉的亲戚，就没特别交代亲属探亲期间要从后院门出入，他大概也觉得柳主任的这个亲戚，还算是比较体面的吧。

遐想假日酒店辅楼同样豪华，职工亲属住的探亲房，布置仍然相当精致，高大的落地玻璃窗，嵌着金丝边的窗帘，吸顶的壁灯，一米五的舒适大床，挂式液晶电视，橡木写字台，液晶电脑，原色单人沙发，进门口是卫生间，有宽大的浴盆，水磨石的洗漱台，浴巾、毛巾、拖鞋、吹风一应俱全。刘克没有见过这么精致豪华的房间——如果他要是到主楼看到正规的五星级酒店的行政房、总统套间，更不知如何感想——他可以想见，柳眉他们的办公环境如何体面惬意，原先在来的车上时，期望种种见面之后的亲切，初次相处的二人世界，都因为这些器物的形状、颜色、光泽而淡漠起来，仿佛遥远的旧时想象。柳眉站在门口，招呼他说："现在离午餐还有点时间，要不，你先休息一下，十二点我来喊你一起吃午饭？"

刘克还没有开始盘算柳眉会不会留下来和他一起坐一会儿聊些天，会不会关上房门，但看到柳眉站在门口，连进房间的姿态都没有，他也就不敢存有任何联想了。是的，他们不是亲属，不是同窗，甚至也不是同乡，他们只是在海口认识的熟人而已，难道就因为二人是相识的男女，就应该不同一般？柳眉刻意保持的距离，也说明了柳眉的端庄矜持。他喜欢端庄矜持的女生，就很愉快地回答：

"好啊！"

中午，柳眉带着刘克在职工餐厅里一起吃饭，刚进门就碰到蔡义雄，柳眉恭敬地道了一声："蔡总好！"蔡义雄点了点头，又睨了一眼刘克，柳眉赶紧解释说："这是我表哥。"刘克见是柳眉的上司，也跟着点头问好。蔡义雄朝刘克微微点了一下头，就转身出去了。

遐想假日的职工餐厅，是自助型的，食品之精美也是刘克没想象到的，吃惯了六元一份的快餐盒饭，刘克此前见到最多的是大排档，他关于食物、餐具、菜肴的知识可如戈壁滩上的绿色植物一样稀少，面对如此精美的餐具、桌椅，如此丰富的菜肴、饮料，如此安静雅致的就餐环境，他这才彻底地感到世界上的差别不容置疑，处处都在。就餐人员的交谈也是很小声息，没有谁动作夸张，没有谁高声喧哗，刘克吃饭的时候，就有些小心翼翼，生怕自己的不适会让人发现，觉得低等，不仅自己毫无颜面，沾连柳眉也脸上无光。柳眉特意为刘克取了一盘咖喱海虾、莫斯科风味牛肉粒和意式鹅肝，放在两人中间，这是刘克他们平日很难吃到的，刘克则取了不少西班牙烤肉，他喜欢这个。两人一边吃着，一边低声说着海口的人事。用完餐后，柳眉说，现在太阳太毒，四点钟再去下海游泳好不好。刘克说，好，但现在干什么呢？

柳眉听了一笑，要不我带你去咖啡厅喝茶？

刘克说，好。

酒店的咖啡厅对内也是收费的，柳眉说出口就后悔，这里的咖啡厅两杯碳烧就要收费二百一十元，柳眉真不愿意花费冤枉钱，但话说出了口，还得兑现。两人去了咖啡厅，各点了一杯南山咖啡，聊起大学时代的往事，这些是他们的共同话题。到了四点，柳眉叫服务生来结账，刘克坚持要付，柳眉说，你是客人，自然是我付。刘克说，有男生在，不能要女生埋单。两人坚持着，站在一旁的服务生抿着嘴笑了起来，柳眉就让刘克付了钱。两人出了酒店，去往亚龙湾，柳眉为刘克买了门票，说："我不会游泳，就不陪你，你游完后，就回来，六点半一定要回来。"

"要是回不来呢？"刘克开个玩笑。

"那我就报警了！"柳眉笑着说，不过她还是叮嘱刘克，"别开玩笑，准时回来吃晚饭。"

刘克道："好。"

目送刘克孤单一人进了亚龙湾，柳眉有些感伤，两个都没有恋人的青年为何不能谈情说爱呢？现在多少人未婚同居未婚先育未婚"离婚"，寻常得如同家常便饭，自己为什么还要这样矜持呢？也许是故园观念，也许是家庭门风，她内心虽经了种种熏陶，却并没有走出那恋爱——婚姻——家庭的轨道，她期望白马王子早日来到身边，与之花开并蒂，执子之手，与子偕老。然而这白马王子不是刘克，她现在还没有怦然心动的感觉，刘克还没有走进她的心里，她只能把刘克当作朋友，朋友就是朋友，不是两情相悦，不是木棉与橡树。男女之间的事就这样感性直接，理智在告诉她，不能玩弄、欺骗别人，也不能欺骗、勉强自己，人生才刚刚开始，她必须混出体面，她不能陷入情感的迷沼，她那颗不甘平庸的心每天都在清晰地跳动。她望见刘克消失在海边拥挤的人群之中，黯然神伤地回到了遐想假日酒店。

刘克提前回了海口，柳眉心里既安宁又酸楚，她知道她这次伤害了刘克，她真的不愿意有这样的结果，但又无法避免这样的结果，也许早一些了断更好。这是一个卑微、敏感而又自尊的男生，期望而来，失望而归，她却成了人家苦痛的制造者。昨天晚上两人用完晚餐后沿着海边散步，身后的山峦蜿蜒起伏，静默无语，海风轻轻吹拂，无边的海洋伸向辽远的天际，星星像宝石一般镶嵌在蓝色的夜空，明亮闪烁，一弯浅月斜挂在高大的棕榈树梢，偶尔几只海鸟从山峦上翩然飞过，掠过树冠，又一点一痕地飞起，消失在夜空之中。多么美好的时刻，属于情人的时光！刘克忍不住伸过手臂，想将柳眉揽入怀中，可是柳眉却向旁边侧跨了一步，脱开了刘克的手臂，刘克仿佛触电了一样，很不自然，连连道："对不起，对不起！"

"没什么，刘克，只是我现在不想谈恋爱。"柳眉还是把这句话说了出来，她的话音很轻，几乎听不见。但刘克却听得如此分明。

"哦，是我不对，我没有坏意。"刘克为自己辩护。可怜的青年感到自己的心在破碎，一点一点地裂开，碎成片片。

"我知道，我们做个朋友吧！"柳眉说。

"嗯，好的。"刘克声音有些哽塞。

此后的散步几乎无话可说，感觉遭受创伤的刘克显然不是情场老手，他的痛苦表现在当下，表现在脸上，他方寸大乱，不知道该如何重捡他们的话题，柳眉默默地陪着他走了一会，两人便回了酒店，各回房间休息。

第二天柳眉说陪刘克去三亚市区看看，刘克没有同意，说是好不容易有个周末，叫柳眉好好休息一下，自己去逛一下就可以了。柳眉有些过意不去，但她明白刘克的心思，也就随刘克自己去了。刘克回房间收拾了行李。柳眉说："你不再回来吗？"

刘克说："那边离火车站近，逛完就顺便去火车站，免得跑来跑去。"

柳眉觉得也是，就让刘克去了。

到了下午五点，柳眉收到刘克的短信，告诉她已经回到了海口。柳眉大吃一惊，她知道刘克原来买的火车票是晚上最后一趟高铁，八点整开出，看来他并没有在三亚游玩，而是提前回到了海口。短信中没有说别的，但短短几个字叫柳眉心里有些怅然疼痛的感觉：

"已回海口。谢谢接待！"

17

"身是菩提树，心是明镜台。时时勤拂拭，莫使染尘埃。"神秀和尚说。

"菩提本无树，明镜亦非台。本来无一物，何处惹尘埃。"慧能和尚说。

这段名闻天下的佛家典故，吸引着无数虔诚的信男信女前往五祖门庭。三年前的秋天，骆丹也前往黄梅朝圣。出了黄梅县城，北行二十余里，忽见山峰一簇拔地而起，山上树木郁郁葱葱，金黄的野菊开得遍地都是，四周是一马平川的沿江平原，正涌起层层稻浪。寺庙虽为重修，但五祖的真身还一如当初，遥想当年布衲芒鞋，振铎传薪，积累了多少虔诚厚望，只是英华不永，泰山其颓，种种禅思佛理如云飞月隐，凡尘圣迹恰似雾失楼台，只余下这份传奇被今人镌刻在青石板上，成为观赏的景点。回头再想想当初的光景？两位聪慧的大师悟得真谛，各执一念，自然都远在凡人之外，也自然都叫凡人猜测纷纭，聚讼不已。然而，纷纭归纷纭，会心归会心，凡人的事情还是柴米油盐酱醋茶，七情六欲，生儿育女，即便正身为菩提，也难免泥途负贩，为俗世所累。如今，骆丹与高伟超凡脱俗的爱情开始经历着世俗的煎熬，有时鬼从心生。

人总是有局限的，而鬼是狡黠的。

骆丹和高伟的视频已经好些天都是断断续续的，善解人意的骆丹知道高伟心地善良，不得不照顾因为他才出车祸的徐婕娜，她也知道徐婕娜绝不是省油的灯，正在做着开门撬锁的勾当，说她坦然也只能是假话，骗得了别人骗不了自己的心。她和高伟交往的时间感觉很久，其实才不过数月，数月算什么呢？他们一见钟情，一许终身，俨然牢不可破，但仔细掂量掂量，这基础牢靠吗？经历过风雨吗？有着各种社会关系的缠结吗？在这个离婚换妻如同家常便饭的年代，在这个挖坑翻墙成为时尚的年代，稳固后方保卫胜利果实的工作还是要做，纵然不是婚姻保卫战那么严重，纵然不需要跑到荧屏前或者大街上揪住小三的头发往死里摁，纵然不能聘请侦探日夜不停跟踪追击，但时时勤拂拭的功夫还是要做，何况她已经是三十出头的人了！爱情婚姻还有多少次重新再来的机会？再说，她也好些日子没有见到高伟了，视频并不能代替耳鬓厮磨朝夕相对，她温柔的内心，她健康的身体都蕴藏着巨大的渴望。她就选了一个星期六，早晨飞西安，然后打的直奔西北双电宿舍。她有高伟给她的宿舍地址。她想给他一个惊喜。

高伟无法预知这一切。头天下班前，主任陈整了整领带，又对着镜子梳了梳他那并非茂密的头发，准备亲自去接徐婕娜出院。这些天高伟像一块墙板隔挡着他，不便与徐婕娜接近，现在徐婕娜病愈可以出院了，两人又可以共度一个销魂的周末。哪知道电话一接通，徐婕娜一口否定他的美妙设计，要求他通知高伟明天来帮她办出院。主任陈只好从命。他从来都是一个极为理性的人，善于把握并顺从事态的发展，懂得妥协，这样他以退为进，永远不露声色，永远享有机会。他放下电话，就拨通办公室主任电话，让他通知无相项目组的高伟尽责尽到底，明天帮徐婕娜办出院。

办公室主任是主任陈的人，当年一起下乡插队的知青，那些偷鸡摸狗寻花问柳的事没有少干，这里就不提了，但说这年头最可靠的人有哪些？民间广为流传的说法是：一起扛过枪，一起下过乡，一起嫖过娼。当然，这只是些恶俗说法，但不少人奉为圭臬。主任陈当家后，把他从一个被逐出股市的公司里拉来管理内务，简直是救民于水火。此人精于察言观色，对主任陈与徐婕娜的破事洞若观火，却密不透风，但他对于主任陈最近一个劲儿地提拔高伟甚至撮合高伟与徐婕娜，怎么也看不明白，更看不透，是不是良心发现，有意成全人家？如果是这样，那主任陈还算得上一个宽厚积德之人。可是主任陈怎么会这样想呢？现在多少男人吃着碗里望着锅里呢！

"奶奶的娘，老子就不如他！"办公室主任忽然悟出这正是主任陈的高明过人之处，不禁佩服得五体投地。跟对了，太对了！

当天晚上高伟照例去看徐婕娜，闲话了一会儿，徐婕娜忽然要高伟早点回去："今晚早点回去休息休息吧，这些天你两边跑，很累是吧。你看我明天就要出院了，你今晚就别陪我，早点回去，我也早点睡，明天上午来帮我办出院手续。"高伟说好。次日早晨高伟很早就起床了，他是个爱清洁的人，把自己的房间打扫整理好后，就去食堂吃了早点，跟了单位的小车去医院。徐婕娜知道今天要出院，心里早就琢磨好今天的事项，早早就吃好了早餐，又精心修饰了一番，比平时更素雅亮丽，非常淑女，整个一大一女生。

高伟一进门就看见徐婕娜俊俏迷人，打趣说："你真是一盏灯，在哪里照亮哪里！"

徐婕娜给高伟飞了一个媚眼，说："照亮你了吗？"

高伟傻呵呵地说："都照亮了整间屋子！"

徐婕娜说："可有人还看不到呢！"

高伟知是数落他，红着脸说："这不都看到啦！"

"我只是收拾一下，你不希望我蓬头垢面地出门吧？不影响我，也会影响你的光辉形象呢。"

"我是真心地夸你呢！"高伟见徐婕娜理解反了，就纠正说。

"我是女为悦己者容！"徐婕娜望着高伟，含情脉脉地说。

高伟赧红了脸不敢再接话。

两人收拾行李，和病友们道了再见，然后到前台办结算。没想到这出院手续比入院还麻烦，前一天主治医生忘了做出院意见，他说过本来就没有必要住院，但既然住进来了，就是病人，病人出院就还得有这么一个出院程序，还是得找主治医生补个出院意见，还要把各种拍片汇总，等候物品清点，签字，划账，缴费，高伟忙了一上午，快到十一点，才办完手续，两人就上了单位的小车，回到西北双电宿舍。

越是难以得到的，越是觉得无与伦比地美好，越是一定要想办法得到。

其实凭着徐婕娜这婀娜的腰身，这俊俏脸蛋，这过人的聪明，这机灵的口才，这份稳定轻松的工作，这份令人艳羡的收入，找一个如意郎君如高伟者并非难事。可她就死死看上了高伟，好像这世界里就没有别的好男人。住了十天医院，又被高伟像哥哥又像情郎般地照顾了十天，徐婕娜的眼睛里更只有高伟一个人了。这个高大英俊的青年，宽阔的肩膀，厚实的背部，健康的肤色，青春的脸庞，善良的内心，聪明的脑瓜，浑厚的男中音，忠厚而坚韧，体贴而勤快，甚至包括他偶尔隆起的下部，都在无声地说明着这是不二的丈夫种子人选。十天来，她已经习惯在高伟面前撒娇，大笑，撒谎，说些东家长西家短，小龙女与干爹，英国情人，米歇尔的前胸，富兰克林的表妹，肯尼迪的情人，林徽因的四月天，韩国的都教授，等等无关紧要的废话，她喜欢喊他"高伟！高伟！"就像孙二娘喜欢喊自己男人"天煞的！天煞的！"梅超风唤自己的师兄陈玄风"死鬼！死鬼！"爱就是陌生，爱就是诅咒，爱就是折腾自己又折腾他人，或者说爱就是白痴傻子乌龟王八蛋，或者说就是疯痴迷惑癫狂非理性。她已经习惯静静地听到高伟从走廊那头迈来的脚步声，习惯在他的胡编滥造的故事中悄悄入眠，她甚至希望最好在医院里再多住一些时日，留住这美好的时光，这样高伟就还得围着她转，也许也就习惯了围着她转——这不，高伟已经和她言笑晏晏，成双入对了。

下了车，高伟搬下行李，徐婕娜说："先到你宿舍吧，我那里这么多天没收拾，恐怕满屋子都是灰尘螨虫蜘蛛网。"高伟说："也好，先到我那里，下午我去帮你收拾一下，你再搬回去。"两人拐了弯上了高伟住的楼层。

单身宿舍只有一把木椅子，徐婕娜想都没想就坐在床沿上。高伟从小小的冰柜里给徐婕娜找出一瓶矿泉水，对徐婕娜说："你先喝点水，随便看看杂志，我去食堂买午餐来。"

徐婕娜撒娇："我要跟你一起去。"

高伟说："你才出院，别到处跑，休息一下。"

"不嘛！我就是要去。"徐婕娜不乐了，"你是怕人说我跟着你是吗？"

高伟觉得被看穿了心思，有些尴尬，掩饰道："我不是这个意思，是怕你累着了，再说买个饭，也没有必要两个人跑一趟。"

徐婕娜这才晴转多云："行，你去买，我在家里等你。"

西北的五月说不上初夏，最多只能算晚春，院子里的桃花还在大朵大朵争红斗艳地开着，从日本引进的晚种樱花更是开得五彩缤纷暧昧无比，空气朗润，还是有点冷，暖气早就停了，屋子里有点冷簌簌的，徐婕娜从窗前看完院子里的风景，又转到椅子上独自坐了一会儿，左瞧右瞧高伟简单整洁的房间，没有什么有趣意的物件，洁白的墙体上连张常见的美女招贴都没有，干净得叫人觉得还是冷，徐婕娜就干脆脱了鞋袜，坐上床，拉了被子盖着，她现在的意识中，已经以高伟的女友自居了，这里正是他们的"家"。

然而就是这么一个顺理成章的事情，竟然闹出了惊天的误会，差不多让我这个小说无法写下去。唯物主义的理论家们总喜欢批评偶然性，好像一切偶然性都是作家们的想象或者唯心主义者拙劣的臆造，世界只是充满了必然律，其实天底下的事情就这么阴错阳差，常常被偶然性搞定。高伟下电梯的时候，骆丹正从另一个电梯直接上了楼，两人失之交臂。

高伟住的是西北双电宿舍二栋八楼二十七号，骆丹多少次给高伟快递衣物、鞋子、茶叶、光盘、书籍甚至鲜花的时候，都是写的这个宿舍号码，无须查看记事本，她都能准确地记得这个再熟悉不过的门号。骆丹出了电梯，还担心高伟不在宿舍，那她只有在走廊里等候他归来，那样她不得不给他打电话，告诉他她已经到了西北双电宿舍门前，他一定会放下手上的研究资料，赶回宿舍，抱起她，那时她该怎么罚他呢？罚他抱着自己十分钟不得放下。她觉得这个想法很好，很有创意。要是高伟在宿舍呢？那他一定是十分惊讶，嘿嘿，就是要给他一个惊喜。她想着，就走到了27号，望见房门半开着，明亮的光线穿过房间投到走廊上，小小房间，一览无余。

她站在门口，却发现高伟并不在屋子里，高伟的床上一个女子拥被而坐。她不敢相信这是真的，就抬眼望了望门框上方的门牌号：27。没错，正是27，阿拉伯数字2、7，2是小天鹅的2，7是弯弯镰刀的7，一点没错。再回头看看高伟床上的那个女人，不错，是她！竟然是她！就是她！徐婕娜！那个在襄阳就认识的高伟的女同事，那个也被高伟多次提到的危险的女人。

徐婕娜！

骆丹却一直没有把她当作真实的敌人。

徐婕娜几乎同时也看到了骆丹，同样有些错愕，但她很快就反应过来，脸上开始泛起了微笑，一种胜利的、得意的、开心的微笑！

那微笑，竟然变成了一根根坚硬的阴谋的钢刺，锋利无比，深深刺痛了骆丹的眼睛，进而刺入她的神经，她的心脏，她的肝，她的肺。她感到足下的土地在软化在塌陷，自己正在一点点地沉降下去，一个无边的黑幕又在铺天盖地而来，她的身子在缩小，在矮化，变成一个微不足道的侏儒，最后萎缩成一个原子、一个中子。墙体在拆裂，道路在拆裂，天空在崩坏，五彩的云层在扭曲、在陷落，唐山地震，汶川地震，东京大地震，飓风既起，洪水袭来，层层梯田依次被淹没，没有云，没有树，汹涌的波涛，从一个山头漫过另一个山冈，排山倒海而来，她惊恐万状，无路可退，她所有的坚定、沉稳都来不及抵御这四周发生的崩裂，她仿佛听到山体断裂的声音，吱吱嘎嘎，又仿佛听到洪水咆哮，咕咕隆隆，恶龙嘶吼的声音，她听到阴风低噗，鸱枭鸣叫，呜呜呜呜……她转身疾走而去。

徐婕娜没有想到骆丹会从天而降，更没有想到这个富丽沉稳的女人竟然那么脆弱，不堪一击，更没有想到自己的无心一举竟然击败了对手，促成了好事，真是天意啊！天意！看来不是骆丹有多少明显的优势，更不是高伟对骆丹有多么巨大的痴情，一切全不如造物的一个小小偶然，哈哈哈哈，徐婕娜终于不战而屈人之兵，真是皇天不负有心人。老天爷要成全一个人或者败坏一个人，真是不费吹灰之力呀！徐婕娜甚至连想都没想着招呼或者追赶骆丹，就自顾着快意起来，她得好好品味这突然来临的胜利和轻松，这时候，高伟回来了，端着一大盆香气溢溢的饭菜，看到徐婕娜兴奋的样子，就说："什么好事你这么高兴？"

"出院了呗，身体好了呗，总算不用提心吊胆了呗！"徐婕娜决定不告诉高伟骆丹来过，"今天的阳光真好啊！"

"我看你在医院里也挺快乐的，提心吊胆着啥？害怕皮肤留下疤痕吗？"

"这你就不懂啦！小孩子喜欢一个玩具，总是藏起来，有时藏在枕头下，有时藏到床底下，有时藏的地方自己都记不得了，专找不容易找的地方藏，就怕别的孩子抢去，如果有别的孩子也盯着这玩具，原来这孩子就会拼命地捂住，或者对着旁观的孩子一顿拳打脚踢，捍卫自己的东西。女人嘛，爱上一个男人，也怕别人来抢，可是她苦于难以把他藏起来，如果能藏起来，她一定这样做。"徐婕娜暧昧地盯着高伟说。

"你这样的美女，还有什么害怕的!"高伟总是这样打趣徐婕娜。

"你还这样说! 没良心的，以后不准你这样说了，要不然我会生气的。"

"你生气啥? 你这样的美眉，有的是男人追。"

"可你就不追!"

"我是有妇之夫啊!"高伟笑了，他生了电炉，想把菜热一下。

"我就是要你! 我就要你这有妇之夫!"徐婕娜说着，就把脚伸出被子，从后面钩住高伟的腰部，狠劲一拉，居然把高伟拉到了床上。

"婕娜，不行! 不能这样!"

"我就要这样，就要亲你!"

"不行!"

"我就喜欢你!"

"不行!"

"不行也得行!"徐婕娜爬过床头一手把门关上，一手还在挽着高伟的脖子。

"真的不行!"高伟挣扎着站了起来，"婕娜，我知道你喜欢我，可是我有女朋友了，我不能伤害你。"

"谁说你伤害我? 谁说你伤害我? 老古板，我就喜欢你，就喜欢被你伤害，你要也得要，不要也得要! 你是我的了!"

18

顾芊芊人长得比名字还像名字，话不多，平时也不怎么具体去谈业务，也不怎么抓管理，她喜欢待在办公室里，听大家汇报各种情况，然后分析对策，提出解决的办法。她几乎没有抓过具体项目，但大家还是很敬畏她，她毕竟是骆董的贴身秘书。到了晚上，顾芊芊就关了房门，埋头攻读管理学课程，一个食品专业的学生做管理可不像做馒头，许多名词都很陌生，她没有条件去长江商学院读个MBA，但她有自己的职业规划，只要有属于她自己的时间，就开始一个人暗暗地用功，理论与实践，内外兼修，希望在职场上崭露头角，有朝一日超过商业超女董明珠、芭芭拉。柳眉呢，就不一样了，虽然她的业务抓得非常出色，抓的项目最多，成绩自然也最大，但大家还是没怎么把她当作拿铁，只是一壶小而青绿的碧螺春，大小事情，都是向顾芊芊汇报请示，柳眉好比一个大业务而已，即便顾芊芊不在的时候，他们也不会向柳眉报告一下，他们宁愿向芊芊电话汇报请示。柳眉知道大家做事不容易，大家都要讨老板喜欢，也包括老板心腹的喜欢，她自己同样如此，无法清高，所以她想得开，只管自己干活，不问别人怎么看她待她，把不把她放在眼里，当不当根葱，她都不在意，真的不在意。有了变化的倒是副总蔡义雄，竟然像变了个人似的，不仅处处很给柳眉面子，还特别支持关照她的工作。这不，还没有到周末，蔡义雄就打电话来，说："小柳，这个周末你就别值班了，跟我去博鳌吧，那里正在召开中国青年企业领袖大会。"

　　柳眉这些日子也感受到蔡总的转变，知道他开始倚重她们这些骨干来抓工作，抓业绩，但她无论如何也想不到蔡义雄是要把她们紧紧地团结在自己的身边，成为自己的人，她还欠些火候，没有成熟到一眼看透这么深长的人事用心。精明的蔡义雄知道顾芊芊是董事长的人，下再大的工夫也无法将她变成自己的人，只有这个柳眉是新来不久的，无根无底，又能做事，正是争取的对象。柳眉哪里想得到那么多，这些天她常常想起的倒是刘克，自从她婉拒刘克之后，刘克便没有再来三亚，虽然时不时仍有短信飞来，但只是例行问候，已经不谈爱情了。柳眉感觉到刘克的强烈的自尊和这种强烈的自尊也管抑不住的爱恋。她心里喜欢有自尊心的男生。夜晚无人的时候她偶尔有点期望刘克周末能到三亚，哪怕是突如其来，她也会觉得自然而然，她甚至想如果他再来揽她，她也许不会拒绝，在这茫茫海边，在三亚这偌大的空间，她需要爱她的人，揽她入怀的人。她从未做过灰姑娘幸遇白马王子的梦，她甚至猜想，刘克会在某一个周末突然来到三亚，来到遐想假日。这个周末她有点直觉，感觉刘克会突然出现，就婉拒了蔡义雄的安排，说是要留在三亚等朋友来。蔡义雄也就没勉强。可是到了周五的晚上，柳眉还不见刘克的信息，便主动去了一个短信，问刘克是否会在近期到三亚。发完之后，她忽然觉得自己莫名其妙，这不是自己去表白了吗？当初那样不近情理地拒绝人家，现在又邀请人家来三亚，唉，柳眉，你怎么这么不矜持呢？你怎么就这样把自己送出去呢？你瞧瞧自己上无片瓦，下无立锥之地，现在哪有条件谈情说爱？这样懊恼着，半小时过去，她收到刘克发来的短信，原来他不能来了。

　　刘克的短信：

　　"我不知道该怎么说。这些天这些事，关于我自己，无法理解。

总之我不能来三亚了。请原谅我让你失望。"

柳眉又懊恼又羞愧又庆幸，自己的冒失碰了壁，但也避免了可能的麻烦。不能来就不能来，她既然错过一个爱她的人，那只好任其过去。再说，她对自己是不是真的希望爱情也摸不准，难道不会是因为寂寞吗？难道不会是因为身体的躁动？如此一想也就释然了，自己就安排听一天的剑桥商务英语，她需要提高的东西太多了。

当然，柳眉不能想到的是刘克确实碰到新情况了。

上个周末，下班后，大马他们又聚到刘克那里，照例买菜做饭吃饭喝酒。酒醉之后就开始看电视，现在的电视节目不是相亲就是谈话，所有的频道都翻来翻去翻了好多遍了，还是没有找到可看的，大马就从口袋里掏出一张碟子，说："刚上市的，听说好看得很。"

"这年头有好看的片子吗？"刘克说。

"有啊，你看看就知道了。"大马忙乎着找来插头，接通电视，大家就看起来，原来是那个被公共管理部门通知下线的《西向》。刚看了个开头，刘克就觉得不好意思，这是什么片子呢，怎么一开始就干起来，而且是单干，这么粗劣的东西都拍成片，拍的人剪辑的人放映的人观看的人都真他妈的堕落。再往下看，看到帐篷那一段，两个十七八的男女生莫名其妙地脱光衣服，干得如火如荼，干得波浪滚滚，简直是教唆犯罪，还扯什么狗屁的电影艺术。就像前两年的那个《色戒》，所谓的"艺术魅力"无非就是一个汉奸与另一个被汉奸征服的女人的热火朝天的床戏；汉奸的雄性和女子的雌性就是导演要表达的超越时间超越族群超越正义的"永恒价值"所在，居然还会得奖。这年头多少人历史不清、是非不分、美丑不辨、大义沉沦，一些所谓专家所谓开明人士所谓知道分子都在哗众取宠，专门蛊惑那些少不更事的青年学生与一知半解的老愤青。刘克只好起身出门，没想到春梅跟着也出来了。

春梅说："大学生，不好意思吧？"

刘克说："有啥不好意思的，就是闷得很，出来透口气。"

"别装了，我看你表情很不自然。"

"那你出来干什么？"

"有点难为情。"春梅羞涩地说。

"呵呵，大马就喜欢看这些垃圾。"

"大马说你不会跟着大家一起看，你会一个人单独看，悄悄地看。"春梅望着刘克的脸，笑眯眯地说。这是初夏夜，月亮还没有升起来，小区里路灯很少，各家各户的灯光从门缝中窗户里飘泻出来，有一搭没一搭。刘克的脸部轮廓模糊，春梅只看到有一屡光线从他的后脑勺穿过，一缕飘起的头发很像风中的苇叶。

"这个大马！以小人之心度君子之腹。"刘克假怒，也似真怒。

"看看也没什么了不起的。很多人喜欢看。不过，大学生，你说说演员就真的这样演电影吗？"

"有的是真演，有的是假演。"刘克猜想，其实他也拿不准，他对电影一窍不通。

"假演怎么可能呢？你看衣服都脱光了。"

"这脱的可能不是演员，而是一个替身。"

"那替身也是人啊，是真的脱了呢！还有那接吻，头对头，脸对脸，嘴巴对嘴巴，总不会假的吧。"

"按这样说，当然也是真的。"

"这个片子演员人脸都是对着观众的，身子都是全的，应该没用替身。"

"这个片子好像是真演。"刘克有点把握地说。

"那多难为情啊！那么多人看着你干这个事。"春梅说，"真是不知道什么叫作丑！"

"演员嘛，事业需要。"

"事业需要也不至于这种事也干。"

"这就叫为事业献身。"

"为事业就要这样献身？怎么就这样呢？"

"演员也要谋生。"

"那些大牌演员很有钱吧。"

"是的，大牌演员一般不拍这种片子。"

"难怪都是新演员，看不到几个大牌，那女主角有点像林依晨。"

"绝对不是林依晨。"刘克对港台电影明星天王天后也不门清，但他还知道林依晨，知道那个人见人爱的女演员清纯而不性感。

"林依晨不演三级片。"他很肯定地说。

"要是你当演员，你会演吗？"春梅问。

"我才不会当演员呢。"

"我喜欢当演员。"春梅很纯洁地说，"我从小就想当演员，可是啊没有这个机会，人啦有时不能不相信命运。"

"如果你当了演员，那你会演吗？"刘克笑着打趣她。

"你坏！坏蛋！"春梅说着，挥起小拳头砸向刘克，刘克没有躲开，却感到拳头落下的时候，春梅整个人都倒向他的怀中。

这完全出乎刘克的意料之外。他没有想到小丫头春梅竟然喜欢他，他一点心理准备都没有，可人家已经是整个儿地倒了过来，他必须把她抱住，抱在胸怀。他认识春梅比较早，第一次小汪带春梅过来的时候，刘克才刚刚搬到这个单间，那时只觉得这是一个刚出门打工的少女，后来听小汪介绍，才知道春梅已经十九了，在珠海的一家鞋厂做过三年工，攒了八九千元，寄回老家给父亲偿还买拖拉机的贷款，被当地邮局扣了三千做存款，到现在还没取出来。海南开发的风刚刚吹，她就过来了，想碰碰运气。她大概就一米五五，长得小巧玲珑的，圆圆的脸盘，有两颗很好看的虎牙，眼睛小，笑起来的时候看不见眼珠，人也长得丰满，那是一种健康的生长，即便只喝白开水，都会生长。她平时不像小汪那样泼辣直率，但没有想到今晚如此大胆。刘克不知怎么办才好，他只好把倒过来的春梅抱在怀中。

"吻我!"春梅已经闭上眼睛。

这是命令么？刘克有点懵了。这是青春的命令还是人性的命令？是心灵的呼唤还是生理的吁求？路桥专业的刘克没有碰到过这样的问题，他不由自主地吻了春梅。这是他的初吻，在春梅的呼唤下，他连想都没有想就这么一下子付出去了，他甚至还没有感受到爱恋的泛起，甚至没有感受到特别的喜悦，他就这么地献出了自己的初吻，给到了一个他不知道是爱还是怜的女孩的嘴唇上，他这才觉得吻并不是香甜的，只是柔软的，有点淡淡的咸味。

这就是路桥专业高材生刘克的初吻体验。

借着刘克脑后的那一线灯光，让我们再次看看刘克。一米七还欠些火候，黑瘦，头发有点蓬乱，鼻子并不挺拔，水货的耐克T恤衫，廉价的牛仔裤，跳蚤市场上买来的皮鞋暗淡无光。如果他走进车间，走进工地，在那千千万万的农民工之间，你绝不会觉得他卓尔不群，你甚至寻不见他的任何特殊之处。只有看着他那双在黑暗里依然闪烁着喜悦的光芒的眼睛，你才会想到他的智慧、毅力和修养。这就是我们的杰出青年，我们的高材生，曾经那样朝气蓬勃，划着双桨，荡过柳丝拂水的湖面，意气风发，过千关斩万将，进入名校攻读，四年寒窗，结果却专业委弃，在一个简陋的仓库清点货物度日如年。他们处在如此卑微的境地，四周再也没有高雅的学堂，有的只是职场无情的竞争和淘汰，他们没有坚定有力的支持，也不是身处职业活跃的都市，他们面对的是他们无法掌握的市场和人生的茫茫大海。"欲济无舟楫，端居耻圣明。"那太辽阔了，刘克还没有这样宏伟的愿景。他只是需要一份学有所用的工作，一个能够养活自己的地方。可是这个卑微的理想也居然那么遥远难以企及。放眼全球，经济低迷，纷争四起，贵族、资本家、精英、中产阶级牢牢地盘驻在利益的上游，庞大的社会资源为各种看得见看不见的手掌握，巨大的跨国资本通过核心技术、高端产品疯狂地吸取国际劳动市场的利润，公权很多沦为寻租的器具。我们这里的改革也是阻力重重，经济下行的压力加大，原有的职能规范有待调整、改造和完善，并非完全市场配置的广阔职场早已风化，大量的大学毕业生和一直滞留在求职场上的待岗人员在竞争那些边缘、低收入的工作机会，他们即便有幸进入职场，也不容易获得更好的提升，也许只是在不同的初级岗位上位移，也许是从这家公司转换到另一家公司。社会阶层日益固化，层级之间缺乏有效流动。这种粗劣的就业已经严重地腐蚀着很多青年对于职业、对于人生、对于社会甚至对于未来的信心。能说刘克是在就业吗？能说他得到了社会的容纳吗？学无所用，独身一人，涉世未深，身边没有来自亲人的关爱，没有热忱的援助，甚至没有稀薄的同情，他见惯了冷漠、猜忌、排斥、攻讦，甚至陷阱。长期像一叶浮萍，漂浮在浑浊的江面，随时都不知道漂向何方，没有星光如水，没有蛙声如歌，没有海风鼓荡的潮音。他们却没有崩溃，只是源于最后的一点坚持、一点缥缈的幻想。

然而这点坚持、这点幻想在一线温柔的异性的爱意中，全然融化。

那天，他们相拥着，不知何时才分开。分开的时候，刘克发现自己不再是原来的自己。在他的身边，已经有一个人了。

春梅说："刘克，我可以不走吗？"

"好，不走。"刘克搂着春梅回到租屋。夜深了，寒意浸人，他们进了屋子，这才发现时间很晚了，大马和小汪早已消失不见了，屋子里空无一人，椅子桌子靠在一边，锅碗瓢盆洗涮得干干净净，静静地摆放在碗柜中，推开刘克的房门，只见一汪月光如水如银倾泻在地板上。夜晚，好静，好静。春梅很懂事地关上门，反锁好，又关掉两人的手机，整理好刘克的床铺，伺候着刘克宽衣解带，然后小鸟依人一般地躺在刘克的身边。

"刘克，你会后悔吗？"春梅轻声地问。

"不，怎么会后悔呢？"刘克知道自己再也无法回到从前了。他眼前闪过柳眉的影子，但他把眼睛紧紧闭住，睁开的时候，是春梅的一双水汪汪的眼睛。

"我爱你！"春梅说着，把脸紧紧贴在刘克的胸脯上。

"我也爱你！"刘克说，抚摸着春梅光洁的身子。这是他第一次抚摸女生的肌肤。

"真的吗？"春梅有点不相信这一切都是真的。

"真的。"刘克深沉地说。

"我知道你会喜欢我。"春梅脸上漾出了少女的幸福感受，像一层薄薄的脂粉，轻轻地匀抹在脸上。

"你是个好女孩。"刘克说，他相信这是真的。

"我和小汪姐不一样。"春梅抬起眼睛望着刘克的眼睛，喜悦地说。

"什么不一样？"刘克有点疑惑。他不知道春梅要说什么。

"小汪姐在家里是结了婚的。"

"我听说了。她一个人在外面不容易。"刘克知道大马和小汪都是临时搭伙，每到过年的时候还是各自回自己的老家团聚。

"我还是觉得这样不好。这算哪回事！"春梅说。

"是有些不好。不过各人过各人的日子，别人也管不了。"刘克说。

"我现在跟了你，这一辈子就是你的人了，你到哪里我到哪里。"春梅说，又紧紧地贴在刘克的身上。

"好，我要你。"刘克翻过身来，把春梅紧紧搂在怀中。

"富贵我不想，贫贱的日子我能过，只要两人心在一起，比什么都强。"春梅说。

"我们会好起来！"刘克坚定地说。

这样的爱情，是刘克大学四年从来没有设想过的，在今日中大南大北大浙大等等一切天之骄子的校园里，谁会与这样的爱情邂逅？像所有在校大学生一样，刘克有过关于爱情的种种玫瑰色的梦想，但所有的设计底稿中都没有这样纯洁感人的一幕。不是相知相爱，而是相濡以沫，两颗寂寞的卑微的心终于跳动在一起。第二天，春梅就大大方方地搬到刘克的租屋中，他们从此成为千千万万的同居青年中的一对。

19

张曙光决定要狠狠帮李亚男一把，要不然他太不像个男人了。他得拿点本事出来，做件大事。回到海口后，张曙光就去李凯副行长那边汇报信贷一处李亚男结婚配偶调动的事。李凯正在看一份文件，听了张曙光的汇报，就"哦"了一声，说："信贷一处的老周没有跟我谈起这个事。"

"李亚男找过他们处，但老周没往上报，反正行里没了照顾政策，大家都是知道的。您知道我在信贷一处待过两年，和他们处得不错，所以李亚男就找到我这里来了。"张曙光做出实话实说，不欺骗领导的样子，"我问了老周，老周说如果行里能支持一下，对职工也是个安慰。"

"也是个破格的先例。"李凯不冷不热地说。

"确实。"张曙光脸上有些泛红。事情的难处就在这里，被李凯一语道破，张曙光感到有些心慌，好像他太不懂事，专门给领导出难题。

"好几年都不从外省系统调进人员了。"李凯副行长说，有意把话题拉远。

"对方目前在天津市行信贷处，是资深主任科员，负责全处的项目审核，我与那边通过电话，处里对他的业务能力评价很高。"

"那男方的意思是如果不从系统调配，就不准备调动？"

"没有这样说，但那边的意思还是希望系统内调配，保留原先的资历、职级，毕竟在系统里干了十多年。"

"李亚男呢？"

"她是行里的子女，父母都在海口，都退休了，她是独生子女，难以离开。"

"那的确是一个问题。"李凯的口气松动了，他大概意识到张曙光的决心了。他也仿佛看到了些事情的端倪，这个小兄弟的忙看来一定要帮。

"你们人事处准备怎么安排呢？"

"人事处是听您的。"

"好像机关里没有地方可以安置。"

"是的。"

"其他地方呢？"

"还没有问。"张曙光故意隐瞒了与海口市支行高隽的沟通。

"本来系统内流动是没法考虑的，现在各地杂牌银行纷纷成立，星罗棋布，银行已经开得跟便利店差不多了，哪里都是人满为患，这个你也知道，但都是这么熟的老同事，你又这么热心，还是要成全人家。"李凯说，"你先去问问下属部门，比如海口市支行，看看是不是有空缺，再搞个意见报上来，我和魏行长沟通一下。"

张曙光这时才感到领导完全按照自己的设计路线走了，心里轻松起来。

"好，我马上办。"

"那个李亚男也算得上是咱们的行花吧？"张曙光正准备离开，不意听到李凯若有所思地说。

张曙光是何等绝顶聪明的人物，马上就反应过来，说："也许过去是，不过现在三十好几了，要不，我通知信贷一处，叫李亚男亲自向您汇报一次？"

"那倒没有必要。"李凯断然地说。

张曙光及时把李副行长有心成全李亚男的事告诉了李亚男。既然人家投之以桃，两人便商计如何报之以李。李亚男说干脆送个卡，这样人家想买什么就买什么，免得送的东西不称人家的心，就浪费了。张曙光断然否定，以他对李凯的了解，知道李凯是个有底线的人，烟酒之类不值几个钱的实物可能收一点，但金钱首饰贵重物品绝不会沾的。那怎么办呢？李亚男一愁莫解。可以避开李行长，他太太和女儿都喜欢打扮，好像也没有什么特别名贵的首饰，张曙光说。正好李亚男爸爸刚好前段时间参加省直机关老干部到台湾的旅行，从花莲买了一串红珊瑚手链，花了将近两万元，说是准备给女儿的嫁妆。李亚男说这个可以送给李副的女儿，刚毕业的大学生正在臭美的时候，喜欢戴。张曙光觉得有些不舍，但还是想不出更合适的礼品。这送礼很有讲究，特别是一个机构的同事之间，尤其是上下级，求人帮忙的时候，礼品既要丰厚，又要得体，送出去的时候还要恰到好处，有个说辞儿，要不然人家也不好意思收。这串红珊瑚手链很少见，当时对方的喊价都到了八万元，还是台湾的接待方出面才谈下来。老先生听说李副行长愿意帮忙调动女婿，当即决定，就送这个，不多，人事调动不是小事。毕竟是从官场上退下来的人，很懂该怎么做，就要怎么做。但怎么送过去，这个需要张曙光来找个机会。

世上无难事，只怕有心人。想送礼总会找到借口，张曙光回到办公室拿出笔记本一查，不禁拍手叫好，原来三天之后就是李凯太太的生日，到时送过去。至于以后是太太戴，还是女儿戴，那倒不用操心。张曙光告诉李亚男，约定后天就送过去，现在给领导家送礼，都不兴挤成一团去送，分开来，各送各的，最好不碰面，大家都欢喜。

当然是张曙光陪同送过去的，那晚李凯不在家。李太太这几年有些发福，很热情地招待两位客人。亚男把礼品盒奉上，说："阿姨明天大寿，这是晚辈的一点心意。"

"使不得，使不得，你们过来看我就很好了，不要带礼物。"李太太一边说使不得，一边接过礼品盒放到右边的电视柜上。然后开始沏泡两杯特级龙井。好茶就是好茶，热水刚刚冲下，就溢出一股清香，飘逸在空气中，淡雅淡雅的，烘托出主人的情致雅逸。

"这次我那口调动的事，李行长帮了很大的忙，我们全家都很感激。"

"那是该照顾的，你都是咱们行的孩子，看着你长大的，别人不说，你家的事怎么能不帮呢！你妈妈好吗？"李太太很慈祥。

李亚男知道母亲退休前和李太太就认识，只是退休之后没什么往来，就说："妈妈现在每天都去社区活动中心，那边的老同志很多。"

"那就好，老有所乐，我将来退休了，也要好好参加些健身活动。"

"阿姨您身体很好啊！"

"好，也得退休的，你看老李，别看整天忙着，其实身体不好，也没得休养。"

"那是！李行长是我们行最辛苦的领导，一个人分管的部门最多。"张曙光插话说。

"就是！老魏欺负他老实，让他管那么多！小张你要多帮帮你这位学长。"

"李行长一直关心我提携我，我自然要尽心尽力。"

"是啊，上次提人事处长的时候，听说有好几个人选，但老李力保的是你。"李太太说。

"我知道，没李行长，哪有我的今天，嫂子您放心就是，我能力有限，但忠心无限。"

"你很能干，考虑问题很全面，老李常常夸你呢!"

三人聊着聊着，不觉一个小时过去了，张曙光提出告辞，李太太送他们到门口，一再嘱咐有空过来玩，毛利民调来了，一定要带给她看看。

高伟被徐婕娜困在房间里，徐婕娜这次下定决心搞定高伟。她右脚钩倒高伟，又用左脚勾上房门关紧的同时，忽然变成一个受伤的女孩，低着头双手掩面嘤嘤地哭了起来。高伟看到徐婕娜伤心的样子，不禁有些不忍，人家毕竟是爱自己的，爱而不得，伤心至极，梨花带雨，玉容悲摧，他怎么也要安慰安慰人家。怜香惜玉，大概是每个男子汉都有的情怀。他就坐在徐婕娜的身边，轻轻地拍着徐婕娜的肩膀，说："婕娜，别伤心了。"

"你不爱我，呜呜，你不爱我!呜呜……"

"我不能爱你啊，你知道的。"高伟已经笨嘴拙舌了。

"谁说你不能爱我?你还没有结婚嘛!我有权爱你，我就是要你爱。"徐婕娜哭着，说着，忽然抬起头来，搭在高伟的肩头又哭了起来。

高伟看到徐婕娜雪白的颈项，粉红的腮部，从腮部往下，他看到那丰硕乳房的上半圈，九十五度的坡度，富有弹性，随着哭声微微地颤动，那极诱人的娇兰清香丝丝入鼻，令他心悦神怡。一切如此切近，唾手可得，高伟不禁长叹一声，怎么幸福也都会这样的艰难呢!然而，他想起了他的骆丹，那个让他成为男人的骆丹，远在天涯海角，那双幽怨而深情的眼睛，仿佛升在空中，俯瞰着他，不禁心中一惊:

"不，我不能！"

他松开了拥抱徐婕娜的双手。

"冷！我冷！"徐婕娜感到高伟的手在松开，仿佛看见他内心的彷徨与放弃，她需要他再迈进一步，她装出很冷很冷的样子，"抱抱我，我冷！"

徐婕娜的身子在发抖。

高伟只好抱紧徐婕娜。他感到自己的头脑已经没有一微米的空间了，一切全成一团乱麻。

徐婕娜把满是泪花的脸腮埋在高伟的颈项间，又把自己的胸脯紧紧地贴在高伟的胸前。高伟不再怀疑这爱的纯洁和深沉。他记得有个哲人说过，当爱情超越尊严的时候，那爱情还用得着怀疑吗？高伟感受着这柔软的棉花一样的胸脯，感受着一个生命在为他绽放，他能成为抹灭这生命的杀手吗？不，不能！爱是没有罪过的，能够爱的人值得尊敬。他再一次感动地把徐婕娜紧紧地抱在胸前，轻轻地吻在她乱丝缠绕的前额，轻轻地像母亲拍着睡在襁褓中的婴儿，他拍着徐婕娜，直到她安心地睡着了。

骆丹不知道自己是怎么飘下楼的，不知道楼下那个年老的保安如何为她关切地开启玻璃门，也永远记不起自己如何走出西北双电那山重水复的偌大院子。她没有当即离开西安。她发现自从和高伟相恋以来，自己越来越像一个十七八的少女，重新经历了一场感天动地的爱情，她的心变得多愁善感弱不禁风，她几乎每个小时都在期待来自高伟的信息。她不远万里，飞来西安，期待那月光下携手漫步共度良宵，期待那柔情的目光和温暖的抚摸，然而中午的一幕让她遭受重创，她的担心居然变成了现实，她的信心被彻底击溃，好比决积水于千仞之溪，又仿佛当年苏联红军防线被希特勒的装甲兵团突破，千里崩溃，无可防御，她仿佛一下子衰老了二十岁，心灵如此疲惫不堪，恰似长满了褶皱和青苔。她满怀着美好的期待来到西安，相信这次相逢又会像襄阳相会一样，柳芽初胎，春池水满，温馨又浪漫，多少青春的欢乐倒灌而来，满天星辰也在闪耀着蛊惑的眼睛。可是现在呢？谎言！虚伪！欺骗！她怎么也不能相信，一个她倾心相许的人，一个她自认为诚信可靠的男人，怎么也是和那些欢场老手商场猎人一样花里胡哨、情浅意薄、老谋深算、皮里阳秋？人海苍茫无雄杰，一池春色起涟漪。她熄灭了多年的情感被他唤起，正当菡萏盛开之际，却转眼之间又被他无情地掐灭，仿佛一只厚重的皮靴突然间踏在怒放的花蕊上。

"我是那柔情似水的多情女，可恨你这朝三暮四的薄情郎！"新编昆曲《破窑记》中的陈四娘凄恻地低唱。

"我难道真的是残花败柳吗？我难道不能享有真正的爱情？"骆丹扪心自问，人生三十余年，她为人行事，没有丧失天良，没有欺老凌弱，她忠于职守，勤奋努力，常常积善行德，扶老携幼，何至遭受欺侮，如此狼狈不堪？她如此追问，竟至于自遣自责。家庭的变故，学业的追寻，事业的浮动，历历辛酸往事浮现眼前，她真实地感到造化弄人，世道无常了。没有生活，只有日子！我们的幸福生活在哪里？骆丹在痛苦中发现，这冷峻的人生并没有柳暗花明，到处充满卑污，风刀霜剑严相逼。然而，自己能这样颓败下去吗？自己能就这样离开西安？她一边急速地离开西北双电社区，一边招呼出租车。不，她不是一个弱女子，她是强者，她多少次爬过了人生的低谷，穿越多少鬼域迷沼，多少回战胜了自己的脆弱、徘徊、犹豫甚至失望，然而她每一次都坚强地站起，她甚至没有抚平身上的创伤，就迅猛地向前方冲去，她如今还是商界的强者，她还有呼风唤雨的能力，她正在运作更大的规划，她不能倒下！不能这么脆弱地败下去！她要再一次证明自己是强者，她不可能被卑劣的东西击垮，她要战胜自己的脆弱。爱情，爱情，这是什么骗人的鬼东西？怎么能破坏我的坚强，击溃我的意志？看穿，无情地看穿这世界的假面，花花绿绿，行尸走肉，浑浑噩噩。世间没有目标，我要创造目标，世界没有方向，我要成为方向！众人毁我，我要造我！我要奋斗！我要振作！我是杨排风，我是穆桂英，我是梁红玉，我是朴槿惠，我是希拉里，对，希拉里，管你克林顿喜欢偷油沾腥，管你布莱尔也偷情约会，管你莱温斯基狐狸一般骚情，什么东西，我就是我，骆丹就是骆丹！骆丹坐在出租车上，万般思绪，风驰电掣，司机按照她的指令，终于来到一个高端酒店，她递给司机一张百元大钞，没要找零，就下了车。酒店服务生过来帮她打开车门，又帮她拎了行李，领着她进了大堂。

"一个高级商务间。"她把身份证和信用卡递给前台小姐。

"小姐您计划住几天？"前台小姐问。

"两天，先住两天。"骆丹想都没想。

前台小姐快速地帮她办理好入住登记手续，把门卡连同身份证、信用卡递给她。服务生拿着行李跟在她的后面。上了楼，服务生为她开好门，放下行李，关好门。她拉开行李包，拿出笔记本，开始登陆。她要工作，马上工作。只要在工作，她就会忘记一切，也只有工作，永远忠实于她。

工作时的骆丹全然忘记了刚刚遭受的痛苦。她登上 QQ，公司的各种请示都浮上来。她一一回复，冷静得超乎异常，没有任何不适，也没有任何忘却，快速，准确，有几个同事都送上了猫头或者花篮、咖啡，蔡义雄还发来了一个"飞吻"，她键了一个"敲打"，她从来没有这样轻松低调温情地对待蔡义雄等觊觎她的财富姿色的臭男人，很快蔡义雄又发来了一个"亲吻"，她就按下"忽视"，不再理会。这样很快就到了傍晚，大家开始纷纷变灰了头像。中午没吃午餐，晚餐已经延迟，但她还没有点点饿意。她又点开最近收到的一个项目文件，正是长安新区的介绍，那是这段时间中国商界精英间广泛流传的一个文本，一个可能蕴藏了巨大商机的文本。她开始逐行逐句地阅读起来。

这时她发现一个头像闪动了，那曾是她最熟悉最渴望的头像，然而现在不是，现在她感觉到那是多么恶心的一个头像，一个虚伪、狡猾、欺骗、无耻的头像，她眼睛里闪过犹大、丹特斯、胡兰成这些猥琐的男人肖像，她本想一下子删除掉，但转念还是留着，就看看这伪君子如何继续表演吧。

她点开高伟的头像，跳出来的是一个"拥抱"的表情。那是他们每次聊天时的第一个固定表情。

但她没有回应以同样的表情。

对方接着打出两个汉字："在吗?"

骆丹轻蔑地冷笑了一声，点开小企鹅，点了一下"退出"，就仰靠在椅背上，无神地望着天花板。

"怎么会是这样的结局?"两行清泪沿着腮边滚落下来，崩崩的两响，沉沉地砸落在地毯上，溅起一抔浓厚的灰尘。

20

省行行长办公会一般每周开一次，时间固定在星期二上午。因为行长老魏最近要到北欧考察金融，所以这次行长办公会就移到星期一上午，办公室提前通知各部门各单位把近期要领导决策的事都报上来。人事处长张曙光不知道自己是第几个去汇报工作的，大概十点钟左右办公室才通知他进去。他向各位领导问了个好，接下来把下半年人事要变动的情况作了一个汇报。他首先把近几月要办理退休手续的人报告了一遍，大家都没有异议，个别想延迟退休的，一律不许，都要按时退，不得返聘，一切按照制度办理。接着他谈到两个计划安排进入机关工作的毕业生。一个是行长老魏看上的，一个是副行长李凯看上的。张曙光只是介绍说今年投递简历的毕业生很多，机关和各地支行收到的简历总计超过八千份，各地支行按照权限他们自己确定需要的人选，省行机关的人选是从数百份投递的简历中筛选出来的，经由人事部门和业务部门联合面试考察，确定可以录用的名单，这样确定录用二人，可以说是几百里挑一的。没有人提出异议，老魏就说"可以这样安排"，事情就定了。张曙光接着汇报李亚男丈夫调入的事。张曙光特别讲到三点，一是毛利民是上海财大的优秀毕业生，毕业后被天津行点名要去，现在是那边信贷方面的骨干，他和李亚男已经领了结婚证，张曙光强调说毛李二人交往整整八年了，一场持久的抗日战争时间，正是因为女友家在海南，无法调到天津，所以天津行在毛利民的提拔上一直很踌躇，现在是主任科员级别；二是现在李亚男做通了毛利民的思想工作，同意调到海南来；三是目前我行系统像这样名校毕业，又长期在先进省行工作的业务骨干不多，领导上是不是考虑按照提拔调入。张曙光讲完，会场上没有人说话，鸦雀无声。人事调动的事很敏感，提拔调动更为敏感，大家都习惯等候相关的人物出场后再说话，半晌还是无人说话，老魏就转过头来问李凯："就是你上次说的那个？"李凯点了点头。老魏就说："既然人才比较优秀，又是从京津地区来的，现在肯从首善之区到我们海岛小省的人才不多，可以考虑提高一级使用，按照副处级安排，这样也就可以按照引进人才上报总行办理。考察程序按规定办。"李凯副行长一听，就说："行长爱惜人才啊！我赞成！"一、二把手都这样说了，其他领导都表态完全赞成。

事情的推进完全超过张曙光的预料，看来李凯在老魏面前颇说了不少好话，也活该是毛利民时来运转，顺利调动不说，还居然捞了一个副处岗位，这样就可以做人才引进了，一切标准都将大大提高。最后张曙光提出陈秀梅的事，说是海口市行的报告已交上来一段时间了，领导上是不是考虑一下是否要开始走程序。张曙光刚说完，老魏就表态了："这个同志不错，我和李副已议过，可以走程序。你们还有什么意见？"一把手态都表了，而且连带把二把手的态度也倒出来了，其他人便都说没意见，有人补充说陈秀梅早该提拔。李凯说："这几个事人事处要抓紧办。"人事问题谈完之后，张曙光就退出来。他刚走到电梯门口，就打李亚男的手机："赶紧到海瑞路公寓谈要事。"说完就挂了。

李亚男估计是为毛利民的事，话说得那么急如星火，也不知道是好是歹，就关了电脑，出了单位，开车直奔海瑞路。张曙光几乎和李亚男同时到达，两人停好车，就上了楼。进得门间，张曙光一屁股坐在沙发上：

"累死我了！"

"什么事情搞得这么猴急猴急的？"

"你说我对你怎么样？"张曙光摘下眼镜，盯着李亚男，得意地说。

"你说嘛！别绕弯子！"李亚男也坐了下来，自从上次做了人流回来之后，她还没有和张曙光单独待一次，张曙光呢，一则自己做错了事伤了亚男的心，二则也知道亚男需要休养，没有再提过要求。

"来，坐这里！"张曙光拍了拍大腿，叫李亚男坐过来。

"不，你有事快讲，要不我就走了。"李亚男有点冒火。

"好好，我讲，是天大的好事！"

"毛利民的事通过了？"李亚男有些急切，这些天她就希望顺利地办来毛利民，从此两人好好过日子。

"通过了！"张曙光得意地晃晃头。

"太好了，谢谢你曙光！"李亚男坐到张曙光身边，温顺地靠在张曙光的怀里。

"难道你不想问问别的？"张曙光抚摸着李亚男光洁的脸蛋问。

"还有别的？什么？你快说！"李亚男坐起身来，拉着张曙光的手，有些急切。

"我办成一件大事了。"张曙光脸上露出无限的成功的喜悦。男人嘛，只有有作为，在女人眼里才有那么一点位置。

"快说，什么样的大事？"李亚男还是不明白张曙光葫芦里卖的是什么药。

"给毛利民弄了个副处级！"张曙光用左手食指轻轻点了点沙发的边缘说。

"什么？副处？真的？！"李亚男几乎不敢相信是真的，眼睛瞪得像铜铃，嘴巴有些合不拢。怎么可能是真的呢？在机关，从科级到副处级，几乎等同攀越珠峰，一大批人从青春靓丽的小伙子小姑娘变成灰发皱脸的老爷们老大娘，都还是在科员的岗位上混来混去，最后退休离岗。毛利民怎么有这么好的福气呢？看来张曙光真是舍得出力啊！

"上午行长会议通过了！"张曙光把李亚男搂在怀里，吻了过去。两人就在沙发上亲热起来。许久之后，张曙光把李亚男抱到床上，解了李亚男的蕾丝胸罩，抚摸起来。李亚男说，现在还不行，要再过两个星期。张曙光想了想，就说，好，就干亲。两人和着衣服躺到了被窝里。李亚男要张曙光说说事情的经过，张曙光便说：

"你想想，毛利民也不小了，不趁这次调动的机会搞个级别上来，到这里还要从头开始，从头竞争上岗，那要熬到何年何月。所以我就琢磨着如何一次性到位，你说这事我不考虑谁替你考虑，你毕竟是我的人。"

"你还算有点良心的。"李亚男拿手指捏了捏张曙光的脸。

油滑油滑的。

"上次给老李送的礼物大概起了点作用，当然老李不是个爱东西的人，也未必看得上眼，说真话，一个省行的第一副行长，每年工资奖金都好几十万，有多少东西能上眼呢？但你这样做，毕竟说明你李亚男懂事，会办事。所以后来我跟他单独一说，这是个时机，老魏要挪了，你得再进一步，你总得有几个嫡系嘛，总得有几个铁杆把业务撑起来。他当时没说话，我就知道有戏了。最后是他亲自出面去找的魏行长。"

"魏行长答应了？"

"当然要他同意。这次我们省行安排的那个女生，就是刘老的孙女，老魏就是刘老提拔上来的，老魏是知恩图报，要不那么多北大清华上财中财的学生不要，专挑一个二本生，你说有可能吗？都是我办的，还安排在信贷部门呢。还有行长办公室的陈秘，海大的新高职，也是我办进来，谁知道那花瓶是哪路神仙，我至今都没发现蹊跷，反正老魏交代了，我都办好了。"

"你挺会办事的。难怪领导们都欣赏你。"李亚男说。

"那当然。"张曙光有点飘起来的感觉，这人事处长的位子就是要发挥好，发挥好就是肥缺就是要害部门，发挥不好就是搞后勤的冷板凳。

"那位子呢？"

"位子就由我们人事处来提方案。"

"你不是说高隽那边也就只有一个片行的位置。"

"重要片行的一把手可以定为副处级的，这比一个没有实权的副处强多了。好在现在领导发话了，我们可以好好安排一下。"

"能直接到市行干个副职吗？"

"这个有难度，这次毛利民的位置就是陈秀梅原来坐的。"

"原来是这样，陈秀梅原来不是副处？"

"不是，她是正科级。毛利民占这个位子，有实力，又可以做成副处级的，好在现在有了领导发话，我就可以这样做方案。"

"就你鬼主意多。"

"那还不是为了你！那我在你这边的位置也要好点。"张曙光揉搓着李亚男的乳房说。

"你还要怎样啦？人都给你了。"李亚男像只温柔的小猫。

"我要一生一世！"张曙光继续揉着李亚男的乳房。

两人缱绻了一中午。到了下午两点多，方才起床。胡乱整了点吃的，张曙光匆忙赶去单位，首先给高隽挂了电话过去，说是行长会议已经批准了毛利民调动的事，要求按照人才引进的标准办理，安排副处级岗位，你干脆给他在市支行挂个党委委员，实职是东区片行的行长。

"张处真是有办法啊！"高隽话中有话说，不过他知道张曙光八面玲珑，极善领会领导意图，又能办得入情合理，滴水不漏，是个干才。两人交往多年，于公于私都不错，关系只能锦上添花，但他还不是很情愿一下子在党委中增加一个跟自己没有什么渊源的人："陈秀梅上来之后，支行党委班子刚好七人，多一个就变成偶

178

数了。"

"偶数就偶数，又没文件规定你们这个党委必须是单数的，再说他也只是挂在那里，主要工作还是东区片行那里的。"

"好吧。"高隽感觉到必须答应才行。

"那暂时就这样定了。"张曙光接着开始谈陈秀梅的事，说是这次办公会也原则通过了，下周我就带人到市支行考察。

"好的，我在行里恭候。哦，对了，老张，我上周去贵州考察一个生态农业项目，人家送了几瓶内部招待用的茅台，改天我带给你。"

"不用吧，我还没有请你吃饭呢。"

"你那几个小钱就省了吧！"

"还是高兄大方。"

"除了女人之外，兄弟我是什么都可以跟你老弟分享的。"

"哈哈！那你叫人送来吧。"

"百分百的正品！"

张曙光走后，李亚男就开始给毛利民打电话，告诉这一特大喜讯。毛利民天降喜事，得了夫人又得荆州，如入云雾之中，简直是不敢相信，以为是老婆哄自己的，再三追问，才知道是真的。毛利民不禁问："你咋有那么大的本事，还能给我搞个人才引进？"

"是人事处的张处长帮的忙，他原来是从我们处出去的，我们比较熟悉，这次我找他，他很爽快，反正是顺手人情呗，将来你也多帮衬一下他。"

"那是一定的！你看我们给他送点什么？"

"不用了，他什么都不缺。"

"人家帮了这么大的忙，总得表示一下。"

"到时再说吧，你现在等商调函到了，就可以打请调报告。"

"好的。"

"这事越快越好，免得变化。"

"知道。"

两人说完正事，便开始说情话。情话说完，毛利民便发现副处长鲁克静悄悄地站在旁边。

"一日不见如隔三秋哈！哪天你叫她调到天津。"鲁克说。

"没有合适的单位调哇。"毛利民故作为难，"你看我们行能进来吗？"

"那肯定没戏，你看去年我们行裁掉好几个人呢，现在都只出不进了。"鲁克说。

"每年不都有人进来？"

"这个当然，不过是要看谁介绍的。"

"唉，看来我这样的小百姓只有去海南了。"毛利民感慨万分地说。

"海南正在发热，我都想去呢！"鲁克说。

毛利民听到这里，只觉一股凉意直穿脊背，无法再说下去。互相防备，心怀歧异，到处都是假想敌，就这么一个人文环境，就这么一个地方，还是免开尊口吧。

过了几天，毛利民正在审阅一个企业的材料，忽然接到电话，说是请到人事处去一下。毛利民估计是海南行的商调函到了。毛利民进门时候，人事处的处长很亲热地招呼他请坐，还泡了一杯茶，然后说，海南行的商调函到了，电话也到了，过几天他们那边还要来人，你需要写一个请调报告，从处里递上去。毛利民说，好。处长说，两地分居毕竟不是长久之计，能调到一起，总是好事，将来常回来看看。毛利民说，好，谢谢处长！

没有挽留，连点场面上的挽留都没有。今天的职场就这般生冷。所谓骨干，所谓人才，都不过是一种应景的话，如果真的要当真，那顶多不过是与闲杂人员略有区别而已。天津自近代开埠以来就是中国的金融重镇，金融界人才辈出，像毛利民这样的家伙，算得了老几？实不过是一个鼠辈而已，如果硬要往好处说，也不过是一个好一点的鼠辈而已。他从中国最优秀的财经大学毕业，一晃也十年了，可是他没有特殊的背景，又不善于盯住一个位置上下交结，工作是努力做，做得与他毕业的学校相称，但这只是一个好职工的标准，还谈不上人才，谈不上领导才能，如果要称得上人才，必须领导开口说你是人才你才是人才，因为领导没这样说，也没有领导这样说，所以他到现在还不过是一个主任科员，连科长都不算。毛利民的商调函到了，也就是不用再考虑他的提拔了，也就是他在这里的位置可以空出来，也就是可以再安排一个人了，所以领导们很快就站到了政策的高度上，既然是结婚调动，自然要从人道主义出发，支持人家，成全人家，所以人事处就通知他写请调报告。请调报告交上去的时候，副处长鲁克似乎有点不相信，还是问了一句："真的要走了？"

"是的，总是要调的。"毛利民说。

鲁克就签了字，递到处长。处长刚好在办公室，拿起报告看了一遍，发现有一个逗号应改成句号，笑了一下，就提笔在那个逗号下画了一横，然后写了"情况属实，拟同意，请行领导批示"，拿起来瞧了瞧，还是放回桌子上把那个逗号拉出来枪毙，然后在旁边写上一个句号，这才拿起电话通知处里的秘书拿过去送到人事处。一个改变人生改变命运改变多个家庭生活的调动手续就如风吹鹅毛或者老师给学生纠正错别字或标点符号一般简单。

过了几天毛利民下班的时候，不巧在楼梯口碰到处长，处长望了望毛利民，庄重地说："祝贺你！"弄得毛利民莫名其妙，是祝贺他快要结婚了，祝贺他升迁？还是祝贺他离开？真他妈的不爽。

"妈的！老子卖了十年的命，连句挽留的话都没有。"毛利民心中恨得痒痒的，但他忍住了，什么话都没有说，就"哦"了一下。这当然也是现在才有的情形，反正人要走了，也不再用得着敷衍了。大家无话可说，沉闷着无语，一起下了楼，各自走各自的路。毛利民还没有走开三步远，就听到处长喊了一声："小毛，等一下。"

毛利民回过身来，看到处长也转回身，向他走来，他就走了过去，处长很神秘地低声告诉他：

"下午海南行那边来人了，外调，我帮你说了很多好话。你大概要升级了。"

"谢谢！谢谢处长支持！"毛利民说。

"你知道就行了，别外传。他们明天上午大概还要找你谈话。"

"知道，谢谢处长！"毛利民又回到小科员的位置上。

"不客气，以后用得着兄弟的地方，尽管开口！"处长说完，拍拍毛利民的肩膀，转身走了。

"兄弟？"

毛利民感觉到有点找着人生的北了。

21

那天高伟在徐婕娜熟睡之后，轻轻为她盖好被子，自己坐在一边翻阅杂志，一边等待徐婕娜醒来。徐婕娜醒来时已经是下午两点多了，周末的大院比平常安静许多。

徐婕娜问："咋不喊醒我？你一个人闷着坐不孤独？"

高伟道："我看你睡得香甜，就不忍心喊你。"

"知道疼人了？"徐婕娜也了高伟一眼，狡黠地问。

"不好意思嘛！"高伟本是想说不好意思喊醒你。

"我想在这里洗个澡，"徐婕娜说，"医院里这些天没有痛快洗过。"

"好，我去给你放掉冷水。"

徐婕娜洗漱的时候，高伟把从食堂打来的饭菜，又放在电炉上一一加热，徐婕娜还没洗完，高伟又拿起杂志看，过了一刻，徐婕娜在洗漱间喊起来："借你衬衣穿一下。"高伟翻出自己的衬衣，选了一件没穿过两次的走到门口。"递进来呗！"徐婕娜说着，拉开门缝，里面的热气涌了出来，高伟只看见徐婕娜红扑扑的挂着水珠的脸蛋和粉红粉嫩的脖子，将衬衣递了进去。

"想进来吗？"

"不。"高伟心里有些忐忑，但他还是转身离开。

"我喜欢你稳重。"徐婕娜关上门。

等着徐婕娜穿好衣服，两人情侣一般地一起吃了个晚午餐。徐婕娜知道高伟是君子，已经获得了这份亲吻，又挤走了骆丹，知道事情正在出现转机，不再逼着高伟做越轨的事，两人洗涮停当，带了住院时的行李回到徐婕娜的房间。徐婕娜的宿舍虽然也是套间，但面积比高伟的大得多。每层楼的东头两套，都是面积要大十来个平方米的，所以虽然也是套间，看起来却像一居室，这种房子自然要有关系才能分得上，徐婕娜有办公室的关照，早两年就轻而易举地拿到了这个套间。又是朝东的，四季阳光充足。这次住院，才十来天，但房间还是有一种潮湿的味道，大概是因为初夏时节雨水多了起来。高伟放下行李，拿起扫把帮徐婕娜打扫，洗涮，一晃就到了掌灯时分，远远近近的灯火都亮起来了，房间里整洁一新。徐婕娜柔声问："饿了吗？"

高伟抚了抚肚子说："还真是有点饿了。"

"这些天你为我做了那么多，我要好好请你吃一顿。"

高伟说："节约一点吧，我们还是去食堂？"

"好，那我们就去食堂吧。"——她现在知道该如何迁就男生。

西北双电的职工食堂已经完全商业化了。效益好的国企总会变着法儿把对职工的伙食补贴放在职工的工资单或者饭碗里，据说有的单位的住房公积金单位缴纳的部分已经飙到了每月五千元，公积金现在不上个税，将来如何说不清。菜金补贴就直接补到食堂了，十元钱可以买到价值二十元的饭菜，有的单位食堂甚至完全免费，海鲜河鲜应有尽有，随人吃，随人带。西北双电食堂的饭菜口味和服务堪称一流。如果你吃过京油的食堂、中科的食堂、京建的食堂，那么你就知道西北双电的职工食堂，它们几乎是同样的模式、同样的质量，低廉到可以忽略不计的价格。幸福的桃花源总是人们的向往和汇聚之地，不仅是没成家的职工家中不生火，成了家的职工往往也全家都搬到食堂来吃，这种制度的优越性在一九五〇年代大跃进大食堂时期没有成功地表现出来（大概那时不是正确的时间，搞早了点，时机不成熟吧），现今却彻底实现了，然而没有媒体报道这个。喜欢深度调查发掘微言大义间带卖几幅画赚点小钱的于某某教授，喜欢左右顾盼代组织立言的环球时报胡锡进总编辑，喜欢语不惊人死不休的做过财经传媒又做了财新传媒老总的胡舒立女士，还有那个喜欢自居妖孽的小辣椒前主持人胡紫薇小姐，喜欢标榜朝闻道夕死可也的凤凰台主持人兼业余作家梁文道先生，喜欢东看西看上看下看的小美女记者柴静女士，喜欢用嘴巴充当经济与股市裁判的任正非先生，毅力坚定勤奋好学正在牛津补课年过六旬的王石王大老汉，等等等等，都没有来西北双电做个深入调查研究的专题节目以广流布传递正能量，或者在自己的企业推而广之，实在太可惜了。为了便于职工招待亲朋好友或者三五成群集会，西北双电食堂又专辟接待部，可以点菜烧制，并设有高雅大气上档次的雅座。徐婕娜和高伟就在接待部里要了雅座，点了一份毛家红烧肉、一份明炉鳜鱼、一份清炒鸡毛菜，两人津津有味地吃着，恰巧主任陈带了一拨人也到了这里，看见两人甜甜蜜蜜地吃着晚餐，远远地打了个招呼。徐婕娜微微笑了一下，没搭腔，高伟倒是站起来热情地招呼："主任，一起来吃吧！"

"不，不，你们吃，我就不插一杠子了，我有客人，有客人。"主任陈说着，自顾自走向另一个餐厅。

"插一杠子"这话提醒了高伟，想起那些关于徐婕娜与主任陈的风流传言，高伟不由看了一眼徐婕娜，徐婕娜大概也没想到主任陈会失言，脸上绯红，高伟心下有些不悦。继而一想，这与我有何关系，我的女友是骆丹。心中这么想着，嘴里的话也就少了。高伟还是不够老成。

"怎么不说话了？"徐婕娜一边夹着鲜嫩的鳜鱼肉放到高伟盘里，一边转过脸问高伟，心下却有些怦怦地跳动，这时节她多么希望高伟并不知道她和主任陈的隐私。过去要是不那么张扬，该多好啊！

"哦，肚子饿了，只顾吃东西。"高伟遮掩说。

"吃完之后，我们怎么安排？"

"你有什么主意？"

"我上网查查院线信息。"徐婕娜放下筷子，拿起手机，上网检索了一下，说，"今天上映新版《魂断蓝桥》，你看不看？"

"新版？费雯丽演的旧版已经很经典了，还能更好？"

"网评不错，美特梅拉演主角，8.7分了，要不我们吃完饭就去看？现在才七点，来得及。"

"好的。"

西北双电几乎是个独立王国，在西北双电社区有一个小型的礼堂，平时都是做学术、技术、产品报告会用的，有时也开思想政治工作会议、职代会、妇联工作会议或者共青团工作会议、职代会，不过这类会企业里已经开得很少了，不开会的时候，后勤集团的影视部就在这里放电影，西北双电的职工家属免费观赏。徐婕娜和高伟来到小礼堂时，恰好可以赶上八点一刻的那场，几对早到的青年男女也都领了票，盘桓在四近，因为都是一个集团的，大家彼此认识，便打了招呼，各说各的情话去了。

散步的时候，徐婕娜一直拉着高伟的手，这让他颇难为情，挣脱不好，拉着也不好，结果是徐婕娜握着他的手。徐婕娜的手有些冰凉，还有些大，和骆丹的暖的小手很不一样。想到骆丹，他已经一整天没有她的消息，发去的短信也不见回复，也不知出了什么事情。这边呢？从上午出院到现在，徐婕娜几乎寸步不离。刚才吃饭的时候他趁徐婕娜上卫生间的机会上了手机QQ，骆丹在线，便发了问候过去，可是人家很快就下线了（他以为骆丹是下线而不是隐身），大概还没有看到他的问候。唉，真是多事之秋！高伟又想起自己的课题，今日又浪费一天了。心里想着的时候，徐婕娜看到附近有卖香草咖啡的，便去买两杯。高伟趁机又拿出手机，点开QQ，发现骆丹依然黑着，不在线。

电影院里稀稀落落的几个人，新版的《魂断蓝桥》，战争的场景更为真切惨然，女主却选了一个自称莎朗·斯通二世的角儿美特梅拉来演，整个情节几乎沿着战争与性事展开，失去了旧版的清纯与美感，那人物内心的丰富被床上的激情全部取代，悲剧性的命运被诠释得如此浅薄，徐婕娜中途说：

"伟伟，不看了吧，太次了。"

"是啊，比原版差多了。"高原没想到徐婕娜也有如此准确的鉴赏力。

"好东西被这拨变态导演搞坏了，越拍越烂，就像《红楼梦》、《西游记》。"徐婕娜有点愤慨，大家都愿意守护着一个经典的完美的记忆，不愿意谁来拙劣地窜改。

"这观众也是，这么一个烂片，还评到8.7。"

"现在的观众大多数是没看过老版的，有品味的观众早已销声匿迹了。"

"那我们是不是也out了？"

"Out就out，总比盯着美特梅拉的大胸看要好。"

"那现在去哪里？"走出了电影院，徐婕娜问。

"我先送你回家，你看你今天刚出院，还没来得及好好休息一下。"高伟关切地说，他也想早点把徐婕娜送回宿舍。

"好吧。"徐婕娜顺从地说。她知道现在一定不能太急，必须有足够的耐心，只能慢慢让高伟转化过来，转化了，接受了，他就是她的了。

到了门口，高伟说："婕娜，你早点睡，我现在还要去加个班，今天要处理的事还没有动呢。"

"那你也别干得太晚，"徐婕娜温柔地说，"工作要紧，身体也要紧。"

"好！"高伟想走，又觉得如此生硬地离去不合情理，中午不是已经吻过了人家吗？唉，可怜的西北汉子高伟，心里想着的总是别人的感受，顾及着别人的感受，千不该万不该，他把楚楚动人的徐婕娜拉入怀中，再次亲吻了她的前额，然后转身离去。

　　春梅和刘克住在一起，小汪开始以为只是一天两天的事，想想年轻人冲动着也没什么，彼此都是熟男熟女，生理也需要，但没想到这一组合便变成了凤凰传奇，好像要天长地久。先是春梅把自己的衣服分成两次拿到刘克那边了，不几日又把洗漱用具全部拿到了刘克那里，再后来每天下了班就屁颠屁颠地去了刘克那里，最后把她从四川老家出来打工时带的一只行李箱也拿到了刘克那里，夜里就不回来住宿了。小汪这才意识到：春梅和刘克同居了。

　　这让小汪很不爽。刘克怎么也是个大学生嘛，目前工作不理想，并不意味着将来就这样，一辈子就这样，她觉得刘克肯定是有办法的，她从刘克的眼神里看出他是一个稳重上进的人。春梅呢？高中都没念过，小数点都不知道怎么标，这点连小汪都不如。小汪是参加过高考的，而且过了专科线，那年至少有三个大专给她发来了录取通知书，但她没去念，她知道现在的专科，特别是新高职，都是花钱买文凭，甚至把一些中学里考核过不了关的老师弄过来教书，真的东西学不到什么，要交的钱又死多，她家里一贫如洗，遂放弃了读书的念头，和同村的男女老少一起出来打工，第一次坐在火车上的时候还接到一个武汉的新高职招办发来的短信，询问她何时入校，以便安排接车。"接你妈个头！骗子！"她立马删了那条短信。她和同乡们在广东惠州小览镇的一家瓷器厂干了两年，后来家中给她说了一门亲事，过年回家见了面，男的不错，也是在广东打工，做建筑泥工，家里就趁着过节把喜事办了。年轻生命力强旺，什么都容易上手，同房没几次，她就怀了孩子，发现怀孕时，她已是在瓷器厂里三班倒，幸好厂主是个五十多岁的下海妇女干部，做过母亲又开始做奶奶的人，体恤女职工，不要她每日守在高温炉前，转到门店坐台，到了七八个月的时候卖货的工作也不方便了，女老板给她多发了两个月工资让她别上班了，她知道在外地生产，没人伺候月子不说，恐怕连饭都吃不上，只好挺着个大肚子千里走单骑回到四川老家生孩子，行前女老板还特地送了一张硬卧的下铺票。孩子还没满周岁孩子爸就出事了，从六层的楼房上滑了脚，溜出脚手架，砸到五楼的隔板上，隔板没绑紧，一头翘起侧翻，直把他飙到内侧，径直摔在一楼的沙堆上，幸亏是沙堆，性命保住了，但腿骨还是断成了几截。包工头说是个人过错出事的，不想付药费治疗费，但几个穷弟兄纠成伙找工头谈判，否则的话就要到当地市委静坐，包工头只好把他送到医院，愈合后不能拎重物，不能快走，每逢阴雨天，伤处疼得钻心，工地也就上不了了，只好回到老家种种菜带带孩子，小汪就断了孩子的奶，自己只身出来。那时海南开始炒热，她没有去惠州，直接到了海口。

"春梅，你想听听老大姐的话吗？"这天小汪觉得该跟春梅谈谈，就找了个午后，大家都歇午觉去了，她和春梅躺在各自的床上。现在春梅只有中午才住这里。

"什么事呀，小汪姐，你要说的好像很严重。"春梅有点困。

"当然不是一件小事，我考虑了很久，还是觉得要跟你说一下。"

"那就说吧。"

"你和刘克是真的要过下去吗？"

"是啊，难道会是假的？！"

"你可知道你们两个人的差别？"

"什么差别？一个男的，一个女的？"春梅觉得想笑。

"你别开玩笑！我是说真的，我觉得你们两个玩玩是可以的，但不要谈婚论嫁。"

"为什么不能谈婚论嫁呢？刘克都跟我商量好了，今年过年我们就结婚。"

"真的吗？这是真的吗？你别是在爱面子吧。"

"小汪姐，要是别人这样问，我就要得怪了，但是你问，我不生气，我和刘克谈个朋友，又不是另起炉灶，有什么值得大惊小怪的！"春梅有些生气，话中带刺了。

"我是觉得你们不般配，你都不想想，刘克是个正正规规的重点大学毕业生，你呢，你才是一个初中生，连电脑都不会用。"

"你什么意思？小汪姐！刘克是大学生，所以我才羡慕他，爱他。"

"可是他呢？他爱你吗？你们有共同语言吗？"

"他爱我呀！不爱我他怎么会跟我在一起，我跟你说白了，我们天天在一起睡觉，我现在每天都住在他那里。"

"那并不等于他爱你，不等于你们有爱情的基础。"

"我不懂你说的什么基础不基础，我只知道刘克爱我，你看这皮凉鞋是他给我买的，这手镯也是他给我买的，两百多块呢，我不是贪图他的钱物，但我喜欢他给我买东西。"

"那他说的话你懂吗？"

"懂啊！我每句都懂，我说的他也懂。"

"你不懂我的意思！"

"我明白你的意思！你是看见我跟刘克好上了，你有点吃醋不是，你的大马在刘克手下不是？你嫉妒我！"春梅说着，忽地哭了起来，"你不是我的小汪姐！我的事不要你管！"

小汪这才知道，春梅并不是个傻姑娘，心里可机灵着呢！她想想也许确是自己有一些看不顺眼的醋意在里面，也许确是自己曾经有情于刘克而不被接纳，也许见不得春梅找个比自己男人强的，因此才有这样的反应，想到这里，她有些惭愧，自家小姐妹，能有好的归宿应该为她高兴才是，怎么能起坏心思呢？便起了身，走到春梅床边坐下，说："春梅不要伤心，姐只是怕你们热情过头，将来分了手，你受伤害。"

"你乌鸦嘴！"春梅哭着骂。

"是我不会说话，但姐没有坏心，你们要好就好吧，不过姐今天只提醒你，要抓住这个男人，就赶紧怀上他的孩子！"

"都什么年代了，你还这么一副老神经，两人有感情就在一起，没感情就分开，要个孩子做捆绑是不是？你有点 out 了。"

"你还年轻，嫩得很，见得不多。女人过了二十七八，就是剩饭残渣，脸也不嫩，腰身变硬，奶子下垂，身体走形，皮肤糙得像猪皮，你以为还值得多少钱，还有满街好男人追？做梦去吧！世上好男人没几个，能黏的就黏，能攥住的就赶紧攥住！这才是抓老公的真经。"

"什么破经！"春梅没有听懂，看见小汪姐那么严肃地讲这些，处处也是贴着自己讲的，不禁笑了起来。嘴里虽然硬着，但心里已经有了小九九。

22

骆丹回到三亚那天，恰巧下了暴雨，毛栗般大的雨点乒乒乓乓地砸在地面上，四周哗然，天地之间蒙蒙一片。勇敢的驾驶员驾驶飞机在雨雾中果断地降落，骆丹出机场的时候才发现衣服全部淋湿了，昂贵的连衣裙粘贴在身上，像糨糊一样。她恍然记得出机舱时没有撑开雨伞，就这么淋着雨跑进了摆渡车，又在车门口被拥挤的旅客堵在外围，淋得透湿。司机老马过来接她，将她迎进这辆顶级豪华版大奔。因为雨下得猛，视线不好，老马的车开得忒慢，感觉不到车在行驶。骆丹看到密集的雨栗子重重地砸在车上，从两边窗子流下去，形成一个密实的雨幔。她的心情也就被这雨幔紧紧地包裹着，密不透气，闷，冷，紧缩。她感到有些透不过气来，吩咐老马开了冷气，一丝丝凉气流出来，氤氲在车内，她这才感到好受些。她想起三天前她离开三亚奔赴西安，那天阳光明媚，清晨的朝阳碎碎点点铺在通往机场的道路上，微风轻拂，绿树参天，人面如花。流线型的空客 A320 平稳地起飞，直入云天。骆丹坐在一个靠窗的位置，看到云朵飞快地后退，蓝色的天空越发蓝得晶莹，无比辽阔，往下看去，河流山川，人间城郭，一一清晰可辨，心情格外爽朗。阳光照亮生活，一切从新开始。那是她和高伟相恋以来常常有的心态，每一个清晨都觉得如此新鲜，每一个夜晚都是那么宁静，她感到她那渐渐萎靡的生命被重新激发，人生如春阳初胎，一切充满希望，充满梦想，充满坚强，她时时记起中学时代学过的一首诗，忍不住轻轻地吟诵：

> 轻轻地从我琴弦上
> 失掉了成年的忧伤，
> 我重新变得年轻了，
> 我的血流得很快，
> 对于生活我又充满了梦想，充满了渴望。

那是年轻的诗人何其芳到了延安，青春被革命点燃的歌唱。骆丹也仿佛进了根据地一般，到处都是明媚的艳阳天，白塔山宝塔巍峨，延河流水潺潺。即便高伟再短再晚的信息，都让她觉得安稳充实。然而这一切竟然失去得如此匆匆，如此令她措手不及，毫无准备，仿佛一场迅疾的暴雨，连天接地，汇成汹涌澎湃的巨澜，卷海掩山而来，她站在高高的山冈上，四面风雨侵凌，孤苦伶仃，除了浑身湿透之外一无所有。

这本来就是一个错误。

她意识到。她却用了这么多心血来铸造这个错误。她看到一只松鼠或野兔一样的小动物从路边飞奔而过，没入雨雾之中。

车子驶入遐想假日，骆丹虚弱得几乎无力走出车门，勉强坚持着走到大厅，她就感到疲倦极了，她甚至不想挪动脚步，对前来迎接她的顾芊芊，她也只是轻轻地握了一下手。顾芊芊发现了董事长的异常，关切地问："骆董，您是不是身体不舒服？"

"嗯。"骆丹点了点头。

"那我扶您先上去休息。这里有一个客人，想见您，要不我来招待他吃晚饭，您明天再见？"

"客人？"骆丹有点惊愕。

"是的，说是您过去的同事。"

"哪里的？"

"从澳大利亚来的。"

"哦！来了多久？"

"好几天了。他住在店里，今天去了蜈支洲岛，现在已经回来了。"

"那就约他吃晚饭。我上去放一下东西。"骆丹坚强地说。她毕竟是资深的管理人，无论在什么时候，她都能迅速地管控好自己的情绪。

顾芊芊跟着骆董上了十八楼。骆丹洗漱收拾的时候，顾芊芊约好了来客六点半在郁金香包间会面和用餐。

骆丹很快捷又很精心地修饰了一下这几天疲惫的脸和慵散的头发，选了一件碎花紧身上衣，配深蓝短裙显得青春丰韵。走出化妆室的时候，连顾芊芊都失声惊叹："骆董真年轻啊！"

"还年轻，都老太婆了。"

"约在郁金香，要不你们谈，我就不去了？"顾芊芊征求骆董的意见。

"一起吃饭吧，那是一个老同事。"

顾芊芊跟着骆丹下楼到了郁金香。

遐想假日的小包间，堪称酒店小包的典范。一般酒店的小包间多采用零碎或者拐弯抹角的地方来装修使用，因为小包间，就餐的人少，商业价值不大。遐想假日可不一样，大生意人骆丹知道老板们请客吃饭谈事，很少前呼后拥，小而精的包间比大客厅更适用，于是她专门安排精心装修了十个小包间，每个小包可供二至四人就餐，但房型之正，空间之宽阔，洗卫之配套，设备之齐全，与大型包间毫无二致。这些包间一概以吉祥的花卉名字命名，比如郁金香、金山茶、茉莉花、玫瑰、丹桂、海棠、迎春、绿丝萝等等。骆丹来到郁金香厅的时候，发现里面已经开灯了。她知道黄劲已经到了，他从来都是一个守时的人。

果然，黄劲正坐在沙发上翻看时尚杂志。然而这次出现在骆丹面前的黄劲，并非当年呼风唤雨满头黑发的英俊少壮派，而是两鬓斑白的中年，穿着一件军绿色衬衣，一条蓝色布裤，烫得笔直，显得格外精神，眉宇之间仍然流贯着一股英俊之气，但纵比过去，不知疏朗了多少。

岁月从不偏袒任何一个人。

两人紧紧地握手，然后是一个西方式的拥抱。

"你变得年轻了。"黄劲说。

"我本来就年轻嘛！"骆丹笑着说，笑得有点心酸。面前的这个男人，曾与她共有多少缱绻的时刻，有多少次她梦想与之花开并蒂，白头偕老，然而一次次绕道而行，他没有抛妻别子选择她，她只能无数次在泪雨滂沱中说服自己，转变自己的思维，直到他们成了两条平行线，各有自己的轨道，并行不悖，相敬而相安。

见这情形，顾芊芊找了个借口，溜出了包间，吩咐服务生安排骆董和客人的用餐。

很快服务生就送来了丰盛的菜肴。骆丹选了黄劲最喜欢喝的百威黑啤，那是他们在华东奋斗时常常饮用的一种进口啤酒，不过现在已经是国产的外国品牌了。两人碰了一杯，一饮而尽。

"你该早点来个电话，我也好陪你看看三亚。"

"我那时还没有拿定主意，是否要见你。"

"你既然回国了，自然要来见我。"

"我不敢来见你。"

"你有那么胆小吗？这好像不是你的风格。"

"所以我又来了。"

"你怎么这么犹豫呢？"

"我在那边做得不好。"

"我隐约听说过，但不知道具体的情形。"

"人口太少了，太少了，学汉语虽然很时尚，但总人数实在太少，做什么都上不了量。"

"那是过日子的地方，地广人稀，听说相距五公里就是最近的邻居，你要在那里纵横捭阖做大事发大财就不合适了。"

"所以，我在考虑，是否还要回来？"

"回来？那嫂夫人和孩子呢？"

"孩子已经进入高中了，明年就要进大学，你嫂子在那边陪着孩子。"

"你一定要东山再起？"

"我实在闲不住。我不能天天过着十点上班、三点下班的日子。我需要有创造的生活，需要有竞争有难度的工作，否则我会枯萎掉的，我已经感觉到生命在衰退，思维在衰退，腿脚也不似过去利索，你看看我这两边的白发。"黄劲用手指牵了牵两鬓的头发，"人生如白驹过隙，弹指一挥间，不能再耽搁了。"

"你总是那样英锐进取。"

"这大概就是命。"

"那你准备做什么呢？"

"现在还没有考虑好。可能要先打工一段时间。"

"钱也花得差不多了吧。"

"我在墨尔本的培训学校根本就不赚钱。"

"你考虑和老大联系吗？"

"没有。"

"为什么不呢？"

"老大现在四面风光，他大概不会想因为我再起话题。"

"这倒也是。他是个有大决断的人，当年处理我们也没有什么犹豫顾惜。他的判断总是对的。"

"你和老大联系多吗？"

"多啊，这家酒店他有四十九的股份，几乎每个星期都要通电话。"

"他够精明，帮助你，也不忘要你继续帮他赚钱。"

"我不这样看，老大主要是帮助我。你看，要不是他这么慷慨，我流浪街头也说不定。"

"当然，就凭这么大的投资，他还算是个仁义的人。不过，他的成本恐怕也收回了吧。"

"差不多吧。这几年经营挺顺利，商业环境也不错。你要是不到海外，他也许会考虑你。"

"不好说。他常来看看吗？"

"他每年都要来住几天，全家来的。"

"现在也见老了吧？七十了。"

"老大没怎么老，精气神十足，目光如炬，身边照样美女如云。就是老太太有点衰老了，忘性大，最近老是抱怨没人陪她买衣服，那个跟着她的小桃，最近也出嫁了，嫁了一个小官僚，据说还是一个市长的公子。"

"小桃本来就是老大的私生女。"

"这是传闻吧。老太太可喜欢这个小桃。"

"老太太是装糊涂，小桃的亲妈最初是食堂做饭的，大概有几分姿色，在乡下也结婚生子了，到城里没多久就跟老大好上了。怀了小桃，老大本来想做掉，只是那女子不肯，但又不能生下来，还是老太太聪明，把这个女子带到大连，名义上照顾她，实际是让那女子把孩子生下来。"

"后来怎么处理呢？"

"那女子家里一年多没见人，要来看个究竟，老太太就和女子摊牌了，给了那女子五万块钱，让她回去，孩子留下了。"

"怪不得小桃那么像老大，特别是身板。"

"你说这老太也是有度量的人吧。"

"我还以为就是个唠叨的老太太。"

"她可挺会帮着丈夫哄人的，你看看你自己，也跟她的女儿差不多吧。"

骆丹未置可否。

"我想去西安看看，那边正在规划一个新区，气象很新。"

"我听说过，但没去了解。"

"我准备后天去西安。"

"我刚从西安回来的。"

"你去西安了？"

"是啊，去了好几天。"

"去旅游吗？"

"不是，是，瞎折腾的。"骆丹说到这里不自觉地掩饰起来，话语有些吞吐。

"怎么瞎折腾？碰到难题了？"

"没什么，去看了一公司，没什么意思，就回来了。"

"现在并购公司还是要谨慎。好多烂透了的公司，不接手还不知道多烂。"

"是啊，人也是这样的。"

"你现在还是单身？"

"怎么说呢？本来不是，但现在又是了。"

"哦，"黄劲觉得很惊愕，"能问问是怎么回事吗？"

"跟你说说也无妨。"骆丹倒了一大杯啤酒，又和黄劲干了。

"一个小家伙，来往了半年，这次去西安，发现他房间有个女的，恬不知耻地躺在他的被窝里。"

"哦？那太不应该了！太不像话了！"黄劲愤愤然。

"和当年跟着你的情形也差不多。"骆丹晃荡着杯中的酒，仿佛自言自语。这句话戳中了黄劲的痛处，他脸上刷地如血泼了上去，强颜说：

"我那时年轻嘛!"

"他的年纪比你那时还小!"

"唉!"黄劲长叹一声,"是我不对,我缺乏管理自己的能力,让你受伤了,我心里也一直惭愧这事。"

"我没有埋怨你,碰到你,碰到高伟,都是我的宿命。"

"高伟?"

"就是那个小家伙。"

"好在你发现及时,要不然将来发现也不好。"

"可是我的将来在哪里?"骆丹说到这里,止不住放声大哭。这一声声哀嚎发自肺腑,冲出窗棂,撕破天地。那长时间压抑的源自内心的深痛,仿佛越过三峡的巨波狂澜,漫淹过江汉长堤,一路倾泻而下。

黄劲赶紧关实了房间,转到骆丹的身边,轻轻地俯下身去,把她轻轻地抱起来,坐到沙发上,用餐巾拭去她满脸的泪水,把她实实地搂在怀中,仿佛一个慈祥的父亲,怀抱着自己受伤的女儿。

23

人事处长张曙光受省行党委的指示,到市行考察陈秀梅。按照组织制度,市行副科级以上干部都集中在大会堂。张曙光介绍了这次来做干部考察是要提拔一名市行党委委员、副行长,希望各位按照德才勤绩的标准,对候选人进行投票,他特别提示,要兼顾领导班子的男女比例,我们的银行是国有金融企业,我们对领导班子的配备除了德才勤绩之外，还要兼顾男女、党内党外、年龄、学历、民族等等比例，这次特别要考虑男女比例，考虑从基层行提拔。这是组织上有引导性的讲话。其实考察之前，小道消息早就传遍了全市系统，陈秀梅要被提拔了！投票之后，是直接与科级以上干部逐个谈话。每个人时间很短，大体是有话多说，无话少说。谈话的情况与投票的情况基本上差不多，勉强算得四六开，也就是说有将近百分之六十的人投赞成票，也有一大批人在讲坏话。讲好话的是说陈秀梅工作有热情，有成绩，在主持东区片行工作期间，增长率连续三年是最好的，占了市行的半壁江山；有人说她工作有魄力，敢管敢干，是抓业务的好手；也有人说她沟通能力强，人脉广责任心强，常常公而忘私，很少顾家。讲坏话的则说得很难听，有讲她跟高隽关系非同一般，听说她的丈夫就因为这个一气之下跑到欧洲做生意不回来，这样倒腾出地方给他们鬼混；有讲她放出去的贷款有几个亿还没有收回，将来会不会变成烂账也说不定。还有讲她养小白脸，张曙光很严肃地问这个小白脸是谁，谈话的人又缩回去了，说可以不说吗？张曙光说，可以。陪同考察的组织科长鲍宇说，知无不言嘛！谈话的人说，领导说了可以不说。诸如此类，不一而足。考察结束之后，高隽就过来了，说既然省行领导来了，就请张处长去和市行班子的同志见个面打个招呼。张曙光说这次就不见了，还要赶回去办点事，就和鲍宇登车回去。这正是那几年组织人事干部的常规，办事的时候不吃不喝，没事的时候吃吃喝喝只要不太张扬就没啥关系了。一路上，张曙光问鲍宇对这次考察陈秀梅的认识。鲍宇说，这是领导的事，他只顾得上做笔录，还没有来得及消化。张曙光说，你也不必那么小心翼翼，有什么说什么。鲍宇说，总体感觉还可以吧，业务上能抓起来，现在都改制转企了，要用能人。张曙光说，你小子还很懂大局。鲍宇说，这是跟着处长您学的，还远远不到家。张曙光说，现在能搞大业务的人不多。鲍宇说，魏行长对陈秀梅的事蛮关心，昨天在电梯上碰到还问起我们哪天到市行考察。张曙光说，是啊，人才难得，用人心切，有作为的领导，都是爱才如命的。

到了晚上，张曙光正和李亚男在海瑞路公寓亲热，高隽就来电话了，急切地问：

"老张，这次考察情况怎么样？"

张曙光说："不是很理想，部分同志有些看法有些抵触。"

"妈的，这些烂仔肯定在嚼舌头。"高隽咬牙切齿地说。

"你也别急，没有人十全十美的。"张曙光说。

"就是！现在企业的干部，能不搞空你企业就算是优秀了。"高隽感慨说，"有的是吃单位挖单位的，能为单位赚钱搞好搞活的实在太少太少了。"

"是啊，我们行基础薄，人才储备天然不足，特别缺少能干事、干大事的年轻干部。陈秀梅这一点多数同志都还肯定。"张曙光说。

"就是！老张，你这话说得太对了。咱们兄弟不说客套话。这陈秀梅是我的一个业务骨干，不仅能干，而且肯干，舍得干，现在这么拼命干活的没有几个，你想想又不是为自己干活，单位一年能发几个钱？还不如开个服装店。没日没夜，一年三百六十五天，抛家不顾，能这样拼命的不能不重用，不能不提拔。不提拔我心里安稳吗？奖金又不能多发，不就是一顶小帽子吗？现在业务竞争那么厉害，浙商、粤行、南京、河北、深圳，地方银行纷纷崛起，多若牛毛，点点滴滴，都渗透到海口，四处出击，我们支行之所以负隅顽抗，有点业绩，有点突破，能在全省占据半壁江山，全靠这样的骨干，陈秀梅名列第一，连续三年。老弟，这次要你挑一肩，送一程。"

"明白，我会做好汇报的，你放心。"

"全拜托兄弟了。"高隽说完就挂了。

高隽是海南金融系统出名的狠将，做事情，为人处世，干脆利索，讲话也不拖泥带水。

"我没说错吧，陈秀梅就是那么个人，那个形象，怎么也不像正经人。"李亚男在旁边嘁瑟地说。

"我们不说人家。"张曙光说。自己正做着同样出格的事，怎么好说别人的不是呢。李亚男明白过来，就没说什么。

"这个事，我明天就要和领导汇报一下，这个忙一定要帮。再说老高是老魏的铁杆，他要做的事，老魏没有不支持的，老魏那边其实也是在看着我如何办。"张曙光说。

"噢，那是的。还是要顺着他的心意。"李亚男也成熟起来似的。

"不顺着有必要吗？你瞧瞧我这人事处长，谁都可以来做，说换就换。"张曙光很坦率，这时间他不装扮自己多么伟大多么重要，"再说，你的事我一提高隽就表态，没有一句二话。"

"是的，以后毛利民在他手下，还要靠他提拔。你就好好帮一下他。"

"将来我也跟着毛行长发点小财。"

"就你坏，还这么打趣人家。"李亚男撒娇。

张曙光把毛利民的安排和陈秀梅的考察结果同时向李凯副行长作了汇报。李凯说，陈秀梅同志是个能干人，当然缺点也有，也很要紧，但我们哪里去找没有缺点的能干人呢？嗨！干部考察，不能不考不察，但也不能详考细察，否则我们就无人可用了。还是多谈成绩，少说缺点，看主流，看大面吧。你去跟魏行长专门作一次汇报，不用说已经跟我谈过。张曙光说，好。张曙光回到办公室，整理了一下汇报的要点，再次上楼到领导层，专门向行长老魏汇报。

老魏正坐在那里看报纸，老魏最关心的是中央的大事和省里的大事，这些大事都是在报纸上看得到的，看不到的要么是不重要的小事，要么是太重要的事，所以资深高级干部每天坚持读报掌握国内国外形势的优秀作风他还一直保留着。张曙光先汇报对陈秀梅的考察结果，他知道在两件事情中，魏行长最关心的是陈秀梅的事，那是自己人的事，最急切于知道办事部门提出的方案是否合乎自己的心意。张曙光说："考察的情况正面评价是主流，基本肯定陈秀梅工作有热情，有效率，有魄力，有责任心，成绩突出。当然也有人提了一些意见，比如有些贷款还没有收回。这是哪个行都有的，我看是属于正常的业务状况。"

"你分析得对，看干部要看主流。明天党委会上，你把这些情况介绍一下。"老魏很高兴地说。

"重点介绍一下她的能力、业绩，谈谈是否与这次要安排的岗位相称。"老魏又补充说。

"毛利民的档案已经过来了，历史清白，得过六次分行年度先进个人，一次总行系统业务竞赛一等奖。他的工作安排是和高隽同志商量的，老高希望有个骨干去东区片行，那里陈秀梅升上去之后，一时还没有找到合适的人来接。这样可以考虑把毛利民安排为东区片行的行长，参加市行党委会，级别定为副处级。"

"好。就这样很好，在基层历练一下。"老魏说，"你跟李副谈了吗？李副很关心这个事。"

"没有。"张曙光说，"人事上的事是大事，要先听您的指示。"

"嗯。你现在去跟李副汇报一下，就说和我说过了，他刚才来过我这里，现在应该还在办公室。你赶紧去。"老魏很满意张曙光的做法，起身和张曙光握了手，送他出了办公室。

第二天的党政联席会，就走了一下过场通过了对两人的提拔任命。张曙光晚上要陪领导接待客人，不能去海瑞路，就打内线电话叫李亚男下班前到办公室来一下。李亚男知道张曙光既要说事又要骚情，就提前过去。人事处在十楼，进电梯的时候发现李副行长正在电梯里，李亚男以往碰见大领导，都是例行公事地问候一句："领导好！"但现在李副行长帮了大忙，自己已经开始往李副家走动了，就不能再例行公事了，他也不再是抽象的"领导"，而是她的恩人，她满怀感激满面春风地望着李副行长，说："谢谢李行长对我的关心！"

李凯很早就知道行里的这个美女，只是打照面的机会不多。这次见李亚男，果然既有风姿又泼辣精干，心里的好感又增进了一层，见她满面欢喜地道谢，反而故作镇静地说："谢什么！那么大了还不结婚！"

口气严峻得像个老革命，但话中又满是长辈的爱怜。

一向伶牙俐齿的李亚男反而说不出话来。

李副行长见李亚男露出窘态，就宽慰说："结婚的日子，我去喝喜酒！"

"那一定要请您的！真是很感谢您帮助我们！"转眼就到了十楼，李亚男出电梯，和李副道别。李副行长挥了挥手，说："好好干！有事找我。"

李亚男到了人事处处长室，张曙光正候在门边，见她进来，立马关上门，顺便亲了一口李亚男的香腮，然后回到座位上正襟危坐。刚坐好，有人敲门，张曙光说："请进！"话音未落，副调研员兼组织科科长鲍宇就已经推门进来了。他看到李亚男正落座在访客坐的沙发上，点了下头算是打过招呼，然后对张曙光说："张处，这是今晚李副要致的祝酒词，我草拟了一个，请您审定。"

"好，我看后给你。刚好李亚男同志来了，毛利民同志的调令明天就要发出，户口迁移的事你和她商量一下，看看落在哪里比较合适。"

李亚男很知趣地跟着组织科长去了，心里却有点悬乎。到组织科填完表，回到办公室，坐在位子上，回想刚才危险的一幕，心里怦怦直跳。要是再多亲一次，或者多停留五秒，就会被鲍宇逮了个正着，真是悬啊！这家伙如此快速推门而入，一定是要扑捉点东西，想到这里，手都颤抖起来，便给张曙光发了个短信：

"当心你身边的那头鲍鱼。"

24

据说，科学家最容易接近上帝，因为他们最了解这个世界上的真相，所以他们最能够发现人类的局限和悲剧，从而宽容彼此的缺陷，形成非常非常伟大的和谐。西北双电研究室有一百多名研究人员，来自五湖四海，土鳖海归掺杂其间，短长互见，正由于他们是最接近上帝的人，所以这里拥有着我国各类机关里最少见的和睦共处。小伙子高伟换了朋友，和美女徐婕娜好上了，很快就变成妇孺皆知的事情。有些人到中年的专家，不禁要问，那三亚的那个呢？甩了。哦，甩了？甩了！甩了就甩了，这有什么了不起！男的甩女的，女的蹬掉男的，甚至互相扬弃的，早就是家常便饭。人家某大国总统和结缡三十载的糟糠之妻说拜拜就拜拜，没有人说他私德不修；甚至还有干脆不结婚，带着女友出访列国。你还有什么话说！

都无所谓了，都习以为常了，都化不能理解为最大理解了。没有解不开的疙瘩，只有转不过来的坎。这是一个消弭原则、解构理想、遗失信念的时代。徐婕娜感觉幸福像花儿一样开放，为了确保这千辛万苦得来的幸福，不在中途流失、变卦，她尽量回避与那几个有过一腿子的男人见面、搭话、聊天，也尽量不去领导那里请示、汇报，若是碰到事情了，就电话里说一下，免得他们又有非分之想。那些个臭男人多是审时度势的高手，见徐婕娜拍拖了高伟，都是一个楼上的同事，也就收敛多了，打情骂俏的话少说，摸摸脸捏捏屁股的事不做，免得出了岔子收不了场。只有主任陈，却忍受不了煎熬，看见徐婕娜和高伟同进同出，比翼齐眉的样子，很有种被遗弃的感觉。这日上午他送走检查项目进展的上级领导，回到办公室，就给徐婕娜拨来了电话：

"喂，小娜吗？"

"嗯。说吧。"

"咱们多久不见面了？"

"早晨还见了呢，你不是到办公室来找人吗？"徐婕娜装聋。

"不是这个见面，是那个！"

"那个是哪个？你为我考虑一下好不好！"徐婕娜压低声音说。她看到同事小黄已经回来，正在座位上。

"咱们可是有约在先的。"

"知道！你等我把这边搞定再说好不好？"徐婕娜有点心虚，也有点烦躁，你姑奶奶二十五六了要找个固定的主儿嫁人呢，你奶奶的猴急个啥呢！你那几秒钟的事有啥要紧的！

"我有个小礼物要送给你。"

"什么东东？"

"一串蓝色珍珠项链，你肯定喜欢。"

"蓝色的？那很少见啊！"

"是啊，这次专门从广西北海定购的，送给验收组，我多要了一份给你的。"

"多大的珠子？"

"大着呢！你来看就知道了。"

"讨厌！"

徐婕娜就喜欢小恩小惠！女人嘛，多有这样的弱点，为着针头线脑的利益，把人生的大节全都忘光了。主任陈掌管数千万的资金，虽然大的错误不犯，但小的好处也顺手捞一点。他不是偷油的耗子，算不上硕鼠、大盗，但也不是滴荤不沾的唐僧。他第一次送给徐婕娜的，正是出国在罗马买的白金镶钻手链，本来是带给老婆的，没想到那天徐婕娜去接机，当时心血来潮就把它送给了徐婕娜。徐婕娜从此对他好感大增，一个肯为自己花钱的男人，至少是在乎自己的。徐婕娜如是想。

徐婕娜收了收桌子上的文件，就对小黄说："我去科委那边送个材料，中午不回。"小黄狐疑地看了徐婕娜一眼，说："好！"徐婕娜离开座位，出了办公室，上楼拐进主任陈的办公室。

中午到了吃饭的时间，高伟来找徐婕娜一起去食堂。前几天都是徐婕娜来电话约他一起吃，今天却等了很久也没见到徐婕娜的电话或者短信，就到了办公室这边找徐婕娜。小黄见是高伟，一脸诡秘地说：

"帅哥哥！徐美女可能去科委了，也可能去领导那里了。"

"多久了？"

"个把小时吧，也许不到。"

高伟一听，就退了出去，自己去了食堂。

心情很坏。可以说是恶劣。高伟意识到自己是不是走得太远了。路上，高伟再次拨打骆丹的手机，手机接通，但依旧没有人接听。

再拨，还是没有人接听。

黄劲那夜表现出男人最难得的品质。在骆丹渐渐平复之后，他很礼貌地把骆丹扶到座位上，然后出门叫了一杯热茶。在澳大利亚的三年，也许是年岁的增长，人变得慈祥与稳重，也许是受了西方风俗的影响，学会了绅士的礼貌与节制，黄劲减少了轻狂变得成熟。他没有乘人之危，重新进入骆丹的世界，以图旧梦重温，他真心地希望这个他曾经伤害过的女人有个幸福归宿。他不能再犯糊涂。他见骆丹慢慢恢复了正常，就说：

"世上的事，总有反反复复，有些东西需要时间，有时候你也未必正确，有些时候也还要看开些。毕竟我们都是过去时代的人物，与这个飞速变化的当下有很大的差异。"

"我知道，就是心里有些难受。"

"要不，我给你看看澳大利亚的一些风景图片，你看看我们住的乡下草堂？"

"好啊，还不知道你们住的地方是什么样子呢。"

黄劲打开他那大屏幕手机，那里收藏着他很多精美的照片，有他的家庭，他的太太，他的女儿，女儿的小狗，还有他们的培训学校，黄头发的学生，远在郊区的房子，草地，树林，蓝莓，樱桃，苹果树，接着出现了一匹矫健的小马。

"哇，你们还养马啦？"

"是啊，这个叫探春，是匹小母马，还不到三岁。"

"这个也有名字？"

"这是杨子荣，一匹小公马，你看看，它的腿，多雄劲有力。"

"你怎么会想到养马呢？肯定很费心的。"骆丹问。

"当初过去的时候，买这个房子，花了六十多万澳元，大概就是二百五十来万人民币的样子，一栋四层的独立房子，国内都叫别墅，望海观湖，就在墨尔本市郊，一千多平方米的院子，房子后面居然还有两百多亩山林。"

"那太值了！二百五十多万在海口现在只能买个一百平方米的公寓。"

"国外的房子不贵，我们国家现在科技水平都还没有超过西方，人均收入也不到西方的五分之一，但房价远远把西方抛在后头。"黄劲说，"我去年去英国，从澳大利亚到英国免签，在伦敦西区住了半个月，了解了一下那里的房价，那是伦敦的富人区，一栋独立的三层别墅，也就四十多万英镑，大概就是四五百万人民币吧。"

"是啊，现在在北京上海，四五百万人民币也只能买个一百来平方米的公寓，还得是三环以外。"

"房价这么高，生活质量要好也难。你接着。"

"这是我家附近的湖，大概有两三百英亩，连着一条叫瓦楞的江，通过这条江连到大海。你看这湖水，多清亮！"

"国内是找不到这样的湖水了，听说滇池都发臭了。"

"你看，这是红豆杉，至少也有两三百年了，到处都是，这些全都是，但在国内恐怕是一级保护植物吧，听说还是尼克松访华时带来的树种。"

"好像我国自己也有这个树种，在云南的原始森林中，在浙江福建的山区内，有一些，但也遭到了砍伐。"

"这是鲥鱼，国内在上海才能吃得到。"

"现在北京也有了，就是天价，半条要六百元。"

"这么贵？"

"当然啦，听说现在吃的也还是人工饲养的，真正野生的鲥鱼几乎绝迹。"

"在这个小湖里，鲥鱼多得不得了，一天可以钓上上百条。"

"怎么那么多？"

"水好，没污染，又没渔业捕捞。人家的环境保护得好。当然，也很少有钓鱼的人。即使是我，一次也就钓两三条，小一点的比如不足十英寸的，都会放回到湖里。那里的人保护资源的意识很强，非常守法。"

"要是在国内，一天就会把湖里的鱼全部钓光。"

"太恐怖了。"

"是啊，前段时间一个从国内到美国做研究的年轻教授，在微博上晾自己钓鱼的照片，那钓起的鲥鱼、鲑鱼满地都是，结果被一些有觉悟的网民骂死了，甚至说到掉国格。"

"国内人民的眼界开阔了，思想意识也在变。"

"如果碰上国内自己的事，就没有人说了。"

"那大概是见怪不怪吧。"

"这是什么？"骆丹忽然看到黑夜中闪着绿色眼睛的狗一样的动物。

"狼。"

"狼？是狼吗？你们真遇见狼了？"骆丹有点惊奇。除了在动物园，她还没有见到过真正的野狼。

"在那边遇见狼是常有的事。因为地广人稀，又要保护动物，很少人猎杀狼。你看这只狼就是我在窗子里拍摄的，那天夜里它来到了我们院子，逡巡了很久，我用闪光灯拍了一组特写。"

"它不怕人？"

"估计习惯了吧，闪光灯闪的时候，它反而把眼睛睁得更大，你看看这眼神，毫无惧怕的意思。"

"那你们怕狼吗？"

"说不怕是假话，我小时候就知道狼是有攻击性的，能吃人的，而且成群出没，所以我们都不会出门来驱赶它们。澳大利亚的住家都很分散，单家独户的。好几里　之外才有别的人家。"

"那倒是要小心。"

"这是一只刚刚长大的狼，　看它随着母狼行动。"

"孩子总是离不开娘的。"

"这是母狼。"

"这只应该是它的爸爸吧。"骆丹指着其中另一匹高大的狼说。

"应该是的，狼群的家庭组　很固定。"

"比人强。"骆丹说。

"这是一只年轻的狼，再　一年，就要离开狼群，独立生活，走入深林，长期孤单。"

"人也一样，长大了，就高　开家了。"

"我们也还要为生活奋斗　就像狼每天都要外出觅食，人类和动物一样还是丛林法则。"看　了照片，黄劲关了屏幕。

"在国外生活了这么几年　你回国来会习惯吗？比如这丛林法则。"

"当然会和过去不同。"

"那你下一步准备怎么办　西安那边有熟悉的关系吗？"

"西北路桥的老板原来在　方食品干过，后来独立门户了，他现在那边发展很猛，这几年　了不少政府大宗建设项目，我跟他联系过，他希望我过去帮他做些事。"

"你熟悉路桥方面的业务吗？"

"不熟悉。"

"你知道国内近几年到处都在塌桥塌路吗？最近哈尔滨的一座桥也塌了，网上还没完没了呢。"

"听说过。"

"那你有把握做好？"

"没有，但现在还没有比这更大一点的事。你知道食品行业我是不能再进的。"

"你是否想过去见见老大？"骆丹又提出这个话题。

"老大大体还算得上个厚道人。但我不想麻烦他。"

"不是麻烦，是礼节，你想想，如果他知道你回来了，不去看他，他怎么想呢？"

"那就过去一趟。"

"有必要。"

25

好事不出门，坏事传千里，像未婚同居这种算不上坏事的事，也很容易扩散。春梅和刘克同居的事情还是小汪电话告诉柳眉的。柳眉有点怅然若失，有点小小的酸意，嘴里却说："不容易啊，真为他们高兴。"小汪嘀咕说："柳眉，你等着瞧，过几天你会得到春梅怀孕的消息。"柳眉听了这话，更觉得不适，怎么这么心急火燎呢？那么快就把我抛出心间，到底不是真正爱我的！她很快就把思绪调整过来了，她和刘克之间什么都没有，只是原来感到刘克有些喜欢她，到了三亚之后他过来看过她一次，他想搂她，她拒绝了，她后来邀请他再来，他没有来。那个含糊的短信，现在得到了解释，原来刘克有女友了，和春梅同居了，不来三亚了。这没什么，人不能这么肤浅感性地活着，她这几年不能考虑感情上的事，她不是潮女，不会随便找个男的一起打发寂寞，她需要的是工作，是奋斗，她必须全力以赴地为人生打拼，再说，她对刘克并没有一见倾心的感觉，他们都生活在社会的底层，在这个陌生的城市他们漂浮如芥，她不甘心，她不信这个邪，她必须翻身上来，成为这个城市的居民，她要活得像个人样，而刘克呢，似乎很满足于做一个库房保管，这是她觉得他们之间没有交集的地方，也是她对刘克比较失望的地方。柳眉不是女强人，也没有驾驭这个世界的雄心，但她需要一份稳定的工作，需要体面的生活，她不能放弃自己，更不能把自己的人生和前途寄托在不确定的男人身上。这是柳眉最为坚定的信念。但柳眉还是感到有点烦躁，毕竟一个喜欢自己的人从身边走失了。这种损失不可能是掉了一根头发或者减少了一个微博粉丝那样毫无感觉，甚至没有发现，而是一种暗伤，一种丢失，一种似冷还寒，一种需要时间来消解的过程。小汪的电话打完了，柳眉就出了宿舍，绕过回廊，来到大道上。晚上的三亚，人员稀少。特别是遐想假日这边，几乎没有什么行人，远处的山原与近处的大海连成无声的整体，月亮从山岭上露出偷窥般的笑脸，自顾盈盈地多情，照在这人世的边缘。柳眉从大道转到步道，才走了几步，竟然碰到了骆董。

"骆董好！散步啊？"

"转转，柳眉你也出来转转？"

"是啊！"

"那我们一起走走？"骆丹邀请这个年轻的女生。

"好啊！"柳眉转过身，和骆丹走在一起，这时她才注意到，其实他们尊敬的骆董原来只是一个大姐姐，身材瘦弱单薄，不似平日的威严干练。

"小柳，这些天你们干得很不错，这次我回来看到你们上个月的报表，很出色啊！"

"这都是分内应该做的事。"

"夏天三亚的旅游要淡很多，但你们还是抓起来了，真是不容易。"

"不过，董事长，我还是有点担忧。"

"你担忧什么呢？"

"我们部门这几个月做的工作，主要是聚集客源，基本上都是在本岛做的。换句话说，是把到了海南的客人尽量争取到我们公司，但这并没有从根本上解决业务的可持续问题。"

"你说得有道理，你接着说。"

"我在想，咱们海南岛夏天确实太热了，太阳那么晒，那么厉害，人们都求凉快，来度假观光的人流很难大量增加。再说咱们海南的旅游景点就那么几个，值得看的更不多，植被保持也不好，各处名胜古迹更谈不上货真价实，这是我的大实话，说不上旅游资源丰厚，我看比不上桂林昆明，也比不上苏州杭州。如果主要依靠游客，靠海南市场，我感觉咱们公司的业务前景是有限的，至少发展的空间不大。"

"一个公司有自己的定位，设立公司的时候谁都不会考虑那么长远。"

"我感觉您对公司的发展要求还是很高的。"

"每个老板都会这样想的。你怎么看咱们公司的发展？"

"如果只做旅游的话，我觉得可以考虑向内地发展。内地毕竟空间大多了，只要做得好，一定有市场。"

"内地的竞争也很激烈。"骆丹淡淡地说。这些年的商场情场，已经让她疲惫不堪，她一直就想以一个小小的企业奉养余生，不再风里来雨里去，人的一生所需毕竟是有限的，就如面前这海滩，可以有数千人同时立足，同时下海，并不是一个人就用得完的。经商最忌漫延无根，浅尝辄止，巨人什么的那些大企业都是栽在非理性扩张上面。骆丹很懂得站稳足跟、顺势发展的重要性。

柳眉听出骆董的话外音，有点疑惑，便问："那您觉得我们该怎么做好？"

"还是先把海南这边的事办好吧。我们在海南还有很多可以做的事，还有很多可以做的事没有做。"

"嗯。"柳眉如有所悟。

高伟陷入了彷徨、痛苦和焦虑之中。一方面他联系不上骆丹，另一方面他时刻被徐婕娜包围着，又被种种关于徐婕娜的信息打击着。这天又到了周末，高伟正在盘算着是否要飞一趟三亚，找骆丹把事情说清楚，要踹人家也不能一句话都不说吧。想法还没有定好，徐婕娜已经站在身后了。她毫无顾忌地把下巴颏压在高伟的头顶上：

"高伟，今晚我们怎么过？"那暧昧的话让别的男士都伸舌头。

"今晚？我，我还没想好呢。"老实人高伟只好如实地说。

"我想好了！"徐婕娜喜悦地说。

"你说吧！"

"今晚我们去图书大厦好不好，最近有好些书很流行，我们去看看。"

"图书大厦？婕娜，你怎么会想起去那个地方？"高伟觉得有些搞笑，徐婕娜工作以后，一不钻研专业，二不参加培训，是个典型的企业花瓶。她这类人，最大的野心就是得到领导赏识，最好和领导来点暧昧，搞定领导，最后通过领导获得最多实利。现在很多领导也太没谱了。

"你总不至于不希望我也爱读书吧？当年我可是以米脂第一名的成绩考入交大的。"

"好啊！才女！我陪你去！用我的经费给你买书！"高伟看到徐婕娜喜欢读书了，以为她真的在改变，心里特别开心，"你等我把这份材料看完，咱们就一起去西图。那旁边有个比萨店，晚上吃比萨好不好？"

"好！"

下了班，两人挤上公汽，到了西北图书大厦，那里附近有家莎士比亚比萨店，他们要了一小份意大利热肠比萨、一小份金枪鱼比萨、两份热咖啡，吃完之后，来到图书大厦。周末西图的顾客特别多，站着的瞄书，坐着的看书，蹲着的选书，楼上楼下都是人，挪动一步都不容易。看到这个熙熙攘攘的场景，你不会怀疑古城帝都西安的文化传统不好，你也不会相信只有北京人、上海人才爱读书，你更不会相信西北崛起需要从外部引进人才。中华文明的滥觞之地，黄河九曲回环，诗书代代相传，孕育了多少才俊。这西图的人满为患，足以说明西部雄起指日可待。两人像情侣一般地进入书店看书选书，最后各自抱了一堆到柜台结账。

"你下手可不轻啦！"高伟打趣说，"比我多多了。"

"我要买三类书，有两类是你不买的。"徐婕娜说。

"哪两类？"

"一类是女性保健美容的，比如梅瑞丝的《女性新潮妆饰年鉴》，你不会买吧。"

"那是！"高伟笑了起来，"大老爷们买什么美容化妆的。"

"但女生不一样，美容化妆是每天都要修的功课。哪个男人愿意看黄脸婆呢！特别是你这样的好色鬼！"

"我哪里好色了？"

"不好色，还会成天盯着我看？"

"臭美还要找出这么多理由！"高伟还击说。

"一类是食谱，比如这本《天下美食一本通》，电视里都上了专题节目的，西北卫视还要搞家庭烹调大比武，比《舌尖上的中国》要实用。这个有的男人会买，但你不会买。"徐婕娜说。

"这个算你说对了，我就搞不明白，吃顿饭，还要那么讲究干吗？"

"吃饭穿衣是人生的三大前提的前两项呢！"

"谁说的？"

"鲁迅说的，你难道忘了？鲁迅说，人生一要温饱，二要生存，三要发展。吃饭穿衣，就是温饱，就是生存。"

"歪理你还记得蛮多的。"

"第三类书，是咱俩的共同爱好，估计你会买的，你看看咱们有挑重复的没有。"徐婕娜把自己挑的书一本本都拿出篮子，高伟看到，一本魏雪飞的《1988》，一本《山楂树之恋》，一本《升职记》，一本晁新月的《二把手》，一本《大数据时代》。

"只有一本是我们的共同选项。"高伟说。他感到有点失望。

"哪本？"

"《大数据时代》。"

"其他呢？"徐婕娜有点疑惑。

"都可以不买。"

"不是很流行吗？我下午专门上网检索了，都是亚马逊网上的畅销书。"

"怎么说呢？婕娜，畅销书未必是值得一读的好书。譬如这本《1988》，写的就是一个烂仔黏上一个小妓女，结果被警察抓了，就这点破事，还想谈出大道理？文字情致同上个世纪初写妓女题材的郁达夫相比差远了，更没有国弱山河在、文人不如鸡的悲情了。这个魏雪飞听说杂文写得还可以，小说只能算文青习作。这《升职记》、《二把手》都是很精彩的大众文学作品，如果是一般人看这些书，都说得过去，可我们都已经念过了大学，而且是交大出来的，我们可以看些更有意思一点的书，比如我们选的这本《大数据时代》，我选的这本《全球通史》，都值得看。"

"你说的是你的爱好，萝卜白菜各有所爱。我就不觉得这几个小说有什么不好，不好的话，会有那么多人读？"

"你都不知道现在中国读者的水准下降多少，八十年代读李泽厚，九十年代读王小波，现在读韩顾郭，王小二过年，一年不如一年。"

"你轻松一点好不好，这世界已经够复杂了，而且也变化了，你还要那么深刻，搞那么多思想的人文的，让人活不活？"

"这不是复不复杂、深不深刻的问题，是我们该吃什么的问题，我听说二战后巴黎的市民都在读哲学。"

"你不要超越时间地点讨论问题好不好，老夫子，现在是2012年的夏天，中国，西安，小时代。"

"好好，都买。"高伟明白不能再多说什么，现在年轻人不玩游戏便算抱负伟大品行卓越，不问爹妈要钱就算自强自立有大出息，怎可要求读这读那，便掏钱埋单。在西北双电，像高伟这样的科研人员，购买书籍资料的钱几乎是全数报销，这也是西北双电的特色。两人出了图书大厦，乘了七十六路公交直接到了西北双电社区。徐婕娜见高伟没有邀请她去宿舍，也就没有多说，她知道不能急，她应有足够的耐心等待水到渠成。

星期六的上午，徐婕娜给高伟发来短信："忙啥在?"

"看材料。"

"哪?"

"办公室。"

"好吧，继续!"

过了半小时，徐婕娜又发来短信："累不?"

"不。"

"聊会儿?"

"正在看。"

"好吧，那我也继续消化消化昨天买的那些书。"

"好。"

到了晚上，徐婕娜来了电话:

"累不累? 要不晚上放松一下?"

"累啥呀! 都是干这行的。"

"今晚我请你吃饭。"

"算了吧，省点行不行。"

"不，我一定要请你，地方我都想好了。"

"你看看，才忍了一天，就想吃奶油了。"

"是的，我就是喜欢偷鱼油的小猫咪，也要帮你改善改善。"

高伟拗不过徐婕娜，只好答应。

晚上吃饭的地方叫三秦总会。现在的楼堂馆所都喜欢取一个大而无当但又暧昧离奇的名号，比如北京的天上人间，比如杭州的苏小小，比如广州的春满珠江，比如成都的乐不思蜀。三秦总会是不是西安最醉生梦死的地方? 徐婕娜不知道，高伟更不知道。徐婕娜挑这个地方，只因为主任陈带她在这里吃过几次饭，每次匆匆地来，匆匆地吃，匆匆地走，倒没有留心是多堂皇的所在。高伟初以为是一般馆子，踏进三秦总会门庭，才意识到进入了一个高级会所，柔和的玫瑰红灯光激发了来客的曼妙想象，一位穿着曳地长裙酥胸浅露的高挑女生来做导引，将他们带到一个悬着珠帘的小巧包间，一张不大不小的餐桌，足够两人把酒言欢促膝谈心。侍应生把特订的一道精美餐点送了上来，然后轻轻掩上门离开。徐婕娜说："现在是我们二人世界，没人来打扰。"

"这里消费不便宜吧？"

"老古板，能不提这样的问题吗？今晚是我请客。"

"你又不是老板，婕娜。"

"不是老板就不能请客？老古板，我要好好感谢你一下。"

"你看你说的，还感谢不感谢的。"

"人嘛，总是要懂得感恩的，你想想那些天幸亏你帮我，陪我，我心里挺快乐，真的，人生第一次感到这么快乐。"

"你是为我受的伤嘛。"

"如果不是为了你，你就不会照顾我？"

"也会，我们是好朋友嘛！"

"好朋友！哈哈，好朋友，这些你喜欢吃吗？"

"好啦，婕娜，吃什么东西对我都一样。"

"好新奇！我第一次听说呢。"

"有次我参加交大的项目评议会，餐标很高，很多东西都是第一次吃到，叫不出名字，现在也忘了，但我当时的感觉就是没有回锅肉好吃。"

"你真是个老古板！全世界的美味都不在话下，就回锅肉好吃。"徐婕娜开心地笑了起来，"你说说西安哪家做的回锅肉最好吃？"

"在西安，还是交大后门前的那家，专用四川的草猪，肉切得薄，入味，葱蒜也炒得恰到好处。"

"那我过几天去观摩一下，以后做给你吃。"

"那不敢当。"高伟说

"什么不敢当，别人想老娘做，老娘都不会理呢。但我的伟伟除外。"

"我啥时成了你的伟伟?"高伟有点吃惊，也有点后悔。

"啥时?"徐婕娜有点吃惊，"你说什么啥时? 从你吻我那一刻! 你已经好几天都没亲我了，我在等着呢。"徐婕娜说完，娇羞地闭上了眼睛。

高伟没有响应，他说："婕娜，我想了很久，我总觉得我俩在一起不合适，咱们能不能做个好朋友，甚至兄妹?"

"兄妹? 高伟，你什么意思? 你后悔了? "

"不是这个意思，我的意思是……"

"你的意思是想改变主意?"

"不是，我的意思是……"

"够了! 高伟，我告诉你，只有我才这么低三下四地跟着你转来转去，讨好你，巴结你，甚至为了与你有共同的话题，去看那些无聊的破书，是因为我把你当根葱，当根蒜，你别以为老娘不值钱，不瞒你说，现在追我的光我们单位就五六个，有的比你成果大多了的，还是副研，你别玩弄我的感情!"

"婕娜! 我不是那个意思。"高伟有些语无伦次，他该怎么摆脱这个窘境呢?

"你是不是还在惦记着那个海南的老女人? 你也太蠢了，这跟你做科研的聪明太不相称了。"徐婕娜决定彻底击溃高伟的幻想。

"你知道我们已经确定了关系。"高伟小声地说，他没说他们这些天却失去了联系。

"合适吗？合适吗？老夫子，你怎么也不掂量掂量，她在海南，你在西安，你们怎么在一起？再说她那么大了，差不多可以做你妈，你怎么那么浪漫呢！再说，现在结婚几十年的，都可以离婚，像万科的那个，够热门吧，何况你们连恋爱都算不上，最多只能算是邂逅、艳遇而已。艳遇，你懂吗？"

"你别这样说。"高伟脸上涨得通红，他不愿意听到有人玷污他和骆丹的感情。

"你现在可能被她蒙晕了头，也可能你在乎她的钱，是的，她是女老板，有的是房子，有的是票子，有的是玩弄小白脸的技巧，但她有青春吗？有白嫩的皮肤吗？有高耸的乳房吗？有紧闭的阴道吗？"

"婕娜！"高伟感到非常焦躁，有些忍不住了。

"只有我才会这么说。我是把你当回事，才会捅破这层窗纱。"徐婕娜决定乘胜追击，一竿子撑到底，"没有第二个人会像我这样把真相戳破。你怎么也不想想，用用你推敲壳面理论的脑瓜想想，她至少要大你十岁吧，换句话来说，过几年你三十而立，男人三十一朵花，她呢，女人四十豆腐渣，四十岁出头的老女人，黄脸婆，更年期，都快绝经了！"

"闭嘴！"高伟激动地站了起来

"我要说！"徐婕娜声调高了八度，也霍地站了起来，"就你这个傻瓜，还蒙在鼓里！还在被人家玩弄！"

"嘭……"高伟摔门而出。

26

　　徐婕娜被高伟甩在三秦总会，才意识到自己这些天的处心积虑彻底土崩瓦解。对高伟这样一个一根筋的人来说，任何苦口婆心的规劝都是别有用心，好心当作驴肝肺，如此顽劣不灵，食古不化，不能见机行事，将来也就没啥前途，最多也就是一个陈景润，没情没趣，日子如何风光，她徐婕娜决不能葬送在这样的憨厚墩子上，希望也就化成了失望，失望也就转化成扬弃。扬弃，就是否定之否定，就是除旧布新、革故鼎新，就是脱胎换骨、起死回生。她知道这个结果对于她来说同样意义非凡，只是，妈的，老娘白白折腾一番，那么多的心血换来的只是觉悟，一个转眼之间的觉悟，代价太大了，太不像是徐婕娜这样精明人干的事情，太缺乏理智了，太迁执了，于是她给主任陈去了一个电话，叫他来接自己。主任陈好些日子没有机会接触徐婕娜，过着度日如年的生活，这下喜从天降，高兴地跟自家的婆姨扯了一个谎，说是北京大领导到了西安，要约见谈事，然后屁颠屁颠地开车去了。

　　其实那夜高伟并没有走远，他刚刚培养起的对徐婕娜的好感，如炊烟一般飘散，他怎么也没有想到徐婕娜竟说出这样粗鄙的话来，竟这样平白作践一个与她无冤无仇的女子，气愤地甩门下了楼，但没有走出门口，他是个有责任心的人，从小就知道护着女生，今晚他们一起来，应该一起回去，他不能撂下一个女生不管，何况人家是爱他的，何况又是在这三秦总会这样晦暗不明的地方。

他就捡了大厅里一个靠边的位置坐了下来，专等徐婕娜下楼，然后带她回到西北双电宿舍。他虽然不能爱她，但不能让她受到伤害，毕竟她是爱自己的，他懂得珍惜。绝不能有什么闪失，他甚至有点担心徐婕娜想不通，会不会走极端，他必须守在这里。他毫无情趣地坐在那里，也不知想了什么没想什么，没多久他看到一个熟悉的身影闪了进来，原来是主任陈。主任陈穿着天蓝色的高级衬衣，西装裤，步幅宽大，如有急事。他不知道主任陈来做什么，正想上前去打个招呼，没料到主任陈走得很急切，三步两步就上了楼，根本就没注意到这里还坐着高伟。

"他来做什么呢？或许也是来应酬的，在这里请客吃饭的人真多啊，主任陈是单位的头，单位五湖四海的业务往来，少不了交际应酬。"高伟想着，便退回座位坐下，看着窗外的石榴树，在夜风中轻轻摇曳着身姿，远处的红绿灯有条不紊地交替闪亮，南来北往的车辆顺次而行，多么有秩序的生活啊！人类创造了文明，文明也在创造着人类，创造着人类的生活，没有人能够逾越文明的范围，也没有人能够超越文明的极限。存在，秩序，思维，价值，是我们安身立命的四个支柱。不能期待谁来破坏这交通秩序，更不能指望谁来改变这个秩序。秩序是必需的，理想是必需的，面包是必需的，红绿灯是必需的，科研是必需的，课题是必需的，停滞和坚持也都是必需的。他看着，漫无边际地想着，这时听到很熟悉的笑声，从上方传来，他回过头来，正正好看到主任陈搂着徐婕娜的腰肢走下楼来。

他赶紧转过头去，又转过身去，他要尽量不让人家发现他。

徐婕娜、主任陈根本就没有发现高伟。

他总算亲眼见证了那个若有若无、似少还多的传闻。

他还是忍不住转过身来，他看到主任陈的左手掌几乎是托在徐婕娜丰腴滚圆的屁股上，毫无忌惮地上下摩挲。

徐婕娜和主任陈出了店门，竟然又从高伟坐的那边的窗前走过马路，走进一辆停泊在那路边的黑色奥迪 A8。

高伟知道那是主任陈的坐骑。

解放了！

高伟终于一路轻松地回到他的宿舍，他不再需要为自己的无情心存任何歉疚。解铃还须系铃人，三面荷花四面柳，杨柳岸晓风残月，他可以很安稳地睡个好觉。

他需要这样的好觉。

淳朴的人就是这般淳朴。

冲了个澡，这个澡洗得快乐又轻松，无事一身轻啊，摆脱了徐婕娜的高伟仿佛打完了旷日持久的淮海战役，解甲归来，拂去征尘，信步田园，薰风送暖，稻浪千层。回到房间来，精神振奋，继续给骆丹发短信，然而还是没有回音。这样过了十二点，还是没有那边的消息。他感到焦急，紧迫，失望，期待，他完全陷入了失恋的苦恼。

他不知道发生了什么事，看不到骆丹在 QQ 上现身，累积的留言少说也有七八个页面了，但都没有回复，也接不到骆丹短信，电话不通。他多次打到遐想假日的总机，请转骆董办公室，但接转过去都是无人接听。

这些都在骆丹的眼睛下发生，消失。骆丹相信自己的眼睛，相信自己看到的最真实的人性，她要彻底干净地抛弃原来编织的所有爱情梦想，要回到无情的现实世界中来，正如那个法国佬巴尔扎克说的，爱情大概只有在来世。

一定是出了事情。高伟知道骆丹不是这么一个不近情理的人，不会无缘无故地把他抛下不理睬，他必须搞清楚到底哪儿出了差错，是不是骆丹另有新欢？那他就要唾她一脸。他决定飞三亚，找骆丹。他每个月有限的工资除了生活费之外，都存入了银行，但他还是要飞一次，必须搞清楚，他不能这么折磨下去，他感到自己有点坚持不住了。只是项目的工作要求很紧很紧，大家都在没日没夜地加班，他不能说走就走，领导上也不会批准，他好不容易把第一轮的演算搞完，决定就选个周末去三亚。这次他提前三天给骆丹发了一个短信：

"一定是有什么误会发生了。我决定周末来三亚。我知道你会收到短信，希望你无论在哪里都能回到三亚，希望有一次当面的说明。仍然爱着你的高伟。"

然后又把同样的文字当作电子邮件发到骆丹的邮箱上，又作为留言贴在骆丹的QQ上。

有必要回应这样的要求吗？有必要重新面对这样的人渣吗？人渣，对，就是人渣！骆丹坚定地给了自己一个"不"的暗示。

"不！"

必须果断地说"不"！

然而，他如果真的来了三亚，怎么办？她知道他薪水微薄，她更知道他省吃俭用，一根咸萝卜可下一碗米饭。他接济家里的钱已经盖了两层的小楼房。

现在这样节省的年轻人恐怕拿放大镜都找不到几个。

"可这与我有什么关系？他不是想玩人吗？还想继续蒙骗，做梦！"

人渣！

避而不见。

坚决地远离人渣！

骆丹想好这些问题，轻松了许多。她决定星期六去趟广州，那里有个旅行社有个合作要谈，正好去考察一下。便通知顾芊芊，订了星期六上午的机票。

星期五的晚上，骆丹忙完应酬，回到房间已近十点，便收拾明日出行要带的衣物材料，然后上床准备休息，这时却听到门铃响了。

因为是高级宾馆，安保措施好得不能再好，不是内部的人上不了这行政层，门铃响了，或者有人敲门，骆丹一向不看猫眼，便开了门，却发现一个高大的男子站在门口。

她吃了一惊。

"骆丹！"男子看见她，惊喜地叫着。

"你来干什么！"骆丹却冷冰冰地说，一下子把门关上。

"骆丹！你怎么了？"吃了闭门羹的高伟被关在外面着急了。

"痞仔！滚！"骆丹没好声气。这么些天的委屈，总算可以恶狠狠地骂出来。

"你说什么？你怎么骂我？"高伟声音提高了八度，"我怎么了？"

"你滚！滚得远远的！"

"到底是怎么回事？"高伟开始敲门了，"你得告诉我，我就是为这个来的。"

"你心中清楚！"

"我不明白！"

"骗子！坏蛋！你别装了，亏你还那么装逼。就算我过去瞎了眼，被你蒙了，被你骗了，现在你收起你的那点小伎俩，伪君子的伎俩，继续跟那个女人鬼混吧。我不稀罕你，你给我从这里滚开，滚得远远的。"骆丹在发狠之后，心口的疼痛一阵阵袭来。

"哪个女人？"高伟茫然不解，他意识到有巨大的误会已经发生，"你告诉我，到底是怎么一回事？"

"徐婕娜！"

"我跟她什么都没有啊，照顾她住院，都跟你说了。"高伟终于知道冤枉在哪里了。

"你跟她上床也跟我说了？哼哼！"骆丹冷笑起来，"没想到你装得那么像，亏得你是西北汉子，你怎么不叫答尔丢夫呢？"

"你肯定误会了，一定是听别人瞎说！"

"瞎说？你凭什么说别人瞎说？我是亲眼看见的。"

"亲眼看见？"高伟大吃一惊，"你到了西安？"

"是的，没想到吧，骗子！伪君子！流氓！老流氓！"

"你亲眼看到我们上床？！"高伟感到一定是有什么误会，或者是骆丹看错了人，"你再好好回忆一下，那人确实是我吗？"

"……"被高伟这样一问，骆丹忽然感到有些缺陷，她那天只看到徐婕娜躺在高伟的床上，但没有看到高伟，更没有看到他们俩一起在床上。

"你到底看见什么？你在哪里看到的？骆丹，你告诉我，事情不能不明不白的。"高伟有些委屈，有些气愤，也有些悲哀。爱情，怎么会是这样纠结，误会怎么这样难以澄清呢？彼此间的信任怎么是那样难以建立？

"我在你房间看到的。"

"怎么我没有看到你？"高伟觉得不可思议，什么时间骆丹进了他的房间而他没有看到，他那单身房不过二十几个平方米，怎么也没地方藏下一个成人。"我怎么会没有看到你呢？"

"我看到她！"

"她？"

"她躺在你床上！"

228

"那是，对了，是她出院那天吗？五月二十八日那一天吗？"高伟终于找到了症结，也就找到了转机，他可以为自己洗清污垢。

"是的。"骆丹记起来，那天确实是五月二十八日，她飞到西安。

"那你可以把门打开了。"高伟的声音总算平稳了下来。"我总算可以坐在沙发上了。"

骆丹开了门，两个被误会搞得痛苦不堪的恋人面面相觑，然后紧紧地拥抱在一起。

从一个极端跳跃到另一个极端，绷紧的心灵失去了绳索，一下子狂野起来，漫无边际。激情的拥抱，感觉很快超越了那种叫作理性或者理智的东西，滚烫的脸紧贴着滚烫的脸，结实的胸膛压迫着柔软的胸部，宽大的手掌紧握着温柔的小手，转眼之间凌乱不堪，芬芳遍地。何曾不会相爱，只因生命深处缺乏期待。当下半身的激情喷薄而出的时候，两个痛苦的恋人总算消除了一切误会。

这种情人之间的蹦极运动，屡见不鲜。

"你怎么上来的？"骆丹揩着高伟额头上的汗问。

"芊芊在大堂看见我，她领我上来的。"

"芊芊是个精明的女孩。"

"是的，她什么都没问。"

"以后不准别的女人睡你的床！"骆丹，现在是快乐幸福的骆丹，她捏着高伟挺拔的鼻翼，说。

"好，我回去就写张纸条贴在床头。"

"你怎么写？"

"此床仅限高伟与骆丹共睡。"

"坏！"

接受骆丹的建议，黄劲取道杭州拜访过去的老东家朱孟雄。朱孟雄在西湖边买了栋别墅，现在年过七十，深居简出，可不像柳传志还到处抛头露面。他长得有点像当年的杜月笙，到了晚年，他不再西装革履，他喜欢穿布纽扣的唐装，专门从北京香黛宫定制的款式，手工纳底的布鞋，据说是专门请浙江奉化乡下大妈做的；只用湖南醴陵专制的瓷器，醴陵瓷器的好处据说是没有任何重金属析出，形制薄而精美，据说共和国的缔造者毛泽东主席生前就专用这款家乡的产品；只喝武夷山区产的一种叫做金骏眉的高档红茶，那厂家每到出茶的季节，都会派高级主管专程送一箱到朱府；至于坐车呢，公司有各种各样的名贵豪车，但朱孟雄对那已被兼并转产的沃尔沃情有独钟，到哪里都是坐那辆旧车，断不能换新的；朱老的司机原来是一个叫老鲍的下厂工人，比朱老小几岁，去年开不动了，就由他的女儿鲍美珏顶上，谁都知道鲍美珏和小桃一样是在老爷子跟前长大的，读书不咋样，但模样清秀身板好还有一条跆拳道黑带，又特别灵醒，三本没毕业就盯着接老爸的班，好在朱老喜欢这闺女，赞助了一笔钱给学校，也算拿到了毕业证、学位证，别的地方自然不用去，就留在身边，既是司机，又是秘书，还可以做半个保镖。朱孟雄在西湖西边的园林别墅里接待来访的黄劲。这位昔年手下的悍将如今两鬓沧桑，却仍然青山遮不住，一股英雄气概。朱孟雄很高兴黄劲有东山再起的雄心，便问黄劲想在哪里发展。黄劲说，想去西部。朱孟雄说，国家正在开发西部，那里有机遇，就给他的业务伙伴西超集团的老板俞英雄拨了电话，介绍黄劲。俞英雄和朱孟雄是商界闻名的一对枭雄，也是一对惺惺相惜的兄弟，听到老哥的旧部要来西部投奔，兴奋得连声说好，允诺他来担任事业发展部的总裁。西超集团总部在西安，旗下有八十多家大型超市，遍布在西安、延安、兰州、榆林、银川、西宁、乌市、石河子等西部重要城市，在零售行业也算是跺跺脚也要地动山摇的角色，事业发展部专门负责对外投资扩张，正需要精明强干的人物来掌舵，而这正是黄劲最拿手的事情。黄劲上任一周，就完成了对西便的控股谈判。西便有二百多家直属或加盟的便利店，但由于近年房地产市场不断攀升，租金飞涨，西便集团盈利剧降，处境艰难，俞英雄早就想乘人之危，吃下这家集团，但一直谈不拢。黄劲和西便的老板是老熟人，当年经营牛奶的时候，西便是黄劲直管的客户，所以两人一见面就无话不谈。有黄劲承诺，西便与西超的谈判很快就水到渠成。俞英雄大喜，当下就拨给黄劲一辆豪华版奥迪 A8 专用。又过了一周，黄劲又把在长安新区建造一家奥特莱斯的计划书交到了俞英雄的手上。

俞英雄不是科班出生，闹饥荒的那几年关中更是缺食少穿，父亲母亲都没有熬过来，老爷爷经不得白发人送黑发人，更经不得没有棉衣的漫长冬天，也就在一个寒夜雪花飘起的时分自挂老槐树一了百了，撇下六个没有长大成人的孙儿孙女。作为长孙的俞英雄只能从县中辍学回家，再也没进过校门。生产队里只有他进过中学，读书识字不在话下，大队便派了他兼做记工员，夜间还要领得贫下中农读报学社论防修反修。然而这样的学以致用、知行合一，无助于他的知识增长与文化提升，所以他不懂得微观经济学、期货、长尾，也不懂得统计、市场分析、边际利润，他的发家全靠本能。改革开放后，田地到户了，他发现田地种得再好，也不过百十块钱的收成，便寻思赚更多的钱，那时已经不抓盲流了，他就辞了生产队长（那时他已升到生产队长了！）从村里跑到县里搞副业，从修理铺到办五金店到五金超市到家电超市到大型商场到商超集团，他凭着超乎常人的勤劳节俭和对商业行情的准确把握，总算跃出了草莽世界，西装革履，前呼后拥，成为大西部的一个风云人物。他接过这本厚厚的项目计划书，没有表态。两天后俞英雄通知秘书在三秦总会订了一个小包间，然后给黄劲打了个电话，说是晚上一起吃饭，聊聊这个奥特莱斯。

三秦总会不仅仅是情人幽会浪漫良宵的场所，更是高官巨贾集会议事的地方，据说石油、通讯、金融系统的人最喜欢到三秦总会，因为他们的招待经费惊人地多，什么鲍鱼、燕窝、鱼翅、熊掌、穿山甲、鹿鞭，随便都要点满一桌，时谚云：三秦总会是桶金（石通金）。在三秦总会的后面有一栋小楼，更是豪门中的豪门，总会中的总会，就是他们的聚会之地。来客不需要从正门进入，而是从后门进入，黄劲赶到那里，看到里面停泊的车辆全是劳斯莱斯、法拉利、宾利之类的豪车，就知道老板很看重这个项目。

晚餐就俞英雄和黄劲两个，不喝酒，只吃菜，菜是一大盘红烧黄河大鲤鱼，外加一大盘法国小牛排、一钵烂炖羊鞭烩鹿鞭、一盘蔬菜色拉。

"家常便饭，随便聊聊。"俞英雄与黄劲东西相对而坐。

"中西精华，应有尽有，老板破费了。"黄劲谦逊地说。

"顾客为什么要到奥特莱斯，而不是别的商店？"俞英雄把一大串羊鞭鹿鞭夹到黄劲面前的盘子上，开门见山，"吃了这东西，有干劲！"

"那里有世界上所有的一线品牌。"黄劲用自己的筷子夹了一小片羊鞭送进口中，不膻不腥，软硬适中。

"在别的地方买不到吗？"俞英雄自己也夹了一大串羊鞭鹿鞭，直接送入口中。

"有的买得到，有的买不到，有的要到北京买，有的要到上海买，现在西安品牌专卖店零散分布，城市交通越来越拥挤，大家没有那么多时间和精力，东跑西赶。"

"还有什么优势？"

"建在郊区，那里的房租便宜，这样价格可以降下来。"

"能下来多少？"

"百分之五十到六十。"

"有那么大？"

"现在品牌卖的是牌子价，影响店家决策价格的主要是进货成本和店面租金价格。如果批量进货，进货成本可以下来，如果在郊区，租金实际可以降低百分之七十五以上，但我们园区的租金可以高一些。"

"还有什么优势？"

"货真价实，入驻的全是品牌专卖店，杜绝水货。"

"还有什么优势？"

"现在这个地方划到长安新区，有税收政策的优势，有土地的优势。"

"还有什么优势？"

"新区建成了，这里就是新区的市中心。"

"好！你来负责落实。"

"不，老板，我们事业部只负责规划，不能介入执行。"

"不，你来操盘！这个项目是你想出来的，别的人没有你理解得透。"

"我担心经理们有想法。"

"我的东西我说了算。"

"谢谢老板的信任！"

"你来尝尝这黄河大鲤鱼的味道如何。"

"非常鲜美！"

"咱们陕西人做事，就图一个鲜美。你规划的这个奥特莱斯，我看还有一个优势，就是西部第一家！"

"是的。"

"要抓紧搞！我看你规划的投入资金有些紧，可以增加三千万到四千万的预算，不足还可以再增加，就是两个字：要快！"

27

毛利民报到那天，海口的气温飙到了三十九度，当然还是继续上班。李亚男陪他到了人事处。张曙光早已候在那里，两个大男人百闻不如一见，行了个西方绅士的拥抱礼，然后是张曙光问寒问暖，毛利民一再表示感恩。见他们如老友相逢，亲密无间，李业男悬着的心总算缩回去了。张曙光便带毛利民到省行各位领导那里见了面，然后和组织科的鲍宇开车送他到市行报到。高隽听说是张曙光亲自送过来，就下楼迎接。高隽无论碰到什么人都有一见如故的本事，一见毛利民就知道是个干才，将来也可以成为干事业的磕头兄弟，自然照例亲热得像交往数十年的老弟兄，寒暄一番，交代了接任的事宜，又吩咐办公室中午在琼崖老店摆一桌，既是给毛利民接风，又是感谢张曙光助成了陈秀梅的事情。

琼崖老店在海口算不得第一等的酒店，因为它没有七星五星的标识，但绝对是第一流的餐馆，工农商学兵官，无人不知，无人不晓，名气超过了上海的绿波廊、北京的醉八仙。特别是它的海鲜烹调在海口在国内甚至在亚洲无出其右，这里的海鲜品种丰富多样，常常可供的海鲜竟达二百余种，尤其是非常罕见的龙葵，这里也可以餐餐供应。龙葵是在深海一千米以下生长的软体动物，寿命达六百年，选作食用的龙葵，一般在二百岁左右，这主要靠有经验的老师傅来一观二看三探。观是观动静，这龙葵也和人一样，年幼的好动，年壮的动静有力，年长的则一动不动。看是看皮色、皱纹、体长，幼小龙葵体型狭长，青壮年的龙葵皮色红褐，浑身清润，褶皱极少，体型壮实，肥厚，长度略大于宽度，年老的龙葵，却如千年老龟，满身褶皱，肤色灰暗，体型如蒲扇。探是探摸龙葵身体的软硬程度，幼年龙葵软如面团，青壮龙葵结实不乏柔软，只有年老的龙葵才坚硬有角质。当然这些都只能靠人的经验，没有现成的数学公式或者年轮来计算。作为食用的龙葵，先要在海水池中清养一到两个月，以便其排完体内秽物，食用前，以黄酒调好佐料，自其口腔灌入，然后用针线密密缝好口腔，活体放入温水清炖，经三日方可炖烂，便可食用。清炖至第二日，便有香气溢出，缥缈传送，可达半里开外，其间需不断补水，不下十余次，至第三日炖成，揭开锅盖，便可见一团至柔至烂至脆的肉糜，色如古铜，温润光亮，奇香如麝，绕梁不绝，食之不仅醒酒提神，滋阴壮阳，而且对于心血管、脂肪肝、心律不齐、痛风、脾胃不适、月经不调、失眠、梦遗、臆想及胆囊胰腺炎均有辅助治疗之效。《华夏本草补遗》云：食用龙葵三两颗，肚胆血管去沉疴。因为食用价值奇高又极难捕获，所以龙葵的价格长期居高不下，一个龙葵可做一锅，价格在一万二千元开外，一般酒店绝少引进。琼崖老店乃是百年老店，其祖上据说是辛亥元勋，参加过护国运动，第二代左倾，同情革命，暗中为琼崖纵队送药买枪，建国后公私合营，社会主义改造，老店仍由原来的人经理，改革开放后，老店几经起落，后来股权改造，公私兼顾，总算办成了一家最最成功的多元股份企业。因为这些原因，老店没有做不到的事，没有买不到的东西，货源广泛，又有需求，出价大方，所以能长期供应不断，乃至成为吸引天南海北高贵食客的首选。来琼崖老店品鲜的名人要人很不少，从一楼的大厅到二楼的走廊和包间，墙上挂的都是中外政要明星巨贾莅临此地的留影，其中最受人注目的是美国前总统克林顿与现任国务卿希拉里女士在此品尝琼崖名吃的大幅照片，克林顿满足的红鼻头和希拉里幸福惬意的微笑证明了酒店美味佳肴名不虚传。毛利民虽然来自京津地区，但进这样高档又有特色的馆子还是不多，忍不住沿途观赏镜框里的人物。张曙光俨然是见惯了大场面的人，一路与高隽并肩而行，目不斜视，也就是目中无物。包间的名字叫维也纳，自带休息厅和卫生间的连带包间，气派辉煌的北欧地毯配以珐琅色的桌椅，显得富贵典雅。正中墙上悬挂的是那个伟大的奥匈皇帝的画像，那是当时著名油画家罗宾斯杰作的限量复制品。中午参加宴会的除了张曙光、高隽、毛利民、鲍宇外，还有市行三位老的副行长、新任副行长陈秀梅、办公室主任、东区片行的书记兼副行长，刚好十人。高隽在皇帝陛下下面的位置坐下，主宾张曙光坐在他的右手边，毛利民坐在他的左手边。陈秀梅是专门从外面赶回来的，也是最后一个到。那天她穿一件洒满百合花的薄纱旗袍，曲线流动，婀娜多姿，到了包厢，大家见了她如此简约清丽，宛如二十刚出头的校园少女，纷纷赞美不已，淡淡的清香散发开来，大家都知道这清香来自陈秀梅，颇有些后悔没让自家的婆娘也用上这样的香水。陈秀梅给所有的领导都问了好，说话十分得体，然后在餐桌上选了靠在门边的位置坐了下来。一位看上去五十开外的副行长马上起身要与她换个座位，她坚说不可："你是老领导，理应坐在上面。"如此低调谦逊，着实让张曙光颇感意外。

服务生上了五瓶十五年的飞天茅台和一支蓝色高卢。高隽兴致很高，对张曙光说："张处长，今天是我们市行非常重要的一天，我们都来热烈一点的好不好。"张曙光说："我没意见，看看大家的意见。"大家都说好，毛利民没有什么酒量，但也只有跟着说好。高隽便叫服务员撤掉蓝色高卢，换上三瓶飞天茅台，他说："不是我小气，这蓝色高卢是欧洲皇家宴会用酒，不算贵，一支只要一万二，但毕竟还是洋酒，怎么也胜不过我们的国酒，咱们大中国，物产丰富，历史悠久，太多天下第一，白酒也是天下第一，今天我们就不掺别的，全来有点高度的，好不好张处？"张曙光没有回应，抬眼望了对面，问："秀梅，你呢？"陈秀梅笑着说："我紧跟领导。"高隽大笑一声，"好！"便命服务生开瓶注酒。注酒毕，高隽站起身以主人身份讲话，他说："我先简要讲两句，然后请张处长致词。今天咱们行三喜临门，首先要感谢省行领导和人事处领导对咱们市行工作的大力支持，这次我们市行班子得到了加强，是省行领导、人事处领导高度重视和大力支持的结果，对上级领导的关心信任，我们表示衷心的感谢（大家鼓掌）；其次，省行引进天津才俊毛利民先生，加入市行，将大大增强市行的战斗力，我们热诚欢迎利民的加盟（大家鼓掌）；第三，今天也是秀梅副行长和市行党委委员兼东区片行利民行长上任后班子第一次给他们接风，祝愿二位在各自的岗位上做出新的成绩（大家鼓掌）。下面大家欢迎张处长致词。"

大家热烈鼓掌。

张曙光注意到高隽的话都讲到了，就不拟再讲什么，但大家都要他讲，推辞不过，只好站起来讲几句，他说："今天参加市行兄弟们的聚会，很是高兴，也很荣幸。这些年市行在高行长的领导下，规模效益不断飙升，成为全省的榜样，全系统的榜样，领导班子团结，有战斗力，作为服务部门的人事处也感到光荣。毛主席说，当路线政策制定好了，关键就看领导班子。海口市行的出色工作，再次证明了这一颠扑不破的真理。如果各位有什么需要人事处服务的，就请告诉我们，我们竭尽全力为大家做好后勤保障工作，让大家工作安心，无后顾之忧。"他讲得很谦虚也很到位，特别是最后一句，绵里藏针，极显权力与作用，虚虚实实，可谓非常老到。高隽很高兴，带头热烈鼓掌。鼓掌毕，高隽号召大家举杯，于是众人举杯，碰杯，一饮而尽。高隽放下杯子，拿起自己面前的酒筒，给张曙光注满一杯，又给自己倒满一杯，说："兄弟，咱俩什么都不用说，这杯我单独敬你！"说完一饮而尽，张曙光也一饮而尽。张曙光正要给高隽注酒，却发现小姐已站在身边，伸手来拿酒筒给高隽和他都分别注满。张曙光看着高隽说："高兄，这杯我敬你，看到市行蒸蒸日上，兵强马壮，由衷地敬佩你！"

"好！喝！"

两人一饮而尽。

酒筵既已开始，陈秀梅就端了酒杯过来，首先给张曙光敬酒，她动情地说："以往跟张处联系少，现在才知道张处长的才干，文韬武略，治国安邦。千言万语，感激不尽，一杯酒，无限情，敬给领导表忠心！"张曙光哈哈大笑，与她一饮而尽。

敬完张曙光，陈秀梅又自斟满酒，过来敬高隽，声音同样是那样爽朗豪迈："领导在上我在下，领导说搞几下就搞几下！"大家一听，哄堂大笑，这陈秀梅真是豪杰，出口成章，又尽得风流，高隽哈哈一笑："你是穆桂英，豪气赛男儿！"两人用力一碰，乓的一声脆响，酒花飞溅，一仰脖，一饮而尽。

张曙光见状说："秀梅，慢点来，多吃菜，慢慢来！今天要打持久战。"陈秀梅道了谢谢之后，又与接班的毛利民碰了一杯，窃窃私语片行的工作。此情此景，更叫张曙光不能不觉得自己的帮助十分必要：这样作风火辣踏实的同志就应该在领导岗位上。我们的广大干部职工太不了解我们领导干部的工作了，拿着放大镜看人家的缺点，看不到人家的优点，看不到人家的艰难和付出，动辄中伤，真是不至其位，不解其情啊！市行能搞出成绩，看来还是人才取胜。又想到自己的李亚男也是精明伶俐的角色，本就不逊陈秀梅，只是独当一面的机会少，还不能八面玲珑，等她生了孩子，还是要好好拉她一把，让她也上到领导岗位，这样他在行里的羽翼就会慢慢丰满起来。想到这里，他心情极好，大开酒戒，自高隽开始，一人一杯，到了毛利民那里，高隽也拿着杯子过来了，张曙光拍着毛利民的肩膀，叮嘱说，"以前有事找我，现在有事找高行长，听高行长的话，按高行长的指示办事！"高隽哈哈一笑，与毛利民碰杯道："兄弟，我欢迎你!"三个男人一起碰杯一饮而尽。人是英雄酒是胆，毛利民新来乍到，并不熟悉，但他毕竟在金融系统工作了十多年，又是信贷处的，酒桌也常上，酒经并不缺，今天他又是新来报到，自然要借此机会与领导、同行套套近乎，便自斟满，首先来到张曙光面前："张处长，我们要单独请您。这里是借花献佛，感谢您提携大恩。"说完一饮而尽。

"兄弟你言重了，你能来海南，是大家的心愿，以后都是同事，用得上我的，你尽管开口。"张曙光身材和毛利民仿佛，两个汉子饮完酒，右手紧紧握在一起。

毛利民来到高隽面前："久闻高行长大名，现在能到高行长麾下工作，小毛深感荣荣，这一杯敬领导。"

"利民，不见外，我和张处长情同手足，以后在一起共事，有困难你找我。"高隽也碰了一下，喝完。

喝完高隽这杯，毛利民感到有些不胜酒力，大概一开始喝猛了些，步子有点踉跄，陈秀梅见状就过来，扶了毛利民回座位上坐下，说："毛行长刚到海南，旅途劳顿，水土不适，下面的就免了，来日方长。好不好，各位领导?"大家都说好，高隽也侧过身，低头耳语："慢慢来，不急。"

鲍宇虽是席中级别低的，但他来自省行，又是人事处的，管官的官，见官大一级，所以也很老练地转入这场混战。菜肴上来未到一半，八瓶茅台已经消化了六瓶，陈秀梅招呼办公室主任再要五瓶，张曙光止住了她，说："下午还要上班。"高隽说："那就再加两瓶，刚好一人一瓶的量。"张曙光说："好! 总量控制!"这时炖好的龙葵上来了，一股强烈的醇香让大家的醉意清醒了一大半，毛利民看到一团黄澄澄的肉糜一样的东西盛在一个精致的钵盂里，不知是什么东西。高隽见状就告诉毛利民："这是龙葵，龙头的龙，葵花的葵，海南第一名吃，兄弟第一次来，我们专为你点的。"说完要亲自给毛利民舀。毛利民赶紧阻止说："使不得，使不得。"陈秀梅见状站起来说："还是我来，舀东西分吃的事是女人的专业。"大家都说好。陈秀梅把第一碗递给张曙光，说是首先给省行的领导，第二碗递给高隽，说给咱们市行的老大，第三碗给毛利民，说是给新人加盟，第四碗递给鲍宇，是给人事处的领导……最后才是她自己的，由于前面的舀得多，最后轮到她的不到小半碗，高隽说："我的还没动，分点给你。"说完，就舀了一勺过来，陈秀梅轻轻推开，脸有点微红，自嘲说："现在女干部减肥的工作比本职工作难搞，见了好的东西又想吃，又不能多吃。小半碗刚好合适。"张曙光看在眼里，越发觉得陈秀梅是个拿得起放得下稳得住的人。

由于总量控制，又加上龙葵醒酒，这批身强体健久经沙场的金融精英并没有完全放开酒量，彻底尽兴，一拼高低，酒一喝完，高隽即唤上稀饭，每人又吃了一碗特制龙葵汤泡鲍鱼粥，约定下次聚会的日子和地点，这才宣布罢席。办公室主任电话唤来市行的司机，吩咐给人事处的领导开车回去。鲍宇酒量不高，一坐到副驾驶位置上就靠在位子上睡着了，张曙光是喝得恰到好处，不多不少，清醒明朗，精气神全上来了，心里非常安稳。从此，他不欠毛利民什么了，他在系统里的事业也开始了布局。张曙光下意识地握紧了拳头。

人事处历来都是要害部门。

28

骆丹决定陪高伟回西安，同时去看看黄劲。黄劲前些天来电话，说到西超集团的西部奥特莱斯项目已启动，他认为这个项目有很好前景，两年建成，必成闹市，又连接两个城市，是高档生意的上上之选。当今世上不懂生意的人都夸潘某某，其实潘某某除了会吹牛逼会作秀会把从中国人身上赚来的钱捐赠给外国之外，还有多大能耐？他刨了第一桶金（而且只是房地产类的狗屎金），还能够刨到第二桶金吗？《华夏日报》的一位老溜子的小记曾在大庭广众之下和潘某某约了个赌，说是潘某某要是能办出个造三菱电机、造佳能相机、造德国汽车发动机、造飞机、造飞船、造潜艇或者制造医治帕金森氏综合症唐氏综合症治疗 HIV 的药品等等之类的公司，小记甘愿为他写一部百万字长传，上及曾祖，下至子孙，九代之内，不论姻亲远近，一概发皇幽明，勾潜辑要，歌功颂德，自费印刷，广为流传，分文不取。结果潘某某当场摔门而去："你算老几？"不过摔门归摔门，坐在旁边的还有好几位名企老板，也只有一声不响，一动不动，没有谁敢来出头。那些所谓首屈一指的企业家就这点出息，搞点简单技术简单投资，却要扮出一个大企业家的模样，什么核心技术都没有，什么关键部件都要进口，远不如那些受过严格学院训练的职业经理人。黄劲的商业头脑远在潘某某许某某等等之上，这是骆丹深信不疑的。经过这场虚惊，骆丹感到有必要在西安登陆，她经不起这样的折腾，人生很短暂，凡夫俗子不能超脱生命的欲求，她需要一个稳定的家。高伟也很赞成骆丹的想法，两人一同飞回西安。骆丹选了一个离西北双电近的酒店住下，这样她在西安期间，高伟可以住在这里，上班也方便一些。

第三天，骆丹决定和黄劲联系，约他一起吃饭。一早，骆丹就开始拨打黄劲的手机，然而手机关机。她开始还以为是黄劲没有随身带手机，或者手机没电了，现在流行用苹果手机，但这种机子最讨厌的是不能换电池，而且电池使用时间短，天把时间，碰上不能充电的时候，比如在会议，在高铁，在轮船，在大巴上，手机没电了，与外界的联系也就断了。没有手机的时代，谁都不会觉得是个事，用惯了手机，一刻也缺不得。你知道断了线的风筝的感觉吗？你见过沙漠里走失的骆驼的神情？你领略过与组织失掉联系的地下党的感觉吗？这就是人之病。骆丹知道黄劲用的正是 iPhone 4s，便发了短信，告诉他自己已经到西安，请安排时间见面谈事。但到了中午还是没有回音，她感到很别扭，自己继续待在酒店里等了一个中午，还不见人影。到了下午，继续拨打黄劲的手机，手机仍然关机。到了傍晚，还是不见黄劲回复消息，骆丹开始觉得有些蹊跷，有些不安。她知道，黄劲可能不回复别人的短信，不接别人的电话，但绝对不会不理睬她骆丹的，自从他们认识以来，这样的经历从未有过。不祥的预感，像黑色的蝙蝠，从黑暗中飞出。高伟下班来带她去"西安名吃"，她无心吃东西，心中盘旋着那只黑色的蝙蝠，时高时低，甚至开始啃噬她的脾胃。高伟见她心神不定，就问缘由，骆丹说黄劲还没联系上。

"我感到黄劲可能出事了。"

"出事了？有什么事可出？"高伟懵懂不知。

"可能被抓了。"骆丹说。

"不可能吧，黄总好好做生意，怎么会被抓？"

高伟当然不知道商场的禅机。现在还不能让高伟知道这些复杂的事儿，骆丹只好转口说：

"我也是这样想，但他怎么可能像蒸发了一样呢？一点信息都没有。"

第二天早上，高伟去上班了，骆丹等过八点半，通过114台，找到西超的总机，拨过去转事业发展部，那里有人接电话，骆丹说："请找黄总。"

对方一听声音即变，问："你是谁？"骆丹听声音感到对方的紧张，心中的揣测基本落实。

"我是黄总的亲属，找他有事。"

"黄总出国了。"对方立即回复。

"出国了！"骆丹惊诧万分，不由自主地重复了一句。

"出国"，这几年已经变成商场官场出事的代名词了。如果一个公司的高管或者政府的高官莫名其妙地"出国"了，那多半就是出事了，只是暂不公开而已。

骆丹惊恐地挂了电话。

到底出了什么事？骆丹一头雾水。但她知道，在这个世界上，现在只有她才会关心黄劲。她需要尽快了解真相，到底出了什么问题。她首先想到俞英雄，但她和俞英雄素昧平生，不好找他问真情，人家也不知道她，问了也肯定不会告知，现在只可能朱孟雄知道真相，按理黄劲是朱孟雄推荐给俞英雄，黄劲在这么短时间就出事，俞英雄一定会通知朱孟雄。她便拨通朱孟雄的手机。

"老爹，是我。"

"我知道是你。那小子还没弄出来。"

"要紧吗?"

"怎么说呢，要看他在里面的表现。"

"我到了西安。"

"你消息好快。唉，孩子，你还没有放下。"

骆丹知道朱孟雄误解她是为黄劲才赶到西安的，便道:

"我是和男友来西安度假的，没想到一来他就出事了。"

"你有男友了? 什么样的，你快讲讲。你阿姨也在这里，说来一起听听。"骆丹离开奶企之后，朱孟雄夫妻对骆丹特别友好，视同子女，尤其是老太太，虽然德高望重，但毕竟年华老去，心力有限，现在所有的心思不再是教子相夫，而是稳住这个家。对老伴，对儿子，对媳妇，她都不信任。老伴是个事业狂，没时间陪她唠嗑逛街，又喜欢拈花惹草，让她心烦，还得精心提防那些狐狸精们骗取老头的资产和健康;儿子儿媳都待在海外，只顾自己的事业和小家，把她这个老太婆常常忘在家中，有时十天半月没个信儿，还是这个骆丹三天两头都有电话来唠嗑。时间久了，爱憎自然分明，独对骆丹信任有加，有时跟老伴拌了嘴，就飞到三亚住几天。

骆丹听得出朱孟雄声音里充满了快乐，有些不满:"老爹，你咋还这么轻松?"

"傻孩子，光着急有什么用，再说也不是什么大不了的事。你说说你那个小伙子。"

"是一个搞科研的。"骆丹说。

"搞科研的好，实诚! 平稳!"朱孟雄说， "多高? 配得上你吗?"

"老爹，他和你一般身高。"

"那好！帅不帅？"

"算得上吧。"

"我就知道会帅，不帅你不要，当年你连老爹都瞧不上眼，哈哈。多大年纪？"

"比我小好几岁呢！"

"哦，小一点，小一点也没啥，性格呢？"

"挺憨厚的，西北人。"

"有照片吗？"

"有，现在我就发给您。"骆丹把高伟的照片发了几张过去。

"你眼光不错，现在我和你阿姨都放心了。什么时间把婚事办了？"

"年底吧。"

"越早越好，你不小了。"

"我不老，老爹。"

"你不老，但我老了，我要来给你操办婚礼。"

"谢谢老爹！黄劲这事有希望吗？"

"问题不大，俞老板在西部哪有搞不定的事，再说这是个小事。"

"小事怎么要抓人呢？"

"还不是为了那块地。"

"哪块地？"

"那个西部奥特莱斯的用地。"

"多大啊？"

"三百多亩呢。"

"这不是正常的商业用地吗？"

"是正常商业用地，但被人家拿来说事做文章了。"

"挨黑了？"

"大概是吧，内部有人举报了他。"

"有证据？"

"听说是实名举报他从公司领走五十万送礼。"

"领钱走，公司总有董事长的批字吧？"

"当然有，但举报人指出这钱实际是用于行贿的，偷拍了他和一个官儿一起吃饭的照片。"

"吃个饭有个什么大不了的？"

"问题就在于举报人说这钱就送给了那官儿。"

"哦！"

"那对方呢？"

"正在被双规。"

"哦！"

"真有那事吗？"

"这个我怎么知道？反正老俞说没送钱。"

"俞老板的话靠谱吗？"

"我怎么知道呢！我又不能问得那么明白。商人嘛！问了他也未必说。反正他说那钱是给黄劲个人的，不是用来送礼的。"

"你估计呢？"

"如果要送礼的话，恐怕还不是这个数。不过也难说。现在要看他们自己了。"

"这商场真是到处都是惊涛骇浪。"

"有什么办法！转型时期，都是行情行情的。不按行情办，什么事情都办不通，现在的官很多坏得不得了，不给钱不办事，还坏你的事；按照行情办，所有的风险、损失都在商家，人家该收的税费，不该要的好处，一个子都不会少。上面说要深化这个改革那个改革，看来阻力大啊，没有霹雳手段是不行的啊！"

"是啊，哪个商人不想安分守己，稳稳当当做生意，安安心心赚大钱！就是那些个坏透的官吃、拿、卡、要，还要变着法抬价提价，搞得风气全坏了。"

"你现在也有些愤世嫉俗了，丫头。"

"前几天黄劲叫我来西安看看，是不是有机会登陆，现在真是叫我有点担心。"

"是啊，这年头经商风险成本太高，不是最好的职业，你看我把孩子都送到国外，都让他们搞科研，下一代能自食其力就可以了，没有必要成天像打仗一样，如履薄冰，战战兢兢，结果还是缴税，缴费，安排就业，增加职工工资，捐款献金，自己能剩下几个子？"

"老爹你要是有什么消息就告诉我。"

"好的，老爹知道。"

心神不定，满是恐惧。骆丹给高伟发了个短信，叫他中午回来一起吃午饭。高伟知道骆丹心情不好，提前下了班，来到酒店。骆丹就把黄劲的事情告诉了高伟。高伟对这些事毫无经验，想不出什么好法子。骆丹告诉他，也不是要他拿个注意，只是身边有个人，心里安静一些，她知道黄劲在西安举目无亲，出了这种事，没人会为他奔走。现在远在澳大利亚的家人要么毫不知情，要么也在恐慌之中，他可是那个家庭唯一的顶梁柱！她必须帮助身陷囹圄的黄劲。中午两人就在酒店餐厅吃了个简餐，餐后高伟感到让骆丹一人待在酒店里不是个办法，就给在西安一所专科学校教书的女同学许甜甜打了个电话，看看她能不能抽空陪自己的女友逛逛街。许甜甜是个热心人，待人接物比冬天的篝火还要热情。大学时代对高伟很有好感，有一年还邀请高伟去她家过年，可是高伟不开窍，没有领悟到许甜甜的爱意，只想到年末放假回家和家人团聚，一场好的姻缘也就失之交臂，许甜甜最后被一个青年教师追到手了。因为有这份情愫，许甜甜和高伟之间的关系远非一般同窗之情可比。高伟有事求她帮忙，而且又是这样的好事，许甜甜自然再忙也要抽出时间来帮一把，就满口答应了，顺便也可以见识一下高伟的女友，是否也有自己这般的容貌才情。

女人的心思总是这样，暗暗地比较个没完没了，哪怕那西瓜早搁在人家的菜篮，与自己没啥关联，但还是要比一比，较一较，仿佛只有经过这一轮称斤论两，才能心安神定。

骆丹对高伟的这个安排，有些感动，这个小男人还真是心细，懂得疼老婆，两人回到房间不免要亲热一番。时在盛夏，各地都在午休，他们睡到两点，就起床了，把房间整理了又整理，以免同学来看到乱糟糟的尴尬。两点一刻，他们准时下到大厅，这时许甜甜正从转门进来。许甜甜是典型的山东姑娘，个子高挑，模样俊俏，鹅蛋脸，虽然有几点褐色斑点，但毫不减损她的漂亮，腿修长，专门练过模特步，走起来蛮有型的。高伟把她们作了介绍之后，骆丹主动说："真是不想耽误你时间，高伟偏要自作主张，给你打了电话。"

许甜甜说："这有什么要紧呢，你到西安我本要尽地主之谊的，就是高伟瞒得紧，现在才知道。"

"他呀，把我当小孩子待呢。"

"那是他在乎你！"许甜甜又转过身对高伟说，"你现在可以走了，放心去上班吧。"

"好啊！"高伟对骆丹打了个手势，就去上班了。外面的太阳还是很烈，骆丹邀许甜甜到房间坐坐，晚点再出门。许甜甜正有此意，两人说笑着回到房间，扯些女人间的闲事碎话，一晃就到了四点，两人便出了酒店，骆丹说："我听说长安新区正在开发，要不你带我去那里看看。"

"那里现在到处是工地，灰尘蔽天。"

"那里是不是有条叫敬德路的？"

"有啊，那是一条很长的路，直接连着古都西街。"

"那条路上有个叫哨马营的地方吗？"

"有啊，就在敬德路的中间。"

"要不我们过那里看看？"

"好的，有什么事吗？"

"没什么事，昨天从报上看到那里要做超市，我去看看那里的环境。"

"听说你的生意做得很大。"

"说不上，小本经营，过得去而已。"

"高伟是我们班上最踏实的男生，也是最优秀的男生。"

"谢谢！确实很优秀。"

"你们很有夫妻相。"

"呵呵，这我倒没有注意。真有夫妻相这样的说法？"

"有啊，夫妻相其实也很有科学道理的，天天在一起，你看着我，我看着你，无形之中互相模仿，长得就有些一样了。"

"那倒是的，至少习惯有些雷同，包括言行举止。"

"这次你要多待几天，我把我们班上在西安工作的同学都喊上聚一下，大家认识认识。"

"谢谢甜甜！下次吧，过两天我要回三亚去。"

两人打的去敬德路。敬德路，得名于大唐英雄尉迟敬德，也就是门神中那个持鞭的黑脸好汉。它东起古城西街的尽头，向西直达咸阳，绵延数十公里，原来叫西咸公路，前年才改名叫敬德路，大概本地当家的既重前贤，又崇德化，更有点豪侠情怀，一石三鸟，才改得此名，令人有上接千年的感觉。这条路的两边就是正在规划开发的长安新区。直观上来看，长安新区建成，古都西安与古都咸阳连成一体，连同新开发的长安新区，将成为中国西部最大的城市区，那将是一个像美国西海岸的洛杉矶、中国南方的珠三角、东部的宁沪杭和华北的渤海湾一样的巨大城市群。这个富有远见的设计将打造出西北经济文化中心，成为撬动西北经济社会发展的支点，从根本上改变中国西部生态。下午的西安，马路上少有车辆行人，一路绿灯，但由于路程遥远，还是花了一个小时才到哨马营，的士车烧的是燃气，车费便宜，才六十二元，骆丹抢先付了钱，同时问司机是否愿意等一等，她们很快就要返回。司机喜出望外，就停在一边候着。

西安、咸阳，是中国古代文明的繁花缀翠之地，五千年悠久历史都与此息息相关。这哨马营地处荒远，大约在敬德路的中端偏东一点，四周没有一户人家，一大片已经被政府征收的土地，没有种植庄稼，也没有人家，路边拆迁的痕迹宛然。从一个高土坡向四周望去，远远近近都是施工的现场，只有南边的一块，被围墙围起，但没有动工，面积约有数百亩，骆丹估计这大概就是黄劲正在争取的西部奥特莱斯地块。从围墙往更南方望去，隐隐约约的是山峦，好似起伏的楼群，更像奔涌而至的千军万马。

许甜甜说："这个地段，现在还不算贵，我们学校马上要升级为本科，过几年就要迁到这边。交大、西工估计也会整体搬迁到那边，听说北科、石油科大和北理工也有可能搬过来呢。"骆丹顺着许甜甜的指向看去，正是刚才那兵马奔涌的地方。

"这倒是一块好地方，长安新区建成了，这里正是中心地带，又是大学城，那时可是寸土寸金。"骆丹说。

"我们这些城市平民只能看，不能想，你可不一样，你可以来这里投资啊，这样你和高伟也可以天天在一起。"许甜甜说。

"我也有这个想法。但这里地气重，你看那些矮山，起起伏伏，如涌如突，一股征伐之气呢。"骆丹指着远方说，"没有大富大贵的命，难以承受得住！"

"你还懂风水呀！"许甜甜有点惊讶。

"南方的商人都在意风水，我算是近朱者赤。"

"我看你就有这样的福气！骆丹，前几年咱们班去护法寺郊游，当时有个老和尚给高伟看了相，说他富贵无比，特别是有妻室相助。当时他不信，大家也不信，现在看来还真有这么个前世渊源。"

"是真的吗？高伟从来没跟我说过。"骆丹听了许甜甜的话，有点兴奋，也有点得意。

"他怕是早就忘在脑后了，他这人腼腆，不解风情，对这类传统神秘文化，也不相信。"

许甜甜的话说得骆丹心里舒朗很多。两人又到附近望了望，决定返回。回头看那司机，正背对着他们撒尿，她们赶紧扭过头，继续胡乱望望，估摸司机尿毕，再回头来走过去上车。

骆丹决定，如果黄劲这次没事，她一定要跟进在这里建一个大型商务酒店，从此开拓她的西部酒店连锁事业。她明白这不是单纯为了追逐利益，也不是简单地回应黄劲的召唤，而是要小试牛刀，在中华民族千百年来经营博弈的这块土地上延展出一个具有新生命的企业。历史是点点滴滴累积而成的，个人可谓小，也可谓大，小则如芥末，大则关乎国运民生，所谓旧邦新命，所谓古典新生，全系乎一代有志之士的奋发有为，如同当年霍去病从这里奋骥扬鞭开拓西域，左宗棠移柳出关，锤定天山南北，如果没有个人的进取开拓，如果大家都只惦记着自家的一亩三分地，柴米油盐，这国、这社会、这人类便没了生机，没了神话，没了气魄，更没了那些令人荡气回肠的千古英雄传奇。她骆丹虽然时常羡慕宁静的生活，但内心却始终沸腾着一腔不甘平庸的欲望，那种流贯在蔡文姬、花木兰、武则天、梁红玉身上的豪情与血脉。

一代要有一代的格局。一代要做一代的事情。

骆丹的内心陡然升起一种庄严而神圣的感觉。她仿佛感到历史深处的鼙鼓又在擂响，那些名垂青史的先烈骑着高大的骏马飞奔而来，尘土飞扬，旌旗猎猎，无论多少年月相隔，无论多少冰雪阻塞，卓越的生命依然互相激发相互勉励，宛如同在桑梓共读寒窗的弟兄，这便是心心相印，这便是薪火相传。

车子回到了古城东路，那是西安最繁华的商业区，两人下了车，一起去了海伦大厦，那里有全西安最齐全的名牌奢侈品。两人逛了起来，挑选了一些看中的物品，骆丹专门把许甜甜试穿过但没有买的一套夏装买了，准备甜甜回家时送给她。她觉得许甜甜穿起来很合适，但许甜甜没有买，她料想这两千元的价格远远超过了一个大学青年教师的购买力，便随意比划了一下，就买了。许甜甜觉得怪了，要她仔细地试穿一下，骆丹笑着说："刚才比过了，差不多就行了。"买好衣服，又逛了几个时装店，正准备上楼，这时骆丹的手机响了，是朱孟雄打来的。

"这次事情有点难度，目前还没有问到人关在哪里。"

"俞老板的能量不是很大吗？"

"这个时候，俞老板非常难，一旦黄劲有事，他是法人代表，脱不了干系。"

"那怎么办好？唉，当初不该劝他回国。"骆丹有些后悔。

"是我把他介绍到西超的，我没想到那边那么复杂。"

"老爹，我们有什么事可以做吗？"

"我当年在部队时有个部下在那边的检察院，多年没有联系了，他应该还没有退休，你可以去看看他，顺便问一下，也许有点信息。"

"好的，那我今晚就去。"

"我先打个电话给他。"

见骆丹有事，许甜甜便问是不是现在就要回酒店，骆丹说是的，真是很不好意思，有点急事要处理，我们就此别过。便把那套衣服送给甜甜，说是第一次见面，没有准备礼物，这套衣服刚才看你穿得很合身，就留心买下来，希望你喜欢。许甜甜坚持不可，说这个衣服你也合适，我不能要。骆丹说，甜甜，咱们姐妹初次相识，但你和高伟是多年的同学，我比你年长，姐姐的一个心意你咋能不领呢？许甜甜只好接受这份礼物。骆丹送甜甜上了的士，自己也打了的，赶回酒店。

这时朱孟雄的电话也来了："电话打好了，你今晚八点过去拜访一下。"

"怎么个看法？"骆丹问，这是他们之间的公关行话。

"我那个老部下为人正派耿直，不过也多年没见面了。"朱孟雄没有正面回答她，"地址我等会儿发给你。"

骆丹重新赶到海伦大厦，刷卡八万多，买了一块劳力士金表。又返回酒店。正好高伟下班也来了，骆丹说："甜甜回去了，我晚上要去看个人，咱们现在就去吃晚饭。"高伟知道八成是为了黄劲的事，就说好，到时我陪你去。

西安的夜晚，还有余霞点点撒在西边的天际，仿佛金子一般闪亮。归巢的鸟儿扑棱着翅膀，偶尔在树枝间交替地飞过。骆丹准时来到门禁森严的大院，登上最后一栋楼。主人夫妇很是热情，骆丹自我介绍说："我到西安旅行，朱老总专门嘱咐我要来看望伯伯阿姨。"男主人说："我这老团长现在是大财阀，政协委员，还记得我这个小兵。"骆丹见势拿出礼盒说："这是朱老总带给伯伯的一个小礼物，说请伯伯和阿姨有空的时候到华东去考察考察，他很多年都没有见到你们。"

男主人接过精致的礼盒，在手上转了一下，并没有打开，就放在茶几的一边，感慨地说："我也很想去看望老团长，就是抽不出空来，一晃也有二十来年没见面了，等明年退了，就有时间了。"

女主人把沏好的茶端来，骆丹起身接过，道了谢谢阿姨，声音香甜得像挪威的蜂蜜。这是她公关的看家本领。

"朱老总说自卫反击战时，你带的排打得最好。"

"哈哈，那是！我本来就是一员猛将嘛！"男主人显然对过去的光荣经历非常在心。

"朱老总说，要是战争年代，您会累积军功到将军！"

"哈哈，那有可能！"男主人对此一点都不谦虚，"我三十五岁升任正团长，当时部队里不多，比朱老总当团长时还年轻呢！"

"您后来怎么想到退役呢？要是在部队里，您恐怕也到了少将、中将呢。"

"这倒说不定。和平年代嘛，百分之八十的军人都是要退伍的。朱老总也是在正团职上退役的。"

"地方上工作也很有意思。"

"各有特点吧。这也要看人，比方我，就擅长带兵打仗，没兵带不行，没仗打也不行。我最佩服的是粟裕将军，那是我党我军的瑰宝啊！太优秀了！太神了！战神！他也太幸运了，有那么多的仗，大仗，可以指挥，我们当初对越自卫反击，才打了几天，还没热身，就撤回了，当初要是一竿子捅到底，顺便把钓鱼岛、琉球群岛都收回，现在东海、南海就没有那么多风波了。"

"伯伯很有政治眼光!"骆丹眼睛贼亮。

"哪里谈得上政治!如果说政治，我刚才讲的这些话便有些不对，惩戒不等于灭掉。当初我国的政治家把握得恰到好处，教训一下就撤回，这就是高明的政治家的决策。中国奉行和平共处的原则，说到做到，不搞霸权主义，也不搞影子霸权，正是主导世界和平发展的主力军。我们军人的职责，是决胜于战场，是服从命令。研究历史、平衡现实、思考未来，不是军人的事，是政治家的事。我能做的就是具体的小事，比如带个连、带个团，做点检察工作什么的。"

男主人侃侃而谈，看来数十年后他还是念念不忘自己的军旅生涯。

"您现在管辖那么重要的工作，也是令人敬畏的。"骆丹把话题很巧妙地接转到了此行的目标上。

"朱老说你有个亲戚有点什么事是不是? 他那声音还是那么重的宁波腔，我没怎么听清楚。"男主人一听骆丹的话，就趟开话题。

骆丹就把黄劲的事简要地说了一遍，道了不少冤屈。她知道黄劲是个快要得道成仙的人精，在关节点上经得起盘查。

"我要了解一下。"男主人说。

"真是不好意思，一来就给伯伯添麻烦。"

"只要真的没问题，总是要尽快放人的。我们不会冤枉一个好人。"

骆丹便和两位长辈唠了些家常，半小时后起身告辞，两老坚持要送她下楼，骆丹推辞不过，只好随着他们下了楼，这时男主人亮出那个礼盒，说:"小骆，这个你拿回去，这是你的意思，不是朱老的意思。"

"不，不，是我的一点心意，没什么意思，就是来看望长辈，总不能空着手。"骆丹闻言大窘，有些语无伦次。

"你还是拿着好，我们都是这么大年纪的人，不戴这个。"男主人说。

"你家的那个事，老头子会了解情况，这个你真的用不着。"女主人也在旁边说。

骆丹只好接过小礼盒，挫败而归。

29

喜剧时代的社会观察总是充满喜剧性的，干得好的话远比看那个自称办报奇才的马大吹编的漫画报要有趣。比如我们这个社会两性关系是何时松绑的，现在看来还没有一个准确的年份。如果以改革开放的一九七八年为起点，那么一九八〇年代有阵子还把喇叭裤、长头发作为自由化反掉，谈情说爱还是要藏着掖着，更不能随便一个 kiss，随便一个熊抱。可是后来，用体液写作的书都冒出来了，自称下半身写作的人也成为儒商，这之间跨度之大，能说不叫人如坐过山车百思不得其解吗？所以摸准时间，摸准脉搏，还是难得很。最近一个不知道是国内还是海外的中文小青年写了篇文章，贴在网上，装模作样回忆那批斗搞破鞋的时代，令人黯然发笑，可居然有数十万跟帖，一时间小年青成了网络红人。以其年龄之轻，如何经历那天天讲月月讲的斗争？再说，那狂乱年月中的这点比比皆是的陈芝麻烂豆子还可以高深莫测般地拿出来哄读者？可就是一个自称中学佼佼者的小网民，偏偏跟着这篇文发问：

"什么是破鞋？什么叫搞破鞋？"

"谷歌去！"网上先进懒得回答这小网民。

"你是不知道吧？"小网民质疑。

"懒得理你。"先进摆起架子。

"一定是不知道。"

"懒得理你。"

"算我求教好不好？"小网民换了语气。

"懒得理你。"

"求求你，快点告诉我吧。"小网民沉不住气，乞求了。

"谷歌去！"先进还是大牌的架子。

"这里早就没谷歌了。"

"纠正一下，是百度。"

"哦！"

"百度去！"

不过，平心而论，捉搞破鞋的时代早已不见踪影了。今天的人们享受的种种自由，包括爱与性的自由，都是过去无法想象的，你看看当年舒婷的《致橡树》："根，紧握在地下；/叶，相触在云里。"如此深情默默不逾矩，早已不能惊动今世青年的橡皮筋一般的神经了，今天的诗人们怎么说？"跨过大半个中国来爱你。"这诗句写得他妈的太牛逼极了，那私奔的豪情，简直在神州赤县上空画了一个伟大的弧线，让人联想起黄河长江般的奔腾不息。回想这两年出了事的达官显要，媒体上披露其劣迹，往往都要载明与多位女性发生或保持不正当性关系。这话也可以算是说得牛逼极了，如此准确又如此严谨的学术性概括，把当代的学术语言运用得恰到好处，把科学氛围渲染到了一个极致，在在反映了我们的学术普及程度和官员学术水准大幅度提高，工作态度尤为端正，遣词造句极为严谨精确。要是用老百姓的话，就是两个字：

"通奸！"

或者三个字：

"搞破鞋！"

或者四个字：

"作风问题！"

你还要百度吗？

可就这么点破事，网上还是有些交流。

访客A：这偷香窃玉，如果不粘连身体之外的物事，那就不能作为定罪的依据，只能算是个人品德不修，如果是做官的，只能算是官箴不检，如果拿到君主时代，那却是风流韵事，可以进入世说新语诗词曲赋唐宋传奇。

回复1：你丫知道，没钱能逛窑子？还多位女性还长期保持！

回复2：钱从哪里来？那是人民的血汗。

回复3：败类之坏，不只一两个方面。

回复4：还要大干一番，哈哈哈哈哈！

访客B：西方某国的总统先生，带着女友出访，有时还参加三军检阅，分享国宴国礼，尊宠殊荣，为何不能接受这边搞个小蜜？

回复1：此事的前提是总统先生您不得有个法定的老婆登记在册，您也不能同时既有女友A，又有女友B。

回复 2：滚到那边去。

访客 X：苟合通奸，伤风败俗，党纪国法绝不可容，强烈建议：对通奸狗男女开除党籍削职为民打入另册永不叙用！如有其他违法违纪情形，实行数罪并罚，收诸牢监，流放劳改，通过体力劳动以改造堕落的精神世界。

回复 1：请用规范的法律语言表达。

回复 2：查查苟合之后还干了些啥。

回复 3：最有效的方式是让千千万万双眼睛盯着他们。

回复 4：开了他们，我来干。

访客 Z：能不说这些事儿吗？你们觉得这很有趣吗？

回复 1：污人耳目的东西还是少传播的好。

回复 2：说说又何妨，扫黄打非的时候一抓一大堆，建议公布嫖客妓女名单。

回复 3：冷静！冷静！嫖客和妓女有自己的隐私权！

回复 4：苍蝇蚊子太多了！

确乎，一国有一国的传统，一代有一代的规范。只要你当的是官，说的是为民，花的是纳税人的钱，占的是有职有权的位子，就该规矩点，就该言行一致，就该管制自己的欲望，就不该糟蹋纳税人的钱，就不该辜负众人的信任，更不应该道貌岸然，说一套，做一套，你把别人都当傻子啊！小人物如刘克和春梅之类未婚男女，那远远是大视野沾溉不及的，只有喜欢八卦的同行如小汪大马喜欢左顾右盼的村头巷尾的老太老嫂子如陶红卫之流才投以关注的目光：哇塞，同居啦！

网上有一则"新世说"，大概出自剪刀加糨糊者流，曰：一作者投稿，题曰《试婚》，文采斐然，主编有采用之意。独小编们不许，皆曰："什么年代？早已同居遍地，还试婚！"就此罢掉。可见刘克春梅的状态世人早已习以为常，没有人觉得不妥。上海一位社会学学者，致力都市两性问题调查，其调研有三大成果：一是未婚同居是社会和谐的重要因素之一，一对同居可以减少两个人的躁动不安，因此可以大大减少强奸罪、猥亵罪的发生，而且可以减少亡命之徒——有了牵挂，很多人就有了忌惮。其二，未婚同居有助于社会财富的积累，因为同居，两个煤气灶只要开一个，两个电灯只要开一个，两份生活用品只要一份，开支减少，积蓄增多，家庭财富总量增加，社会财富总量增加。其三，未婚同居有助于提高家庭质量，经过同居而跃进到组成家庭，说明双方经过了试用期互相满意，好比鞋子试过了，真理经过实践检验，即便不组成家庭而保持同居式的非约束型组织联合体，也因其弹性，联合体更为稳定，一旦出现解体也不用诉诸法庭，减少公共资源的使用，避免精神损失。此君进而认为同居是人类两性生活的新趋势，将来婚姻家庭或许消失，或者为同居取而代之，才更合乎人类的天性。可惜的是这一递进推论立即遭到了学界炮火般的轰击，四面八方的专家跃出战壕高叫着反对这种自由主义取向，以为是对人类社会健康发展的极大危害，甚至是在挑动违反《婚姻法》……

　　但这还是与刘克春梅无关。春梅和刘克远远没有这么伟大的觉悟，他们的小日子过得挺甜美的，小两口虽然没有领证结婚，但因为有个单独的住房，卿卿我我，甜甜蜜蜜，所以生活起来就跟成家了的一样。早晨：春梅起来，淘米，放进电饭煲，煮了稀饭，然后出门左拐，在巷尾小摊上买了包子，有时还买盒光明牌鲜牛奶给刘克补充营养；刘克起来洗漱完毕，就拣开堆满物件的小桌子，盛好稀饭，端上桌子，两人一起吃了早餐，然后各人骑了自行车去公司上班。中午：各人在单位午餐。傍晚：下班之后，刘克买菜带回来，春梅回来掌厨，做好晚餐，然后甜甜蜜蜜地分享这份不算丰盛但可口的晚餐。两个人的日子过得充实惬意，小汪和大马也就不好常来打搅，起初不觉得，后来发现除了上班之外，就只剩下两个人的世界，各种庄严的理想与计划也就浮上来了。春梅说："刘克，咱们得开始攒点钱，要在城市里生活下去，还是要有自己的房子。"刘克说："那当然啦！我攒了差不多有六万呢。"

"我现在也有好几万，咱们再攒两年，就可以交首付了。"春梅幸福地说，仿佛温暖光明精致的房子就在窗外那边的树林里隐隐约约，她可以走进去，打开窗子，让阳光直接照进卧室。

"只怕两年之后房价涨得更高。"刘克忧心忡忡。

"中央总是说要控制房价，怎么就没有什么效果呢？"春梅不解。

"不听话呗！现在房地产商几乎都是私人的，要赚钱，谁理睬你政府吆喝！"

"难道政府真的没有办法了？"

"要想有办法，自然有办法，问题是这房价与政府财政联系在一起，要降低房价，首先就要降低土地价，这样政府收入就少了。"

"政府要那么多钱干什么呢？"

"吃国库的人太多了，据说有一个多亿呢。"

"政府也真是，养那么多闲人干什么！我们那儿的乡政府，据说有一百多人。"

"是啊，都是拼命往政府里挤，我听祖辈说，过去一个乡，就一个乡长，两个当差。"

"当差？"

"就是跟班的。"

"那倒是少。现在这么多吃财政饭的，如果没有什么好的企业，只好多卖地，要不然怎么发工资呀！"

"唉！房价下不来，我们就像白干似的，难怪人们说是房奴。"

海口的房价在前几年还正常，大开发的风吹开之后，海口的房价涨得比上海、北京的还快，过去人们说是直快、特快，这次可是高铁，一下子就跃过了两万的大关，按照目前的放贷政策，首付至少要三成，如果是八十平方米的小户型新房，三成意味着五十万元。刘克的六万存款加上春梅的几万元，加起来也不过是首付的五分之一，还远得很呢。两人盘算着，估摸着，老家都是太穷，指望不上，还是要靠自己多想办法多攒点，但办法很有限，只有看看能不能做点兼职的事。春梅想到了柳眉，上次柳眉过来与好山好水公司签了个协议，有提成一说，春梅想自己也可以给遐想假日直接拉点业务，挣点外快，便把想法和刘克说了，刘克听了，半晌不语，但他也想不出更好的办法，就说，可以试一试。

春梅不大会使用网络，但她长相喜悦，嘴甜，街上的、电话里头的客人信得过她，这样，她把一些客源直接报给柳眉，并不经过公司。柳眉那边直接把提成按月打到春梅的卡上。柳眉知道春梅他们生活不易，也愿意这样操作。这样操作了大概两三个月，不显山不露水，春梅的这块收入慢慢多了一些，虽然与首付依然隔着十万八千里，但多总比少好，有总比没有强。两人的存款当然还是各是各的，但房租还是刘克付，水电费也是刘克付，因为刘克的上下班时间比较固定，所以买菜也自然是刘克来买，菜金自然也是刘克支付。两个人一起去个超市，一起吃个快餐，也主要是刘克埋单，这样下来，春梅的卡上的钱越来越多，刘克的却越来越少，两人夜间说到各自存款的进展，刘克心下紧张了起来。这种微妙的变化，春梅却没有意识到。

领了证，法律上的婚姻关系已经成立，什么时间举行婚礼，就不怎么重要了，但李亚男和毛利民不一样，李亚男是三十出头的资深剩女，毛利民是万里迢迢来到海南成亲的，所以婚礼的举行不能太迟。李亚男的爸妈挑选的日子是七一，党和国家的大日子，自然就是大吉大利的日子，地点选在高阳，高阳取意古雅，字面也吉祥，场面也气派，所以就这样定下来了。证婚人是省行的副行长李凯。李凯来的时候带来一幅装裱好的石榴图和一个礼盒。毛利民和李亚男一看竟然是李行长的落款，才知道是李凯自己画的，很有些受宠若惊。"传统意象，大喜之日，祝贺！"李凯笑了笑说。李亚男打开礼盒，却是一个珊瑚手链，正是上次她送过去的，顿时窘得慌，李凯呵呵一笑，说："这才是最好的用处，你看你都做新娘了，当然要有好首饰。"亚男的爸爸在旁也有些窘迫，好在老人家久经场面，知道如何随机应变："李行长，您这么好的领导能为亚男主持婚礼，正是她的造化啊！来，先这边休息一会儿，等会儿还要麻烦您来证婚。"因为李凯做证婚人，其他几位副行长不能不参加捧个场，那么多领导出席，各处室的人数日之间忽然看明白李亚男在行里有硬后台，也就不能不随喜份子，再说都是多年的同事，抬头不见低头见。老魏呢，那几天正好外出开会，便让自家的儿媳妇带了一份礼参加婚礼了。司法系统，军队系统，还有自家上下三代亲朋好友，李亚男的同学闺蜜及往来客户，毛利民在天津的直系亲属，毛利民在市支行的领导及下属，都赶来参加，一下子安排了五十八桌，大吉大利之数。张曙光自荐做司仪，油头粉面西装革履，风度十足。婚礼办得圆圆满满皆大欢喜。婚礼既办，李亚男觉得需要收心，既免得别人说闲话，也免得自己总觉得对不起毛利民，和张曙光的约会就少了起来，张曙光开始有点不满，不过很快就适应了这个变化，而且觉得必须这样。

这一年也是换届之年，北京要开大会，地方上的会先开，各层的人事大动，可靠的消息传下来了，行长老魏居然还可以在退休之前，换到一个更重要的岗位上，副行长李凯将转正，这个事情一天之内就在省行机关里传遍了，连门卫也知道一把手高升，二把手转正，下面也将有一批要鸡犬升天的。

张曙光总是第一时间得到这样的消息。那天早上刚刚打开办公室的门，李凯的电话就来了，叫他过去一下。张曙光知道李凯有要事才会那么一大早就要他过去。果然，还没落座，李凯就告诉他：老魏要到大机关了，过几天就要宣布，上面要就地提拔一个接替他。

"那还不是您！"张曙光喜形于色，在中国，在官场，关键的就是站队。他张曙光这次依然那么正确。

"还是以文件为准。"李凯不置可否，长期的官场经验告诉他需要永远稳重低调。

"需要我做些什么？"张曙光表示铁杆兄弟的忠心。

"该做什么你就做什么。"李凯意味深长地说。

"明白！"张曙光相信自己已经正确领会了新行长的意图。

"年底行领导班子还要充实。"李凯又说。

"我们行本来领导职数就偏少。"张曙光很希望知道李副后面要说的话。

"你这几年都干得不错。"李凯看着张曙光说。

"还要行长多栽培。"张曙光聪明透顶，从李凯的这句话看到了自己的希望。

"这段时间千万不要出差错。"李凯不动声色地说。

"明白!"张曙光声音低沉有力。

"抓紧时间了解一下办得好的兄弟行的成功经验,哪些可以在我们这边施行。下一阶段业务发展必须更快更好,这是最要紧的事。"

"明白!我尽快收集有关材料。"

"在本系统和外系统有哪些能做大事的干才,你也要尽快整出一个名单。"

"好!"

"能不能向珠三角伸出触角,这个事你也要研究一下。海南的金融要有走向全国、走向发达地区的气魄。"

"好!"

李凯把要立马做准备的重要事项布置完之后,就让张曙光出去了。

"解放区的天是明朗的天,解放区的人民好喜欢……"张曙光哼着小曲下楼,走到门口,却发现鲍宇正恭候在他的门口。

"领导,这是您要批示的材料。"鲍宇毕恭毕敬地说。

"我?"张曙光有点不明白,过去鲍宇总是喊他"张处长"或者"张处",怎么今天改了称呼?"领导!"这在机关里一般都是对最高级领导层成员的称呼,看来这小子是来探测气候的。他接过材料,不显山露水地说:"咱们处上季度的加班补助没有发是不是?你办一下吧。"张曙光这句话自认完美无缺,一是口称"咱们处",说明他不希望别人知道他晋升的可能性,稳得住不张扬才是最重要的,二是把历来属于自己处理的内部费用的发放交给属下办,显示了自己对鲍宇的信任和拉拢,又含糊地暗示了自己可能要升迁离开处里。鲍宇得了这句话,高兴得像个小孩子:"好嘞!"

"千万不要出现差错!"张曙光坐在沙发上,再三掂量着李凯的嘱咐，是不是话中有话，还是一般性的常规叮嘱？他搞不明白李凯是否知道他与李亚男的事情，按说这事人不知鬼不觉，没有什么露马脚的地方，李凯是不会知道的。他本能地想给李亚男报告好消息，但他还是忍住了，在全行五十多个在岗的正处级干部中要提拔一个副厅，竞争之激烈可想而知，他必须在这节骨眼上不出丝毫的差错，必须忍住对异性的渴望，是的，不能，电话不能打，短信也不能发，说不定已经有人蛰伏在某一个角落，张大着火狐狸一般的眼睛，盯住他，等着他犯错，或者失误。"我张曙光也算是走过万水千山的人了。"想到这里，他不禁莞尔一笑。

可是事情竟有这般巧妙，他正考虑要减少与李亚男的接触时，李亚男的短信就飞来了：

"你有希望吗？"

张曙光想起上周末约李亚男去高阳，被李亚男委婉拒绝，不禁心下一笑，点出编辑键，在"删除"上轻轻一敲，把李亚男的短信删了。

"怎么不回复？"过了一会儿又来个短信。

"忙在。"张曙光打了两个字发过去。

到了下午下班前，李亚男又来了个短信："1930KM2806"。

金融系统的人粗一看这只是一串账目凭证编码类的数码，实则是他们约会的暗语，意思是"19点30分开曼德酒店806房"约会，中间那个2是多余的，以免被人破译。这两位金融系统的少壮精英精心设计的幽会密码，如此简明又富有技巧，恐怕叫出身克格勃的普京同志，叫英国神探福尔摩斯的再传弟子或者我中华民族的一代谍战奇才麦家、张宝瑞、钱壮飞，都无法破译。仅此一端，即可见中国人智慧之高超，到处藏龙卧虎，中国之崛起这么丁点小不拉子的事更不成问题。张曙光本来也要删掉这个短信，但他愣了一下，

266

删是删了，但还是决定去赴这个约会。

30

高伟陪着挫败的骆丹在夏夜的西安毫无目的地逛了几个时辰。盛夏的西安，只有中午那两个时辰日头有点狠毒，气温飙高，到了下午四五点钟，太阳忽然阳痿似的，一下子绵软温和起来，到了夜间，暑热消退，清凉渐起，蝉鸣渐渐消歇，遍地红男绿女，灯火闪闪烁烁，流溢在街头的歌曲缠缠绵绵，楼影婆娑，似有掩不住的缱绻柔情。这就是西安么？这就是西安。骆丹很少说话，等她意识到自己有点失态时，高伟开始懵懵懂懂地觉得有点不对，这黄劲不过是骆丹的一个老熟人而已，出了事当然不好受，但不至于这样如丧考妣吧，是不是两人关系真的很不同一般呢？疑问一旦产生，便如蔓草一般疯长。他忍不住问了一句："你和黄劲共事很多年吗？"

"我？你问什么？"骆丹有点没听明白，不过她陡然意识到今晚的自己是不是太出格了。

"黄劲是你多年的老同事吗？"

"是的，他对我有恩，我在朱老那里时，他一直帮助我，提携我。"骆丹如实地说，当然撇开了最紧要的部分，为此，还特别加了一句，"我和他一家关系都很好，他太太对我就像大姐姐一样。"

这后面一句显然有点狗尾续貂，但对于克服少不更事的小男人的狐疑往往很管用。只是事实却不是这样，那位精明的黄太太有着所有上海女人特有的敏锐，早已看出年轻貌美的骆丹和她的丈夫黄劲之间有那么一腿子，但她没有大吵大闹，她想得开，她受过高等教育，她知道就那么一点几毫升体液的事，关键的是要掌握经济基础，只要男人把钱拿回家，只要孩子在她身边，她可以睁一只眼闭一只眼，只不过要常常提醒黄劲："别出丑。"

这天底下的女人真是各种各样，样样不同。

"掌握好分寸，出丑了大家都没有面子，对孩子更不好。"这算是最重的话了。

骆丹开始跟高伟讲起他们在朱老手下打江山的种种往事，比如到荷兰买奶牛，奶牛死在运输机上，谁也不知道这奶牛是心脏病突发还是食物中毒还是高空反应，反正就死了，连肉都没有要。在深圳招兵买马招到两个艾滋病毒携带者，体检表送到她那里时，她吓得连体检表都丢了，好像那表上也有 HIV。在云南圈地建工厂挖出大理国的兵器库，光那些文物就价值连城，全部交给国家了，当时只偷偷留了两把古剑，镶嵌了数十颗宝石，剑身铮亮如新，寒光四射，现在都在朱老爷子的卧室，说是用来辟邪。又说到在辽宁锦州出差，那里虽然是东北的大门，却是一个经济实力还有待增强的城市，豪华酒店也没有几个，住在市政府招待所里，竟遭遇一个文身美男的勒索，非得要个要要钱，否则要打 110 告她拉皮条。这事高伟其实已经听了好几次，骆丹又讲了起来，只因她最得意的是当时自己灵感突来，一脚踹进那美男的下部，叫他半天伸不起腰来。高伟很喜欢听这些新鲜事，相比骆丹的这些奇闻异历，他的研究生活，整天待在研究室里，就像鲁迅说的，看到的只是四面方墙和触手可摸的屋顶，从未经历过这些疾雨风沙。

"嗨！还是伟大领袖毛主席说的对，广阔的天地大有作为！"他又是这样来总结。

第二天是星期六。科研人员没有上班下班的分别，但是骆丹既然来了，高伟还是放下手上的事，陪陪自己的女人。早餐的时候，两人商量着如何安排今天的事情，骆丹因为黄劲身陷囹圄，心有牵挂，去哪里都提不起兴趣，最好还是留在房间，静候那可能出现的进展。到这个时候，她才意识到自己以为放下了的并没有真正放下，"情"这个东西真是一个难以隔离的病毒，即便是最新版的360也难以删除干净，难怪雷军跑去做小米了。高伟哪里想到这层意蕴的存在，还在一个劲地翻查旅行宝典，看看西安附近还有哪里可以去玩耍。

"高伟，我们今天还是哪里都别去，就在酒店休息休息吧，你整天忙着，也没有好好休息。"

"没关系，我不累！"高伟年轻，浑身是劲儿。

"还是好好休息休息吧，你看你昨晚，累吧？"

昨晚，高伟在骆丹身上没少折腾。

"没事！你看现在不是好好的？"高伟伸伸胳膊，踢踢腿，显出自己孔武有力精力充沛的样子。

骆丹扑哧一下笑了，倒在高伟的肩膀上，娇嗔地说："就知道逞能！"

现在的女人就是喜欢自己的男人威猛强壮。这威猛强壮有时比知识、财富甚至相貌更具吸引力。为了这威猛强壮，健身房、足浴室、药膳、伟哥、卫裤、酋长咖啡……成为男士们从不渲染的最爱。

最后商量的结果是他们一起去看西安交大，那是高伟的母校，一个令人骄傲的校府。骆丹挑出她为他俩专门买的情侣旅行装，两人换上，在落地镜子前一照，男的英俊，女的漂亮，天设地造的一对。两人正准备出门，骆丹的手机就响了，一个陌生的号码打过来。对于陌生的号码，骆丹一般都是不接的，但这时候她盼望来电，所以一点犹豫都没有地点开了接听。

"是骆总吗？这里是西超集团。"

"我是骆丹！您好！"一听是西超的来电，骆丹的心立马又悬起来了。

"我是俞董事长的秘书，我们俞董听说你到西安来了，想请您聚一下。"

"好啊！谢谢你们俞董！"骆丹一点都没有犹豫，她这个时候迫切想与西超联系上。

"那就定在今晚七点好不好，地点是三秦总会，到时我过来接你。"

"你知道我住在哪里吗？"骆丹估计大概是朱老向俞英雄说过她到西安的事了。

"知道，我六点五十分在大堂等您。"

"好的，晚上见。"

俞英雄的约见，显然与黄劲有关，看来俞英雄也急于解决这一问题，要不然不会主动约见她，俞英雄这样做，说明他并没有撒手不管，置身事外，而是在行动。有这样举足轻重的人在活动，黄劲的麻烦就可能得到缓解甚至免除，至少存在着一线生机。

这个电话带给骆丹一天的好心情，交大的美丽校园也给他们增添了许多快乐，时间很快就到了晚上，骆丹就和西超的人去了三秦总会。

这恰是上次俞英雄宴请黄劲的地方，骆丹不知道，但俞英雄知道。经过朱孟雄的介绍，俞英雄推掉晚上的玫瑰之约，专门安排出来，要会会这个有情有义的女中豪杰。

"我很敬慕你，骆小姐！"果然侠女也是美女，俞英雄平素对这两类女子特别青睐。

"不敢当，老伯见笑了。"骆丹保持必要的矜持和谦逊。

"黄劲的事，我在处理，你不要担心。"

"早就听朱老讲了，老伯是重情义的人。"

"那当然！人生一世，草木一秋！不讲情义，还算是人吗！再说这是我们西超的内部的事，我自然要管。我不管谁管？"

"黄劲算是又碰到好东家了！"

"那当然！"俞英雄对这点，一向自以为然，毫不谦虚，"天底下最好的老板就数我和朱孟雄！"

"我敬您一杯！"

"好！一起来！"

俞英雄没有安排别的人作陪，看来是有些话要说，骆丹是商场老将，看阵势就知道俞老板有话要说。果然，几杯下肚，俞老板就开始说事了。

"我不常喝酒，今天很高兴，认识一位重要人物。"

"老伯见笑了，晚辈江海浮沉，一事无成，只有惭愧。"

"这个时候，你能出手帮忙，就说明你就是仗义够意思。"

看来朱老已经跟俞老什么都说了。这朱老真是，年纪大了，面部肌肉松弛了，开始管不住嘴巴。

"我刚刚来西安，恰巧知道黄劲出了点意外，没帮上忙。"

"这个事不要紧，我已经通过途径传话，准备撤出在那里的投资。"

"您的意思是？"骆丹不解。

"那个屎包！能说明什么！能装多少钞票！二十万都装不下，有多大点屁事！"俞英雄有点恼火，"以往有点不规范操作可能存在，哪个企业不存在？都是龟走龟路，兔走兔路，没有一个傻子。但这次偏偏光明正大走的网上公开招投标，赢来靠的是实力。那五十万是我给黄劲请客吃饭旅游度假潇洒潇洒的经费，合理合法，现在查出来了，那钱还在他的银行账户上，一分钱都没有动用。所以这事没了，所以我要特别请你来，告诉你这事。没事！谁都不用怕。问题出在我们内部不团结，有人容不下黄劲了，他妈的真是不懂事，乱来！可这司法机关不能乱来，见风以为雨，随便就捉一个人去。也许是我得罪了哪路神仙。不过，我的投资是八个亿，让他们掂量去！"俞老忽然变得非常激愤，看来老人家这几天一直在压抑着怒火。"连屌毛都没有，偏要扯草木森林！你说这世上难道不拿钱就不能办事吗？凡是办事必定行贿，凡签合同必拿回扣，谁都这样猜疑，人心惟危，比过去阴暗多了。"

骆丹看着老英雄的虎威怒张，什么话都不好接，只是说："老伯也别生气，没事黄劲会很快出来。"

"互相拆台，怎么能做事，那些小卵蛋，成不了事就坏人家的事，就知道干这个。"

"现在人心不古啊！"

"何止不古！简直坏透了！企业办好了，做大了，大家想着的是多发奖金，多发股票，没想到要多出一份力。别人做了，眼红不说，还要破坏人家。我这次要好好整整。"

"是啊，现在投机的人太多了，没几个做实业。"

一老一少，聊得非常投机，无话不谈，看来缘分无早晚，只看投不投缘。最后，老英雄送骆丹上车，拉着她的手说：

"朱兄弟的女儿也就是我的女儿，以后来西安，我给你安排专车专用。黄兄弟的事，你就放心，要是前两年，早就了结了，今年气氛紧一点，要经过些环节，不过没什么了，你放心玩你的，也不用再去找人了。这个车现在就归你用了。"

"谢谢老伯，我也没有什么事，后天我就回三亚了。"

骆丹回到酒店，就和高伟说了见俞老的事，细节没有讲，现在还不能什么都跟高伟说，毕竟他还年轻，还不知道江湖深浅。谈到后来，便说想后天回三亚，那边不仅有很多事要处理，而且有一个重要人物近日要到三亚，入住遐想假日酒店，须得前去准备接待。高伟知道骆丹是有主见的人，想留也不好留，便谈起婚事。骆丹很高兴高伟主动与自己谈婚论嫁，两人就议定十一期间旅行结婚，不举行婚礼，旅行的目的地定在欧洲。

开曼德酒店只能算一个中等酒店，定位是那些公务、商务人士住的，酒店的价格不高，商务间、标间都是三百九十元一天，但设备新，房间大，情调幽雅，只有来这里住过的人才知道这是个性价比特高的酒店。张曙光与李亚男在这里约会过一两次，其他都满意，就嫌地方有点偏远，在东南一角，打车不是很方便，这对于要迅速从这里销声匿迹的他们来说就非理想之选。

"我还以为你不会来了。"见了面，李亚男第一句话说。

"哪会呢！今天一直在忙着。"张曙光坐下来，悠闲地摊开肢体，"要换届了，人事处的事多得一塌糊涂，全是大事，都要亲自操办。"

"大官动嘴，小官动腿。"

"就是嘛！"

"听说高隽也很在意这次的机会。"李亚男猛地抛出一句话，让张曙光一个激灵。

"哦，他很有竞争力。"张曙光尽可能压抑内心的震动，平静地说。

"昨天毛利民回家说，陈秀梅到他那里聊天，随口说的，我看是特意放出口风的。"

"是的，她知道你们和我关系近，会传这个话。"

"那他的意思是？"

"叫我不要和高隽竞争这个机会。"

"你的想法呢？"

"哪个不在乎？"

"有点把握吗？"

"难说。各有各的优势吧。"

"我当然是希望你能上去，不过你也要想开些，如果有难度，不得也不要太在意。"李亚男像是在对自己的男人说话。情人处久了，有时比夫妻还贴心。张曙光很受用女人的这些话，他毕竟是男人，又毕竟是官，所以他的反应矛盾百出：

"无所谓的事，就看组织了。"

"我看你现在志在必得的样子，连我都不见了。"

"是你不见我！上周你就不理睬我。你看，你今天一招魂，我就到了，我是温莎公爵，爱美人不爱江山。"

"别人不了解你，我还不了解你？"李亚男不信张曙光的鬼话，但心里还是很受用。女子总是希望得到男人的重视。"不过，这段时间我们还是要少来往，要是不小心落下话柄，就耽误你的前程了。"

"那我就娶了你，然后经商去！泛舟太湖之滨，忘情于山水美人之间。"张曙光把李亚男搂在怀里，摩挲着她圆润的臀部。

"看毛利民不揍你！"

"他最近怎么样？这个小行长当得滋润吧？"

"就是你们坏，让他去当工头，每天忙得焦头烂额，现在都还在单位呢，要不然我还能来这里啊！"

"基层行还是可以干的，累是累点，但是好处也不少。"

"他不懂。"

"要不了多久，就懂了。"

"反正我不准他乱来。"

"这个当然。别贪小利，把一辈子搭进去，不划算。"

"你觉得这尺度好把握吗？"

"这有什么难的！不超越法律，不扭曲人情，就可以了。"

"你说得蛮深刻精辟的。有点料！"

"前些年我看过一本书，叫《法意与人情》，很不错的。"

"我叫利民也看看，知识方面要向你学习。"

"学高隽吧，他懂得挺多，不过他胆子太大，花钱大手大脚的，这点不能学。"

"那是，大概他在那要紧位置上，大手大脚惯了。"

"那次送毛利民上任，他摆个筵席，都叫我心里挺久都不舒服。"

"怎么了？"

"花钱太多了，那一顿少说两三万呢，一个工人辛劳一年的收入也不过如此。"

"是太过分了！"

"就凭这个，撤他一百次都不为过。"

"你不是说他很能干？"

"唉，他要没有这个毛病就好了。"

"你太乐观了，说不定他还有更大的毛病呢。"女人的直觉有时像刀子一样锐利。

"这个不知道，不要妄加猜测。"

"现在这种风风火火的一言堂干部，都是闹兄弟伙的，上上下下吃得开，兜得转，谁都不放在眼里。"

"上面没人，你怎么搞得开工作，你别以为上级都是些好东西，很多人偏偏不喜欢下面把工作做好、做得出色，甚至想方设法干扰一下，甚至在下面班子里制造矛盾，让他们互相斗，最后工作搞不上去，上级就好管理，下面也得服服帖帖。"

"这种领导也太坏了，下面搞不好，难道他光彩?"

"光彩不光彩总比官位受到威胁要好，再说，这企业又不是他自家的，好一点差一点与他没关系。"

两人缱绻了很久，就在沙发上做了好事，李亚男发现张曙光这次坚硬得多，好像坚持的时间也比以往长得多，不禁笑了起来："你有进步了!"

张曙光也有些惊异，这次确实比过去表现好多了，看来自己并不孬嘛，便提出再要干一次。李亚男一看表到了晚上九点，估摸毛利民已经回家了，自己该回去了，就说不行，今天已经够了。但张曙光正在兴头上，要再试英勇，只好配合来一次。两人将战场转移到床上，这一次张曙光坚持的时间更久，差不多有半个小时了还没有崩溃的迹象，简直神了! 李亚男觉得下身有些疼痛，不想恋战，但张曙光不依不饶，愈战愈勇，只好咬着牙坚持着，直到十几分钟后张曙光豪情万丈，喷薄而出，才算收尾。夜里张曙光就留宿在饭店，李亚男收拾了一下，打了个车疲惫不堪地溜回家去。

李亚男回到家里时，毛利民已经穿着睡衣在看电视，看样子早已洗漱好了。毛利民爱好不多，只喜欢足球，偏偏这几天没有什么足球赛事，遥控器拿在手上不停地按，频道换来换去，搞得屋子里像安了闪光灯一般。李亚男回来了，他照例起身迎接，帮她把包放在高低柜上，拉开一罐冰好的王老吉递过去。李亚男感受到男人的爱，心下不禁有些虚，加上前一番的折腾，这下更感到累了。毛利民关切地问："要不要再吃点夜宵?"李亚男原来和他说的是晚上有业务应酬，只当她吃过了。李亚男不好说自己还没吃饭，只说："泡点藕粉吧，油腻的吃不下。"毛利民便去泡一碗藕粉调好端过来。

西湖藕粉柔滑香甜，口感一向很好。李亚男自小就喜欢吃西湖藕粉，那时父亲在部队，有几个浙江的军官探亲归队，总要带来一大包一大包的西湖藕粉，她有时正餐不吃饭菜，专食藕粉。现在嫁为人妇，还是改不了小时候的爱好，家中常备着品牌的西湖藕粉。侍候好亚男吃过藕粉，毛利民的手已经搭在亚男粉嫩的脖子上，亚男知道他想要了，心下叫苦，便道："今天从早忙到晚，感觉很累，要不明天早晨？"有爱心的男人总是体谅女人，毛利民以为是真的，便也没多想，就道好的。收拾好亚男吃过的碗勺，又去放好水，让亚男去洗澡，自己就上床睡了。

男人的事情很搞怪，这李亚男一上床，毛利民就醒了，一搂着李亚男光滑的身子，下面便硬了起来，毛利民说："怎么搞的，今天特别想。"

李亚男知道毛利民在这方面特别强，心里不忍拂了他的欲望，只好应接："那就来吧。"就在毛利民的硬物毫不犹豫地挺进她体内的时候，李亚男感到一阵刺心的疼痛，经久不息。这种疼痛又伴随着毛利民逐渐加快的动作，不断地延伸加剧，向全身蔓散开来，仿佛要将她狠狠地刺破、穿空、捣碎，她感觉到自己百孔千疮，正在慢慢地死去。

31

　　春梅的肚子慢慢大了起来。自从诊断怀上孩子的那天，春梅就决心生下这个孩子。她已经二十一岁，在城里打工五年，做的是最苦最累最卑微的事，拿的是最少最低最不稳定的薪水，但这些都没有打破她对美好生活的向往，她像一颗荒野外的种子，只因一点点阳光和雨水，就在最贫瘠的土壤上发了芽，生了根，顽强地蓬勃地生长起来。她知道自己身材并不苗条，容貌也不出众，不能指望像杨贵妃一样从乡里被选入宫中，一夜富贵到天顶上，但她勤劳、踏实，也有自己的小算盘，她要找个踏实可靠能过日子的好老公，最好进过大学读过书，这样将来孩子的智商也会高一些。认识刘克之后，她便知道这是自己最可能抓得住的好男人。刘克身材不高，长相平平，但朴实、诚恳、有才华，还是中大毕业的，现在虽然在仓库，但毕竟不是负包扛箱出苦力的，他是做管理的，挣的钱也比大马他们多多了。她靠着自己的柔情和爱心适时地捕获了这头小小的猎物，现在怀上了他的孩子，她必须生下这个孩子，这样刘克就会完完全全地变成她的老公，永远不会从她身边飞掉。靠他的知识，靠她的精明，靠他们一样的勤劳，他们一定能在城里安家，不用再回到那湘西或者大巴山面朝黄土背朝天。所以她一开始把这个消息瞒着刘克，等到肚子有点形状时，她对刘克说：

　　"刘克，我怀了你的孩子！"

　　"真的吗？在哪里？"刘克很意外，他一点心理准备都没有。他没想到那么快就要做父亲了，他的青春就这样宣告结束了。

"在我肚子里！你摸摸！"春梅很骄傲地把裙子拉起来。

刘克看着平躺在床上的春梅，黑黝黝的皮肤，健康平滑，肚子很平，没有一丁点隆起的样子。

"看不出！是真的吗？多久了？"

"怎么看不出？你摸摸。你看看，是不是高了一点？"

刘克把手轻轻地放在春梅的肚皮上，轻轻地按了下去。

"轻点，别用力。"春梅赶紧嘱咐他。

"知道！"

"是有点硬。"刘克感觉到春梅的小腹下面有些结实，而过去是很松软的。

"那是咱们的孩子！"春梅骄傲地说，脸上洋溢着无限的幸福和欢悦。

（希望央视的记者这时来采访她："你幸福吗？"）

"你怎么现在才说？"刘克意识到春梅可能很早就知道了。

"我不确定，没经验呢！"春梅狡猾地说，她不会说出自己真实的心思。

"那我们该怎么办？"刘克有点拿不定主意，孩子的到来，给了他惊喜，但也给了他冲击，他完全没有心理准备，他不知道自己该做些什么。

"你说呢？老夫子！"春梅变得狡黠起来。

"得多挣点钱，生孩子肯定要多花钱的，我得找点加班的事。"刘克想到的首先就是钱，他们的钱太少，少得不足以抚养他们的孩子。

钱是底层人民生活中排位第一的稀缺品。

"还有呢？"春梅在进行启发式教学。她发现她这个小男人有时还不如她聪明。

"过几个月你不能上班了，我得叫我妈来照料你。"

"还有呢？"

"还有？是不是要进行孕期检查，以后我陪你去。"

"还有呢？"

"还有？还有？我实在想不起来。"刘克感觉到自己关于生孩子做父亲的知识太有限了，"我明天上网百度一下。"

"你百度个啥呀，这么些常识还要查询？"

"头一回嘛，又没人教我。"

"还真是个老夫子！"春梅娇嗔地说，"没说到点子上！"

"没说到点子上？那到底是什么东西？"刘克有点莫名其妙。

"你得娶我！要不然我怎么生孩子？"春梅心里恼刘克不灵醒，但她还是喜欢刘克，这说明她的刘克是完完全全的一张白纸，过去，现在，将来，整个地属于她。

"那是！是！"刘克如醍醐灌顶一般开窍了，"我们明天就去领结婚证。"

"是呀，这样才叫名正言顺，合理合法。"春梅喜笑颜开。

第二天，两人各自请了假，去办理结婚登记。这些年社会在进步，办理结婚证不再需要单位证明，两人带上各自的身份证大大方方、亲亲密密地到了街道办事处，拍了个合影，办事人在合影边缘上敲下那钢印，证就办妥了。而且全免费。离开时办事人员还送了一大把祝贺的话和一大盒五颜六色的彩糖。也是全免费。政府办的这个事真是爽，办到老百姓的心坎上了。真是好心情！刘克一下子就成有妇之夫了。

领了证，春梅觉得一切都安稳多了，不用再担心这男人会从身边溜掉。她开始以家庭主妇的名义来考虑问题。刘克说，今天的日子很重要，咱们找个像样的餐馆点两个菜庆贺一下？春梅说，现在结婚了，就要有过日子的打算，想想咱们的孩子，想想咱们的房子，就知道该怎么做了。两人中午就在街头的一家米粉店吃了碗米粉，春梅说："平日里该省的要节省，但婚礼的事还是要办一下，一个人一生只有一次，对吧？你家里没什么钱，就由我家办吧，我是家里的长女，这些年我家总是送礼出去，没收回来过，这次也得收点回来。"

"那我不是变成倒插门了？"这一点差别刘克还是知道。

"什么倒插门！"春梅说，"我们以后在城里安家，既不住你家，也不住我家，做一个城里人。"

"但你说婚礼在你家办。"

"我是考虑到你家拿不出钱来，这婚礼再怎么节省，也得三万五万的，你爸为了你读书，借了那么多债，现在恐怕还没有还完吧。"

"这事我还是要问问我爸。"刘克固执地说。

"好吧！反正我的话好说，早点办事，总不得要等到肚子露出来才办，大家瞧来瞧去的，笑嘻嘻的，看戏耍猴一般，总不好。再说跑来跑去，又是汽车，又是火车，又是轮船，千里奔波，不方便，也不安全。"

"好，我现在就跟我爸说。"

刘克当下就拨通了家里的电话。自从农村电话家家通工程实施以来，刘克在湘西凤凰的老家也装上了电话。可是家里没有人接，估计父母都在田里干活没回来。

"晚上再打吧，"春梅说，"估计你父母也不会同意在我家办，要不我和我爸妈商量一下，看看能不能拿点钱出来。"

"这怎么好呢？"刘克有点难为情，他毕竟来自传统的乡村。他接受的是男婚女嫁的观念，男方是要出钱办婚事的。

"这有什么不好!"春梅说，"按照现在的观念，我家里的家产我也有一份，不全是我弟弟一个人的，三层楼呢，虽然乡下的楼房没有城里值钱，但建那楼房我也出了力。"

"你弟弟还在念书，将来大学毕业了，也可能在城市生活。"

"那也得出点嫁妆啊!"

"那要我出彩礼吗?"春梅提到嫁妆，刘克第一反应是彩礼。

"彩礼?"春梅的家乡是盛行收彩礼的。中国有哪个地方嫁姑娘不收彩礼呢? 最先进最洋化的要算上海，但上海本地人嫁女收彩礼可不是一般地收，是大笔地收，再穷没有二三十万，也过不了这一关。不讲究彩礼的可能只有深圳和北京，这两个地方以外来户居多，没多少老亲新戚要攀比，所以彩礼的意识比较淡薄，没几家拿这个来说事。春梅的家乡巴州，既没有上海那么浓厚的金钱气息，又不像深圳北京那样洒脱，家家的姑娘出嫁，还都要收男方的一点彩礼，过去作为家里的收入，现在家家都看穿了，收了还是送给孩子，不过大家还在收，就是比一个喜气，看看谁家的姑娘嫁得体面，谁家的姑爷拿得出的彩礼钱多。

"我把我的存款拿五万出来，就当你的彩礼，到时你送给我爸，我再问我爸要回来。"春梅自信满满地说。

"这个……好吗?"刘克有些惴惴不安，他觉得这样做不踏实，也不老实，有点算计长辈的嫌疑。

"有什么不好! 老夫子! 要不然你得拿五万出来。"

刘克僵在那里不语。

"按我说的办吧，老夫子，你一文不花就娶了我，又得了孩子，看来你祖上积了好几世的德呢!"

"就是有点快。"刘克又有点惴惴不安。

"快啥快呀！你都二十六七了！"

"可你年龄不大。"

"你这不就占了便宜吗？"

然而，意料之外的是，晚上刘克和父亲刘国庆通电话，告诉父亲自己找了女友，要结婚的时候，父亲不说话了，半晌，刘克才听到父亲的一句话：

"那女的做什么？"

"在一个公司做事。"

"什么文凭？"

"中学。"

"什么户口？"

"农村。"

"也就是农民工！"刘克的父亲是一个厚道的乡下人，他老实到在没有人愿意做村干部的时候，自己出头做了十年的村主任，直到现在还是。他们那个远在穷乡僻壤的乡村，没有任何的集体财产，村干部也就没有任何好处，所以能干的早就不干了，只有老实人还在被动员出来做这个事。"总得有个人牵个头吧。"老实人对老伴说。然而就是这么老实本分的农民，他也知道农民工在这个社会、这个时代最没地位，最没有收入。

"是的。"刘克意识到父亲的谨慎与精明了。

"要不要重新考虑一下？克，我和你妈就你一个儿子，培养你二十多年，读书十五年，不轻松，你考上重点大学，虽然说是靠你自己努力，但家里更不容易。"刘国庆声音有些哽塞，"我们都盼着你出息，有朝一日在城市里出人头地，娶个和你相当的姑娘，生个一男半女，光宗耀祖。"

刘克听着电话，神情黯然，春梅在一旁看着刘克听着电话，虽然没听见电话，但猜得出七八分了。

32

　　组织考察虽然常常是走过场，但依然很重要，每升职一次，都要经过一次组织考察、群众评议，官当得越大，经历越多，做官的经验就越加丰富老到。李凯当副行长经年，分管人事，长期深居简出，一般群众对他毫无认识，也就没有恶感，处级干部多是经过他的手上提拔升上来的，没有人不感激他，这也算得上多栽树不种刺的结果，所以组织考察，群众评议，他毫无异议地通过，上级的任命文件也就一个星期内下来了。作为新任一把手的亲信兼校友，张曙光理所当然地成为副行长的预备人选，也就成了行里上上下下重新定位、竞相攀附的对象。这也是当代中国之怪现象。你说你巴结领导也就罢了，你还要处心积虑地讨好领导的亲信，搞得那些亲信们也狗仗人势，趾高气扬，欺行霸市，社会风气也就这样搞坏了。张曙光呢，如沐春风，快意无比。好事总是连着的，很快就到了二级部门和下属单位的领导班子的考核和重组，行里成立领导小组，组长自然是行长，其他的副职和纪检组长是成员，张曙光代替了办公室主任，成为小组的秘书，也就是说参与处级干部的考核和任免。

　　小组的通知还没有下发，张曙光就接到高隽的电话，说是北京来了个朋友，到了三亚，问他有没有兴趣一起去拜访拜访。张曙光一听，便猜出不是一般人物，便问："要不要和领导通报一下？"

"不用，人家是到三亚来玩，来旅游的，不想惊动地方。"高隽说得很轻松。

张曙光知道高隽交游甚广，但究竟不知是什么人物，总之值得一见，就答应了。

"那就中午下了班出发，我这边安排车，到时来接你。"高隽说完，就把电话挂了。他总是这样简洁明快。

张曙光想了想，还是和李凯汇报了，李凯愣了一下，说："去吧，多结交点朋友总是好事。"

"我会及时向您汇报！"做亲信的关键就是帮领导盯着点、看着点，张曙光深得官场三昧。

"好！"

市行开来的是一辆七座的奔驰商务车，上车的时候，张曙光发现驾驶室里坐着一个女的，女人见他过来，就推开车门跳出来打招呼："嗨，张处长好！"原来是陈秀梅。张曙光伸手和陈秀梅握了握，说："美女好久没见，最近忙什么大事？"

"基层哪有什么大事？跟着高行长跑厂矿企业，想多做点收益好的项目。"

"这就是大事啊！"张曙光一边说着，一边上了车，他和高隽并排坐在后面。

"哪里的大领导来了啊？"张曙光坐下来就问。

"王璐璐！"

"王璐璐?！那你怎么不跟李行长报告一下？"张曙光一听大吃一惊，有点责怪高隽，王璐璐到了海南，这么大的事，都不向上级汇报一下。

"大领导不要我汇报嘛！"高隽哈哈一笑，轻松地说。

"那你怎么知道的？"张曙光问。

"人家打电话告诉我的嘛!"高隽又是哈哈一笑,有点神秘莫测。

"你真是神通广大啊!"张曙光这些天飘飘然的感觉一下子全都没影了,他以为李凯行长这个靠山如此坚实,现在和人家高隽的比起来,实在是小巫见大巫了。半晌他才悻悻地说:"高兄前途远大,以后要多多提携老弟。"

"老弟你这话就见外了,我高某认定的兄弟就是一生一世的兄弟,你看,你帮我们,我今天不就喊你一起来了吗?!"高隽说。

"高行长总是在我们面前夸您呢,说张处长您是大能人,要我们有事多向您汇报请示。"陈秀梅已发动汽车,起步前还不忘回头说。

"要陈行长亲自开车,真是辛苦你了。"张曙光说。

"跟着两位领导见习也很难得。"陈秀梅的话极谦逊得体。

"我们都跟着高行长。高兄以后有什么要我效力的,你尽管吩咐。"张曙光非常及时地摆正位置。

"老弟言过了,这年头做事情,要一帮兄弟才能做成事,你看看那些成功人士,哪个不是一帮磕头兄弟在整体上阵,有文的,有武的,有摇鹅毛扇的,有挥狼牙棒的,有领兵的,有送粮的,这就是团队,换言之,就是圈子。咱们行吧,算不上什么大衙门,能做事的,兄弟你算一个。"高隽不失时机地送上他的观点和友好。

"那断不敢和高兄你比!你是我们海南的金融之星,谁个不知道你的本领大、能力强。"张曙光说。

"可是还要奋斗!"高隽说。"这几年是做事的时机,咱们兄弟好好干吧!"高隽深沉地说,同时把右手伸过来。两个海南金融精英的手紧紧握在一起。

到了遐想假日,高隽带着张曙光和陈秀梅来到贵宾候客室,然后自己掏出手机打了个电话，过了一会儿，进来一个年轻的秘书型的女子，喊了一声："高隽！"

"哎！周秘书好！"高隽赶紧站起来，和周秘书打招呼。

"你跟我来。"女子说完，便转身走了。

高隽本来想带陈秀梅和张曙光一起见见大领导，没想到大领导只点了他一个人。他只好对两位一起来的同事抱歉地笑笑，便跟了那女子走了。

张曙光虽然也见过不少大领导，但那都是非常正式的公共场合，一闪而过，没有私下的接触。他捉摸着这高隽何时认识了王璐璐呢，看样子不仅很熟络，而且还是很得人家赏识的。陈秀梅呢，这天穿得一身银行系统的深蓝色职业装，仍然是该凸的凸该凹的凹，干练又性感，趁着高隽去见大领导的机会，便过来与张曙光闲聊。

半个小时之后，一阵不紧不慢的脚步声传到候客室，张曙光与陈秀梅同时不约而同地站起来，这时一位中年女士已出现在门口。张曙光们赶紧迎上前。

"首长好！"

"首长好！"

中年女士微微颔首。高隽作了介绍："这位是咱们省行的人事处长张曙光，我的老战友。这位是咱们市支行的副行长陈秀梅，业务骨干。"

首长伸出手来，和大家一一握了。张曙光感到首长的手仿佛是在自己的手掌上轻轻点了一下。不过，这已足够了。

"你们跑那么远过来看我，没耽误工作吧。"首长开口讲话了。

"首长来海南，我们今天才知道这个消息。"张曙光不知道该怎么讲好。

"是我不让办公厅通知你们省行。"首长看了一下表，"我是来度个假，放松几天，不是来检查工作。"

"高行长也不同意我向领导汇报。"

"我嘱咐过小高的，就想安静点。"首长说，"听小高说，你们都干得不错。"

"我是按部就班做点事，高行长才是我们这里的台柱子。"

"你看，小高，你的同事在夸你呢！"首长转过身对高隽微笑着，笑得很满意，说完又转过身对着大家说，"你们都很年轻，好好工作，干点成绩出来。"

"是！"

"是！"

"是！"

首长便转身了，高隽跨上一步，陪着首长回去，张曙光和陈秀梅送到过道上，那青年随从便叫他们俩留步。他们就停下来了。

又过了一刻钟，高隽发来短信，说晚上他要跟首长一起用餐，不管他们了。张曙光和陈秀梅就到前台办了登记，三人各要了一个单间。高隽房间的房卡陈秀梅拿了。住下后，陈秀梅便过来招呼张曙光下去吃晚餐，这时，一位酒店管理人员来了，自我介绍说是助理顾芊芊，他们骆董今晚要陪北京来的首长，让她来接待两位银行领导一起用晚餐。张曙光想，高隽今天参加的晚宴，可能都是重要的客人，说不定省委省府都有要员出席。只可惜自己没有机会进去，不过今天能被王璐璐接见，也算是人生一大幸运了。

吃过晚饭，陈秀梅带着张曙光去打了几场保龄球，心情忒爽，局局在九十分，这样又消耗了一个多小时，然后各自回房间洗漱，准备休息。张曙光才洗漱完毕，就听到有人敲门，从猫眼里一看，原来是高隽。

"应酬完了？"

"完了！"

"感觉如何？"

"累！这种饭局就是累！"高隽说。

张曙光已从冰箱里拿出一瓶冷饮给他，高隽拧开盖子，就咕咚咕咚地喝了下去。

"省里也来了一个领导。"高隽开始谈晚餐的情形。

"咱们行里没人？"张曙光的意思当然是指行里的领导成员。

"没上，我代一下。"

"哦。"张曙光估计李凯肯定还没有接到通知。

"非正式聚会。"高隽补充说。

"省里领导来了，还非正式？"

"私人拜会。"

"还不是一样。"

"有时有这种必要。"

"看来官做大了，想清闲都难啊。"张曙光说。

"那是！你看看，明天咱们李行长一帮人肯定要赶过来。"高隽说。

"我们是不是该跟李行长报告一下？"张曙光试探着说。

"不用了，我请示过，首长说不用了。"

"那省里来的领导回了海口，还不是要说的。说不定已经跟李行长通了电话。"

"那是他们的事。"高隽一脸不在乎的样子。

"要是李行长知道我们已经来了，会很不高兴的。"张曙光假装紧张地说。

"知道就知道，没什么。"高隽大咧咧地说，"我是首长要我过来见她的。你是我拉你来的，也是首长同意见的。"

"你们怎么那么熟悉啊？"张曙光还是忍不住打听。

"这个嘛，你知道了就别传。"高隽今晚喝了点酒。

"我你还信不过？"张曙光信誓旦旦地说。

"她是我读大学时的年级辅导员。"

"怪不得！原来你是首长嫡系门生啊！"张曙光意识到又有一棵大树在自己的身旁撑开了繁枝绿叶，前些天关于与高隽的种种竞争的构想都要全部放弃，识时务者为俊杰，在这个人情时代，高隽有这一层关系，就意味着在海南在这个行业没有人可以压制他，没有人可以超越他。难怪老魏那么提携他。张曙光明白自己无论何时都不能与高隽为敌，只能辅助他，帮助他，成就他，成就他才是成就自己，否则后果不堪设想。这时他也才懵懵懂懂地意识到高隽带自己来三亚的真实目的。这种战术叫作不战而屈人之兵，或者叫作化敌为友，结成战略同盟。

"今晚我还注意到一个小人物。"高隽眼睛发光。

"这么高层的宴会，还有小人物？"

"就是这个酒店的老板娘。"

"她？她也参加了？"

"不仅参加了，而且看来和省里来的领导都很熟悉。"

"哦，真是行行出状元啊！"

"这女人不仅精明，而且很会说话。"

"她做到这地步，总有过人的地方。"

"不仅是精明，她还有矜持！"

"看来老哥很欣赏！"张曙光打趣说。

"是个经商的干才！我们做金融的，就要注意这样的人才，我们银行说穿了，就是在做生意，不是搞行政管理。"

"那是！"

"找到好的经理人，才有安全的投资对象，这个女人我看可以关注。"

"那叫秀梅他们认识认识。"

"不，这种人，不能小瞧。我俩明天约她一谈。"

"好！"

高隽回自己的房间去了。张曙光踌躇满志，一方面为自己已正式被有大背景的高隽接纳为盟友高兴，另一方面又切实地感到高隽果然是一等一的经营高手，随时都不忘业务，他认为这种领导人正是企业兴旺发达的保障。他从内心里并不喜欢李凯这样高深莫测、远离经营业务、清高又世俗的官僚，虽然李凯一直援引他为助手，但他这几年没有看到李凯在业务上有什么创造，原来的老魏也是个老官僚，都是按部就班地做事，永远正确，行里的一切运转跟改制前并没有两样。但是，现在是李凯当家，张曙光已经告诉李凯来三亚的事情，就决定赶紧把今晚的情况全部告诉李凯，于是不顾已是深夜十一点，还是拨通了李凯的电话。一打就通，原来李凯并没有休息，他似乎就是猫在那里等候着张曙光的汇报。这种时刻保持的高度的警惕感让张曙光感到背心发凉。张曙光向李凯报告了王璐璐到达三亚，高隽是王璐璐的直系学生，和省里来的领导一起陪王璐璐共进晚餐。李凯听后，只简单回应了三个字：

"知道了。"

这个始终如猎人一般蹲伏着的新任行长，很快从种种迹象中剥离出一个重要信息，那就是高隽的提拔势在必行，王璐璐此行并不是度假，她的真正目的就是为了高隽的提拔。

他才是真正参透了这着看似随手布置实则机锋无比的闲棋。

33

　　徐婕娜本来已经逸出了我们的视野，继续跟着主任陈保持着那浑浑噩噩的关系，但这一天发生了一件事，又导致她重新回到了我们的视野。事情其实再简单不过了，那天是阶段性成果报告会，各小组负责人汇报分支项目进度，高伟的壳面问题是所有分支项目里难度最小的，因而也是进展最快的，这次汇报的时候，关键性的结果都演算出来了，对变量的考虑也很有见地，几个主要的专家都表示赞赏，有一个来自交大的院士说："高伟，你可以直接申请一个博士学位了。"

　　这句赞赏的话，让会务人员徐婕娜扎扎实实地听在心。她远远地望着这个自己心仪许久的王子，却仿佛隔着万水千山，不禁悲从中来，眼泪潸然而下，赶紧低下头，用手蒙住。散会的时候，又居然阴错阳差地两人是前后脚，高伟回到宿舍时，发现后面竟然跟着徐婕娜。

　　"哇，是你啊！"高伟转过身来，很是吃惊。他只好请徐婕娜进来一坐。

　　"怎么样！请客！"徐婕娜神色安然。

　　"请什么客？我有什么好事？"

　　"项目完成！"

　　"这也要请客？"

　　"那当然！全课题组就你率先完成了，人家还要招你入赘呢。"

"谁呀？你别瞎猜乎！"

"院士呗！"

"那人家是鼓励，你别当真。"

"我看你可以考一个在职的。"

"我连硕士都没读呢。"

"考同等学力啊！"

"那也要备考，现在哪有空？"

"人家不是说你已经达到博士水平了吗？"

"那也要考啊！"

"院士招生，不是可以免考吗？拉三轮的都可以免考呢。"

"那怎么好意思呢？再说不经过考试，总有点走后门的嫌疑。"

"能走院士的后门也不错。"

"可我不愿意。后门总归是后门。"

"你怎么这么迂啊！人家要你，政策许可，这就得了，还管那么多。现在看的是成果，有成果就得了呗！你想那么多干吗！"

"我要是真去考，也不是很难的事。干吗要人家破格呢？"

"那就考呗！"

"兼职读书，可能没有补贴没有奖金呢。"

"我去帮你要呗！"

高伟没想到徐婕娜居然说得那么赤裸裸的，不禁有些脸红。

"反正大家都知道我跟领导关系好。"徐婕娜一脸无所谓、破罐子破摔的样子。

"那多不好意思！"

"只要你读，我就帮你要奖金，百分百地成，不成我补给你。"

"那哪成！真的要去读，也不能在乎那点奖金的。"

"是啊，再说你不是有个很有钱的太太？"

"婕娜，咱们能不能换个视角？"

"换个什么视角？有钱难道不是好事？多少人都盼望着嫁个富翁娶个富婆一步跨进土豪阶层省去多少年的奋斗呢。"

"我们不谈这事好不好？"

"那谈什么呢？你又不愿意理睬我。"

"能谈点你自己的人生规划吗？"

"我这样的，有什么规划！前些月处心积虑地想抓住一个小白脸，哪知人家不爱我，白忙乎的。"

高伟被徐婕娜说得很难为情，低下头去。

"现在嘛，只好过一天算一天，说不定哪天西安地震了，就像'5·12'那样，大家都没玩的，没乐了，完了。"

"你别那样想，还是要往阳光的地方想，你看你长得漂亮，又聪明，又会办事，室里上下都喜欢你。"

"有这么回事吗？我怎么看都是阴暗潮湿的。就说你高伟吧，既是我的同学，又是我的同事，也算是我的暗恋对象，可是人是近在咫尺，但心里远在天涯，你喜欢我吗？你爱我吗？连你都不喜欢我，你说说我看到的怎么不能都是影子呢，而且都是阴影。"

"我说的喜欢跟你说的不一样嘛！你看看你怎么总往消极的地方思考。"

"你知道创伤这个词吗？"

"这个……"

"那夜，你把我轰出去，我就感到天塌下来了，人生什么都没有了，四处都是暗夜，没有光，也没有热，只有刺骨的冷风。你知道林黛玉是怎么说的吗？风霜刀剑严相逼！"

"可我不能欺骗你，也不能欺骗我自己。"

"可是如果是美丽的欺骗，善意的欺骗呢？难道不是可以的吗？"

"也许别人做得到那样，但我做不到，也不能那么做，人生总得有点真的好。"

"就像你现在摆着一个博士不读。"

"这是两码事嘛！"

"但性质一样，就是你拒绝了另一种可能，而这种可能未必就是坏的，不好的，未必不如现在。"

"人的选择必须是明确的，婕娜，如果我总是在河水里蹚来蹚去，那就不是我，那可能是李伟、陈伟、王伟。"

"你觉得这样做，是很高尚的吗？很符合你的心理逻辑吗？"

"至少我心里安顿，我没有欺骗别人，也没有欺骗自己，我没有什么需要后悔的，不安的。"

"你没有尝试另一种可能，怎么知道就会后悔，就会不安？"

"我没有必要嘛！"

高伟发现徐婕娜今天变得特别能言善辩了，锋芒逼人，她的话未必全无道理，未必不合逻辑，很难找到破绽，他感到有些吃力。

"高伟，你想想，你至少不讨厌我吧，要不然你也不会让我在这里站那么久，你为什么不把我作为一种选项呢？我仅仅要求作为一种选项，难道高了吗？"

"感情的事，不是做选择题。"

"怎么无法做选择！你本来就在选择，而且你做了排他性选择。"

"这个……"

"我不是嫁不出去，我只是昏头了爱上了你，所以我不怕人家笑话，自己上门来推销，连三毛五毛的标价都没有，一而再，再而三，不管你怎么对待我，我只是真实地对待自己的感情，我希望你考虑，我相信我不比那个女人差，当然那个……骆丹也不错，只是我认为我更适合你，你更需要我这样的女生，一个可以为你照顾家庭、生儿育女的女人，一个不会是四季忙碌精疲力竭的女人。高伟，你想想我说得是不是。"

高伟无话可说，只好听徐婕娜讲下去：

"你可能觉得我很开放，有很多朋友是不是？我不否认这一点，可这就是人生，也许你是从乡下来到城里，不能接受这样的情况，可你总不至于觉得这很突兀吧，现在还有哪个女生没有几个男友？多了几个男友就不贞洁？如果用这一条要求，不但是我，恐怕包括骆丹，都经不起检验吧。

"我这样说，你可能觉得难堪，但我还是要讲，你是个很纯洁的人，但你用自己的尺子来丈量所有的人，你接受的也接受，不能接受的实际上也接受了，只是你不愿意正视这个问题。其实这都不算什么，你看看这城市里，几乎所有的青年男女都在同居，都在走着人生的道路，你不能说只有你走的是正确，其他的都是错误的。你知道人性吧，只要合乎人性的，都是合理的，都是正确的，我说的没错吧。"

"我没有说你是错误的，我也没说你都是对的，我什么都没有说。"高伟无力地争辩说。

"可我感觉到你的内心，你就是这样想的：徐婕娜本来还不错，可是太随便了，太俗气了，是不是，你是不是这样想的？"

高伟不语。

"你知道吗？你有这样的认识，是因为你认识我，了解我，假如我是一个陌生人，一个远在天边的人，你从来没有接触，甚至不认识，你怎么知道我的状况？你怎么知道我的过去我的现在？如果因为了解造成这种差别对待，你觉得合理吗？再说，我没有嫁给你，我是自由的，我有我自己的权利，但如果我嫁给你了，我们就是夫妻，我们要彼此忠实，我就不会有任何花边绯闻，我会是我母亲一样的贤妻良母，相夫教子。"

徐婕娜一口气说完她要说的话，句句坚实，埋藏了四面八方的锋芒，高伟听了一声不响，他实在不知还该说些什么。

"高伟，我说了那么多，你别见怪，我一直要找你说这些，我知道你是个好人，我知道你不讨厌我，我们能尝试着相处一段时间吗？如果到最后你还是觉得我们不合适，或者我觉得我们不合适，我们再分开，那时我一点都不会怪你，我会很冷静，很理性，虽然也会很难受。"

"先吃饭去吧，你看都快一点了，食堂快关门了。"高伟想不出更好的语言来回应徐婕娜的话，更想不出更好的办法来结束这个谈话。

"好吧，去吃饭！"徐婕娜无可奈何。

骆丹听说顾芊芊说海口来的客人高隽、张曙光、陈秀梅要与她约谈，就安排了一个礼节性的见面。因为是初次见面，大家随便说些话儿，没有什么具体的事要谈。但也就这样认识了，以后他们的合作出现多大的事端，结出多大的硕果，都是这次简单的见面所未曾预料的，但也是这次见面埋下的伏笔。骆丹送走三位客人之后，便看到设了静音的手机屏幕上留下一个未接电话，她看出那是俞英雄的来电。她赶紧回到办公室，给俞英雄拨了回去。

"出来了！都出来了！"俞英雄的第一句话就是这句。

"那太好了。"

"你拜访过的那位领导说了句关键的话。"

"什么话？"

"疑罪从无。"

"那可是一位好人。"

"他是咱们这里出了名的铁面清官，没想到还是朱大哥当年的部属。"

"这样的人太少了。"

"你看不是有了嘛！"

"恐怕地方上也怕你撤资，与检方做了沟通。"

"可能吧。不多说了，姑娘，黄劲会给你打电话，他现在忙着处理暂停的合同的事。"

"好的，请代我问候他！"

"好！"

晚上过了九点，骆丹忙完了一天的工作，回到房间。事事顺利带来的总是好心情。她用滚烫的开水调好一杯浓浓的南山咖啡，四溢的咖啡香飘满屋子。她喜欢咖啡的味道，散发在房间里，很有点她非常习惯的商务场所的气息。现在职场女性都被职场改造了，就连个人的生活喜好都与工作相关。品完咖啡，她打开笔记本，上了QQ，一边和高伟聊着，一边等着黄劲的电话。可是到了十点，黄劲的电话还没有来，骆丹就拨了过去，一拨就通，黄劲倒是先说话："你在哪里？"

"客厅。"

"我打过来！"说完就挂了手机。

骆丹接通电话的时候，黄劲说："我换了个手机号码，你现在看到的这个是我的新号码。"

"知道。没事了吧？"

"本来就没什么事。"

"现在不是过去那些年，做事也要为自己着想，反正都是别人的事，犯不着那么用劲。"

"知道。听说你为这事操了不少心。"

"也没什么，好歹是你运气好。在里面没有人为难你吧？"

"以后见面说吧。"

"总之以后你得为自己着想，别干得太猛了。如果实在不行的话，你来帮我管理酒店。"

"以后再说吧，你别想得那么多，真的。"

"那就算我多嘴了，再见！"

骆丹说完就挂了电话。她心里变得非常烦躁，她意识到黄劲为了东山再起，重新拿出了当年毫不顾惜的猛劲，这种猛劲有时可能冲过樊篱，产生危险，甚至陷入万劫不复的深渊。有必要这样拼命吗？得到的又会是什么呢？她感到自己的规劝没有效果，黄劲需要的是短期奏效，立竿见影。这种急躁的情绪又何止是黄劲一个人的毛病！在这个焦虑的时代，几乎所有的人所有的企业都在奋斗，都在拼搏，都在幻想着一次次的超越和成功，他们为了成功而疯狂，几乎毫无理性，甚至不惜铤而走险，这是多么持久而深刻的误导！骆丹痛苦地想。

34

在海口市海瑞路的中段有一个昙花一现的高档酒店，就是波澜高涨酒店，当时的投资商是个山西煤老板，不大，乡镇级的，手上有几个热钱，就不知深浅地跑到海口来投资。没想到酒店建成不久，局面还没有怎么打开，这煤炭行业急剧下滑，国际上廉价的煤涌入国内，山西的煤行情暴跌，煤老板一下子手头紧张，无法还贷，也无法提供周转资金给酒店，而这煤市的行情根本就没有好转的迹象，眼看就要跌入谷底。高隽给骆丹牵线，骆丹以几乎成本价收购了波澜高涨，这样投资商的投资拿回去了，银行贷款有了着落，酒店也有了资金可以增添设备继续经营，骆丹呢，也不费吹灰之力就扩张到海口。她委派蔡义雄为总经理，柳眉为副总经理来管理这家四星级酒店。鉴于柳眉没有管理酒店的经验，骆丹联系了酒店业的龙头老大锦江集团，把柳眉送过去速培一个月，九月中旬就到海口上任了。

蔡义雄虽然算不上英俊，但还是有点型男的模样，他是那种有点像周杰伦又有点像周润发的半奶油半武打的小生。创建三亚遐想假日的时候，他刚好二十七岁，从一家国营五星级酒店的销售部副主任岗位跳槽过来，看中的不仅是有高薪、职务的上升空间，而且包括酒店的女老板骆丹。毕业于国政专业的他，最擅长学以致用，在跳槽之前，他像侦探一样，把骆丹的来龙去脉和家庭婚姻状况摸了个底儿朝天，他断定这是一个千载难逢的好机会。所以在业务起步的时候，他可谓全力以赴，甚至可谓一员干将，因此也就做到了副总裁的位置，但女老板奖赏了他人民币，奖赏了他一个副总裁的位置，但并没有把自己奖赏给他。几次试探毫无结果之后，他有点自暴自弃，开始与一位来自重庆的胖个儿女会计单独过夜，他喜欢那女会计丰腴的腰身、健硕的奶子，一套出奇制胜花样繁多的床上功夫简直让他销魂极了，还有那公司的准确的财务信息薪资信息也让他兴味盎然，两人越打越火热，贪婪地享受有时顾不得闲言碎语，事情被人捅到骆丹那里去了，骆丹为严肃纪律，就找了个借口把那女的开了，蔡义雄这才收敛一些，对女老板的梦想也就画上了句号。这次派他到海口来独当一面，在骆丹是不忘旧，在蔡义雄是人生的新机遇，然而对安排柳眉来担任副总他内心很是不爽。他知道这个姑娘精明努力，而且对骆丹忠心耿耿，这对他在波澜高涨建立起自己的绝对权威，从而把这里建成自己的发迹之地，就像小站是袁世凯的发迹之地一样，实在是个很大的牵制，但他也知道骆丹就是看中了柳眉的认真和忠诚。蔡义雄决定双管齐下，首先要策反，如果能把这个未婚的女子拉到自己的床上，那么波澜高涨也就成自己的天下了。他必须尽量取得柳眉的好感，他有这个基础，过去在三亚他就开始琢磨把柳眉拉到自己的圈子里。柳眉从无锡飞海口那天，他没有安排司机去接机，而是自己亲自开车去了机场。

他非常礼貌地把柳眉大大的行李箱接了过来，搬到车后厢，又打开车门，左手放在后背，右手像西方绅士一样向前向右划了一个非常漂亮的弧线，说："小姐，请！"

柳眉扑哧一笑："蔡总，你太绅士了！"

"阿眉（也可能是阿妹），现在就俺俩相依为命了。"蔡义雄启动发动机。骆丹接手波澜高涨的时候，特地购置了一辆奥迪A8，作为酒店接待用车，蔡义雄开了几次，发现这豪华版的A8比自己的二手奔驰要舒服多了，就把它变成了自己的专用车。

"哪里有那么惨啦！听骆董说，酒店有好几十号人呢。"

"可他们不是自己人，是我们的工作对象，说不定是斗争对象。"

"蔡总，你别吓唬我，现在酒店只有一个老板，我们搞好管理，大家都是一家人。"

"那是，那是！"蔡义雄见柳眉说话不入巷，就中止了这样的试探，便聊些不着边际的事情，柳眉也介绍自己这次学习的情况，无锡的山水风光，太湖的绿藻，张艺谋的家和超生的事，说着就到了酒店。

服务生赶过来帮新来的老总搬过行李，柳眉有一个专门的套间，刚好安排在蔡义雄的隔壁。服务生把行李搬进房间，蔡义雄就打发他下楼去了，自己来为柳眉一一指点空调、电视、网络开关、插头、遥控器等的所在和使用，柳眉虽然感觉有点多余，但还是觉得人家是热心，得到别人的帮助，心里总是感激的。

直到蔡义雄发现没有什么可以再需要说明的时候，他只好提出告辞："阿眉，我就住你隔壁，有事你喊我一声，随叫随到，二十四小时服务，全是免费！"

柳眉被蔡义雄这种幽默逗得笑了起来，在三亚可没见他这么轻松，看来还是要走得近才能看得更真实一些。刹那间，柳眉对蔡义雄的好感飙升了二十度。

"多谢！多谢！有劳您的地方我就敲您的门，好不好！"

"好！好！"蔡义雄见效果初显，心下欢喜，"敲墙壁也行！"

"好的，到时我就擂墙了！"

两人非常愉快地各道晚安。

第二天，蔡义雄约柳眉一起共进早餐，同时谈谈工作分工。他穿了一条非常高档的西裤，大概是马蒂尼的，一件大概也是第一次穿的蓝条纹短袖衬衣，国际知名的马球牌，他的头发显然是刚刚洗过又被吹过的，很熨帖地伏在头顶上，看上去整洁又有修养。

"阿眉，这酒店的客房部、销售部、餐饮部、车队、保安部都归你管，我负责大客户、人事和财务部。"

柳眉看蔡义雄竟然把经营大权都交给自己了，心下特别感激，过去把这个人想象得有点阴阳怪气的，现在却是多么大方，多么厚待自己，毫不在意自己实权在握，眼睛不禁闪动着泪花。

"谢谢蔡总，我全力以赴。"

"叫我阿雄或者雄哥吧！"蔡义雄认真地说。

"好，雄哥！"

"骆董要求我们在一周内制定酒店的管理制度和一年的工作规划，这个有点啰嗦，你知道我一向不喜欢文字上的事——不是我不会，你知道我是北大毕业的，文字上的事小菜一碟，难不倒我，但我就是不喜欢敲打文字，太费劲了，太没有智力要素了，你看要不你先来搞一个，最后我们一起讨论一下，再报上去。"

"好的，我先来起草。"

"上午我准备召集一个中层骨干会，要向大家介绍你，到时你说几句。"

"这个就算了吧，天天在酒店里，要不了几天大家都混熟络了。"柳眉知道上了班，大家都各就各位，能减除的程序就免了算了，现在是干活要紧。

"也行，反正星期五有工作例会，到时再介绍你。"

"好的。"

"今天的会议纪要，你起草一下，签个字，等会儿我传给董办。"

在决定柳眉他们到海口接管波澜高涨的时候，骆丹召见过他们两位，明确酒店管理决策，需要二人签字。柳眉没想到，蔡义雄连把起草会议纪要的权力都交给她，说明他对自己是多么的看重和放心。

柳眉召集客房部、销售部、餐饮部、车队、保安部的负责人们开了个短会，把各项规章交给他们各组来起草，然后由她来定稿。这些小组长们从来没有起草过制度，不知所措，柳眉说："过去你们是怎么干的，现在就以这个为基础，另外可以参考一下名牌酒店的管理经验，你们过去在别的酒店的经验也可以参照，还有些网上都可以查到的。"大家一听，觉得这个事可以做，也就很高兴地去分头准备。

湘西农民刘国庆年过五十，褐色的脸膛，稀拉的胡子，灰白的头发，瘦削的耳郭，身材并不显健壮，也许有两三种隐形疾病，比如慢性胃炎、高血压或者痔疮，指节粗大，五指分开，略显蜷缩，腿肚上筋脉突出，宛如蚯蚓，裤子多褶皱，上衣永远与裤子不匹配，皮鞋有可能是儿子穿旧后再穿，因为要来城市，穿了一件崭新的廉价衬衣，一双大概是地摊货的皮鞋，海口十月也很热，穿在衬衣外面的夹克早已脱下，倒提在手。刘克进了车站找了很久才找到父亲，原来刘国庆从老家带来了一大纸箱鸡蛋，一大纸箱糯米、熏肉和豆干、笋干、红薯干，没有扁担，两手拎着很吃力，又是坐的最后一节车厢，出站也就慢了。见到儿子，父亲说，你妈不放心，还是要我来看一下，唉，既然怀了孩子，这事情不能敷衍，不能按照常理办，你是读书的人，我们也不是不懂道理，唉，该接受的要接受，该面对的要面对，我们刘家是正派人家，不能做亏心事，皇天后土的，几千几百年了，唉……刘国庆说到后来一连串叹息，大概内心还是觉得儿子把人生婚姻大事搞得太粗心，太草率，太仓促，无法倒过来重新安排处理。

命运既已如此安排，就要接受这个安排。

"我知道了，你也别叹气，到家了再说。"刘克安慰父亲，拎了纸箱，和父亲出了车站，破天荒打的回家。

那天春梅一到下班时间就早早回来，到了家里，看到一乡村老汉坐在房间里，便知是刘克父亲，不禁有些心怯，生生地喊了一句："大伯好！"

"是春梅吧！"刘国庆站起身，望着眼前这个肚子微微隆起的姑娘，虽然不算漂亮，但是很耐看，很温顺，一看便知是个手脚勤快懂事理识大体的孩子，眼睛里不禁湿润起来。"唉！孩子，你该喊我爸爸了，你看你们都在一起过日子了，还生分啥呢?"厚道的刘国庆却一点都不含糊，说话一点都不外理，恰恰大方又得体，扎扎实实的长辈言语。这是多少自以为练达人情知书识礼的达官显宦知识分子都难以做到的。因为这一既成事实，掂量到孩子们的真诚和女子的付出，长辈的心融化了，思想上的不通也就通了。

春梅一听喜笑颜开，多日里担心刘克父母不赞成他们的婚事，事情就会起疙瘩，没想到刘父如此开通，又如此善解人意，一下子亲近了许多，赶紧放下手中的包，说："爸，你和刘克慢慢聊，我去准备晚饭。"

"大马晚上要过来一起吃饭，你多煮点米来。"刘克嘱咐春梅。

"那小汪会来吗?"春梅问，"我下班时没见她提起。"

"你没邀请她，她怎么会来!"刘克笑了。

春梅明白，小汪在城里人群里很开放，但到了乡下人圈内，就很收敛，一般不轻易跟大马缠乎，她知道乡下人的观念，见不惯这些在他们看来是非常出格的事体。这时候她们的胆子就像小猫咪小老鼠一样。

春梅虽然年轻，又在外面打工，但从小没空闲，早已烧得一手好菜。不一会儿，一满桌荤荤素素都侍弄好了。刘国庆早在一旁把儿媳妇的一举一动看在眼里，知道这是一个知冷知热、能说会干、手脚麻利的好姑娘，正派人家能欣赏的品质，春梅全都具备，还要怎么挑选呢！原先心中的种种不满和失望也就彻底地抛了个干干净净。大马过来的时候，拣了一捆啤酒过来，一家人开心地饮酒吃菜。春梅因为怀了孩子不能喝酒，刘国庆特地要刘克赶紧去买瓶可乐回来，没有喝的，怎么碰杯呢？刘克顺从老父亲的旨意，又骑车去买了一大瓶可口可乐。

刘国庆给春梅斟满一大纸杯可乐，说：

"春梅，你还没有过门，但你是我们刘家的媳妇，我认，我认，克他妈也认，亲戚四邻都认。我这次来得仓促，没给你带什么见面礼，先敬你一杯，你嫁我刘家，刘家不会亏待你。"说完老汉把自己满满一杯啤酒一饮而尽。

春梅慌了说："爸，是该我敬您，就是现在不方便。我们年轻，有些事做得莽撞，您老不要见怪。"春梅说的时候，脸赧红了一大半，她认为对当长辈，她必须讲这话。说完把杯中的可乐全部喝完。

"我怎么会见怪呢？春梅你是看得上我家克的，要是看不上，你怎么会跟他。现在社会不像以前，没有人管你们工作，管你们住房，不像以前了。你们都是在外打工，克虽然读了大学，但也是打工，也是在找活路，做几多算几多，克他脸皮薄，不愿意回去，回到老家种田，怕人家说他没出息。你们现在住在一起，相互有个照应，生活上也能节省一些。这次来了，我都看到了，我也放心了，回去告诉克他妈，她也会高兴，也就放心了。你看看到现在，我们刘家也没有为你买双鞋，连定亲的聘礼都没下，愧对哎！"老汉说着的时候，枯涩的眼睛里闪动着泪光。

"爸，你真好！"春梅动情地说，眼泪扑簌簌地流下来，"我还以为你这次来会骂我们。"春梅给老汉盛了一碗米饭。

"我还喝两杯！今天我高兴！"老汉接过米饭，又把空酒杯递给春梅，春梅接过来给老汉斟上。

"你现在有身子了，就别跑来跑去，别骑车子，春节时一起买卧铺回家，我给你们办婚礼。"

35

转眼就到了九月半，北方的秋天来得早，一场小雨愣把西安变得满目萧瑟，秋意逼人，遍地扫不尽的梧桐叶垫成了厚实软绵的垫子，踏在落叶上，格格价响。

这段时间徐婕娜开始用心工作，很久不拣的书本也开始拣起来，高伟见她的转变，也就把些简单的材料报告整理工作，交给她来处理，同时也替她把关。这天傍晚渐渐沥沥地下起雨了，徐婕娜想起高伟没有薄一点的毛衣，便赶去商场买了一件，次日一早给高伟送来。

"昨晚去买的，今天真的变天了，你试一下，看看合不合身。"

"谢谢婕娜！可我不能穿。"

"你咋不能穿？骆丹不在西安。"

"不是她在不在西安，是我不能要。"

"就当你妹妹送你的了！"徐婕娜说完扭头就走。

高伟难为情地试了一下，还真的特别合身，款式也很合乎自己的心意，衣服还没有脱下来，就给骆丹打了电话，说了这事。骆丹说："那你就穿着吧，退给她更不好。"

高伟就穿了这件翻领毛衣上班，徐婕娜远远就看到了，心里美极了。

然而就在第二天上班的时候，徐婕娜接到一个顺丰特快专递的包裹，剪开层层包裹的纸箱，里面是一件紧身貂毛皮衣，一看上去就知道非常名贵，正在犹疑间，忽地看到包裹底下有一个便函，上面写着：

婕娜妹妹：

很感谢你关照高伟！昨天他告诉我说让你破费买了毛衣，我心里非常感激！高伟单身惯了，生活上大大咧咧，我在这边难以照料周全，还是你想得周到。这里寄上一件冬衣，凭春上在襄樊时相见的印象买的，不知道是否合你身，如不合身，请寄回来再换。这是姐姐我的一点心意。

骆丹

徐婕娜愣在那里半天，最后她毅然决然地来到洗手间，换上这件皮衣，发现不仅样式、色泽与她的肤色、气质合拍，而且还显示出一份雍容华贵的风度。她就穿这件皮衣走了出来，走进行政办公室，想了一下，又走出来，嘟嘟嘟地走到高伟所在的办公室，煞有介事般地在高伟面前转了一圈，在众人的夸奖中退出，返回行政办公室，回到自己的座位上，满目茫然地看着天花板，许久，她给高伟发了一条短信：

"准嫂夫人给我寄来一件昂贵的皮衣，就是我刚才到你们办公室时穿的，你现在没有什么不安了吧哥！"

中午的时候高伟才开手机，看到这条短信，回复：

"喜欢就好！"

又给骆丹去了一条短信：

"婕娜穿着你寄来的皮衣，气质甚佳。"

"婕娜需要有个姐姐。她很不容易。"骆丹回复。

"你能关心她甚好。"

"我们要学会彼此珍惜，学会彼此关心。"

"嗯。"

海口东区的单位多，金融就特别兴旺。别看毛利民是个小小的分区片行行长，可就这个小单位，是个殷实的肥缺，毛利民到任第一个月是下旬，到第二个月才开始正式发工资，财务科长拿了一叠打印好的表格，请他签发工资，他看到自己的名下基本工资是7800元，效益工资栏居然是8000元，还以为是财务搞错了，就疑惑地看着财务科长，财务科长立马会意，解释说：

"这是固定标准，一把手是8000，副职是6000，中层正职是3500，中层副职是2500，普通职工是2000至500不等，好几年了，都没有提高。"

"哦!"毛利民惊叹了一声。

毛利民又看到通讯费栏下是500，交通费栏下也是800，还有一个住房补贴是1000，还有一个午餐补贴是400，这样他的月工资总额有18500元，这比他在天津时高多了，看来地区差别固然有，但只要岗位好，欠发达后发展地区的收入还是不错的。

第二张表，只有毛利民一个人的名字，科长说，这是补发您上半月的工资。

第三张表，是季度奖金表。财务科长介绍说：

"这是咱们行本季度奖金，已经算出来了，跟上个季度基本持平。"

毛利民首先看到自己名下的，是12000元。会计解释说，您来的时间不到一个半月，就按照两个月计算，所以季度奖只有三分之二。这样算下来，一个季度奖金就有18000元，这委实又让他大吃一惊，他都还没有看到行里最近抓了哪些高赢利的项目，怎么会有这么多奖金，他便请财务科长报告一下片行的奖金计算规章。财务科长足足给他讲了大半个小时，他才明白，这银行也是企业，都是按照经营利润提成的。

下午下班后，毛利民回到家里，把工资奖金的事告诉了李亚男。亚男大吃一惊："哇塞，难怪要当官，这么个芝麻官，就有这么高的收入！"

"这单位虽小，但头头蛮值得做！你看看还不算灰色收入，单是账面上的平均每个月都两万多了。"

"真是调对了！看来我在机关也是白待了，每个月五六千，年终两三万还以为好得不得了，真是不比不知道，一比吓一跳。"李亚男感慨地说。

"按这个速度，我们明年就可以换栋别墅，到时可以让我爸妈搬过来。"

"这样也好，我把你弄到海南，留下两个老人在天津，孤单单的，很不忍心。"

毛利民说："那咱们就这样计划着。现在钱多了，也节约一点花。将来有了孩子，还要送他出国去念书，那要花更多的钱。"

"你想要孩子了？"李亚男望着毛利民，诡秘地笑着。

"想啊！咱们都三十好几了。"

"那你现在要封山育林，不得饮酒抽烟。"

"好的，照办。"

"三个月之后再勤劳种地。"

"好！乐于遵命！"毛利民说着，顺势把亚男搂到怀里，"真是很幸福啊！"说到这里，毛利民忽然想起来一件事情，说："老张帮了那么大的忙，我们总不能就一顿饭打发算了，他家最近有什么事吗？"

"你想干什么呢?"

"送送礼啊!你看现在这一切!咱们不能忘了人家。"

李亚男心下一笑,还要别的感谢吗?她说:"也不在乎一天两天,这人情嘛,来日方长,总会找机会还的。"

过了些日子,毛利民又领到一大笔奖金,说是单项奖。这次毛利民什么也不问,只看数字,写在他名下的是 15000 元,副职是 12000 元,就签了。晚上把钱交给女人,女人也不问咋得的,实在近来拿回家的钱很不少,夫妻俩最近的话题是到澳大利亚旅行,要趁怀孩子之前出去一趟,毛利民忽然想到高隽最近几次电话他,要他尽快把那单抵押贷款的六百亩土地,拿出去拍卖了。

"这又是一笔大收入,当初抵押的贷款不到两个亿,现在可以拿回四到五个亿。高隽又要做先进经验报告了。"

"有企业愿意拿这么大块的地吗?现在到处资金看紧。"李亚男有些担忧,"是不是高隽急于出手?"

"那当然,关键是海南的投资热快要进入尾声了,这么大的地块在手上捂着毕竟不是好事,再说今年的工作还没有出现特别的亮点,到了年底这总结怎么写就是个难题。"

"那你有把握高位出仓?"

"应该可以,我想想办法。"毛利民说,"办成了,是我们市行的一大成绩!办不成,还是一笔烂账。不过是笔老账,与我也没有什么太大的关系。"

李亚男说:"这个事还是和张曙光通个气,看看是不是要急着办,他们两个正是比拼的时候。"

毛利民便给张曙光挂通了电话,寒暄之后,说了这事,请示张处长是急办还是缓办。张曙光何等精明的人物,知道这是自家兄弟的忠诚之举,但又不好告诉他们自己已与高隽结有兄弟之盟,只道："这个事还是抓紧办。"又说："以后高隽那边有什么安排，你尽力办理，他是我的好朋友，就当我的事一样。"

毛利民有点像电影中的国民党军将领汤恩伯接到委座蒋介石的指令，爽快且大声地说：

"是！"

为了取得更好的竞拍效果，毛利民亲自策划督理，以最好的文案在南方各大媒体上广泛宣传地块周边的发展和城市的主体规划，特别是把传闻的邻近地块上将建立京师附中海南分校的消息当作实际着重提出，一位京师院长还被邀请来海南讲座，讲座的时候专门谈到海南分校的规划。地块的北端还没有拆迁，但十年规划中那里将是一个高尔夫社区，毛利民找到一地产名记专门采访规划办负责人，畅谈生态社区规划。这些都在当地的电视上了专题节目，南方的报纸上大幅登出相关的信息，与此同时，他又不动声色地安排从网站上透出这一地块可能拍卖的消息。事情进行得顺风顺水，询问这块肥肉的房地产商，像蝴蝶一样从祖国各地飞来，行情一路看涨，最后顺利收关，招标竞拍，以 8.368 亿成交，拍到手的那家公司当场划付。

毛利民首先将这喜讯报告张曙光，张曙光狂喜不已，连声说："好！好！"毛利民趁机说些感谢张处长提携的话，张曙光自然很受用，嘴里却说："咱们自己人不客套。"毛利民进而又道："这地是陈秀梅在任时的抵押项目，没米也不能做饭。"张曙光听了先是一愣，继而恍然大悟："利民，你头脑清醒，很好！"与张曙光通完电话，毛利民又打电话给高隽，高隽说："我正在网上盯着！老弟你办得太漂亮！我要大大奖励你！"毛利民说："主要还是秀梅领导的功劳，土地是她在位时拿到的。"高隽一听，没想到这毛头小子还是这么聪明绝顶的人，懂政治，心下特别高兴："说得好！你们前后任都有功劳！都要奖励！干得不错，利民老弟，你叫办公室整一个专项材料过来，要详细点，特别是你们的整体策划，具体实施细节，要显出高超的水平，要突出经营资产的能力，我给你们请功。"高隽说完，便给王璐璐去了个电话，问候老师，同时简要介绍这笔交易，扣除成本税费，净利六个亿。王璐璐那边自然少不了要夸赞几句。刚把王璐璐的电话放下，省行办公室来电话了，说是省行领导祝贺海口市支行取得的重大战果，中午在琼崖老店给市行庆功，还特别说明东区片行的班子成员都要上席。

领导来庆功，照例是下面订座埋单。"摆三桌！"粤语"三"是个吉利数字，音近"上"。高隽吩咐完毕，从他坐的老板椅上站起身来，向前伸开双臂，两首紧握前拉，只听见所有关节都舒服地嘎嘎作响。他意识到，一个可以用他的名字命名的金融时代来临了。

36

国庆期间，骆丹和高伟从北京出境，直飞斯德哥尔摩，开始了他们为期两周的新婚旅行。这时的海南又开始进入旅游的旺季。事必躬亲的柳眉照例忙得团团转。特别是她与北京几家会展公司建立了业务联系，负责承接京津地区来海南度假、开会、旅游的团队活动。这种业务单笔金额大，利润高，接待得好，又能扩大影响、增加客源，所以柳眉往往亲自督促、检查，严格控制可能出现的差错、漏洞。这不，又到了周末，柳眉一算自己来海口都快一个多月了，还没有给小汪他们电话，他们也不知道自己调到了海口，而且也在东区这块地盘上。柳眉决定利用这个周末去看望他们，傍晚下班的时候就给小汪发了个短信："小汪姐，我调来海口工作了。"小汪一收到短信，就给柳眉打来了电话，照例说不完的体己话八不完的卦，最关键的信息还是春梅的肚子很显山露水了，结婚证也办了，估计将来要奉子成婚。柳眉感到世界变化真快，半年前刘克还去她那里看望她，半年后就快要做别人孩子的爸爸了。而自己还孑然一人，形单影只，在这职场上飘零。想到这里，心情黯然，陡增许多忧伤，犹豫着是否要给春梅电话，想必人家正在相亲相爱地吃着晚餐看着电视，也就免了。百无聊赖之际，只好打开房间的电视，检索着可看的节目，这时有人敲门了。

猫眼的发明，应该和马桶一样，算得上人类的重大发明之一，由于猫眼的使用，居家旅行，多了多少安全因素，减少了多少刑事案件，不可估量。透过猫眼，柳眉看到蔡义雄正站在门外。她赶紧将门打开。

蔡义雄穿着依然整洁讲究，有着一股干练清爽高雅的风格。

"阿眉没有出去玩?"

"哪里去啊！这附近只有吃饭住宿的酒店。卖五金的商店，卖服装的品牌店，做修复的按摩店，电影院、咖啡馆，都在好几里之外。"

"那真是的！海口嘛，毕竟是新兴城市，除了餐饮 K 歌购物之外，商业交流谈不上，高雅文化也谈不上。"蔡义雄也感慨地说。

"听说市里的图书馆小得像个居委会的会议室。"

"我没去过，不过，海大那边有个很气派的图书馆。"

"可那是人家大学的，不是公共图书馆。"

"是的，世界上最好的事情就是做学生。"

"我也有这个感觉，工作了反感觉不如在学校。"柳眉说。

"哈哈！是啊！我刚来海南那两年，更是不适应，特别是在三亚，几乎没有伸腿的地方，简直是憋闷死了，我在北大时，有最权威的报告厅，有最丰富的图书馆，有高雅的音乐厅，还有最好的话剧院、美术馆、博物馆……那是何等地快活充实，这里，唉！"

"二三线城市当然不如大都市了，哎，蔡总，你学什么专业？"

"国政，国际政治专业。"

"噢！真没想到呢！难怪蔡总那么清高！"北大是中国青年都曾怀有或不敢怀有的梦想，国政又是关系国家治理国际交往大事的，是培养国家精英的，不是一般人念的专业，柳眉对蔡义雄又多了一份崇拜。

"我清高？有吗？在为生存打拼，那么基层，还敢清高！我的电脑里已经没有'清高'这个词了。"在仰视者面前蔡义雄很快找回北大生常有的天之骄子心态。在这方面，在此时此刻，蔡义雄宛然北大生的标准模板。

"你都是四星级酒店的老总了，管理上亿的资产呢。"柳眉低声提醒他说。

"上亿？不就是一个酒店吗？有多少技术含量？多少管理含量？需要资本运作吗？需要权力经营吗？有多少精兵强将？"蔡义雄说得有点激愤，"不就是一个住宿吃饭玩的地方，守着门房灶台收点房费餐费，不是科技研究，不是运筹帷幄，不是带兵打仗，更不是国家治理，而是小本买卖，要是我北大的老师知道我在这种地方鬼混，一定要骂我堕落，不务正业，不求上进，虚度年华。唉！虎落平阳，龙游浅滩，好种子落在盐碱地，这种事怎么就偏偏摊上我了呢？"

"这世界上的大事都是从小事做起的，你还很年轻！"

"年轻？你说我年轻？"

"是啊，你不大吧？"

"我都三十啦！三——十——你知道吗？孔夫子说三十而立，我都看不出我立在哪里！"蔡义雄双手一摊，"天地之大，怎无我立身之地！"

"好好！我们不说这些不快乐的事好不好！"柳眉看到蔡义雄怀才不遇的样子，心下有些爱惜，又有些高兴，人家在自己面前毫无保留地暴露自己的委屈、脆弱、郁闷，说明他对自己信任，当成知己。这可跟平时沉默寡言的蔡义雄完全不一样，看来男人也常有两面，真实的一面常常深深地掩起，不轻易暴露，这种男人深沉。

"说说你中学的情况吧，你们河南的教育质量不错，人口大，升学更困难。"蔡义雄只好跟着转换话题。

"我是在河南念的大学，不是河南人。"

"不好意思，我都一直把你当成河南人呢！"

"你啥意思嘛！"柳眉不温不火地回敬一句，见蔡义雄有点窘态，柳眉这才说起中学的事。

"我是甘肃武威的，你没去过吧，那里是汉代有名的河西四郡之一，南边是祁连山，北部是荒漠，很少人烟。我毕业的那中学也是个重点，但我们那届只有一个考上北大。"

"我们中学那届也是一个考上北大。"蔡义雄接着说。

"那一个就是你！"柳眉羡慕地说，眼睛发亮。

"不过比人家多几十分而已，没什么了不起。"蔡义雄故意说得很轻描淡写，极度谦逊。

"一分定胜负呢，你没见有个学校的标语，'提高一分，扫荡千军'，那是尖子生与普通生的差别。"柳眉认真地说。

"我哪算什么尖子生！读书的时候特别想玩，成天就琢磨着如何少做作业，晚上不上自习。我最头疼的就是上自习，把学生的一点点自由时间都给剥夺了。"蔡义雄轻松地说。

"那你成绩咋这么好？"柳眉有点不信。

"就是会考试！我真的不用功，就是考试出高分，我也搞不懂，我总觉得题目很容易，没啥不好做的。我一直觉得高考题出得那么容易，根本拉不开档次，也就选不出真正的人才。"

"那说明你智力好！"柳眉很羡慕地揣测说。

"可能是也可能不是，你想想，如果是智力突出，那这搞工作嘛，这么一点简单事，怎么反而那么吃力？"蔡义雄说。

"慢慢来嘛，你看我们这一个多月不是进展挺顺利的？"柳眉宽慰地说。

"幸亏你来帮我！谢谢你阿眉！"蔡义雄说到动情处，不禁把柳眉的手握在自己的手中。

柳眉感觉触电一般，然而很快就平复了，她内心忐忑，她想抽回自己的手，但她内心又渴望爱情，眼前这个男人各方面条件都比她好，她没有想到能进入他的世界，他的生活。带着一份惊喜，一份羞涩，一份忐忑，柳眉温顺地接受了蔡义雄温暖大手的把握和抚摸。

没有被拒绝！心中狂喜的蔡义雄乘势一把将柳眉拉到自己的怀中。

"不，不能……"当蔡义雄的双手把柳眉紧紧地箍住，开始向前亲吻柳眉的时候，柳眉感到是不是太快了一些，她心里还没有任何准备，她没有想到爱情就这样发生了，然而她没有坚决拒绝的勇气，她内心充满希望也充满惶惑的时候，蔡义雄紧紧地吻住了她的双唇，一股男人特有的气息开始沁入柳眉的心间，她不由自主地张开了嘴，双手紧紧地抱住这个在她看来成熟高雅干练的男人。蔡义雄的右手开始缓缓地伸进柳眉紧致的内衣。

第二天，蔡义雄起床的时候发现床上有一团殷红的血迹，像委地的玫瑰叶瓣，从中间向四周濡染开去。他不禁暗暗吃了一惊，他想不到柳眉竟然还是处女之身，难怪昨夜行事时她用力地咬住嘴唇，痛楚难受的样子，当时还以为她是例行的不舒服，没想到竟是她的第一次。天！这世界上居然还有这么高龄的处女！蔡义雄感慨之余，不禁有些愧意，他只是处心积虑地将柳眉变成自己的情人，以为一夜情下来，两人可以彼此愉悦，常来常往，反正都是单身，无人置喙，并没有与她谈情说爱比翼双飞白头到老的念头。他不相信爱情，只相信欲望和愉悦，他观念中的理想的婚姻是财富（或者权力）与性。当初他投奔遐想假日，就是因为骆丹正完美地具备这两个条件。然而骆丹并没有看上他。他没有伤心，因为他只有需要。需要没得到满足，他只感到失望，他没有灰心，他不着急，男人即便到了四十还是金牌王老五，他可以等待。然而现在他打破了一尊纯洁的青瓷，他有些造孽的罪疚感。不过，这种负罪感很快就消失了，蔡义雄想既然到了这个地步，柳眉就可能更死心塌地地跟着他，这样他就可以长期地利用这个踏实的女人，来实现他飞黄腾达的梦想。

他隐约地看到，在中国的酒店业中一颗来自北大的新星在冉冉升起。

37

西部奥特莱斯园区在沸沸扬扬的议论中总算尘埃落定。黄劲面对这块面积三百多亩的园区，踌躇满志。由于这个地块的落实，俞英雄一下子划了三百万奖金到他在澳大利亚的个人账户上。黄劲开着车，正要去一个建筑设计事务所，手机叮叮叮响了，一看，原来是老婆来的短信，说是有笔三百万的钱到了他们的账户。他就拨通俞老板的电话，询问缘故，俞英雄说："你到我办公室来一下。"黄劲就开车折回了公司。

"奖金，就是奖金，搞下这块地的奖金。"俞英雄见秘书引了黄劲进来，起身招呼他坐好，一边告诉他钱的来历，一边亲自给他倒了一杯红茶，金黄的茶汤，茶香四溢，一看就知道是上等的大红袍泡出的。

"谢谢老板慷慨！"黄劲感激地说。

"我需要你这样的大将，"俞英雄说，"要做大事，必须有大将，光有毛卒子是不行的。"

"我需要统帅！"黄劲把茶杯递过去，表示敬意。他由衷地感到大老板就是大老板，出手大方，做事大气，有大气魄，他黄劲的人生经验就是给大老板干活，给自己挣钱。那些自己办了企业的，一年忙下来，交了税，发了职工奖金，所剩无几，有几个还会以为自己是老板呢？至于某些国企，经过几轮班子的淘洗，资产早就空空如也，但也留着个牌子，一拨职工嗷嗷待哺，谁都害怕去那里当值，好不容易出现一个戆大，带领大家披星戴月凿井开田，好不容易春回日暖，有几个小钱要扩大生产，但职工首先叫起来的是多发奖金，集资建房，购买企业年金，至于度假、培训学习、子女入学、妇姑勃谿、买房借贷，如此等等，更是日日不离不弃，你能不操心吗？那些当家人啦，也纯然一名公仆。至于有些满嘴自诩人民公仆的人呢，悄无声息地建楼堂馆所，出入豪车，吃尽山珍海味，有民谣说这些人："工资基本不用，烟酒基本靠送，老婆基本不动，晋升基本靠贡。"你说有这样的公仆吗？还是黄劲看得穿，给大老板干活，不愁钱，不愁车子，不愁办公楼不体面，不愁交往没档次，不愁没有前呼后拥，只愁自己办不好事，办好了，这钱就像水一样涌过来。你看，这三百万奖金，哪里是劳动合同上的约定，只有那些傻逼拿了一点高薪，兴奋得吃不下睡不安，还要到媒体上去招摇："俺的年薪是多少万！"

"哈哈！当年汉高祖刘邦手下有个叫陈平的能人，家里缺钱，汉高祖就大把大把地给他钱，后来他帮汉高祖平定了天下，又帮他安稳了天下，这真是千年一遇啊！"俞英雄仰靠在长沙发的背垫上，谈起历史。

"我也有这样的感觉！"黄劲又把茶杯敬过去，碰了一下。

"哈哈！奋斗！共同奋斗！"

"你知道煮酒论英雄的事吗？"俞英雄忽然提出一个问题，口气有点像小学老师问学生。

黄劲笑了，说："不知道！"

"刘关张知道吧？"

"这个知道，都是三国的人物。桃园三结义。"

"你说对了！还有一个叫曹操的，当然不是跟刘备一伙的，他在汉朝是丞相，刘备曾在他手下干过，级别不高。这个人很厉害，特别会用人，文韬武略，样样俱能，使一把朝天槊，有万夫不当之勇。"

"老总厉害！这两千年前的事情都弄得这么清楚。"黄劲心里有点想笑，但他装得听得津津有味，不时表达敬佩赞赏。

"有一天，刘备和曹操两个在一起喝酒，一边煮，一边喝，就像咱们两个今天一样。"俞英雄愈发豪迈地说，"曹操对刘备说，天下英雄就是我们两个。"

"不敢当，不敢当！"黄劲有点懵了。

"你搞错了，曹操说的是他和刘备。"俞英雄见黄劲理解错了，有点不屑。

"是是，曹操确实很厉害。"

"刘备更厉害！曹操毕竟是官僚子弟，刘备呢，小货郎，挑担的。"俞英雄神情肃穆地说，"不过，如果放到今天，这商界英雄该是谁呢？"

"你！朱老总！"黄劲想都没想，脱口而出。

"你小子还很有眼光！不过，你少说了一个人。"

"谁呀？"

"宗庆后！"

"哦，他呀！确实是个人物。"

"你看看，我是修收音机的，朱老板是扛大枪的，宗老板是卖口服液的，都是跟卖草鞋的刘备一样，都是打赤脚出身的，草莽英雄啊，也就是今天你们这些读过大学的人喜欢说的草根。"

"俞老总眼光独到，志向宏伟，令人佩服！"

"三十年河东，三十年河西，三十年之后，这商界英雄说不定是你黄老弟了。"

"那绝无这个可能。"黄劲断然说，"我只做职业经理人，决不自己办公司。"

"为什么?"

"什么虫蛀什么木头,什么样的草养什么样的牛,我黄劲先天不足,只能做经理人。这是我认的命。"黄劲说得一字不多,一字不少,恰到好处。

"也好!"俞英雄盯着黄劲看了半天,说。

黄劲出了公司,重新上路,他要去西部最好的建筑设计所,谈这个园区的规划,俞老板把这个园区规划全部交给他来办理。他在钻进这辆崭新的奔驰之前,忽然想起,该告诉骆丹可以规划在这里开一个酒店。人生得一知己足矣,斯世当以同怀视之。茫茫商海,现在就骆丹这一红颜知己。路上他给骆丹发了一条短信:"奥特莱斯园区落地,你可来具体洽商?"

黄劲相信,以骆丹的精明,不会看不到这地块的前景,他听说在他进去的那些日子,骆丹来过这里,她一定有自己的判断。

骆丹这天正在三亚接待到访的高隽和陈秀梅,自从接手了波澜高涨酒店之后,他们已经成为非常要好的朋友,高隽他们到三亚的时候总要到遐想假日酒店停留一下,有时甚至就住在这里。高隽抑制不住对骆丹的好感,甚至当着陈秀梅的面,向骆丹送上他的欣赏:

"我要是未婚,一定来追骆丹!"

"你别那么露骨好不好!"陈秀梅抢在骆丹前面说,"人家骆董还不一定看得上你呢。你看人家骆董,要脸蛋有脸蛋,要身材有身材,要家财有家财,就你一个每月只挣万儿八千的小公仆能追得上?"

"我钱少,但人还可以吧?是不是骆丹?"高隽不甘于被陈秀梅

抢白，把话题转到骆丹这里

骆丹还没来得答话，手机就响了，是短信，便掐了。被人当众表示爱慕，骆丹脸上泛上一层淡红的晕圈，她微微一笑，笑得有点像二月的蜡梅，细碎而文静，透露着一股浅浅的自得：

"高行长哪会看得上我们这些生意人，成天琢磨着赚几个碎银子，上不了台面，像你这样的社会精英，一定要配上层名媛才对。"

"名媛？中国有名媛吗？富不过三代，当下的一些名流追上去最多三代都是地道草根泥腿子跑堂伙计。我太太虽说是红三代，但只有跟着吃苦的份，没有分得一点红利。"高隽哈哈一笑。

"他太太和他是一个大院长大的。"陈秀梅在旁补充说。

"那是青梅竹马啊！难得啊！"骆丹说，"青梅竹马，执子之手，与子偕老，多亮丽的风景，我们很羡慕，是不是秀梅姐？"

"那当然！高行长的太太，现在是大医院的党委书记，又是官员，又是专家，还是政协委员，真是出得了厅堂，入得了厨房，现在最吃香了。"陈秀梅跟着附和，"不过，听说骆董新婚，那你先生在哪里高就？"

"搞科研的，电机，现在还分居在两边呢！"

"怎么不把他调过来？"陈秀梅问。

"搞电机科研，那是国家重点项目，你看看咱们海南有哪个地方能安得下骆董的夫君，一定是博导了吧？"高隽说。

"我有那么老吗?!"骆丹恰到好处地回应。

"哈哈，那是！"高隽、秀梅都笑了起来。

"现在只是工程师呢！"骆丹脸上羞红。

"那将来就是首席科学家。"高隽说，"骆丹的眼光不会低。"

"你就这么捉摸人吗？行长！说不定人家骆董夫妻也和你们一样地青梅竹马。"陈秀梅说，其实她有点醋意，看不惯高隽老是围绕骆丹的婚姻说事，又老是夸赞骆丹这好那好，完全没有在意自己就在边上。

"好了，好了，又绕到我身上了！"高隽明白陈秀梅的话意，就掉转头来说事，"现在波澜高涨业务有很大的起色，听说现在的餐厅也对外了，定位准，挺火的，晚上都要排队进餐。"

"刚看到十月的报表，效果蛮好。这要感谢高行长当初的指点，让我有发财的机会。"

"他就是喜欢成人之美。"陈秀梅恰到好处地夸奖高隽。

"这就是缘分嘛！"高隽没等骆丹搭腔就接了话头，"不过也是骆丹管理有方，这就是本事！听说你派的是个小姑娘管事？用人真是不拘一格啊！"高隽赞叹说。

"那小姑娘是管业务的副总，总经理是我的一个助手，跟了我好几年了。"

"哦，原来是这样！不过那小姑娘挺厉害的，在海口有点口碑了，叫酒店凤姐！"高隽说。

"这丫头挺努力的。"骆丹听人夸奖柳眉，心下特别高兴，高兴归高兴，仍不忘说些增进情谊的话，"还要领导多帮衬，我在海口没什么根基。"

"我们就是你的根基。"高隽豪爽地说，"你大胆地规划，我做你的后台。"

陈秀梅接着高隽的话题："高行长很欣赏骆董的能力，一直说要支持你做成全国酒店行业的品牌企业。"

"哇！高行长，陈行长，有你们这么支持，我骆丹遇上贵人了，"骆丹心里乐开了，"那我可要好好努力了。"

"是真话！这次来就是要和你沟通这个意思。"高隽坦率地说，"咱们海南地不大，人不多，工业基础薄弱，没几家大企业，国家级的龙头企业更少，地方要发展，大企业才能提供主要的支撑，所以这些年我一直在关注你们工商界，很想和几个有志之士，共同谋划，开拓局面。"

"高行长真是眼界高远，谢谢你看得起我。"骆丹第一次听到这样有理想的谈话，"可是这酒店业的竞争早已白热化，没有什么空间了。"

"骆董是专家，我只能说点自己的主观感受，对不对要你来评判，现在可以不可以说是酒店业的洗牌的时段？是优质品牌企业通吃，而小酒店、管理不善的酒店、设备不好的酒店退场的阶段？"高隽分析说，"你看锦江、汉庭这样的集团，越来越大，漫向全国，而过去各地的酒店，有些曾经辉煌一时，现在都纷纷黯然褪色，这种通吃与退局，是同步进行的。"

"是啊，没想到高行长还这么关注酒店业！"骆丹有点吃惊。

"老高，你什么时间开始研究起酒店来了？"陈秀梅也搞不清，专注地望着高隽。

"我关注所有的行业，比如煤矿，铁矿，钢材，奢侈品，图书，地产，汽车，电视，网络，动漫，网游，公路，地铁，运输，贸易，玉米，葡萄酒，建材，棉花……"高隽越说越兴奋，"我还研究上市公司的股份，期货市场，理财产品，易中天的品三国，刘心武的红楼梦揭秘，国家的宏观经济政策，房地产调控，进出口关税，反倾销，知识产权保护，文化产业减免税收，菜篮子工程，高铁计划，生物工程……"

"你真行！"骆丹赞叹地说。

"搞金融，如果不懂产业，不懂政策，不懂文化，怎么决策呢？"高隽终于说出了他的与众不同的经验。"我们市行之所以这些年利润翻倍增长，主要就是投资信贷没有出现大的失误。没有失误，就是赚钱！"高隽有些自豪地说，"我与别人不同的就是，我懂得比较多！在海南金融界，没有人比我更专心地关注和研究整个国家乃至世界经济的动态、政策的动态，也没有人比我更了解海南的工业、商业、渔业、农业、贸易乃至教育、房地产，没有人比我懂得更多，我可以这样说。"

"高行长是我们海南企业界的保护神，有您这样的大神在护佑支持，我们做生意的就有依靠了。"

"我们一起好好干，自信人生二百年，会当击水三千里！"

就这样，高隽和骆丹在建立遐想假日酒店集团的构想上终于形成了共识。高隽承诺，他们一定全力支持遐想假日走向全国，打造海南酒店业的龙头老大。

带着事业心被彻底激发的兴奋，骆丹送走了客人，重新回到自己的办公室，她打开关闭的手机，重新看了一遍黄劲发来的短信，真是机缘巧合，她立即给黄劲回复：

"好，我近日到西安。"

刚刚发完短信，骆丹抬头就看到顾芊芊站在门口，她赶紧招呼芊芊进来，说："说了多少次，你来我这里不用敲门的。"

"可我还是不习惯。"

"你都是我的好妹妹，还用得上那么见外吗？"

"好吧，谢谢姐姐！"芊芊开心地说着，从包里拿出一封信，交给骆丹。

"刚收到的，是波澜高涨那边寄来的匿名信。"

骆丹拆开一看，脸色顿时大变。

38

鲍宇的右腿因为小儿麻痹症，有点残疾遗留，走路不快时看不出来，但一旦步子迈快了就很清楚，一条腿拖后腿，这给他心理很大的伤害，所以他比一般人更努力，也比一般人更敏感。他能到省行工作，有人说他是老魏的亲戚，有人说他是老魏同学的学生，都是天大的冤枉，玷污了老魏的清白。但确实又与老魏相关。老魏刚升上来当行长的时候，有一次接到一份直接寄给行领导的求职信，拆开一看，原来是一份来自中国人大国际金融专业的毕业生简历，看看成绩评语都还不错，正好自己也要到北京开会，就约了在北京见面。一见面老魏就发现了这个年轻人的腿有点残疾，他一眼就看出了，但他没说出来，他看到这个年轻人在拼命地掩饰这个缺陷，甚至有意地装出步行端正、落落大方的样子。老魏不禁动了恻隐之心。老魏父母在大饥荒的那两年先后弃世，留下一个妹妹与他相依为命。虽然时世艰难，但乡村自有厚朴之风，乡邻们一升米一尺布地帮衬着，老魏和妹妹慢慢长大了。老魏妹妹叫翠叶，长得像朵牡丹花一样，清纯可爱，可就是有点小儿麻痹症，以至于一直没有定下婆家，她有一个相好的青年，那男的长得很标致，和她在同一个中学毕业，又一起回乡务农，也很喜欢她，可就是家中的父母一千个不同意，原因也就是因为这点残疾，拖了两年下来，那男的迫于家庭压力，只好另和别的姑娘定了亲，翠叶想不过来，就趁哥哥出工的时候，自己喝了一瓶1605，老魏中午散工回家，妹妹早已硬邦邦了。老魏那时是大队支书，根正苗红，又读了书，又在党，前途看好，家中就这个妹妹，心疼得不得了，这下心里的那个痛啊，不可笔述，又不能怨天尤人，大伙儿眼睁睁地看着他们的支书眼窝陷下去了，身体消瘦了，神情呆滞了，白头发冒出来了，人也沉默了，百般安慰都不能消减这个汉子失去妹妹的痛苦，只好一齐去诅咒那个弃了老魏妹子的男青年。但这还是没有消减老魏的痛苦。老魏自此断了服务乡亲父老的念头，决定离开伤心之地，到外面去闯世界。那时高考刚刚恢复，老魏一边干着农活一边复习，一年之后参加高考，一举及第，从此再也不回故乡。

鲍宇就这样回到了家乡省城，开始在办公室打杂，一年之后老魏见他勤奋努力，笔头好，懂专业，嘴巴紧，又不多事，便把他调到人事处，三年后就做了组织科长。这组织科长也就是副处长的预备位置，鲍宇依旧勤勤恳恳地工作，每天第一个上班，最后一个下班，零差错，他永远没有让别人不满意的地方。然而鲍宇不久也发现，从科长到副处长难如上青天。人事处副处长缺席的时候，很多人都以为非他莫属，结果从别的处室轮岗轮来了张曙光。张曙光升上去做处长的时候，鲍宇觉得这副处长不可能再是他人的了，为了保险，他还以公休假旅行的名义专门跑了一趟吉林的长白山，花了将近两万元，买了一棵足有一两重的野生老人参，送给老魏，老魏批评了他乱花钱，又不能不收下，因为人家钱已经花了，礼物又退不回去。老魏还是告诉他这次人事处空出来的副处长还不能安排给他，已经有三个市级的行长轮岗没法安排，只好把这个副处的位置安排给一个正处级的干部。鲍宇心下的痛无以复加，嘴上却说："不要紧，不要紧，我听行长的。"老魏看到鲍宇的沮丧，又想起自己的妹妹，又动了恻隐之心，跟李凯打了个招呼，给鲍宇升了个副处级调研员，兼任组织科长。解决了一个级别，鲍宇心下好了很多。

老魏调走之后，上上下下并不把鲍宇放在眼里，大家很清楚鲍宇就老魏那点关系，老魏走了，鲍宇也就是一个普普通通的干部而已，鲍宇平时那种喜欢打听的习惯也很为张曙光不喜，以为有哨子的嫌疑，所以并不把鲍宇视为可以援引的对象。越是有这种心理，鲍宇越感觉张曙光对自己不信任，什么都提防着他，因此也就不能按照正常的关系推进，两人之间的隔膜也就产生了。李凯升了行长两个月了，大家都看好的张曙光并没有跟着鸡犬升天，种种传言渐渐消停，日子又恢复正常。看来，升个副厅，不是老李说的算。大家都这样猜测，张曙光的价值也一下子贬低了许多。鲍宇周末到老魏家去玩，诉说自己的苦恼和担忧。老魏现在不在行里，不能掌握鲍宇的命运，但他知道鲍宇不是那种视野宽阔长袖善舞的人，要在一个大机关里玩得团团转，那还差了点点，只念他多年来对自己忠心耿耿，答应在政府这边给他留意一下，如有合适的位子就调他过来。然而正是老魏的这句话，差点葬送了鲍宇在海南省行的前程。为啥呢？因为这句话，鲍宇感到有别的道路可走，不再觉得需要在行里处处夹着尾巴做人了。这不，这天张曙光要鲍宇整理一个机关里正科任职五年以上的人员名单上报行领导，鲍宇偏偏就没把李亚男列上去。

张曙光拿到这个名单，睃了一眼，就问："齐全了吗？"

"应该就这些！都是我经手办的，背都背得下来。"

"你还是查查最近五年的干部变动档案，不要有什么差错。"张曙光仍然不动声色。

"那我再查一次。"鲍宇拿着名单就回去了。

鲍宇本来就是有意漏掉李亚男的名字，凭着一个资深组织科长的敏感，他早就感觉到张曙光与李亚男之间不同寻常的关系，只是他没有掌握什么把柄，再说在这年头，有点男女之间的暧昧故事，也不能影响什么。重庆雷公的故事出来之后，鲍宇觉得多年以来组织上对男女之事不闻不问的情况有了改变，因此他觉得掌握一点这方面的东西也没有什么坏处。这次他漏掉李亚男就是一个试探。他的印象得到了证实，张曙光两秒之内，就提出这个名单不"齐全"，说明李亚男在他心目中是非常重要的。但张曙光也表现得非常冷静，只是要他回去"查查"，并没有提出李亚男的名字。鲍宇决定，这"查查"的结果不急着上交，看他张曙光怎么反应。

果然，第二天上午张曙光就打电话过来了，叫鲍宇把查好的名单赶紧送过来。鲍宇扯了个谎，说昨天办理先进材料上报调整没有时间查，现在就查。到了快下班的时候，鲍宇这才把名单送过来。这次只在昨天的名单上用手写上李亚男的名字和任主任科员的时间。

"还真是她！"张曙光笑着说，"昨天我没见她的名字，就觉得可能有点差错，果然，你看，都八年的正科了，要是有晋升的机会，耽误了人家，人家要恨我们人事处一辈子的。小鲍，人事无小事啊！"

"是，是！张处！"鲍宇心下好笑，昨天咋不直接说出来呢，还要绕十万八千里的弯，又想到前段时间传闻张曙光有可能晋升的消息，心下很是不满，做了多少事啊，能和那些在一线摸爬滚打的行长们比吗？鲍宇有些愤愤然。而李亚男呢，凭着这见不得人的关系，调来老公，一下子就占了个肥缺，这次如果张曙光上了，那李亚男还会有升迁的机会，想到自己还滞留在一个不带长的副处级调研员的岗位上，鲍宇心下又充满愤恨。这次人事考察，他决不迁就，他得来点手脚，反正自己有的是退路。

"你把省行机关里正科任职八年以上的三十五岁以下的人员，

一人做一个介绍，供领导参考。"张曙光布置说。鲍宇一听，心下大怂，才想到这里，人家居然就这样安排了：他鲍宇很清楚，任职七年以上的三十五岁以下正科级干部只有三个人，其中就有李亚男，这不明摆着的要提拔李亚男吗？鲍宇心中想着，脸上不禁露出鄙夷不屑的神色，他自己没察觉，但处长张曙光以眼角的余光却很清楚地察觉到了，这个怪异的脸色让他立即想起李亚男的提醒：当心你身边那条鲍鱼！

鲍宇忍住心下的愤慨，不动声色地说："省行机关里符合这个条件的有信贷一处的李亚男，后勤处的张斌、工会的陈小娥，但做业务的只有李亚男，她是你的老部下，要不要我重点写写？"

"该怎么写，就怎么写，这跟是不是我的老部下没关系，我们是为领导推荐人才，举贤荐能是我们的事，用不用是领导的事。"张曙光堂而皇之地说，又谨慎地提醒，"你也是我的老部下。"说完，又盯着鲍宇的眼睛，压低声音补了一句："我们人事处做的这个东西，没什么大用，关键还是领导的想法。"

"至少可以建议嘛！要不，张处见到有什么合适的机会，也想想我这个老部下？"鲍宇说。

"会的，你别急。"张曙光示好，"你看那些成功人士，哪个不是带着老部下走南闯北的？"

"就是嘛！那你上去了，可别忘记我们啊！"鲍宇感到心情好了一些，刚才还像在拳击场上一般，血红了眼，"别的事帮不了你，但帮你看好家，管好人，落实你的意图，还能做一些事。"

"那还用说吗？小鲍！"张曙光有点飘然，他似乎可以放松一点了。

鲍宇当晚就跑到老魏那里，说了张曙光要名单的事，老魏盯着鲍宇看了很久，用他一贯低沉的声音说：

"我看你可以安心在行里干下去，政府这边太清贫，你还有些房贷没还完是吧？"

39

蔡义雄还算得上是一表人才，一米七八的标准身高，两道浓眉，颇像青年赵丹，肩膀宽阔，背部厚实，两腿修长，走路一阵风般的轻松，唇线清晰，牙齿整齐洁白，肤色红润，面白，又有点奶油小生的脂粉气。如果何炅说他曾是北外的校草，你可以不相信，但蔡义雄若说他是北大的校草，那多少还是有些眉目。在三亚时柳眉在蔡义雄手下管理经营二部，对这位领导是敬而远之，那时觉得他根本就瞧不起自己，自己也因为是个职场菜鸟，还完全没有心思去考虑如何赢得领导的欣赏，只管自己好好干活，一点点为公司做出业绩，赢得老板的肯定。现在两人到了海口，没想到的是原来那位远远不可触及的领导成了自己的搭档，现在又成了自己的恋人——她一下子感觉到生活变得那样温暖，遍地阳光，薰风荡漾，鸟语花香。

这一夜，她抚着蔡义雄的胸口，甜美地说：

"义雄，我总觉得这美好的东西怎么一下子都来了，有点不像真的。"

"你怎么会有这个感觉呢？这日子很正常嘛。"蔡义雄当然不会有柳眉这样的感觉，他的心在天上，他对女人只是需要，哪会像柳眉用着心来工作，用着心来对待感情。

"你看，去年的这个时候，我还在海口这里漂泊不定，在几家小公司里跳来跳去，像蚂蚱一样，跟着几个农民工住在公司的一间集体宿舍里，连换个衣服都避不开人，上个厕所，也要关门，还得当心蚊子呢。现在呢，不仅成了高级酒店的高管，月入长了四五倍，更有了你，我的爱人，这好事情怎么接二连三地降临到我的身上？"柳眉感觉这太多的幸运纷至沓来，几乎难以置信。

"对你来说确实如此。"蔡义雄说的时候，又换了一本杂志。

"难道你不为我高兴吗？"柳眉瞧了一眼蔡义雄，看见他无动于衷的样子。

"对你来说，确实变化太大。"蔡义雄补充了一句。

"难道你不为我高兴吗？"柳眉又重复了一句。

"我？我当然高兴，你看你这么幸运，开心就好。我呢，我没有什么变化。"蔡义雄说，"作为一个北大毕业的，整整八年了，还管理这么一个三线城市的四星酒店，谈不上有什么出息，所以我没有你这样的成功感、幸福感。"

"但你现在是独当一面啊！"柳眉说，"骆董接下这个酒店，整整花了九千万呢！"

"九千万算什么呢？她有的是能耐，找得到钱。"

"现在交给我们来管理，每天那么多的现金流量，我们要知足呢。"

"知足？我怎么知足？我的同学有的开始管理上市公司了，有的做官，已经是副司长了，我他妈的天天后悔当初来海南，后悔到了民营，现在当个鸡头，说穿了就一个打工仔，连同学都不敢见面，唉，开弓没有回头箭了。"蔡义雄说着，竟然长吁短叹。

矜持的蔡义雄又开始发泄他的满腹牢骚，看来他的不满和压抑，并没有因为她进入他的生活而得到缓解。他充满了怨恨、不满和敌意，好像整个社会都亏欠他。是的，自小就是优等生，又进了北大这样的头牌学府，每天都被教导要做引导社会管理社会的人，自然有做社会领袖的志向，现在却委屈在商海溜达，做着并非控制国计民生的寻常经营，连条体型大的鲨鱼、金枪鱼都算不上，心里的落差也就赶上了尼亚加拉大瀑布。经过这些天的接触，柳眉感到蔡义雄志向高远，精明深刻，却不幸被埋没商海，明珠投暗，才智不舒，虽然他把酒店的日常事务都推给她，有空只是上网聊天种菜，但她爱屋及乌，总是从蔡义雄的怀才不遇来理解这些不可思议、缺乏理智与毅力的行为。她只感到蔡义雄的上进和不满足，不满足，说明他有更高的人生要求。这恰恰是柳眉最为心动的品格。她为自己找到这样的如意郎君心下欢喜不已。陷在爱情光晕中的柳眉，如何会怀疑一个空虚高蹈志大才疏的人，并不是一个真正的强者。她给予他的是自己纯洁的爱，青春的身体，体贴的安慰。

"你别着急，心思要放开。这些年不好找事，也不好做事，现在有这个位置，可以更好地规划一下，我帮你。"

"你帮我？"蔡义雄有点不相信。

"是啊，我不帮你帮谁啊？"柳眉深情地说，"自从那夜我们在一起，我就决定这一辈子就跟着你了。"

"跟着我？"蔡义雄大吃一惊，满脸愕然，他再次意识到事情有可能不按照他想象的那样展开，人家现在是要跟他谈情说爱谈婚论嫁了。他不能接受，不，决不能！他蔡义雄要找的一定是一个背景厚实的美眉，财富（权力）和性的完美结合，而不是一个草根，而且姿色就这么将就的草根，连胸部都只能算是小山丘，绝无摇坠生姿的魅力。

"难道你不喜欢我？"柳眉感到蔡义雄的口吻有了惊人的诧异，她不禁有点惊讶。

"不，不是这样，我们才刚刚开始，我喜欢你，你喜欢我，但这是现在，说不定过了几天，你就不会喜欢我了。"蔡义雄毕竟是情场老手，又是北大毕业的，思维总是管用，语言也极为准确。如果柳眉也是这般经历，那一定要接下去："说不定过了几天，你就不会喜欢我了。"

然而柳眉还是柳眉，她不是北大毕业的，更不是情场老手。她陷入了单纯的爱情之中，她只听到蔡义雄说他喜欢她，只怕她不喜欢他，就赶紧用手指压住蔡义雄的嘴唇，柔声地说：

"不准你说这样的话！我要喜欢你一辈子！一生一世！"

"好吧！"蔡义雄无可奈何地回应。他心里开始了精密的琢磨：如何巧妙地利用，又如何巧妙地腾挪。

骆丹看信虽然大吃一惊，但她还是决定暂时把这事搁置一下，她相信柳眉不会太出格，她知道急事缓办的道理，再说她也需要冷静地考虑这个新出现的情况。她决定还是先飞西安。是日下午黄劲就开车赶了过来，商议大事。黄劲开门见山地说："那块土地，我找俞老板割一小块下来，平价给你。"

"那块土地虽然是你拿到手的，但不是你的东西，只是你的工作作品，咱们还是公事公办吧。"骆丹很冷静地说。她知道，任何一个老板都不喜欢割自己的肉。

"那是我搞下来的，你知道搞下来不容易，俞老会给我这个面子。"黄劲很自信，"你要多大面积？"

"二三十亩就够了。"骆丹来之前就盘算过，在哨子营那里要一小块土地，建一个高档酒店，接待西部奥特莱斯的客人，而且也能成为新区的标志性酒店，成为西部遐想假日连锁的总部。

"好，我帮你搞定地皮。"黄劲说。

"你不要为难，有难处就放弃，而且我建议你别说得太白，免得把事情搞僵了。"骆丹还是有点不放心。

"你用得上教老太太吸鸡蛋吗？"黄劲讲的是英语歇后语，意思就是中文的"班门弄斧"。

"你既然这么自信，我就不说什么了。另外，我想在老城区这边兼并两家经营不好的酒店，星级低一点，纳入我们的遐想假日系统。"

"你资金充足吗？听说你前几个月在海口盘了一家，三亚那边又启动了一家。"这次倒是黄劲来提醒骆丹。

"资金没问题。三亚那新的酒店不花一分钱，海口这边已开始赢利。现在在跟一家银行谈合作，到时西部遐想可能是一个多元股份公司。"

"银行进来？你是想上市？"

"有这个想法。"

"那你就准备一辈子为股民服务了。我的意见，你可以借鉴娃哈哈宗庆后的思路、西超俞英雄的思路、小米雷军的思路、华为任正非的思路，都是身家百亿千亿的大鳄，但都不上市。"

"如果不考虑上市，这银行的投资就不好进来。"

"你干吗要整那么大的企业呢？你上次还劝我别干得太猛，你可比我猛多了。你看你这西部遐想的规划，都是大手笔。"

"现在我的资金无法支持再建一个五星级酒店。"骆丹想到海口波澜高涨那边还抵押了一笔银行贷款。

"帮人家做，我是大刀阔斧，帮你想问题，我是比自己的家当还要细心。所以要俞老板平价给你土地，也是考虑到你现在还不是大鳄。你没有必要去做大鳄。让董明珠去做，让王石去做，让潘石屹去做，让雷军去做，你不要做。"黄劲坦率地分析说，"你可以把你的方案做些微调，步子放缓一点，时间放长一点，将来你还是能完全实现你的理想。"

"你讲的这些我也考虑过。我最近认识几个银行的负责人，都是很有想法的人，想做大事，我觉得是个机会。"

"银行的人无非是要找好的投资去向，你想想，你开的是酒店，有不动产，如果要借贷，固定资产可抵押，银行没有一分钱风险。他们当然跟着你，鼓动你，再说你的三亚产业经营得那么好，人家也是调查过的。我的直觉还就是股份干净点好。吃不下的时候就少吃点。"

骆丹接受了黄劲的建议，把在哨子营建五星级酒店的规划削减为建一个三星级商务型酒店，但土地还是要三十亩，以备将来不时之需。两人合计好之后由黄劲去找俞英雄割地。

然而，黄劲碰上了一块坚硬的石头，门牙都碎了。

俞英雄听完黄劲的陈述，当即断然否定：

"不合适。为什么不可以像其他的商户一样来承租呢？我也有计划建一个商务酒店，到时候骆小姐可以过来承租经营嘛！我可以便宜点租金，甚至免收两年也可以，干吗一定要划一块地出去？园区要有整体感，政策要统一。"

"老板，那就减半吧，十五亩也行。"

"既然三十亩不合适，十五亩同样不合适。"

"这十五亩地划在哪个边角都行，不会破坏园区的整体感。这经营政策嘛，都是我们自己定的。"黄劲有点生气，这老头子也太不给他面子了。

"黄劲，这就是你的不对！你想想这三百多亩土地拿下来容易吗？你整个人在里面，二十五天，我人在外面，可比在里面还累。你不要以为搞这块地是你一个人干的，没有我，谁给你钱？谁认识你？谁买你的账？谁吃你的饭？"俞英雄脸色很冷峻，说得黄劲脸上一道红一道白。

"我没这个意思，我只是觉得骆小姐的这个想法也没超出我们的构想，你甚至可以议点价给她。"

"不是钱的问题！我在乎这点小钱吗？那个姓骆的我还请她吃过饭，有一面之交，但生意归生意，朋友归朋友。园区的规划方案一点都不能变动。"俞英雄一点口气都不放。

"好吧，算我没说。"黄劲沮丧地走出俞英雄的办公室。

他该如何回复骆丹？精明的黄劲只知道十五是三百的二十分之一，他没有盘算过，按照每亩溢价一百万算，十五亩也就是一千五百万，这不是一笔小钱。再说，该他拿到的奖金，早已进了他在澳大利亚的账户，人家已经不欠他什么了！其实，黄劲也不想想，野心勃勃的俞英雄在自己的地盘上，会老实到养虎为患吗？面对真正的资本家，面对那些明察秋毫、见微知著的老生意人，职业经理人不是棋逢对手，而是满盘皆输。

其实，更大的危机还在后头。

40

领导总是高明的，要不，怎么能做领导呢？这当代的官员升迁之路，不仅是业绩、背景的较量，还是技巧的较量，无论你是白的黑的，升上去了，就说明你有你成功的一套。任何熟悉李凯的人，都不会想起那个特出的项目是他干的。一个作家不能没有代表作，一个歌手不能没有成名作，一个科学家不能没有自己的发现或发明，但官场不同，没有那些标志性的东西，依然可以晋升。对于李凯来说，每次晋升，幸运之神都恰到好处地降落在他的身上。他不张扬，话语不多（除了做学术报告之外），甚至从来不谈自己的施政理想或者管理思路，好像他天生就缺这些东西。作为一个副职，他该拿主意的时候拿主意，不该拿主意的时候绝不拿主意，他从不搞斗争，不打小报告，从不当着第三人的面和一把手拿不同的意见，碰到有问题看法不一，他会到老魏那里点一根烟，两人坐在沙发里唠唠嗑。老魏习惯了他的唠嗑。李凯更不安排私人，行里没有哪个人与他有二十代以内的亲缘。他有时也找老魏谈点私密的事，但那都是工作，上面领导知照的事，周边单位的事，或者职工或者下属单位的事，待遇的事、自家的事他从来没有找老魏。天长日久，大家又觉得他为人正派，老成持重，水平高，没有私心。一把手觉得他识大体懂配合，于公于私都值得交往，总行认为他冷静理智有原则。这样的领导不升迁才见怪呢！

李凯做了行长，最大的感觉就是这正职的权力和副职完全不是一回事，多大的事都是他可以决策的，甚至要上报请示总行的，也无非按照程序报上他们的决策——也就是他的决策，由上面批示一个字而已，还是他的事。那天他签完一个持股一家准备上市的公司的决定后，他顿时感到，十个副职都不如一个正职，这一把手的权力才叫名副其实，太他妈的爽，要好好用这个权力干点事情出来，不仅对组织有个好交代，而且也能为群众谋些福利，挣点口碑，人生一世，草木一秋，钱财这东西生不带来，死不带走，够用就行，只是这事业须及时做起，有点建树，这也才对得起韬光养晦的这漫长年月。过去多少好机会，他连做的想法都不能有，一怕提出来，大家会有异议，通不过自己面子过不去，二则怕沾了拿了人家好处的嫌疑，说不清楚，反正都是国家的事，不要让自己为难，不要太较真。现在呢，一则自己要决策，二则自己还要做大生意，大买卖，不能不做，这银行就是要赚钱，否则效益下来了，总结不好看，自己也做不长远。这一当家，责任也全部挪到自己的身上，再大再小的事，只要是海南分行的，莫不与自己相关，莫不要自己担当。签完了字，想起高隽这小子，缺点不少，优点也不少，干事有魄力，有办法，把那块地盘经营得风生水起，确实是一员做业务的干才，行业里并不多见，这小子又是王璐璐的嫡系门生，即便省行不提拔，总行照样可以直接任命，看来这个空缺的位置不能不给他。但老魏当家的时候，这个高隽并不怎么跟他套近乎，有些敬而远之，这种微妙的心态他一笑了之——自己也是从这样的阶段过来的，排队站队，部下难做，将心比心嘛！可是现在他当家了，高隽还是不怎么来套近乎，究竟是个什么意思呢？看来是王璐璐这张牌的原因。

需要主动。当官这门技术活，李凯已经娴熟无比。他意识到在王璐璐这张牌没有完全摊开之前，他需要拉拢高隽，既然高隽的提拔不可避免，他必须要把这个提拔看作是自己的意愿，至少是自己主动做的事情，并不是王璐璐的旨意，将来也好驾驭。高隽提上来之后，谁来接替高隽的位置呢？这个省会城市支行行长的位置，不亚于一个省行副行长，这个位置上必须是自己信得过的人，全省业绩的一半要从这里产生，必须有一个自己完全信得过的人，他想到的是张曙光。对，让张曙光来接，高隽也不会有什么反对的。张曙光干过审计、投资、信贷和人事，主要的业务都抓过，业务上不成问题，对自己可谓忠心耿耿，超过李莲英对老佛爷，张曙光的缺点呢，就是原则性不够强，但不会做太越格的事，不会出什么大问题。那么人事处长呢？这也是一个极为关键的位置，李凯想到了莫巧玲，莫巧玲是办公室的副主任，专门负责对他联系，几乎所有的周末都是待在办公室，随叫随到，对工作是负责到了极点。莫巧玲年轻的时候应该是一个美人胚子，现在虽然四十好几，但徐娘半老，风韵不减，尤其是面相极嫩，老魏就特别欣赏这个资深美女，尽管她没有什么背景，更没有特别的学历，还是把她提拔为副主任，这对于一个只有中专学历的女性来说，是很不容易的，有人借此暗地里说老魏想吃莫巧玲豆腐的闲话，李凯知道那纯粹是莫须有，一则老魏不喜欢女性，大行也顾细谨，不是一个不修边幅不注意细节的人，二则莫巧玲更不是水性杨花的女人，所以她是以自己正派、勤奋、精明、资历和对于权力的淡然赢得了晋升。

有时候领导就喜欢提拔没有领导欲望的人。这样的人安全，不会借着位子搞小动作。

有时候领导也喜欢提拔比较正派的人，这样的人管事不会出乱子。

李凯决定提拔莫巧玲也是同样的心理，在人事处处长这样关键的位置上，安排一个比较正派的人比安排一个忠于自己但不怎么正派的人更为重要。

那么李亚男呢？好些天没有打个照面，他有点想念这个知书识礼的大姑娘，那天他作为证婚人，第一次那么近地看到新娘如此漂亮大方，如鲜花盛开一般，满眼的春波流溢，到处都是柔情蜜意，让他感觉到人生有太多重要的东西他都忽视了，都错过了。从心里，他喜欢像李亚男这样的聪明有经验看起来又顺眼的业务骨干，只要好好指导一番，未必不能成为独当一面的好手。这些年当副职，前怕狼后怕虎，谨小慎微，很多该做的事都没有做，发现了人才也没培养也没用起来，就冷落在角落里，不见成长。咳！都是这官场的限制。他决定要好好培养一下这个已经靠近到他周围的李亚男。

不久总行召开分行工作会议，李凯借出席会议的时机，找了个时间把人事上的想法向王璐璐汇报了。王璐璐想都没有想，就回答说："老魏调走了，是要充实一下你们分行的领导班子。总行尊重你们班子的意见，你回去之后和其他几位碰一碰，再行文报上来。"李凯知道这事办到王璐璐心坎上去了，就聊了些别的事，王璐璐忽然想起什么似的，说："明年春季总行要选派六个处级的业务骨干到美国杜克大学金融系学习，时间一年，费用都由总行承担，你们行拿一个名额，要选英语完全过关的，绝对不能指望到美国补语言课。"李凯分外高兴，能拿到这个名额，说明总行对海南分行团队建设的高度重视，说明王璐璐赏识他的这些决断，算是投桃报李吧。

那天李凯是下午三点多到的海口，没有回家，直接到单位，路上打电话让高隽过来说点事。高隽已经接到王璐璐的电话，大意是李凯到北京了，谈了一下你的工作安排的事，你要好好干，干出点大成绩来，要有点全国性的影响。高隽千恩万谢自是不提。现在又接到李凯的电话，知道十之八九是自己晋升的事，虽然王璐璐已经告诉他了，但他还是要装作什么都不知道的样子去。

李凯很亲热地招呼他坐下，开门见山地说：

"刚去北京开会了，现在各行各业都要加快发展，我们基础薄弱的省份压力更大。魏行长刚刚调走，这省行班子人手不够，我考虑了一下，年轻人中就你比较全面，业绩也比较突出，资历比较相当，你要准备挑重担。"

听着这一连串的"比较"，高隽有点想笑，太像毛主席讲话了！不过他还是忍住，他照例要表示谦虚："我能行吗？行长，这几年我一直在基层，真的没有想过大事情，怕是做不好工作，让领导失望。"

"早就行了，我以往就跟魏行长建议过把你提上来。只是这干部体制，就受制于各种各样的制度，职数太少，不过现在好了，缺个副行长的岗，你来顶上。"

"是不是领导再考虑更合适的人选？咱们行还有一些同志也做得很不错。"谦虚还必须到底，这是叫风度。

"确实还有其他的同志也干得不错，不过这领导班子成员毕竟是有限的，再说，上面还可以直接派人过来，这也很常见。你就别谦虚了，考虑考虑如何尽快适应新的工作岗位。"

"谢谢李行长栽培！高隽不才，愿尽全力。"及时表态也是必需的，不能含糊。

"行里近期就行文上报，市行那边的事情你也要开始做点准备。"

"市行的事情领导上考虑准备谁来接呢？"高隽问。

"这个班子近期也会研究。"李凯低下头看了一下一个新发来的文件，那文件是关于安全生产的，最近各地老是提安全生产。安全生产的重要性远远超过计划生育，超过了民生工程，超过了环保责任，直与百姓上访集体闹事等量齐观。

"如果暂时没有合适的人选，我也可以先兼一段时间。"高隽殷切地说。

"这个人选嘛省行正在考虑。"李凯继续翻着安全生产的文件。

高隽知道自己不该问，也明白李凯有了自己的人选。

高隽很在乎这个事。前天王璐璐给他电话后，他就开始分析着自己下一步在省行班子里的角色，他认为自己分管各地市支行并兼任海口市支行的行长，是最理想的角色。这不仅位置高了，而且握有全省最大的支行，举足轻重，又有实利。但他猜不准李凯这个老谋深算的官僚会不会让他分管地方，更别提会不会让他兼任海口支行的工作，如果仅仅上来做个副行长，分管工青妇团，那就是进一步退两步，太冤大头了。

两人接着聊了些未来的工作，高隽谈了很多，特别是结合海口市行的工作，李凯让他搞个书面的东西，高隽说前段时间有个稿子，还没有来得及整理。李凯说，没关系，我很有兴趣看你最原始最粗犷的想法。高隽就把手提电脑打开，用无线发到李凯的邮箱。李凯接收了一下，就当场打印出来。

高隽说："草稿，很不周密，也未必妥当，请行长指导。"

李凯说："你小子客气啥，我今晚有东西看了。"

高隽说："要领导加班，心下不安。"

李凯笑了起来："只要能赚大钱，我就喜欢加班，你说说，这一个企业，如果没有加班，这企业搞得好吗？这企业会是个好企业吗？"

高隽说："深有同感！"

李凯说："在班子成员中，你最年轻，前途无量，但也任重道远，你好好把握。"

高隽说："一定再努力！努力！"

两人说笑完，高隽才告辞回去。

李凯伸了个懒腰，走到阳台，这时已是傍晚，夕阳灿烂，斜照在巍峨的办公大楼西侧，高大的古榕树披着霞光，如镀金身，李凯步履轻松地走回办公室，给张曙光办公室拨了个电话，一下子就通了。

"首长好！"张曙光抢先问候。

"你小子还没有下班？"李凯问。

"领导没有下班，下属哪敢下班？"张曙光正在办公室里，他估摸着李凯回来后有事要他办。

"那你现在过来一下。"

张曙光知道这时召见，必有要事，早就把前些日子骆丹出国旅行度蜜月捎给他的礼物——一条意大利领带带上，到了李凯的办公室。

海南分行的行长办公室和今天的地方政府机关、大企业的老总办公室相比，恐怕还算不上什么，外面的会客室大概只有六十平方米，中间摆放着一套乳白色的俄罗斯风格的进口沙发，东西两面是双人座，南北各是一个单人座，中间是一个长方形的宽大茶色茶几，以往老魏常在这里召开班子会，李凯继任行长后搬到这里来办公，但没有在这里开班子会。他不喜欢抽烟。但那位纪检组长却是个老烟枪，不分场合，一根接一根的，老魏有时也抽两口，李凯有时也抽两口，算是同流合污。为了避免一屋子乌烟瘴气，李凯主持的班子会，都放在小会议室里。现在这里就纯粹是会客了，平时一般部下来汇报，李凯就在这里接待。

张曙光等常来汇报工作的部下却是例外，因为太熟悉，老李自觉没必要移来移去，所以就坐在办公桌前听取汇报。张曙光来的时候，李凯还没有坐到办公桌前，他刚好发现花盆里的墨西哥米兰有些蔫巴，正要揣摩究竟，张曙光就到了。

"来，来，坐！"李凯招呼张曙光坐到办公桌对面属下的椅子上，自己挪到办公桌后面的老板椅上。

"这是我太太前些日子出国回来，带给您的一个小礼物。"张曙光扯了个借口，顺便把礼物放在李凯的办公桌右侧。

"小周他们出国机会多啊！"李凯拿起礼品盒看了一下，并没有打开，就放在一边，说。

"现在高校的费用充足，只要有会议邀请，都可以出去。"张曙光说。

"是的，这几年高校的待遇提高了不少，养尊处优，项目成堆，日子好像快赶上我们银行了。"李凯说完，拿出一份材料，"这是海口市行关于大规模推进业务工作，实现跨越性发展的一份报告，你要不拿回去看看？"

"我？"张曙光有点莫名其妙。

"是的。"李凯看了张曙光一眼，说，"高隽的这些思路可以作为你今后的工作参考。"

"我不是很明白，行长。"张曙光是个聪明人，但在这样大的变化前毫无心理准备。

"班子决定提拔高隽到省行来任副行长。"

"领导的决定很好啊，高隽也该提拔了。"张曙光表现出很支持领导的决定。

"你能这样认识，我心里也就宽慰了。"李凯话中有话。

"我理解，高隽这两年干得也比较突出。这也是有目共睹的。"张曙光早就有心理准备，"再说，他和总行熟悉，咱们这边也需要有一个与总行那边关系密切的人，也好为咱们行争取一些政策。"

"你考虑问题很理性、全面。"李凯看出张曙光是发自内心支持他这个决定。

"跟着你学呗。"张曙光觍着脸说。

"他的海口支行行长这个位子你去接。"李凯盯着张曙光的脸说。

"我？海口行长，这么重要的岗位，我没有心理准备。"张曙光没想到还有这个安排，大喜过望，从某种意义上来说，这海口支行的行长位置有时还胜过省分行的副行长，是个地地道道的肥缺。

"我觉得你干得下来。"李凯说。

"真是没有想到。太感谢师兄了！我一定努力！"张曙光表决心。

"这几天还要在班子会上过一下。"李凯轻描淡写地说。

"谢谢行长！谢谢师兄！"张曙光自从陪着高隽在三亚见了王璐璐就对这一轮提拔彻底丧失了希望，也就放下了，没想到居然还有这样的美差等着他，"说真的，我一点心理准备都没有。"

"跟着我，你随时都要有上前线打硬仗的准备。"李凯盯着张曙光，眼珠一动不动，有点像俄罗斯的普京。

"我一定全力以赴。"张曙光保证说。

"那还不够，战则必胜，必须比高隽做得更好！"李凯严肃地说。

"明白！师兄放心！"张曙光明白，只要他干得比高隽更出色，高隽在省行班子里就没有什么可以俏皮的了。

"要先办完高隽的事，再下你的文。"

"我明白。"

"上次你介绍来的那个毛什么，就是李亚男的老公，干得怎么样，这几个月都没有看见他了。"李凯问。

"很不错，上次高隽那块地就是他操办的，策划落实都很成功，为人行事老练，不张扬。"张曙光不失时机地褒扬。

"他英语怎么样？"

"这个我不是很清楚，不过是上海财大毕业的，外语应该都管用。你有什么需要吗？"

"我问一问。李亚男呢？是不是要生孩子了？"

"这个没有听说，"张曙光没想到李凯打听起这等事，"昨天还碰见她，看不出来。"

"哦。"李凯听了，也就没有再问下去。

"我们一起去吃个晚饭，现在您回家，嫂夫人他们恐怕已经都吃过了。"张曙光提醒说。

"不用了，我还得赶回去准备明天参加省里的学习汇报会的发言，省里那边指定要我讲讲。"

"您太累了，要不我晚上给您整理一个，给您省点精力。"张曙光知道行里的办公室主任在材料方面是个弱势，以往老魏的讲话、发言稿都是高隽操刀的，现在李凯只好自己来搞。

"还是我自己来吧，不费事。"李凯说。李凯对自己的思想和文字富有高度的自信，他知道手下这些人和他不是一个层次两个层次的差别。他老早就听说当年毛主席，讲话稿基本上都是自己来弄，别人的稿子他甚至还调来润色修改。在这一点上，他对老人家佩服得五体投地。

张曙光走后，李凯拨通了莫巧玲的电话，莫巧玲正巧在家里哄小外孙，听说领导有事，就准备赶过来。李凯说，不必了，就是有关你本人的工作，想听听你的意见。

莫巧玲有点吃惊，多少年了没有领导找她谈她的工作，她已经习惯了上班下班，相夫教子，现在新的行长会有什么考虑，是不是要她靠边站，腾出位子给别人？她一下子紧张起来：

"李行长有什么新指示？"

李凯从电话中听出莫巧玲的声音有些僵硬，觉得还是当面谈好些，就改了口：

"明天上午我要去省里开会，下午回行里，到时你过来找我，聊一下。"

"好的。"莫巧玲挂上电话，愣在那里，思想有点转不过来，她不知道领导找她谈话是祸是福，快五十岁的女人，又没有专业专长，如果又没有什么靠山，在机关里总是很紧张。

过了几天，李凯召集几位副行长和纪检组长等班子成员开会。李凯把关于人事的考虑谈了，大家都知道行长已经取得了上峰的许可，所以照例都赞成老李的重大决定，上报提拔高隽为省分行副行长，一致赞成张曙光接任海口市支行行长，莫巧玲升任人事处处长。当然，同时也都把这些消息用短信的方式发给几个被提拔使用的当事人，无非是说班子已通过提拔你任何职。言外之意，我帮你出力了，或者就是我干的。收到短信的人，心里明白是怎么一回事，但还是回复："感谢领导栽培!""非常感谢!"

41

春梅出事那天，刘克正在仓库里忙活。中国是个节日之国，不单传统的节日要过，现在西方的节日也要过，过节就要放假，放假就要外出，就要购物旅行，就要聚会串门，因而就催动了节假日经济。每年的春节前后更是消费的巅峰，四季发财的人们抑或千辛万苦的人们似乎都卯着劲把一年的购物与消化都放在这个时期，哪一家公司都不敢错过这个良辰美景，特别是海产品贸易公司。那天公司送来一大包发货单，全是急件，到年底了，海产品出库简直像搬家一般，一批批地进，一批批地出，火旺的生意燃烧着大家的干劲，刘克带着大家没日没夜地干，连续加班二十多天了。为了确保及时出库，刘克也亲自上阵，拖箱搬包，手机没随身带着，放在办公室里，也就没法接到小汪他们打来的电话。春梅肚子开始显山露水的时候，小汪她们就建议春梅早点回老家，免得将来路上不方便，再说在这边也没人照料。春梅想多挣几个工钱，日后买房也就多几分保障，一直拖延着，准备年底与刘克一起回老家。春梅是自己不小心跌下楼梯，还是由于陶红卫骂了心里气急，没有看清楼梯踩空摔了下来，还是被陶红卫从背后推了一把，摔下楼来，已经难以说清。春梅几乎是直扑着向前倒下来的，随着扑通的重重一声和"啊呀"一声惨叫，众人惊起，跑出办公室，看到的是陶红卫第一个从楼上飞纵下来，扶起春梅。紧接着，她看到了一缕殷红的血液正顺着春梅乳白色的腿肚流下来。

"快叫车！"陶红卫吼起来了。

大家这才喊车的喊车，扶人的扶人，七手八脚地把春梅扶进一辆还没停稳的崭新的出租车中，陶红卫把春梅搂在自己的怀中，春梅其时还清醒。"保不住了！"眼泪就顺着眼角漫流下来。

"快点！快点！"陶红卫没有答春梅，只催着司机。

小汪坐在副驾驶室，拨打完120，又拨打刘克，但刘克那边一直没有接听。

司机是个年轻人，但车开得非常熟练，一会儿就到了市妇幼保健院，那边的医生、护士和推车已经等候在门口，出租车一停，大家都赶过来，把春梅抱上推车，送进手术室。

"我怎么当时没有想到她怀孕了呢？谁都知道她怀孕了啊！"陶红卫把郭东拉到一个没人的角落，低声嘀咕说，"我根本就没想到这一茬，只是她这几天太懒懒散散了，什么事都拈不起，什么活都不接，我实在看不惯了，大家都这么忙，就她懒懒散散，东逛西逛，还不如不来，明摆着混工资嘛！"

"怀孕了嘛！"郭东小声地说。

"是啊！我也知道她怀孕了，可是我推她的时候，我怎么就没有想到呢！"陶红卫说。

"有人看见你推她了吗?"郭东警惕地睃了一眼大伙儿,紧张地问。

"不知道呢!不过春梅自己肯定知道。我就推了她一下,就想叫她脚步迈快点,别那么磨洋工。"

"那一定要赖着说没推!要不然要吃官司!很严重的!"郭东说。

"那合适吗?我这心里挺不忍的。"

"吃官司就要坐牢,这是故意伤害罪!你懂吗!都流产了,一条人命呢!没人作证看见的话,就不能判你,你懂吗?"

"春梅知道。"

"春梅是当事人,说的不算数。"

"那我怎么说?"

"你怎么说都可以,就是不能说是你推她的。你没推!"

"明白了。"

两人嘀咕完,就匆匆回到急救室外,正好,从急救室里出来一位医生,问:"谁是患者的家属?"

"我们都是她的同事,没有家属在这里。"小汪还是拨不通刘克的电话,大马的手机又是关机,她知道大概大马又是欠费了。

"孩子是保不住了,必须马上安排手术,需要有人签字。"医生说。

听说孩子保不住了,陶红卫和郭东、小汪一干人等面面相觑。

"那赶紧救大人吧!"小汪几乎哭着对医生说。

"正在抢救。"医生说,"需要有人在手术单上签字。"

"我签。"小汪说。

"你是?"

"同事。"

"你呢？"医生转向郭东问，可能他看出小汪的神情衣着有些拘谨寒酸，而郭东是小财主的模样。

"我？"郭东不知该怎么回答，他只是想到这字不能轻易签，一旦有个三长两短，他就扯进去了，脱不了干系。

"他是我们老板！"小汪见郭东在旁扭扭捏捏的，就代为回答。

"你签比她更合适。"医生对郭东建议说，"她是你们公司的职员。"

"凭什么说我更合适？我有这个义务吗？"郭东颤巍巍地说。

"从法律上讲你可以不签，从道义上讲你应该签。"医生冷冰冰地说。

"那道义不是法律，我不能签。"郭东的声音有点像夏天的蚊子般小声，嗡嗡的。

"你咋那个熊样！人命关天的时候，还这样！"小汪气鼓鼓地说，"我签！"

"姑娘，最好还是你们企业负责人签。"医生冷静地提醒说。

"我有这个义务吗？"这次郭东的嗓门大了起来，他仿佛大梦初醒过来，增长了好几分底气。

"是啊！我们有这个义务吗？"陶红卫在旁边帮腔说。她只是感觉到事情大了，越是大了，他们越是要离得远一些。

"我来签吧！"一个声音从走廊的那头传了过来，大家循声望去，只见柳眉快步地跑了过来。她刚刚接到小汪的电话，就叫司机开车赶过来了。

"你是谁？"医生看到一个非常年轻但衣着高雅的职业女士跑了过来。

"我们是患难姊妹。这是我的信用卡，要刷多少担保金？"柳眉一下子就戳到问题的根本。

"三万。"医生的声音有点小。

"现在就划。"柳眉握着小汪的手说。

郭东和陶红卫看这柳眉这身穿着，不知该如何搭腔，他们平时只听小汪他们聊起，柳眉在三亚那边大公司里最近升了职，派到海口管大酒店，却不料一下子出现在这里。

划完担保金，年轻的主治医生一身轻松地跑进急救室去了。柳眉见四周没有刘克的影子，便问小汪："刘克呢，怎么没见人？"

"联系不上呢！大马的手机也关上了。估计在干活。这段时间他们那里特别忙。估计要到晚上他们才会过来。"

"还是叫人去接一下，刘克该在场。"柳眉说完，便给自己的司机打了个电话，叫他到刘克所在的仓库，去接刘克过来。

打完电话，她发现郭东和陶红卫离得远远地，木偶一般站在一边，就走过去问了个好，说："我和小汪在这里，你们有事先回去忙吧。"郭东和陶红卫如得大赦，赶紧溜走了。

刘克来到的时候，已是下午五点。他已经知道春梅出事了，孩子没保住，饱经忧患的他已经学会了掩藏内心的悲伤。他现在唯一的希望就是春梅安全。他和柳眉拉了一下手，说："谢谢你！钱我明天就还给你。"

柳眉的脸刷地一下有些黑："你去喝口水吧，一会儿春梅就要出来了。"

过了半个小时左右，护士们把春梅推出手术室，大家都围上去，只看到躺在洁白床单下面的春梅，脸色比床单还白，她的眼睛紧闭着，仿佛不知道大家在她身边，只有右腮边挂着一颗晶莹的水滴，大家知道那不是蒸馏水，是眼泪！

碰上大忙季节，刘克找老板请一周的假照顾春梅。老板是个黝黑矮壮的南方人，看上去有着庄稼汉的朴实和县委书记的精明干练，那天正在办公室里看着电脑上的股市行情，一见刘克进来，就劈头盖脸地大发脾气：

"那么多单子都不能出库，就因为你擅自离岗，没有核验签字，物流的车开过来又开回去，开过来又开回去，你知道这耽误了多少货物及时出库，造成了多少损失吗？"

"老板，我昨天是有急事，临时走的，来不及向您请假。我女友（刘克到现在还没想到要改变对春梅的称呼）昨天从楼上摔了下来，流产了，孩子没了。"

"难怪我昨天下午怎么都找不到你！几十个电话你都不接一下，你那手机是个装饰还是怎么的！怎么没有结婚就怀了孩子！还搞得流了，还看不出你这小子这么风流哈，这是要有代价的。"

"老板，不是这样的，我们很正常的恋爱。"刘克低声下气地说，仿佛做错了事一般。

"正常？怎么个正常？恋爱？鬼相信你们恋爱！一恋就爱，一爱就上床，就搞大肚子，你们结婚了吗？"老板声音很高。

"没有。"刘克有些惭愧。受过高等教育的工科生刘克在这里犯了一个低级的错误，他以为只有举行了婚礼才算结婚，从法律上来说，领了结婚证就算结婚，他没有为自己进行有力的辩护。

"没结婚怀孕就是乱搞嘛！"老板义正词严地说。

"我们不是乱搞。"刘克低声辩解。

"还说不是乱搞！那怎么搞大肚子了！我一直挺器重你，觉得你是个名牌大学毕业的，没想到和有些农村来的一样，下三滥，管不住自己的鸡巴！就喜欢搞搞的，像重庆的那个区委书记！你这扶不上墙的大猪肠，让我失望得很！"

"是我做得不对。老板，我能请一个星期的假吗？"刘克低声哀求。

"你乱搞出事，我怎么给你假！"

"我们的确很正式，我们计划春节就要结婚，我爸爸都来见面了。"刘克还是低声下气地说。

"你爸不是法律嘛！你们的破事得不到法律保护。"老板的声音开始高了起来，他有些不耐烦了。

"可我怎么办呢？她已经出事了，昨天下午才做完手术，现在躺在床上，需要有人照顾。"

"这就是惩罚！你们年轻人动不动就乱来，就劈腿，就同居，搞得这么惨！我要是不答应，你说我没同情心，我要是答应你，年底这么多的发货怎么处理！这是什么关口，你是知道的。"

"我知道，我没有办法。"

"你难道不能找个人代你照顾一下你那个同居的？"

"我在海口没有亲戚朋友。"

"做人做得这么惨！我都以为你有好多狗肉朋友。那就叫你家里人赶紧过来嘛！或者女方家里人。"

"我不敢说。"

"不敢说？那你怎么敢做！你这男人也够蔫瓜，阳痿的货！"

"……"

"我给你两天假！就两天！你找人来接！两天之后上班，不来，你就不要来了。我最不喜欢找个女人偷偷摸摸地搞搞搞的，实在要搞，你就去嫖嘛！爽爽快快，大明大白地买卖，没有后遗症。现在你搞出了事，你就该顶着。我最不喜欢偷偷摸摸地捞货。"

低声下气的刘克在羞辱中得到了两天假。

两天之后呢？他那厚道的父亲带着更为厚道的母亲来照料这个未曾过门就已流产卧床的儿媳妇。

骆丹没料到俞英雄拒绝得那么干干净净，上次见面还说要把她看作自己的女儿，要给她车子用、房子住，怎么一谈实质的交往，不但一毛不拔，而且还不留余地，拒绝得如盆覆水，一个水珠子都不剩。再一想，这也没什么奇怪：她和俞某本来素昧平生，当初他请她吃饭，那是因为她在帮他们解忧，同时又担心她不懂深浅，搅乱了他的布局，现在呢，危机过去了，事情办成了，黄劲该得的好处也得了，也就算两清了。再说，这十五亩地，平价转手，按行情也不是一笔小钱，少说也是千把万吧，他凭什么送这样的大礼给她！骆丹分析给黄劲听，黄劲也以为是，这次他和俞老板谈得不欢，难免各自心下存了芥蒂，将来是否还会像过去一样受到重用，则很难说了。

晚上骆丹把在西安这边土地的变化告诉了高隽。高隽说，要土地这事好办，我跟陕西分行那边联系一下，土地方面没有银行不熟悉的，说个不好听的话，企业只是土行孙，银行才是土地神。电话搁了不到半个小时，高隽就回了电话来，说事情好办得很，新区那里就盼着你这样的大富婆——不，不，大富姐，大富美眉——去投资，土地有的是，就是要好好挑一下，你明天去陕西分行那边拜访一下徐复观副行长，他会帮你联系新区招商局。

"好的人际关系就是生产力。"这话没错吧！骆丹的西部遐想规划受到新区高度重视，在他们的介入下，一块在西安枣城区和新区结合部的五十六亩熟地初步确定按旅游文化用地出让给遐想假日公司，就等着按规定办理土地转让手续。同时在省行有关部门的协助下，骆丹顺利谈成了对两家濒临破产的酒店和一家中等专业学校的收购。

"你现在张开的网比最初的设计都要大。"黄劲忧戚地说。

"土地是贵点，但三项收购是再便宜不过的事。三亚那边我还有块地，前几年拿下的，前段时间千城集团来谈过，他们想拿去做开发，我准备出手，可以拿回一个亿的资金，用于做这三个收购基本够用。"

"这么一大摊子，谁来帮你管理？小高怎么样？"黄劲问。

"不，高伟不参与我的商业活动，他有他的事业。"骆丹微微一笑，"要不你过来吧。你看这么多事，总不能把我累死。"

"不，我不合适。"黄劲为难地说，"不是我不帮你，是我俩不能在一块共事，我会总带着愧疚与悔恨过日子，我不能正视你的眼睛，更不能看着你成天忙碌奔波，如果我在你这里，很多事情说不定我就自作主张，到时也未必合乎你的心意，说不定还会对你指手画脚，时间久了，你也未必看得惯、受得了。我太太那边也容不得我们天长日久地在一起。再说你也有了高伟，有了你自己的新生活，不能再让我待在这里，像个影子一样，跟随着你们。"

"我们现在不是很正常了吗？好像咱们这几年都成熟了不少。"

"也许是这样。但这不能改变过去。过去对我来说是个沉重的负担。我不能每天都生活在愧疚和负担之中。"

"好吧，你也帮我留心一下合适的人才。"骆丹感觉到黄劲的内心深处还潜伏着一种顽强的自尊，他如何肯给自己打下手呢！

别把男人的自尊不当回事。

42

二〇一二年注定是不平凡的一年。这一年被那些喜欢多事的玛雅人预言是"世界末日"，经过现代传媒发疯一般的传播，大概除了非洲最偏远原始的部落以及北极的爱斯基摩人之外，没有人不知道这个疯狂而荒唐的预言。胆小如鼠的人们为了赶在末日之前享受完人世间的诸多美好，或者为了在灭亡之前，做点自己想做的事，这一年辞职剧增，骂娘剧增，离婚剧增，同居剧增，吃饭剧增，购物剧增，放屁剧增，泡吧剧增，探亲剧增，酗酒剧增，看戏剧增，旅行剧增，二奶剧增，抗拆剧增，爆炸剧增，人肉剧增，表演剧增，劈腿剧增，毛片剧增，甜言蜜语、乱言乱语、指手画脚、毛手毛脚也都在剧增：人们在犹疑之中朦胧觉得还是要趁早，把想做的做了，把想说的说了，把想干的干了，免得一夜之间末日来临，永无表达与发泄的机会了。

"还等着干什么？抓紧干啊！"迷狂的人们肆无忌惮地鼓吹。然而忐忑不安的羔羊们忽然一夜之间发现末日已经过去了，世界还是原来的世界，地球也还是原来的地球，太阳升起，月亮西斜，海风还是在浩浩荡荡地吹。料事如神的玛雅人放了一个长达数千年的蔫屁。

看看今后还有谁敢来做预言！

看看今后谁还会再相信谁的预言！

预言家们终于自己来终结那传承数千年的职业了。赶紧找工作去吧！

世界末日之后，擅于做事后诸葛亮的各国统计部门开始紧张忙碌的工作。据美国最活跃的华盛顿民意控制与调查研究中心统计，这一年世界上最繁忙的是日本妓女，行业就业人员增长 3.71 倍，一位国会议员的新婚太太也匆匆忙忙加入此列，希望在生命结束之前能尝试一下这一发散着葡萄酒香味的特殊职业；出国旅游人数占国家人口总数比例最多的是美国（特别是奥巴马和他的随从团队长年穿梭在世界各地），相当于欧洲的 1.59 倍，亚洲的 2.77 倍，南美洲的 3.49 倍，当然国家元首以身作则拉动消费的示范作用也很有限，并没有缓和次贷危机，美国经济依然冰天雪地，美国的盟友们习惯于与富人富国打交道，纷纷转向大唐中国；政府采购支出人均值最多的是日本，相当于澳大利亚的 10.17 倍，非洲的 39.98 倍，其中主要用于军火开支，小道消息说日本在北海道的某个海港里大造航母，准备在甲午一百年或者一百一十年的时候，要与中国海军在黄海、东海一决雌雄，企图重新建立其亚洲霸主的地位；国民满意率最低的是法国，主要来自富人群体和依赖富人群体生活的平民群体，因为国库空虚，政府无计可施只好加征财产税，搞得富人不安于国络绎不绝地翻山越岭跑到瑞士去；鲜花消费最多的是朝鲜，那里新的领导人接班了，人民欢欣鼓舞载歌载舞，到处都是花的世界花的海洋。

中国呢？中国还是有中国特色的社会主义。政府民间协调配合，发展经济再接再厉，进口出口速度保持世界领先水平，西方费了九牛二虎之力也望尘莫及，只好眼睁睁地看着中国充满精气神，各种数字都飙升得老高老高，据说出了国门的中国人个个牛逼哄哄，劳力士十块八块地买，倒插门的洋女婿成群结队，欧美的金发姑娘也开始垂青谦虚谨慎口袋满满的中国留学生，哈萨克斯坦的姑娘盼望嫁到新疆，越南的美女已经远嫁山东，桂林的西街开始给外国女婿办户口，俄罗斯的外事部门也开始研究如何创造更多的俄罗斯姑娘与中国小伙接触的机会。最具开放精神、最擅长吸取别人优势的美利坚合众国，眼光放得更远，国务卿克林顿太太派遣的十万新遣唐使正从大洋彼岸翩跹飞来。什么"世界末日"！什么玛雅预言！中国人是不信神的，中国的官员们个个在握紧拳头的那天前都成了无神论者，更何况在多少年前这种预言传说都跟卜筮星相风水八卦一起被当作封建残余，被彻底扫入历史的垃圾堆、下水道。中华上空一片唯物主义的瓦蓝，白云翩飞，燕雀翱翔，小小玛雅传言何能乱我神州！各行各业大干快上，喜迎十八大。后来盼望已久的十八大欢天喜地地开过了，各行各业当家的换了不少，又是新人新气象。新的领导人说，反腐败要老虎苍蝇一起打。这不，很快就出现了一批被打倒在地的苍蝇蚊子和狮子老虎。主任陈当然只能算苍蝇蚊子之流。

一向坦言吃点喝点从不拿点的专家型领导主任陈怎么也成了落地的苍蝇？换言之，那些劣迹昭彰捞得盆满钵满的小老虎、小豹子、小兔崽子都还成群结队、处处招摇的时候，主任陈怎么会成了落地的苍蝇？这纯粹出于偶然。主任陈的出事说是风也好，说是雨也好，反正就在那么几天中，被一个莫名其妙的访客在研究室的内部官网上贴出一张照片，题曰"科技雷公"，一夜之间大家全都知道了。雷公，本是重庆人氏，官居五品，自然要比主任陈这种"七品"或者"从六品"的企业管理层高级得多，但是流年不利，他和一位女士的不雅视频被人传到网上，有人计算时间居然是十二秒，这一下子雷住了各个阶层：这是什么东西！居然还是正局级干部，回到五十年代就是十级、十一级的高干！主任陈的那张照片，严格说来不算不雅，只是他搂着一位年轻姑娘的远影，因为远，又因为是背面，所以姑娘的形象不清，但卿卿我我之态酣然，无需剖析，又因为主任陈回头张望，所以面孔清晰，不能推诿，又因为他的手还是紧紧地搂在那姑娘的腰间偏下，兼及小半个臀部，所以不能说只有诗情画意不涉检点。主任陈就这样走到了全室人民的面前，题曰"科技雷公"。发照片的人看来是内部的自己人，因为只在单位的官网上发，说明顾忌厉害，但因为又要发出来，所以目标明确针对主任陈也毫无疑问。

重庆雷公的事怎么处理，全世界人民都知道；但主任陈的事怎么处理，西北双电的人还没有想好主意做好预测，结果就出来了。早晨上班的时候，高伟才看到网上流传的照片，认出那被主任陈搂住的姑娘正是徐婕娜，还没有来得及表示自己的关注，就发现这个照片被删除了，半个小时之后就看到上面发了一条通知：

"经集团党委研究决定，自即日起免去陈建中的研究室主任职务。"

原来主任陈的职务就这么不抵事，说免就免了，摊上事就什么都不值。

就是一张纸！

真是快刀斩乱麻。

高伟最先想到的是徐婕娜也许经不起这样的打击，嗨，不检不查，就怕被检查。高伟赶紧起身到行政办公室去，却发现徐婕娜正在那里埋头打字，像是有急件要办。看见高伟进来，徐婕娜微笑着站起来：

"稀客啊！找我有事？"

徐婕娜好像一点事都没有。

"你没上网？"高伟有点狐疑地问。

"没呢！你看这么一大扎文件，都要落实，从昨天忙起，现在还没搞完。"

"哦，原来是这样。"

"有什么事吗？瞧你紧张的样子。"徐婕娜给高伟倒了杯矿泉水，递过来。

"有点小事，要不你中午跟我去吃饭，我和你说。"高伟想不出更好的办法。

"现在还差几分钟，我把这个打完了，就跟你去！"徐婕娜听说高伟要约她吃饭，很是高兴。

"我在九里香等你！"高伟说，"我先去一下，那边人多，要先占位。"

"好吧！"

九里香是西北双电西门口的一个家常菜小馆，价廉物美，就餐环境清爽，高伟要了一个小包间，徐婕娜到了后，两人边聊天边吃饭。等到徐婕娜吃得差不多了，高伟就闪闪烁烁地说正事了。

"婕娜，有个不好的消息。"高伟有些惴惴地说。

"什么不好的消息？"徐婕娜问。

"陈主任被免职了。"

"早就该免。"没想到徐婕娜竟然毫不惊奇，这让高伟有点摸不着头脑，好像自己的担心都是多余。

"那你知道他为什么被免了吗？"

"知道！艳照门！"

"你都知道？"

"我昨晚就知道。"

"哇，你好镇静啊！"

"你希望我沮丧？你们就希望看到我满面羞愧，不敢见人？"徐婕娜睫毛一挑，高伟第一次看到徐婕娜出人意外的镇定。

"不，不是这个意思。我上午才知道这个事，从网上看到的。"

"那个女人就是我。"

"这世界上长相相像的人多的是，再说又没有正面形象。"

"高伟，你怎么这点常识都不具备！这世界上有两个一样比例的身材的人吗？郎有情，妾有意，何苦要那么觉得见不得人呢！"徐婕娜一脸的淡然，"你们现在开始觉得我很不要脸是吧，其实不是这样的，你们很早就知道我和主任陈有一腿子，你们不说，不等于没挂在你们脸上。"徐婕娜把隐私一下子都抖落出来，高伟只感到眼前的徐婕娜似乎在把自己的衣服一件一件地当面脱掉，最后一丝不挂。

"我是爱慕虚荣，是喜欢热闹，是不在乎什么贞节什么处女的。我需要为谁保留贞节？为谁忠贞呢？我都没有成婚，甚至连个订婚的对象都没有，你说我有这个必要吗？"

高伟不语。

"与一个男友相处，和与几个男友相处有什么区别？"

高伟无法回答，但他感觉有点恬不知耻，他的脸涨红起来。

"你们男人就容不得女人谈几个男友，可是从来不管自己谈了几个，睡了几个。"徐婕娜愤愤地说，"你们把女人做这种事叫劈腿，可是你们男人做这种事呢，叫什么，你们都不说，其实你们男人成天就想着劈腿。"

"你说的只是某一种男人。"高伟不动声色地说。他要把自己除开，他相信还有很多和他一样的男人。

徐婕娜没有理睬高伟的还击，继续自己的话："我和主任陈劈了三年了，报到的第二年就和他劈了，他这人长得不怎么样，但从一而终，和我劈上以后，再也没有第二个，我劈了几个，他也不计较，我要花点钱，他也从不小气，我的生日都是他陪着过的，从来也不见你们这些人送一朵花，他买给我花，陪我一个个晚上，他是真心待我的，比你强多了。"

"我理解，我相信，你需要。"高伟这才找得出两句话，当然也是透着心尖地真诚，也透着心尖地不苟同。

"你在乎过我吗？你疼过我吗？你主动陪伴过我吗？你为我买过一朵花，不，一颗扣子吗？其实你挺吝啬的，你知道我爱你，想和你好，可你就不愿意给我一微秒的机会，甚至连个真心的微笑都没有。"

"是的，要我虚情假意，我真的做不到。"

"你太吝啬了，你不愿意给我一丁点的爱，关心，哪怕像兄长一样。"

"我做不到，是我不对，也许是我没有理解到你还需要兄长一样的爱。"

"那你为什么还要惊奇呢！"徐婕娜不屑地说，"昨晚主任陈跟我说了，说家里闹翻天了，已经做了博导的儿子从中科院打电话回来，说请爸爸自重。我这才觉得对不起他，让他受到羞辱，受到责备。我们说好，从今天起再也不劈腿了，不是因为人言，而是为了他的家庭，为了他的尊严，他要找回尊严，一个男人的尊严，一个父亲的尊严，他有一个很好的家庭。"

高伟心里滋生出一缕缕的同情，像炊烟一样升起。这两个人不是与他毫无关联的陌生人，他们甚至都曾无私地给他以友情、帮助甚至还有爱恋，在他们遭受伦理、道德和纪律拷问的时候，他意识到自己没有尽到提醒与帮助的责任，然而这完全是他从来没有思考到的课题，他有这样的能力和责任么？是不是那些更为资深年长更为位高权重的人应该反思一下这个责任？面对这两个灵魂痛苦地意识到自己的局限和失误，寻求包容，他能做些什么呢？他竟无言以对。

"我不是完人，我也做不了完人，我也不想做完人，但我要生活，我按照自己的意愿生活。有时矛盾，有时糊涂，也许有时也很无奈。你们嘲笑我也罢，讨厌我也罢，我都认了。"徐婕娜说到这里，神色黯然。

"你也别过于自责。"高伟说，"现在的年轻人都有些个性。"

"这不像你说的话，高伟。"徐婕娜平静地盯了高伟一眼，"我没有自责。我为什么要自责？！'"

高伟无语。他第一次感觉到他们之间竟然隔着千山万壑，如此遥远。

"看来我的担心是多余的。你有你的见解。"

"不是多余的。谢谢你高伟，你很传统，在传统的眼光中你也很高尚，即便在这个时候，你还是选择用你认同的方式来维护我这个你不认同的人，我很感谢，真的，这也是我喜欢你的原因，你有自己的坚持，善良，没有虚伪的心态，你不做作，也不迎合。我得不到你，这是我的宿命；我不恨你，也不恨骆丹。"徐婕娜说到这里，声音有些哽塞。

"骆丹也希望你坚强些，不要因为这件事想不开，人总是要经历一些意想不到的东西。"

"谢谢！"

网络其实是一个没有原则没有是非没有讨论也没有尺度的世界。网络的暴力与网络的正义常常是混在一起的。然而没有人能引导网络，能主宰网络。大众的兴趣也是朝夕变化，变无定法。因为主任陈被免职，内部官网上的愤青们发现一下子失去了话题，再说主任陈的人缘还不坏，穿着马甲出来说话的还只有那么几个人，那幅艳照更没有惊心动魄猎奇嗅艳之处，反而一副深情缱绻的样子，这种不具备肉搏大战照般刺激力的话题，就没发酵起来，第二天忽然连链接都没有，原来的评论都被删了个干净。大家知道是集团领导出手消除杂音了。徐婕娜像往常一样，上班，下班，科学界的人们富有极大的理解力、宽容心和同情心，还居然关心起徐婕娜来，新任的主任是个院士，老人家临危受命，兼任主持，集团的用心在乎挽救可能发生的名誉损失，消除不利的影响，而老人呢，则是发挥余热，老人家参透了科学，更悟透了人情，不仅没有把徐婕娜调出办公室，还在年底总结大会上，有意地表扬了几个敬业的年轻职员，也顺便提到了徐婕娜的名字。这种很中国特色的表态方式，显示了新班子淡化此事、爱惜青年的愿望。然而，此时徐婕娜却提出了辞职。

元旦前，高隽很顺利地当上了省行副行长，张曙光也毫无意外地到了海口支行当一把手，莫巧玲到人事处当处长。那天是张曙光在人事处最后一天上班，说是来上班，实则是来收拾一下东西，上午十一点就准备回家，鲍宇开车送张曙光，路上说："领导，您这一走，我们这些人又好多年没指望了。"

张曙光注意到鲍宇说的"我们"，那么在他的意识中，除了他鲍宇之外，一定还有别的属于"张曙光"的人，他想了想，就说："我跟上面反映一下，看看能不能给你弄个实职。"

"搞人事工作这么多年了，我也不想离开人事处，但现在莫阿姨过来当处长，我是一时没希望了。"

"要不，我问问领导莫阿姨那个位子有没有考虑别人。"张曙光说。

"那感谢您了！"鲍宇的情绪这才好了一些。

"我没有把握，先问一下。"张曙光说。

"领导对我这么好，我以后一定好好效力，您有什么事我能办的，您尽管吩咐。"

"都是自家兄弟，还客气什么。"

"领导，还有一句话不知当说不当说？"车已经驶进海阳大道，那是宽阔又很少车辆的双向十车道。鲍宇回过头来看了一下张曙光，说。

"你说。"

"李亚男也是很资深的中层，到行里比我还早三年，她也是您的老部下，您看她现在还在科级的位置上，工资、福利都跟不上来，上次您叫我整个材料，我帮她好好整了，但后来也没有下文。"

这个家伙！张曙光一开始心里陡然升起一阵警惕，这恐怕不是建议，而是旁敲侧击，但接着听下去，这家伙的话却很诚恳，有点自己人的味道。

"李亚男是不错，可我人微言轻，特别是在省行，一个处级干部，帮不了多少。"张曙光谨慎地说。

"大家都说李行长那里您说得上话，要不您还是帮李亚男说说吧，我的事您可以不说。"鲍宇继续真诚地说，"她都八年的正科了，人生有几个八年呢！工作又那么努力，总不能老是原地踏步。"张曙光听到这后面一句，判定这小子心思对头了，需要重视了。

"那你是怎么看的？"

"处长，咱们这行里的人情是很单薄的，一个个都是人精，势利得空前绝后，一切都是利字当头。您想想，魏行长要调走之前那些天，谁都在打听谁能接班，谁都不敢提前表态，平常大家最热衷的走动、议论全都没了，生怕在人事上迈错了步，站错了队。您看您到了人事处，您那些老部下有几个来人事处走动？眼光浅的都知道人事处不如信贷处，白打工。您看您今天到市行赴任，本来是升了半级，可是在小人物看来是往基层走，又有几个同事来给您送行？大家都精着呢，都以为您这次下去了，三五年内上不来，既管不着他们，也帮不了他们什么，眼光就这么短浅。昨晚的欢送聚会，别的处长都来了，就是咱们的副处缺席，大概是觉得他没有顶上转正，是您没有推荐他，其实您哪一点不照顾着他？别人不清楚，我清楚。这人太势利了。信贷一处那边，周欣坐了一下就走了，算是点了个卯。只有李亚男忙前忙后，连单都是她埋的，今天这束花还是她送的。"

"我倒没有留意。"张曙光说，其实他心里一清二楚。在现在的社会，人人削尖了脑袋往上挤，有什么意外的呢？他打了个哈欠，说："你们都不错，以后的日子还长远着呢，走好自己的路，不要太在意别人。"

鲍宇也就不再说了，按照他对张曙光的了解，他知道他的话张曙光一字一句全往心里去了。

果然，没几天，机关人事大调整的方案公示了，人事处副处长调到文山市行做专职副书记兼纪检书记，信贷一处的副处长调到办公室做副主任，鲍宇升任人事处副处长，李亚男升任信贷一处的副处长，还有其他一些人的岗位也作了相应的调整。根据李凯行长的提议，高隽分管投资之外，还主管在内陆省份的发展；海口市行行长张曙光列席省行领导班子会议。至此李凯的排兵布阵告一段落，海南分行外向型拓展的主力团队格局已完全成型。进步了的鲍宇又请东北的朋友买了一支硕大的野生人参送给张曙光，张曙光没有收，说："你多把心思用在工作上，多留心真正的人才，这是咱们事业成败兴衰的关键，做好这个工作，就是帮了领导的大忙；我还不老，用不上这么大补，你拿回去孝敬你老娘，野参温补增元气，对老年人最好不过了。"又说："你笔头不错，多帮李行长写点稿子，他事情多，忙不过来，你主动一点，人事上的事，不分大小，你直接向他汇报。拿不定主意时，你跟我说一下，我帮你参谋参谋。"

"嗯!"鲍宇感激得像个孩子。

43

西部遐想项目实施后，骆丹在西安待的日子就多了，遂在靠近长安新区的高档社区碧云苑买了一套二百三十平方米的大平层精装房，又买了些家具，寻了个好日子搬进去了，也就算在西安安家了。高伟的父母被接过来住了一段时间。可怜天下父母心，把子女的心愿当作自己的心愿，看到儿媳贤惠，年纪大点就大点，并没有太在意，但是抱孙子的想法开始冒芽了，特别是想到儿媳三十好几，更觉得要早点生育，免得将来难产。这话头先是做娘的跟儿子唠叨，后来娘跟儿媳混熟络了，也便开始在骆丹面前直接唠叨着点简单的孕妇常识。

骆丹这才意识到一个重要的问题。他们在一起后，刚开始还使用避孕套，后来就没再用过，她也暗暗希望早点怀胎生子，只是这三四个月都过去了，他们的房事不少，但她的例假正常，根本就没有怀孕的动静，怎么就没怀上呢？是不是不孕症也落到他们身上了？平日里上网看报，常有文章讲到近半个世纪以来，由于环境、食品、疾病的影响，人类的生育能力大幅度降低，不少俊男美女莫名其妙地不能生育。她踌躇着他们是不是要去看医生。

送走高伟父母的第二天，骆丹自己一人去妇产科作了个检查。抽完血，又回到门诊，医生是个快六十的老太太，慈眉善目的，有点像老辈演员秦怡，关起门，叫骆丹躺在门诊室的床上，例行看了看，说器官上看不出什么大问题，有轻度宫颈糜烂，用点药，减少房事就可以了。又就怀孕需要注意的一些事项，特别是不要轻易做人流，人流做多了，受精卵就不容易着壁等等，一一跟骆丹作了指导。骆丹听得脸红红的，心中有数了。回家的路上，接到黄劲的电话，说是自己被俞英雄开了。

"啊？"骆丹有些惊讶，前些日子她还应邀出席了俞英雄的一场招待晚宴，在那场晚宴上，俞英雄向所有的来宾介绍自己的高管，但介绍到黄劲的时候，他只简单地说这是我们集团发展部主任，连名姓都没有。那时她以为黄劲在西超集团只是一个部门中层，还没有进入管理层，自然无需突出，也就没有在意，但没有想到这竟是一个信号。

"你到我家里来谈吧，我马上就回。"骆丹说。

回到家中，骆丹煮了一壶咖啡，黄劲就到了。

"今天上午最后一家大户交完了首付金，这样西部奥特莱斯基地招商项目全部完成，收到首付金额五亿出头，俞英雄已经获利将近一个亿，项目全部完成他可以直接获利二个多亿，以后每年还有将近一个亿的净利润，园区地产房都是属于他的。"黄劲说。

"卸磨杀驴，下手太狠了。"骆丹说。

"我现在还没想明白，这傻逼怎么突然开我。"黄劲还是疑惑不清，"不是说他最讲情义吗？"

"我看还是功高震主，怕你坐大。"骆丹猜测。

"怎么坐都是他的地盘啊，能大到哪里去！"

"再说他觉得你进去过，留在身边也不清爽，上不得台前，有点碍眼，发挥的作用就有限了。"骆丹忽然大悟。

"主要应该是这个原因，他是见好就收，不留余地。"黄劲说。

"这也太过分了，帮他做事，落得一身臊，最后还要被他甩掉，"骆丹越说越气愤，"我得告诉朱老。"

"别讲！你都忘了我们当年的事？"黄劲阻止骆丹打电话。

"我们？当年也是因为这个？"骆丹有点不解。

"还不是一样！质量风波是借口！"黄劲说，"不过老朱做事还是比较厚道一些，不像这个俞逼，上午干完活，下午就赶人。兔死狗烹，鸟尽弓藏！"

"他怎么说的？"骆丹也感到憋屈。

"他说他年纪大了，这奥特莱斯的事也快做完了，准备退出江湖了，把生意交给孩子们，孩子们有孩子们的考虑，黄兄弟有什么好的去向也可以考虑。说给我账号已经划了五十万，就算是我的奖金和遣散费。"

"他要清理你也没必要那么快动手，整个园区的基建至少要一年，他怎么就那么忍不住呢？怕你抛头露面，也可以让你转到后台嘛，再说，不看僧面看佛面，我还是要跟朱老说一下。"骆丹没顾上黄劲的阻拦，就拨通了朱孟雄的电话，老人家正在南美火地岛上度假。骆丹一气把话说了，那边很久没有声音，最后骆丹才听到一句："天下哪有不散的宴席呢？不过，我得打个电话给他，这点补偿也太少了。"

骆丹问黄劲的打算，要不留下来帮她管理西部遐想项目，当然这是个小生意，没法展开他的大才华。黄劲再次谢绝了骆丹的邀请，说："不是我不帮你，是我留下不合适，你都成家了，我那口子脾气你也知道，她又不是不知道咱们过去的那点经历，咱们不能长期在一块儿。"

骆丹就没再坚持，只是问："那你下一步的打算呢？"

"我想还是回澳大利亚，家里人都在那边，再说，我这次回来前后不到一年，也挣了好几百万的收入，拿到那边可以买个农庄，以后就过过田园生活，种豆南山下，日子应该不错。将来要是缺钱，就做点葡萄酒的贸易，到时做你遐想集团的固定供应商。"

"你那么年轻就退隐了？"骆丹说。

"怎么年轻？我都和马云一般年纪，前不久他也宣布要退休的，我不能和马云比成就，但年纪差不多，心思也差不多。"

"马云那是假退，这家伙一向神经兮兮的，说不定哪天他又从哪里浮出来，露出一双贼亮贼亮的眼睛，还有一大堆天猫地猫野猫。"

"他真退也好，假退也好，和我没什么关系，但我确实需要一段时间来总结这次不成功的出山。"

"也行，我就怕你待在国外，时间一久，对国内的情况越来越陌生。"

两人说着，朱孟雄打来电话了，说："那边答应再补点安置费，估计是再加一百万，我看也差不多，就这样吧。叫黄劲忍耐点，朋友一场，好说好散。"

"多了一百万。"骆丹转述朱老的话。

"要他费心了。"

"你今晚就在这里一起吃饭，等会儿高伟回来，你们还可以喝两杯。"

"这个人你看对了。"

"我不能再看错人。"骆丹说完，又觉得不该在这时节说，数落人家也别在人家沮丧的时候。

"我还是回去吧，今晚还要看一个朋友。"黄劲觉得该走了，就站了起来。

"你在意我刚才的话？"

"不是，是真有事。"

"那好吧，明天再说。"

　　黄劲走后，骆丹觉得特别沮丧，特别伤感，这些天住在西安，跑项目，规划预算，联系机关，买房子，甚至买家具都是黄劲开着车陪着她，有黄劲在旁出主意，她心中有谱多了，踏实多了。虽然她情感上不再有黄劲的位置，但心底里却把他当作自己最亲近、最信任的人。老成持重，见多识广，善于拿捏，自己有时可以不动脑筋，不费口舌，可是这样亲密无间的日子又要逝去。"人世几回伤往事，山形依旧枕寒流。"人生的况味如此繁复，聚散匆匆，都不是绕过的溪流曲径，经受着也就是人生。想到这里，不禁泪水潸潸流下。

　　世上每桩事业成功，都有一个核心的团队，团队的水准愈高，成就的事业愈大。可是现在西超那边突生变化，把黄劲踢出来，黄劲又执拗不肯加入遐想，这样热火火的西部规划，又面临着新的考验。骆丹备感孤军奋战，力不从心。高伟还没有回来，她站在露台上，扶着凉意沁人的铁栏杆，满院灯光交相辉映，只有蓝色的夜天洁净如洗，无比空旷寂寥，静静地听去，那遥远的鼙鼓声又开始缓缓响起。嗨！"大风起兮云飞扬，威加海内兮归故乡，安得猛士兮守四方！"骆丹又想起汉高祖刘邦，两千年前回归故地沛县，击鼓而歌，那歌声浑朴悲壮，孤独而苍凉，穿越千年时空直到她瘦弱的心房。

　　"哦，刘季，我何时能为你翩跹起舞！"

　　高伟回来，两人一起吃晚餐，骆丹就把黄劲要回澳大利亚的事告诉了高伟，高伟经过这段时间，对商海人事有了突飞猛进的理解，但他还是不理解俞英雄为何那么快就要解决黄劲。骆丹说："就是因为黄劲给俞英雄赚得太多了！做事太猛了！"

"这难道不好吗？"高伟不解。

"好，当然是好！一个高管三年能做完这些事，就算不错的，黄劲是一年不到就做到了，效率高，效益好，一般人是做不出来的，必须是有非常能力，有非常手段。"

"那人家应该更重用他才对。"

"话可以这么说，但实际不能这么做。你想想，非常能力，就显出其他的高管甚至老板，都不如他，这样长期下来，就会影响其他高管乃至老板的威信。有非常手段，自然有非常的风险，这对老板来说，总是不安全的。所以事情做得差不多了，就要解决，免得将来不好驾驭，留有后患。你看历朝历代开国之后，都少不了兔死狗烹、鸟尽弓藏的事。"

"可是，这样他不就损失了一员大将吗？"

"有得自有失，两害相权取其轻。"

"这么残酷啊，也太快了一点，不给黄大哥一点转移的时间。"

"老黄这次为我要地皮，加快了姓俞的决断。"

"唉，这商界的事，也总是那么残酷无情，远不如我们做科研的，你看看，大家传帮带，一代传一代，手把手地教，理解不了，不要紧，再讲一遍，有了成果，排名按音序，不论资排辈，也不讲长幼有序，大家讨论交流，知无不言，互相启发，毫无保留，其乐融融。"

"过去的商人也不是这样，西方的商人好像也没有这样残酷无情，唯利是图，你看那些大富翁不都在做慈善事业，并不计划把财富传给子孙后代。我们现在的商业环境不纯粹，市场不成熟，搞得规则也没了，人心也乏善可陈。"

"好一个乏善可陈！"高伟嬉笑着表示赞同，"骆丹，你比很多商人要有头脑多了，很有人文关怀啊！"

"有你这么夸老婆的吗？"骆丹笑着，心情也渐渐好转起来。

"看来我们家有两个智商还不算低的，高于社会平均水平。"高伟开玩笑地说，"来，咱们再齐心合力，多生产几个学二代、富二代。"

"还几个！你想要几个？"

"两个！你看单独二胎的政策马上就要出台了，你是独生子女，我家符合生二胎的条件。"高伟喜滋滋地盘算着。

"还两个！你都不看看你老婆多大岁数。"

"一个也行！"高伟把骆丹拉到怀里。

"我得跟你说个事儿。"骆丹把脸贴在高伟的胸膛，一手抚摸着他的强壮的腹肌说。

"什么事？"

"我今天去看了妇科，医生说器官没什么毛病。"骆丹轻轻地说。

"你跑去看妇科干吗？"高伟有点惊讶。

"你看咱们这么久了，都还没怀上孩子，你妈天天催，比你都急了。再说，我都三十多了，怀孕的话也算是高龄孕妇了。"骆丹仰起头看着高伟说。

"是啊，我们这么辛苦耕耘，咋还没动静呢？"高伟一想也觉得奇怪。

"要不要你也去做个检查？"骆丹怯怯地问。

44

住院的费用太贵，春梅只住了一周就出院了。医生开了一大堆各种各样的药片，嘱咐她在家中服用，休养一个月。刘克去结算费用，一共是三万两千多，因为没有医保，这些钱只有自己出。刘克前一天从银行里提了三万的存款，以为足够，没想到还差一些。刘克跑回病房，问他妈妈身上是否带了钱，老妇人把两个裤子口袋都摸遍了，才找到六十多块零钱，这是从刘克每天交给她买菜坐公汽的钱里攒下来的。春梅对刘克说："你还是先回去再取存款吧。"

刘克说："好的，我等会儿就来。"刚要出门，一下子就碰到小汪。

"办好手续了？"小汪边问边说，"刚好抽点空，一起来接春梅回去。柳眉说也要来的。"

"小汪姐，你们对我太好了！"春梅感动地说。

"咱们是姊妹啊！"小汪说，便拉着春梅的手，唠嗑起来。

"你快去快回！"春梅见刘克还徘徊在门口，就催促刘克。

"你还要办什么事？"小汪问。

"费用不够，要再取钱来。"

"我身上带了信用卡，先垫着吧，早点办，早点回去。"小汪说着，就和刘克去缴费。

事情很快就办完了，大家拿着行李，出了住院部，刚好看到柳眉也过来了，柳眉说："找不到地方停车，晚了点。"

"不晚，刚好合适。"小汪说。

大家坐上柳眉带来的车，很快就回到那个小屋。小汪赶回去上班了，柳眉回去之前，把刘克叫到门口，拿出一个信封，说："这是我的一点心意，你给春梅买点补品吧。"原来来的路上，柳眉收到短信提示，知道那三万的押金被退回卡上，知道刘克他们硬气，没有用她代缴的住院费，就停车找了个取款机，取了五千元，送给春梅，算是姊妹一场，患难与共。刘克不收，柳眉有些生气，他这才收下。

晚上，小汪、大马和柳眉都过来陪春梅聊天，说到这场事故的起因。春梅忍不住哭了，说，她分明感到有人狠狠地推了她后背一把，她才站不稳，摔下楼梯的，当时楼梯上就只有她和陶红卫两个人，她下楼，陶红卫上楼，只有陶红卫转身推，不可能有别的人。刘克说，我要去告她。小汪说，可是没有人做见证。柳眉也觉得现在去告，难以获胜，当初大家急于救人，也没注意当场理论这个事，如何才能在事后这么多天告赢呢？刘克说，那我还是要找他们算账，不能就这么白白地吃亏。妈的，简直是谋杀！

是的，就是谋杀！大马说。

这个女人太歹毒了。柳眉说。

大家都主张刘克出面找郭东和陶红卫当面谈一次，但又嘱咐刘克不要动手打人，那郭东也是地痞流氓，那陶红卫也有一身力气，打起架来，刘克占不了便宜。为了保证不出事不吃亏，柳眉叫酒店的司机陪着刘克去。

第二天中午，刚好郭东和陶红卫都在，刘克一进门，郭东和陶红卫脸色就不自然，陶红卫讪讪地说："春梅出院了吧，我这几天都没有去看她。"

"你看她？你没把她害死！"刘克气愤地把拳头砸在门板上，那块木门本来就不结实，遭到突然的一击，竟然斜着脱落了一个门扣，歪在一旁。郭东见状就一把将陶红卫拉到身后，厉声喝道：

"你是来干吗？想打架？"

"打架？我是来找个天理！你问问你家那个肥猪婆，为什么要谋杀我老婆？"

"你嘴巴放干净点！你说你老婆？哪个是你老婆？"郭东也不示弱。

"你装什么蒜？是你老婆从背后推春梅，春梅才跌倒的，孩子没了，你老婆犯的是谋杀罪！"刘克嚷着。小汪和几个职工都过来围观，大家都不说话，冷冷地站在一旁。

"你别栽赃！谁看到了？你们谁看到了？你有人证吗？"郭东嗓门也跟着大起来。

"是的，你有人证吗？谁看见了？"陶红卫这时也跟着嚷起来。

"这要别人看见吗？春梅下楼，她上楼，她在后面狠狠推一把，才把春梅推倒的。"刘克吼起来。

"这有人看到了吗？证据呢？"郭东也跟着吼起来。

没有人说话。围观的人一脸茫然。

"没证据就是诬陷。"陶红卫叫起来，仿佛十足冤枉的事。旁观的人那天确实都在各自的办公位上，并没有注意到楼梯上的这一幕惨剧，谁也不敢瞎说。

"诬陷？你问问你的良心，你做这样缺德的事，你不怕断子绝孙！"一向书生样的刘克这时也能反应及时。

"你骂谁？"郭东过来推了刘克一把。

"骂你！骂你那猪狗不如的老婆！蛇蝎一般的肥猪婆！"刘克也不示弱，推了一把郭东。

"操娘的，你还敢在我的地盘上撒野！你活腻了！"郭东咆哮起来，伸手过来抓住刘克的衣领，一个猛拉，竟将刘克拉了个跟跄。柳眉的那个司机也是个五大三粗的汉子，看情形不对，一大步踏进中间来，攥住了郭东的手腕，陶红卫见状就大叫起来：

"打人啦！打人啦！快打110！110！"

然而旁观的职工们一动都不动，冷冷地站在旁边，冷冷地看着眼前这一幕。

"打人啦！打人啦！打人啦！"陶红卫跑到门外嚷起来。

小汪怕闹出大事，就上前劝架：

"大家有话好好说嘛，别打了好不好！"

郭东的手被那司机狠狠攥住往背后扳去，疼得钻心，知道今天占不了便宜，便主动放弃挣扎了，说："就是嘛！有话好好说嘛！"

"就是嘛！有话好好说嘛！"陶红卫跟着嘀咕。

气氛缓和下来。大家到了郭东的那间小小的经理室。陶红卫赌天咒地，说自己没有推春梅。

"我怎么会推春梅呢？我也是女人，也养儿育女，怎么可能不知道轻重？"

"春梅明明感到有人在背后推了一把！"

"我有必要推她吗？我推她我能得到什么好处！"

"你敢发誓吗？"刘克逼问。

"我敢！我没推我怎么不敢？"陶红卫很坚定，一副大义凛然的样子。

"那你起誓！"

"我要是推了春梅，我就是小狗！"陶红卫信誓旦旦。

"小狗？"刘克觉得他妈的太滑稽了。

"狗！波斯狗！哈巴狗！野狗！汪！汪！汪！可以了吧！"陶红卫也算是一个人物。

围观的职工们也都被逗得笑了起来。

这个稳操胜券的局面竟然就这样被这个看似愚蠢实则精明的女流氓给翻了过来。

年轻的刘克这下没气了。小汪看到刘克就这样败下去，心里很不平，但她现在还在人家的公司里，不能站得太过分，她就摆出来说：

"哎呀！这事情还是要好好商量，不要吵，春梅到公司也两三年了，这次出了事，六个多月的孩子也没了，大家都难过，经理和老板娘心里也不好受，大家都想开点，事情既然出在公司里面，老板拿几个钱，安慰一下，补偿一下，也说得过去。"

郭东狠狠地瞪了一眼小汪。

小汪装作没看见。

"不是钱不钱的，是良心问题。"刘克看到局面如此，哀伤地说。

"我也难过啊，那天我也送春梅去医院了。"陶红卫稳稳地掌握事态，她开始冒出眼泪，用纸巾擦着，"谁叫她不小心踩滑了呢？都怀了这么多个月了。"

"两千！就两千！算我破财一次！"郭东嚷着，摔门而去。

45

这天柳眉也碰到揪心的事。到了海口的旅游旺季，公司的收入成天价涨，特别是餐饮部，自从把西餐厅转向社会经营之后，来此用餐的客人陡然增多。顾客们喜欢四星级的名头、高雅的环境和精致的美食。消费得心满意足的顾客总是最好的推销员，现在每到用餐时间波澜高涨的西餐厅都要排起长长的队伍。生意红火，钞票码得山高，事情也就来了。这天蔡义雄领了一个女孩来见柳眉，说："安排她做餐饮部的管账。"

柳眉有点不解，原来的管账不是做得好好的吗？人家没什么过错，怎么下人家的岗？怎么也不事先沟通一下？心中有些不满，就回答说："这事不急吧，这人事安排也要先通知一下相关的人。"

"那你现在就通知，今天就换。"蔡义雄断然地说。

柳眉觉得需要与蔡义雄单独谈一下这个事。就把那女孩支使出去，关了门。蔡义雄见关了门，就过来搂着柳眉，亲了一口，说：

"老婆有什么指示？"

"谁是你老婆啦？"柳眉喜欢被蔡义雄称为老婆，但嘴里还是假装不买账。

"说吧，老婆，有什么想不通？"蔡义雄松了一下领带。

"这个女孩什么来路？"

"什么来路？！你别吃醋，跟我没任何肢体关系。"

"别油嘴滑舌，你跟我说实话。"

"我同学的妹妹，刚到海口的。"

"是你喊来的吧。"

"是的。"

"为什么要换？"

"你难道没有注意到餐饮部的变化？"

"我注意到了，这个月增幅都快三十万了。"

"那不就得了！"

"怎么不就得了？"柳眉不解。

"咱们三七开。"蔡义雄喝了一口柳眉杯子中的水。

"三七开?"柳眉还没有明白。

"你三我七,要不四六也成。"蔡义雄总算说清楚了,柳眉也总算明白了。

柳眉大吃一惊。她万万没有想到蔡义雄竟然是这样来规划他们的未来,她感到恐惧,也感到羞耻,怎么用这样卑污的方式来对待骆董的托付呢!

"不行,义雄,我们不能这样做。"柳眉说。

"哎呀!阿眉!你看看这业务,都是我们做起来的,以往是什么?什么都没有,西餐部对内不对外,毫无盈利,现在呢,一杯开水冲勺咖啡,能卖二十八块,每个月能盈利十几二十万,还不是我们管理有方,没有我们,她骆丹哪有这个收入?"蔡义雄不屑地说。

"可我们干的就是管理的事,我们拿了人家的工资。"

"工资?你多少钱?一个月八千吧!我呢,一个月一万二,还不够请个客!这是总经理的工资吗?"

"不是还有奖金吗?"

"奖金?那个百分之五的奖金,能买个厕所吗?我这样的人才,一年到头就值这么几个铜板?"蔡义雄愤愤不平地说。

"咱们要知足嘛!义雄,我真的希望我们平平安安的。"柳眉把双手套在蔡义雄的脖子上,她希望能用自己的柔情化解蔡义雄的不满和贪婪。

"本来就没什么,只要管账的是我们自己人,一切都平平安安!如果你害怕,我们也可以让账上留出三五万的利润。够好啦!"

"义雄!这个事能再商量一下吗?"

"商量?阿眉,这么直白的事,还要商量?"蔡义雄拉下柳眉的手,盯着柳眉看了一会,看得柳眉心里发毛,说,"我们不做,就是傻瓜！"

说完，蔡义雄开门而去，留着柳眉在那里发愣。

晚上，蔡义雄溜进柳眉房间来过夜。然而柳眉没有心情陪着蔡义雄。气氛有点别扭，仿佛六月黄梅天。蔡义雄脱了衣服，自顾脸朝里睡去，柳眉自己坐在椅子上足足有半个时辰，最后还是脱了衣服上了床。一见柳眉上了床，蔡义雄立马翻转身，压在柳眉身上。

蔡义雄的床上功夫也是一流的，年轻，体健，加上千锤百炼之后的技术娴熟，所以他一直得到与他有染的女生、女士们的垂青。柳眉是不是也难逃这个渊薮，不可得知。高潮之后，蔡义雄不无得意地说：

"你刚才不是配合得很好嘛！这样不就很快乐？"

"这个我可以，但要我做那事，我心里过不去。"柳眉有些要哭了。

"为什么呢？你想想，这钱不是骆丹的，是我们赚回来的。"

"我们拿了人家的工资，本来就是要给人家赚钱的。"

"我们不是没赚嘛！只是少上缴了一点。她那腰包也是私人的，我这腰包也是私人的，都是私人的，只要大家相安无事就行了。"

"我还是想不通，拿这个钱我心里不安。"柳眉有点委屈地说，"我们能不这样做吗？"她惴惴地问蔡义雄。

"不行，必须这样做！"蔡义雄坚决地说，"要不然，我在这里纯粹是浪费青春年华，我马上就走！"

"那要不你拿，我不拿。"柳眉说。

"也行，我先一起拿着，给你记个账，你想通了，就把你的那份拿回去。"蔡义雄知道柳眉能转弯到这一地步很不容易。他开始有点后悔拉她做这样的事。

第二天上班时，柳眉把原来餐饮部的管账调到前台，把前台的管账升做客房部经理，把原来的客房部经理调到销售部任经理，自己就不兼任销售部经理了。这事情处理下来，顺顺当当，蔡义雄双手树立大拇指，夸赞说办得好："不显山不露水，比我想象的都要老练！难怪骆丹看得上你！"晚上蔡义雄拿了五千元过来，送给柳眉，说："这是今天的截流，拿点现金，让你看看效果。"

"我不要！"柳眉冷冷地说。

蔡义雄把钱放进皮包，讪讪地说："我先给你存着，等你想通了再一起给你。"

副处长李亚男的应酬一天比一天多，毛利民也是事务忙杂，片行行长嘛，也算是地面上的头面人物，大小事都少不了。以往是每晚李亚男在家等候毛利民归来，现在有时是毛利民等候李亚男归来，有时候两人都彻夜不归。领导嘛！就是要一切都以工作为重。李亚男的爸妈都很欣慰，女儿女婿在三十出头的年龄上都升到了副处，对于一个长期在体制内的干部家庭来说，无疑是一件很光荣的事情。这官宦人家就要这样前后相继，才能保障官脉不断，薪火相传。为了帮助女儿过好生活，老妈妈主动要求和女儿女婿住到一块。"给你们管好后勤，保障吃！穿！住！"老妈妈得意地说。这老妈妈一来，钟点工也就用上了，家里变得干干净净，井然有序，三餐准时，饭菜合口，特别是毛利民最喜欢的广东例汤，每日也能煲上一盅。日子过得顺风顺水，好不惬意。

年度金融论坛很快就到来了，以往很少派人参加，这次李凯准备去出席，因为主持会议的是李凯的老熟人，老熟人安排他一个做专题报告的机会，也就是在全国同行面前露一脸。机不可失，李凯决定带上一个人，带谁去呢？他想了想，就拿出手机，给李亚男打了个电话。

这大概是李凯第一次给李亚男打手机。

"请到我办公室来一下。"

"好的!"第一次被行长召见,李亚男心里很激动。上次升她做副处长,面谈的居然是高隽,并不是李凯。虽然此前她和毛利民去李凯家,李凯都谈到了她的升职,但在走程序的时候,李凯却没有出面,也没有召见过她。

"一定是谈工作的事。"李亚男一边走着,一边琢磨着李凯召见她的目的。

"过来坐吧!"李凯见李亚男进来了,就招呼道。

李亚男看到行长办公室正开着空调,她就顺手轻轻掩上门。其实这几天并不热。

"大后天我要去大连开个会,你也去参加一下。"李凯起身从小冰柜里取出一罐饮料,递给李亚男。

"好的,需要我做些什么准备?"李亚男作为下属,接受任务。

"你不用准备什么,主要是去见见世面。我从未单独带女同事出差,这是第一次,你不是外人,但也不要张扬。"李凯看着李亚男说。

李亚男一听感到有点紧张,再看看领导。李凯没有表情地看着文件。她按照自己的经验,朦胧中感觉什么事情要发生,她不能拒绝,她脸上有些红晕,低声地回答说:"好的,我明白。"

"这是大连会议的通知,你明天先去报到,我还有点事,后天上午直接到会场。"李凯又拿出一份会议通知,交给亚男。

"明白!"

"那就这样。你先到财务处借差旅费。"

李亚男转身走出去的时候,李凯这才清清楚楚地把李亚男的身材看了个透彻:

一米六八的身高，蓬松的黑发，随意扎起的松鼠尾巴，白皙的脖子，身材丰腴而不臃肿，流畅的曲线，修长的腿部，高高突起的臀，每走动一步，那曲线便扭动舒展一次，自下而上，又自上而下，穿过柔姿衫，隐隐可以看到粉红色充满性感的胴体……这种异性的美感弥合着内心深处的沟壑，多年前在行里，李凯就注意到李亚男，这个传闻比较开放的美貌女子，却从未把眼光转到他们这些真正的人中龙凤的身上，她像大海里的一只小鱼小虾，独自生存，自找游戏，从未游弋到他们的视界。而老魏呢，他自己呢，长期以来，都很谨慎地与这些年轻的女职员交往，保持着必要的距离，避免可能产生的流言。结果，他们成为几乎从不相交的两个圆圈。

李凯心中清楚，男性领导对女性下属的喜欢往往走到两个极端：要么变成一种占有的欲念，要么变成一种帮助的欲念。很多人都认为是前一种居多，其实不是。理性如李凯者，自然是后一种，长期紧张的官场竞争使他早已放弃了那些容易导致仕途颠覆的乱七八糟的想法，对事业成就的期盼与对人格尊严的追求，更使他知道管束自己的意识和念想。他知道正是不正常的官场生态，使得很多男性领导主动疏离了对女性下属的关注和培养。必须帮助她们，她们也需要成长，也需要事业！过了知天命之年的李凯在心里默诵着他最服膺的一副古联："朗月照人如鉴临水，时雨润物自叶流根。"不要再瞻前顾后，把心端正，把细节扫清，像对自己的女儿一般，指导她们，帮助她们，成全她们，用好这有限的几年当家时光，带出一批人才来。

李亚男呢，却在自己的思路上继续前行。早在几年前，李凯见她的第一眼，就让她隐约感觉到过这个沉默寡言又满腹经纶的领导或许就是一个凡夫俗子，有着隐秘的欲望，却善于隐藏。只是她与他们相距遥远，毫无关联，生活中没有任何针头线脑的事牵扯到行领导，要不是后来毛利民的调动牵动了她与他的关系，她也许就这样永远地远离行领导的视线。那样，她就不会是行里少有的女性处级领导了。

她迅速办了借款，订了海口飞大连的机票，以及在大连住的宾馆，下班后把自己要去大连开会的事告诉了毛利民，毛利民提醒她去买件毛绒大衣，北方的冬天特别冷。老妈听女婿这么说，当晚陪女儿去逛了专卖店。海口属于热带，一般的服装店都不进御寒的衣服，逛了不知多少家，总算有一家卖冬装的，顾不得讲价，买了一件特制的貂毛大衣，又买了一套厚实的毛裤、毛衣。在回到家时，毛利民已经等候在床上。自从老妈和他们住到一起，他们就不能像两人单独住的时候那么放肆，夜里行事也要等到老妈睡觉关灯之后，由于两人回家时间常常错位，两人又形成了特殊的默契，只要毛利民在床上不关灯，李亚男就知道是要尽妇人之责的时候。于是，就借口逛街累了，提醒老妈早点洗漱休息，自己去洗漱室冲个澡，穿上睡衣，喷上香水，一出门便发现老妈已经完成了洗漱，关门睡了。李亚男知道母亲看出女儿女婿的心思，早点关了房门。亚男幸福地关了卧室的门，就褪下睡衣，一丝不挂地钻到毛利民的怀里去。

第二天李亚男飞大连，入住之后，给李凯发了个短信："已到大连菲力国际酒店。"

"收到!"李凯回复。

46

过了元旦，旧的一年过去，新的一年开始，大凡公司都要总结总结，规划规划。发奖金，评优评选，部署新一年工作，下达目标责任书，迎新联欢，感恩拜年，大大小小的董事长、总经理开始了一年最忙碌的季节。这天骆丹来到海口，蔡义雄给柳眉打了个电话：

"阿眉，你那恩婆要来检查工作了，指定你去机场接她。"

"好啊！"

"你名下的那份已经有三万七千了，要不要取回去，给家里寄点？"

"我说了我不要。"

"那我继续给你存着。"

"随你便吧。"

"你不会告诉你恩婆吧？"

"义雄，我希望你不要再有别的想法。"

"好啦！一日夫妻百日恩，我知道你会成全我的。谢啦！"

蔡义雄说完就挂了电话。

柳眉愣在那里，半天回不过神来。蔡义雄心高气傲，一心要出人头地，也算是男人的一种进取心，就迁就他吧。但她一想到骆丹把她从社会的最底层拉上来，扶到现在这样衣着光鲜、被上百人尊敬地称为"柳总"的位置，她感到自己这样做不仅是忘恩负义，而且是在犯罪。然而，她不能揭发蔡义雄，那样蔡义雄会身败名裂，一生就彻底完蛋了，自己和他的暧昧关系也会被抖出来，到时大家都名声扫地。

柳眉现在已经拿到了驾照，海口是个很小的城市，不到一个月，柳眉已经很熟悉海口的道路，可以开着车到处跑。她自己驾车去了火车东站。

"骆董，你有两个月没来海口了。"接到骆丹之后，柳眉感到非常亲切。

"有你和小蔡，我放心。"骆丹没有坐到后面的座位，而是坐到副驾驶位上，"技术练得怎么样？"

"已经开了快两个月了。"柳眉说。

"我看了你们的报表，这几个月干得很不错，居然有了利润。"骆丹欣慰地说。

"现在也是旺季，春节前后还会更好些。"

"我这次来，一是要看看你们有什么难处，大家一起商量一下；二是要把年底的分红和奖金这些事落实一下。"

"现在离过年还有好些天呢。"柳眉以为奖金都是在春节前发。

"奖金的事，不要拖延，早点发，职工早点安心，早点打算，很多家庭就指望着这笔钱来安排过年呢。"

"那倒是的，以往一过了元旦，我就惦记着发奖金。骆董，你真是一个好老板，很少见啦！"

"好老板多的是。"骆丹笑着说，"人嘛，一生的时间其实很短，一个人一个家庭的需求也很有限，能为大家做点事，就很快乐了。"

到了饭店，蔡义雄在门口迎候，他毕恭毕敬地给骆丹拉开车门，迎接她出来。骆丹向蔡义雄道了辛苦，就招呼他和柳眉一起先碰个头。蔡义雄很警惕地观察着骆丹的表情和语态，见她吩咐开碰头会，一直悬着的心，这才放下来。

"刚才在车上和柳眉说了，这几个月你们干得不错，我要谢谢你们俩。"骆丹刚落座，就开门见山地讲起来，"我考虑过，这三个多月的盈利二百八十八万元，扣除总公司为波澜高涨贷款的利息八十一万外，还有二百零七万元，全部作为管理层的奖金和职工的奖金。管理层你们两个前九个月在总公司工作，总公司要另外发一笔奖金给你们，这三个月你们就按照百分之五拿吧，其他的都发给职工，具体怎么分配，你们两个来定。"

"董事长，您总得提点起来吧，您投资几千万，一分钱都不提?"蔡义雄有点不解。

"不用。波澜的业务刚刚恢复，盈利能力弱，需要休养生息。再说，这么多职工，这么多家庭，好几年都没有领过年终奖，大家的日子过得很艰难，这段时间营业好，大家都指望着年底的奖金，再提留一笔钱出来，大家就没几个钱可发了。"骆丹静静地说着。

柳眉在旁边听着，眼睛不禁湿润起来。她心里暗暗决定明年要把小汪春梅他们都招到波澜来做事。

"好的，按照您说的办。我明天就把方案报给您。"蔡义雄干脆利索地说。

"明天上午九点半到十点，半个小时，召集全体职工，除了前台的和门卫之外，我和大家见见面。"

"好!"蔡义雄说。

"晚上柳眉陪我逛逛街。"

"好啊!"柳眉说。

"我帮你们开车?"蔡义雄讨好地说。

"你个大男人跟着干什么?"骆丹开玩笑地说。

"当个保镖嘛!"蔡义雄反应很快。

"要是做保镖，还不如叫大强去。"柳眉说。

"就是那个大个儿?"骆丹记得前几次来海口，都是一个大个儿开车，那是波澜高涨的专职司机。

"是的，柳眉学会开车后，他一半是闲着，明年可以考虑把他辞退掉。"蔡义雄说。

"轻易不要辞掉人。今晚就叫他开车吧。"骆丹说，"小蔡你就值班吧，现在是忙季，不要有差错。"

"我和柳眉一直是轮流值班!"蔡义雄解释说。

"那就好!"骆丹说。

"晚餐要不要和中层聚一下?"

"不用，明天一起见面了。"骆丹说。

用过简单的晚餐，骆丹就带着柳眉出去逛街。先是到了东亚大厦，那里是海口最高档的购物城，汇聚了中外各种著名品牌，首饰腕表坤包西装旅行箱一应俱全。柳眉从来没有踏过这个地方的楼梯，她早早就听说这个地方，这次回到海口，卡上的钱也多些，但她还是望而却步，这还不是她能经常光顾的地方。

骆丹跨进那维比尔女装专卖店，说："这个牌子不错，性价比最好。"柳眉对女性品牌一无所知，只好学员般点头。骆丹试穿了一套深蓝色套裙，柳眉觉得非常得体。骆丹就拿下搁在柜台上。服务员又拿来一套粉红色的，骆丹就叫柳眉试一试。柳眉抱歉地笑了笑，说："恐怕不大适合我穿。"言外之意不想试穿，实则不想买，也不敢买。她看过刚才骆董试过的那套，价钱是二千六百元，这个店最大的折扣是八折，那还是要将近两千元呢。这套衣服不会比骆董的那套便宜。

"试一试嘛!"骆丹坚持说，"过年了，都要买新衣服，喜庆喜庆。"

在骆丹的坚持下，柳眉拿了衣服，进了试衣间。

果然出落得年轻又漂亮，更显高雅华贵。柳眉简直不敢认出镜子中的自己。

"很适合！"骆丹笑着说，"穿上这套裙子，回头率要增加两成！"说完，就叫服务员一起开单。

"我的我来付，骆董！"柳眉赶紧说。

"我今晚就是来给你挑套衣服的，小眉。"骆丹说。

"那怎么好呢？我的工资那么高，还有奖金，付得起。"柳眉把信用卡掏出来了。

"你那卡上有多少钱，我很清楚。小眉，你就别谦让了。就算姐买给你过年。"骆丹真诚地说。

"哎！——姐！"柳眉感觉很温暖，又很歉疚，想起蔡义雄做的那个手脚，心里就发毛。

"等你以后收入高了，看到什么合适的衣服，你再给我捎，姐姐我就喜欢穿点新鲜的式样。就这点恶劣的爱好。"骆丹一边刷卡，一边说。

"嗯！"柳眉有点哽咽。小时候家里困难，过年时节父母总要想办法给她买套新衣裳，她是个懂事的孩子，她总是说不要不要，有衣服穿就行了，不要花钱。母亲说，现在是父母买，等你长大了，就由男朋友买了。从高中到大学，柳眉一直没有谈过男友，自然没有男生给她送件衣物首饰。倒是打工的哥哥每年都没忘记给她钱买衣裳。柳眉想起自己和蔡义雄谈了这么些日子，却连手机套这样的小礼品都没见他买一个，心口不禁一阵绞痛。

两人继续逛着商店，骆丹又买了零碎物品。逛到五楼，有个星巴克，没有什么人，骆丹就招呼柳眉一起去喝点咖啡。两人找了个角落坐下，一人要了一杯炭烧。骆丹说：

"明天开完会后，我要带你去见几个人，认识认识。"

"好的。"柳眉有些紧张，董事长要拜见的人自然都是有分量的人物。

"这是每年的例行拜会。"骆丹庄重地说，"在海口的业务主要靠你，这些关系很重要。要维护好。"

"我知道。"柳眉庄重地点头。

"需要告诉蔡总吗?"柳眉惴惴地问。

"不必。"骆丹果决地说。

柳眉知道该下决心了。

李亚男回到海口的那天，还在摆渡车上时，张曙光就电话约她高阳见面。李亚男觉得有点对不起毛利民，中午在大连上飞机前，毛利民就说今晚一定准时下班等着她一起吃晚餐，老母亲也得到电话，说要和钟点工一起好好烧顿饭，还要把她老爸也喊来一起吃。女儿很少到外地出差，老两口几天不见如隔三秋呢。现在是下午三点，赶到高阳少说也得四点，再缠绵两个小时，时间紧不说，她也觉得够累的，何况晚上毛利民少不了也有要求。

"能不能改个日子?"摆渡车上人很多，李亚男只好含糊着说。

"我已经三月不知肉滋味啦!"张曙光有些恬不知耻。

"我真的有点累。"这次大连之行，李亚男确实心累。李凯到达的那天晚上她主动去李凯房间聊天，李凯竟然一直开着房门。她心里还在想象着李凯对她的青睐，是不是要主动一点? 于是她暧昧地望着李凯，轻轻问了一声:"要把房门关上吗?"

李凯闻声刷地满脸涨红，他愣了一下，平静地说:"亚男，这次带你出差，主要是带你出来见识，这次会议来了很多经济学家、金融专家，能提高我们对国内外金融形势的判断，提高我们的管理水平，同时也交交朋友，将来可以做更多的工作。没有别的意思。"

这下让李亚男恨不得钻到地缝里去。完了，完了，怎么会是这样呢？李亚男从来没有碰到被拒绝的情况，甚至很少自己这么主动送上门的情况。可是现在呢？怎么办？怎么办？李凯看出了她的尴尬，起身拿了一瓶矿泉水递给她：

"亚男啦，你是我的晚辈，看着你长大的，就跟我自家女儿一样，我以往太过明哲保身，跟你们接触很少，没怎么指导帮助你们，也不是你一个，行里的青年职工我都关心不够，这些不近情理的做法将来你们或许能理解。你为人正直，又肯努力上进，可惜这些年就是抄抄写写，锻炼的机会太少了。不过这都过去了，以后你大胆工作，把工作搞好了，就是我最大的期待。"

李凯接着还说了些什么，李亚男全部忘光了。她甚至不知道自己是如何溜出李凯的房间。此后几天，李凯安排她密切地听会，拜访政商各界名流时，也带着她同去。可是她的心思无法集中，她沉陷在一种恐慌和羞耻之中。会议结束时，李凯飞北京办事，她直接飞回海口，浑身疲惫。

可是张曙光怎么知道这些呢？他还以为李亚男小别胜新婚呢。他正期待着那新婚呢！

"不行，我还有些重要的事和你说，一笔不小的买卖。"张曙光坚持得有点不近人情，"我现在就过去，不见不散！"

李亚男这才意识到自己把自己搞进了一个苦难的深渊。与李凯相比，毫无节制的张曙光显得目光短浅、俗不可耐。可是她自己呢？她将如何摆脱这个臭男人的纠缠？然而她现在的一切，都离不开他。将来她的一切呢？

真正是有点累了。

47

　　小老板郭东把两千块钱交给小汪带给春梅，同时也让小汪带给春梅一句话："别再回来了。"这倒是大家当初都料想到的，大家都说，这个鸟地方这种鸟老板不值得留恋，能走最好就走，何况马上就要过年了，也没有几天，等过了年，再找一家公司。春梅想想也是。时间一晃就到了年关。腊月二十八的那天，海口还是热浪滔天，大清早树叶儿就被毒毒的日头晒蔫了，萎靡不振地挂在树枝上。刘克和他的同事们照例大清早就赶到库房，汗流浃背地忙碌了一天，完成了年底的最后一批发货，到了下午四点，所有的货物都发完了，他们便开始清点仓库，关闭水电，打扫清洁，一边等着公司财务通知他们领了奖金回家。自从孩子没了之后，刘克和春梅就不那么急着办婚礼，反正证领了，早点迟点办婚礼都不打紧。刘克的父母已见了，春梅的父母还不知道女婿长得如何，三番五次来电话希望春节期间见一面。两人就商定春节回四川春梅家。今年他们准备在腊月二十九动身，因为这天是除夕，车票好买，刘克早早就从网上订到了动车票，还是两张有座的票。

　　可是到了下午六点，刘克还没有接到财务部的电话，也没有等到公司派来接他们的小货车。往年的这一天，上午或者下午，他们都会接到财务部的电话，通知他们去公司总部领取奖金，然后他们乘坐公司派来的小货车，兴高采烈地奔往公司总部大楼。这奖金虽然不多，但对于这群打工的人来说，却是他们决定是否回家过年的关键。多一些，意味着可以多买点年货礼品，可以给常年待在家中的妻子孩子买件衣服买双鞋买个双层文具盒，给自己的老父老母多几块孝心钱，甚至可以在自己的亲朋好友面前耍一把大方：哇塞，今年赚了钱啦！如果奖金少，甚至没有奖金，他们就没法实现上面这些伟大理想，没法面对一家老少期待几多个日日夜夜的眼睛，他们只好选择不回家过年团聚，不用面对老老少少失望的眼睛，这样，也能省下几个路费。

二〇一一年的这个时候，刘克领到了5128.88元的奖金，这是他工作以来领到的最多的一次奖金。他把5000元整数齐刷刷地存进银行，而且是单独一笔定期三年的存单，他仔细地比较过，只有三年的定期存款利息最好，五年期的利息当然更高一些，但他还是没有把握是否能在海南待上五年。余下128.88的零头他悉数放进钱包，他从来就是一个非常节约的人，他需要谨慎地对待每一笔收入。经过父母的同意，为了节省开支，春节他没有回家过年。所以，过完春节，他那卡上的5000元丝毫没动，而那128.88元，却花得一个子都不剩，这主要是几次AA制的聚会摊掉的，他为此痛心过，后悔过，此后更加节省了。

今年的奖金会比去年多。刘克心中盘算着，这一年的出库量几乎翻了一番，但仓库没增加一个人，全是他们加班加点干出来的，公司生意好，他们高兴，也没问公司要一分钱的加班费。刘克平时去公司办事时，也隐约听说公司的效益要远远好于去年。可是为什么还没有人来通知他们呢？大马他们也觉得很奇怪，开始聚到刘克的办公室，说道这事。大家要求刘克还是打个电话问问财务，是不是把他们物流部给漏掉了，明天就要放假了呢！刘克又想起前段时间有个客户来电话查货说起刘克的老板投资了印尼的铁矿，好像那投资大得不得了。如果是这样，那公司还有钱发奖金吗？他听说不少公司，平时老板都还不错，职工的福利、工作的环境都搞得好，就是碰上盲目投资，一旦失误，就陷在里面难以自拔，四处资金紧张，东挪西借，寅吃卯粮。刘克想到这里，心下顿时恐慌起来。

他决定还是打个电话问一问。他拨通了财务部的电话，可是那边还是没有人接电话。再拨，还是没人接听。拨了五次之后，刘克的手都颤抖了，大伙儿也慌了。刘克决定给老板打电话。老板的手机一拨就通。

"奖金？你们没有接到通知？哎呀，这行政部是怎么搞的，把你们漏掉了。"老板在那头说。

"漏掉不要紧，就是好几个人都是明天上午的车，希望回家前能领到奖金。"

"不是漏掉奖金，是漏掉通知你们。今年年底公司没有奖金发。"

"老板，不可能吧，大家都指望着拿奖金回去过年呢。"刘克的声音颤抖了起来。大伙儿的心情也跟着紧绷绷的。

他听见大家的心都在怦怦怦地跳动有声。

"公司没有钱发！今年的货款收得特别差，别看我们的货都出了库，但在卖场那里都积压着，卖出的比往年少多了，到处都是欠债。"老板的声音有些低沉。

"可这奖金没有多少个钱啦！老板！多少发一点吧！"刘克几乎是在乞求着说。

"没几个？你知道没有几个？我现在是一个子都没有。"老板的声音很冷峻，刘克感觉到老板的脸就像那次他请假时一样，有着冬天铁板的颜色和硬度。

"不行！你不能克扣我们的钱！"大马在旁边叫了起来。

"你说什么！刘克，你再重复一遍！"老板的声音严厉起来。显然他听到了大马的咆哮，然而他把这当成刘克的话。

"我……"刘克语塞。

"你再说一遍！"刘克感觉到老板声色俱厉。

"我……"可怜的刘克意识到自己开始变成悲剧的主角了。

"你是读了大学的，你翻开合同，看看我是不是克扣了你们的工资！"老板显然得理不饶人，"我王某经商二十年，从未克扣工人的一分钱工资。至于这奖金，不是合同约定要发的，公司有利润，我就给你们发，没有利润，公司就不用发。你以为公司是福利会！"

"老板，我不是这个意思。"刘克想转圜一下。这年头得到一份工作很不容易，特别是他已经从体力劳动往体脑结合跨了一步。

"那你是什么意思？你是不是觉得当个头就可以领着大家跟我讨价还价！"老板声音更加严厉，"我马上就撤了你的职务！"

"不是，不是，是大家都以为可以像往年一样，多少有几块钱奖金，我们今年干的活比去年多一倍啊老板。"刘克总算把真实的意思说完。

"往年？你还说往年？往年有金融危机吗？有那么多积压吗？你都不看看这南海的鱼已经要到南沙那边才捕得到。明确告诉你，今年是没有奖金了。"老板说完，啪的一声把电话挂了。

大家都围在电话旁边，那个老式电话机是个漏音严重的废品，大家全都听到了，全都明白了，无须代为转达。工人们默默离开了刘克的办公室，默默地离开了库房，消失在夜幕之中。远方的市区华灯初上，车声依旧喧哗，偶尔听得见爆竹钻入云天鸣放，震天动地，开出绚烂的花朵，庆贺即将到来的除夕。

刘克陷入了迷茫和痛苦之中。

这一年多来他省吃俭用，好不容易存下三万块钱，却在春梅的事故中全部花掉了，父母来往海口的交通费用和礼品费用，也都是他要掏的，所以他把前一年的存款也取出四千二百元花掉了。孩子没了，房子梦又变得更为遥远，这样下去，他们何时才能有出头之日？他该如何跟春梅说？

"你怎么回得这么晚！明天上午就要赶火车，东西都还没有收拾呢，你看说给爸买的酒都没有买，现在商场恐怕都要关门了。"晚上八点多，春梅才看到刘克蔫叽叽地回到家中，不免有些埋怨，把饭菜又重新热了一下。

"春梅，我今天没有拿到奖金。"刘克望着春梅说，差不多眼泪都要流下来。

"一分钱都没有？"

"一分钱也没有。"

"没有就没有，没有就不过年了？"春梅大咧咧地说，"我猜到了，你这么晚回，肯定是因为奖金的事。"

"我跟老板吵了，可能不好再待下去。"刘克的声音有些哽塞。

"吵就吵了，娘的个逼，这当官的没几个好的，这做老板的也没有几个好的。"春梅愤愤地说。

"那我们还回你家吗？"刘克惴惴地问。

"回！"春梅站起身，把热好的菜端到茶几上，又给刘克盛了一碗米饭。

"明天把钱全部取出来，明年不来这个狗日的地方。"春梅斩钉截铁地说。

"那我们去哪里呢？"刘克茫然地问。

自从那次小汪建议郭东赔点钱给春梅，小老板郭东就再也没有给过小汪好脸色。凡是有拉箱运包之类重体力的活都支使小汪一个人去干。陶红卫更是摆出一副债主的面孔，声音冷得像三九天的冰雪，冒着寒气。现在，他们甚至不喊小汪的名字了，仿佛她没有姓也没有名，使唤她的时候，都是用"你"，"那个"来代替了。小汪知道小老板郭东记恨了，自己变得小心翼翼的，工作更用力，每天都是最后一个离开办公室。她想，她并没有错，如果郭东陶红卫想得开，她当时提出的解决办法其实就是息事宁人。她希望小老板终于能想到这一点，她并没有坏心，也不存在吃里爬外。她希望她的努力能够使得陶红卫想到这一点。她帮了她的大忙，要是闹下去，说不定还要关进去住个两年三年。然而，这都是她的一厢情愿。到了腊月二十八这天，其他人都领到了奖金，小汪还没有拿到，她明白郭东是在搞她的名堂，到了傍晚，大家开始收拾回家过年的东西，小汪还是没有拿到奖金，就忍不住直接到了郭东的那间又小又乱的办公室。

郭东正脱了鞋，把一双患了脚气的脚跷在老板桌上。一股刺鼻的臭气弥漫在这间又小又暗的屋子里。

"你忘了件事吧？"她直截了当地问。

"啥事？我有啥事会忘记？"郭东放下右脚，然后用右手去摩挲左脚丫。

"我的奖金呢？"小汪见他装傻，有点来气，声音冷峻起来。

"哦，你也知道要奖金哈！"郭东也斜着看了小汪一眼。

"该是我的，我自然要。"小汪毕竟是成熟得多的人。

"你怎么不找别人要呢？"郭东继续也斜着小汪。

"我给谁干活就找谁要。"小汪说。

"你还知道找我哈！"郭东轻蔑地说。

"不找你找谁？"小汪压抑着不满说。

"那我是谁呢？"郭东傲慢地问。

"你是谁，你自己清楚，还用得着我说！"小汪回敬了一句。

"那你要多少呢？"郭东继续乜斜着小汪。

"该是多少就是多少，不多要一分，也不能少给一分。"小汪也不示弱。

"那多是多少，少是多少？"郭东变得更加傲慢。

"一万不嫌多，五千不嫌少。"小汪估计奖金要比去年多，她多次盘算过，今年说不定可以拿到好几千块的奖金。

"你口气不小哇！"郭东转过头，望着窗外。刚好有一辆满载的拖车从楼前经过，震得地板都在发抖。"我都希望有人发给我五千块的票子呢！你看看这个楼该装修了吧，平时免费给你们住呀吃的。"

"你怎么装修是你的事，但我的奖金不能扣着。平时就那么一点工资，也没跟你计较过。"小汪觉得自己不输理，自然不会低三下四摇尾乞怜，该说的话就要说。

"还计较！都不看看自己值几个钱！"郭东嘟哝着，"还要五千块！"

"你别啰唆吧，我还要回家呢！"小汪说。

"你是回哪个家呢，是四川那个男的家，还是湖南那个男的家？"郭东转过头来，看着小汪，讥讽地说。

"你管得着吗?!"小汪气愤地说。

"你还是去湖南那个家里吧，就是和春梅同居的那个男的公司的，那个年轻，彪壮，有力气，搬得起两百斤，腿也不瘸。"郭东冷笑着说，"你们结婚了，还可以再生一个，不违反计划生育。"

"你要找架吵是不是，郭东！"小汪霍地站了起来。

"我随口说说！说说！"郭东也没把小汪放在眼里，说完把抽屉拉开，拿出一个薄薄的信封，丢到小汪的面前。

"公司效益不好，你担待点，不想来的话，过了年也可以不来。"

小老板郭东说完，就点开电脑的页面，只顾自己去看屏幕，把小汪冷在一边，小汪瞥见那是一个肉麻的黄色界面。她气愤地屈辱地拿着这个薄薄的信封离开了那间肮脏的小屋。

74.74 元。

小汪在走廊上打开信封，点了点奖金，居然是这个数字，一股无名涅火腾地飙起，她迅速转身，冲到郭东的面前，把这个信封和里面的钞票撕了个粉碎，一把砸在郭东的脸上：

"郭东！你断子绝孙！"

然后她迅速跑出了那栋幽暗的小破楼，在那疾速的脚步声后，一声惨痛的长嘶撕破了夜幕，仿佛天空也被撕裂开了一般。

48

虽然在旧历年的年底就已经逢春了，但实际上二〇一三年的春天来得很晚，三月初还冷得很，西安的街头到处都是经冬没有融化的积雪，大爷们仍然戴着厚重的羊毛皮帽，大娘们没有显示身材之虞，厚厚的棉衣棉裤穿在身上，接近于石磙了。姑娘们自然不能这样穿戴，但还是要穿上超薄型但极保暖的鸭绒衣、毛皮衣，绒了狐毛兔毛的深筒皮靴，即便不能显得身材绰约，但那曲线还是要有。锁着链子的狗子们依旧慵懒地蜷缩在温暖的门洞里，头也不抬一下；灰色的麻雀偶尔尖叫几声，从这个树枝飞到那边的屋檐下；柳枝也不见着绿，往年早已开放的蜡梅才鼓着芽苞，露出浅浅的芽痕。从老家过年归来的徐婕娜，只在西安逗留一天，第二天就要从这里直飞北京。

"北漂了！"她给高伟发的短信说。

中午骆丹和高伟在金色华苑给她饯行。这地方是骆丹订的。因为上面有令不得铺张浪费，公款奢华宴会一律取消，招待工作餐要一审再审，用餐的菜谱都画了圈圈，哪些能点哪些不能点，吃不完还得打包带走，据说还有官员微服检查。开始大家还以为只是说说而已，不怎么当真，该怎么吃还是怎么吃，可是没想到文件下发之后的几天里电视新闻开始陆续播出查处违反八项新规的案子来，大家这才当起真来，小心翼翼。不能吃的饭局不吃，不该点的菜不点，吃多少点多少，高档酒是全没了。那些主要依赖着公款消费的高档饭店，一时生意顿失，门可罗雀，冷冷清清。金色华苑虽不是顶级饭庄，但还是比较高档的，就是那个门庭和楼梯，装饰的全是汉白玉，象征着这里的豪华富贵，四面屏风用的是湘绣的牡丹、鲤鱼和朝会图案，堪舆先生的寓意可谓妙不可言。然而风水照样不灵了，春节后金色华苑价格跟着同行一起降，然而还是没有什么生意，这不，这天无事可做的服务员总算看到这么几位客人光临，赶紧欢天喜地地迎了出来。高伟还以为这饯行的场面可能很悲催，结果徐婕娜很是开朗，说不完的家乡趣事，仿佛去年底的那一切不痛快都不曾发生。最开心的是她收到一个挺逗的短信，她绘声绘色地表演出来：

玉帝和如来争执，谁为天界大佬。

玉帝：我主宰天道！

如来：你被猴打过！

玉帝：我手底下人比你多！

如来：你被猴打过！

玉帝：我有媳妇！

如来：你被猴打过！

玉帝：我经历 17500 劫！

如来：你被猴打过！

玉帝：咱能不提猴吗？

如来：你妹（瑶姬）被凡人睡了。

玉帝：……

如来：你女儿（织女）被凡人睡了。

玉帝：……

如来：你外甥女（三圣母）也被凡人睡了。

玉帝：咱们还是说猴吧…

如来：你被猴打过！

"你被猴儿打过！"大家重复着，无比开心。

天下没有不散的宴席。饭后，骆丹和高伟坚持要送徐婕娜到机场，但她拒绝了，说：

"你看，有那个人送我。"

大家随着她的手指望去，只看到主任陈背对着他们，站在一辆崭新的奥迪面前。

"他现在怎么样？"高伟只知道年底的时候主任陈办了提前内退，年外没有再到单位来。

"他嘛，总是有办法的，现在是一家民营科技器材公司的副总，那家公司规模不小，去年的营业额就有五个多亿。"

"看样子他的情绪还不错。"骆丹注意到主任陈悠闲地掏出一支烟，点着之后，轻轻地吸了一口，又轻轻地吐出一缕轻烟。

"他现在的收入是过去的三倍，爽爽快快地干活，爽爽快快地拿钱。"徐婕娜说，"昨天也是他去米脂接我来西安的。路上碰到好几支迎亲的队伍。他说，我也是来迎亲的。"徐婕娜说着，忍不住笑了起来。"他把我送到酒店，就走了，一点都不犹豫。昨晚我是和许甜甜逛街。"

"他说改就改，是个有毅力的人。"高伟说。

"他不坏。他还算有底线，没有经济上的问题，掌管了那么多资金，他没有动过，招投标也没有吃回扣，光是你们的那个办公楼就是他天天盯着施工的，起早摸黑，连过年都看着工地，所有的马桶都要亲自看过，验收质量是国优。在这个年头，他算是一个很干净很干净的人，所以集团还是从轻处理，让他提前退休，要不然在这风头上，就只有双开一条路了。"徐婕娜说。

"他看起来比较轻松，但内心恐怕不是这样。"骆丹说，"毕竟在体制内快一辈子了，这么个方式下来，他又是那么要强的一个人。"

"是的，昨天我在车上就注意到他常常不经意地叹气。"徐婕娜说。

"他在中年专家里还算是业务出色的。"高伟说。

"唉，要是不当这个领导，他大概就不会出事。"骆丹说。

"那肯定的，他这个人有专业，有交际能力，做个靠技术吃饭的专家肯定响当当。"高伟似乎变成了主任陈的知音。

"唉，我也不对，也许是我不该靠近他。我把事情做过头了。"徐婕娜低着头说。

"你们以后呢?"高伟问。

"我们? 我们依然是好朋友，也许可以做很久很久的好朋友，只是这个朋友不是那个朋友，这样也好，他会重新生活在一个健康的氛围之中，我也会。"徐婕娜说的时候，主任陈转过身来，远远地也看见了他们。他们和主任陈招了招手，主任陈也招了招手。

"我过去了。"徐婕娜转过身要离去。

"好的！"高伟说。

"婕娜，等等。你到北京去一切都要重新开始，又没什么朋友亲人，到处都要靠你自己，你多保重。这里有张卡，密码都在里面，这是姐姐的一点心意。"骆丹从手包里拿出一个小信封，塞在徐婕娜的手上。

"姐！"徐婕娜知道这时拒收就是不近人情。她收下骆丹的心意，也收下她在西安最温馨的记忆，和骆丹紧紧地拥抱。

"有些事不能做就不要做。现在和过去不同了，你年纪也不小了，该收收心。"骆丹贴着婕娜的耳朵说，声音低到自己都听不见。

"嗯，我明白，姐！"婕娜哽咽着点头。

"妹妹！烦心的时候给我电话。"骆丹给徐婕娜擦干眼泪。

"好的，再见，姐！"

"再见！"

年底的时候，李亚男就感觉到身体异样，该来的例假意外地没有来，她觉得可能是这段时间自己太累了，例假推迟，又过了一个星期，还是没有来。紧接着就是旧历年，她在紧张中期待月经出现，然而还是没有。这让她心里重新紧张起来。细心的毛利民发现了这个细节，却很开心，开导说："八成是有了，等过了春节，就去医院验一下，十几分钟就知道结果。"李亚男木然地说："好。"

其实好什么呢？李亚男的恐慌是毛利民不知道的。自从前次打胎之后，李亚男就很警惕，她太容易怀孕了，每次和张曙光爱爱的时候，她都要检查张曙光是否戴上套子，唯有上次出差回来，匆匆忙忙，两人都没有戴套子，时间紧，没空去买，就将就着做了一次。事后又忘记了服药。她计算着日子，又从网上查算怀孕的日子，然而这个查算，让她彻底地绝望了。原来，她和这两个男人都是在同一个危险期发生性事，这两个人都有可能成为孩子的父亲。

毛利民的概率最大？出差前他们做了一次，出差回来的当晚，他们又做了一次，那次毛利民发现她的阴道有些出血，还以为是月经提前到了，拿纸揩了看，才知道不是月经，而是阴道渗血，他便轻柔地动作，她是咬着牙才陪着做完。因为要孩子，毛利民早就不戴套了。然而这能保证刚好就是毛利民的种吗？她这时才真正意识到正正派派地做人，何其紧要！

她何曾不想好好地做人，只是不知不觉间竟做到了这么狼狈不堪的地步。

不能再苟且过日子！亚男决心走出这阴暗的生活。眼前要紧的却不是如何摆脱那个让她欢喜又让她痛苦的张曙光，而是这腹中的一团肉。不能生，要打掉！李亚男决不能冒这个险，要不然孩子出生了，长得像张曙光，那是他们身败名裂的时候。这太危险了，绝不能冒这个险。李亚男想到这里，决定还是偷偷去医院做掉。

世界上的多少好事就坏在一念之间；当然，也有多少好事成在一念之间。

猜到李亚男怀孕了，小男人毛利民特别精心，每天尽可能准时回家，周末也不出去，陪着亚男。亚男万般无奈，但私下的心意已决，就等着胎盘大一点，可以做人流的时候就去刮掉。算算日子，一晃也就到了。

那天上午，李亚男一个人直接去了医院。自从她当了副处长，可以自己安排上下班的时间，不需要天天准时上班，也不需要出个门就要请假。这次她没有去文山，而是在海口南市区找了个医院。

"恭喜你!"一个五十多岁的女医师把了把脉,喜笑颜开地说。

"可是我想打掉。"李亚男说。

"你没结婚?"女医生有点诧异。

"结了。"李亚男说。

"你好像没生育过的。"女医生果然经验丰富,凭着望闻问切,就断定李亚男还没有生育。

"是的。"李亚男承认。

"那为什么不要?"女医生不理解。

"条件不成熟。"李亚男扯了个理由。

"什么条件不成熟?我看你条件蛮不错的嘛!"女医生看着李亚男的肤色和衣着,就判断出她的家境在中上。

"是我们还没有要孩子的打算。"李亚男声音很低,说得很勉强。

"依我说,你们该考虑要孩子了。你看你一九八〇年出生,都三十三岁了,不小了,还想玩,这可不好,这是没有责任感。"女医生开始像姨妈一般批评亚男。"你是第一次打胎吗?"女医生的措辞开始不那么考究了。

"不是。"李亚男被问得很不好意思,脸颊开始发热。

"有几次了吧?"女医生继续问。

"嗯。"

"胎打多了,就容易形成习惯性流产,将来你们不想玩了,想要孩子,未必怀得上。"女医生诲语谆谆。

"嗯。"李亚男声音很低,低得自己都听不见,这些妇科常识她也是了解的,她算了算,自己这些年打胎总共也有六七次了。

"你还是好好考虑再说吧。下一个!"女医生把李亚男的病历推了过来。

沮丧的李亚男走在回办公室的路上，心里五味杂陈。天空昏暗，风雨欲来。一阵强烈的呕吐感觉袭上来，她急奔到路边，张开嘴呕了两下，然而没有什么可以吐的。她知道这是妊娠反应，她多次经历过这样的反应，这次似乎最为强烈。她刚刚扶着栏杆站起来，又涌起一阵阵要呕吐的欲望，然而还是没有什么可以吐出来的。她感到小腹有一阵阵悸动，好像那个幼小的生命，已经意识到自己的安危，在做顽强的挣扎。

　　哦，孩子！

二〇一三年六月十五日初稿写毕

二〇一五年八月三十一日改定